ハヤカワ文庫 SF

〈SF2112〉

海軍士官クリス・ロングナイフ

勅命臨時大使、就任！

マイク・シェパード

中原尚哉訳

早川書房

7906

KRIS LONGKNIFE: UNDAUNTED
by
Mike Shepherd

Translated by
Naoya Nakahara
First published 2017 in Japan by
HAYAKAWA PUBLISHING, INC.
This book is published in Japan by
arrangement with
DONALD MAASS LITERARY AGENCY
through THE ENGLISH AGENCY (JAPAN) LTD.

〝賢明な戦士は己の敵を知るものだ〟
という警句が真実ならば
自分がよく知る……そして自分をよく知る相手こそ
敵にほかならないかもしれない

一冊の本が読者の手に届くまでには、すばらしい人々による多くの献身的な仕事がある。山あり谷ありの作家人生をささえてくれたジンジャー・ブキャナンには特別な感謝を表明すべきだろう。一般的なフォーマットと、軍隊ではそうではないというわたしのこだわりをバランスさせようと、エース・ブックスの人々はすばらしい仕事をしてくれた。ジェニファー・ジャクソンは作家が望みうる最高のエージェントだ。そして妻のエレンはこれ以上ない最初の読者だ。エディ・レモニエとデビー・レンツには特別の感謝を表したい。二人は二番目の読者として最終原稿に目を通し、老眼が見落としがちなささいな誤りを一掃してくれた。その苦心のおかげで、読者はクリスの今回の冒険を労せず読める。執筆のためにこもったリンカーンシティのアンカー・インの人々にも感謝したい。こまやかな心づかいとおいしい料理のおかげで毎日二十ページずつ書くことができた。キップ、キャンディ、ミスティ、そしてロンに、ありがとう。

勅命臨時大使、就任！

1

ウォードヘブン調査船ワスプ号の船長席に、クリス・ロングナイフ大尉はあらゆる調査の絶対的指揮官としてすわっていた。

もちろんいまは操舵責任者だが、調査すべきものはとくにない。ワスプ号の乗組員の大半は熟睡中。少数の当直者たちは見えないところにいて、空調や照明を正常に働かせることに専念している。船は所定のコースにあり、一Gで減速中。

クリスから見えるところにいるのはベニ兵曹長だけだ。航法士席で計器を見ている。普段はセンサーのデータを航法士に送るのが役目だが、いまはだれもいない夜半直なので、自分の送ったデータで航法士がやる仕事を確認している。ベニは士官学校への入学を検討中で、その席のすわり心地も試しているのだろう。

ようするに、平穏無事な夜半直である。

(どれくらいたったかしら、ネリー)

(なにがどれくらいでしょうか?)

クリスの秘書コンピュータで、ワスプ号どころか同級船数隻分の費用がかかっているネリーは、クリスの脳接続を経由してじかに問い返した。

普段のネリーはクリスの思考を十手くらい先読みして、海軍大尉が発しそうなあらゆる質問に対して答えを準備している。今回のとぼけた返事は、わざとそういう態度なのだ。本人の表現にしたがえば、〝傲慢かまして〟いる。

そんなふうにネリーに影響をおよぼした十二歳の少女は、いまだに船に乗っている。船と乗組員と傲慢きわまりないコンピュータは、この一人の少女に振りまわされているといっても過言ではない。

夜半直の静寂を破らないように、クリスは脳接続を通じてネリーとの会話を続けた。

(わたしに対する前回の暗殺未遂から、どれくらいたったかしら)

(それですか。六十三日経過中です。何時間何分何秒何ナノ秒までお答えしましょうか、横暴なお嬢さま)

(その必要はないわ)

クリスは秘書コンピュータの傲慢かました返事をさえぎった。飛んでくる銃弾におびえたり、命からがら走って逃げたりせずに二カ月すごしたわけだ。こんな毎日も悪くない。

もちろんその二カ月の大半は、人類宇宙の辺縁であるリム星域よりさらに外にいた。外すぎて、もはや早乗り組の植民惑星すらろくにないほどだ。早乗り組と呼ばれる農夫や職人たちは基本的に反抗的な性格で、はるか遠い地球の命令など意に介さない。スーツの老人たちが決めた人類宇宙の境界線も守る必要はないと考えている。そういうところは、クリスは同志だと感じていた。クリスもまた血縁者からできるだけ遠く離れたいと思っている。

とはいえ法の支配が届かぬ場所では、窃盗、海賊行為、奴隷売買が横行する。

この航海をはじめて最初の二カ月間、クリスはそういう問題の解決に努力してまわった。そんな勇猛果敢な日々が落ち着いたこの二カ月は、未踏査領域の星図を作成し、使えるジャンプポイントを調べ、科学者たちに心ゆくまで研究をさせている。

おかげで銃弾は飛んでこない。

よいことではないか。

「次のジャンプポイントのようすはどう？」クリスはベニ兵曹長に尋ねた。

兵曹長は首を振った。

「こっちの針路からちょっとずれましたね。一万五千キロくらい。本船の加速度を……」航法パネルを何度かタップして、結果に眉をひそめてから言った。「……〇・八四Gまで落としたほうがいいでしょう。その場合は到着まであと二十二分……およびネリーがこだわるナノ秒単位の誤差です」

兵曹長とネリーはふたたび意地を張りあっているらしい。

それはいいとして、クリスは口をへの字にした。異星種族が百万年から二百万年くらい昔につくったジャンプポイントは、たいてい二個、三個、あるいはそれ以上の恒星のまわりをまわっている。ゆえに個別の恒星から見た軌道は複雑きわまりない。それは危険なジャンプ失敗の原因になる。

今回の小さなずれによる影響は、ワスプ号の次のジャンプが少々遅れる程度だろう。全員が就寝中のいまはたいした問題ではない。

メインスクリーンの星図を見上げる。ワスプ号が移動しているのはウォードヘブン宙域のすぐ外だ。この宙域を政治的により正しくいえば、王レイモンド一世——すなわちクリスの曾祖父の指導のもとに、一三六の惑星がなんらかの連合を結成するべく協議中の宇宙領域、ということになる。もっとも、曾孫娘のクリスはレイの指導に従うつもりはないが。

ワスプ号をかこむ星図の右手に広がるのはグリーンフェルド宙域。クリスの身の安全のためには言わぬが花の場所だ。

そして左手にはヘルベチカ連盟がある。クリスの友人たちが住む誇り高いチャンス星はそこに所属している。

星図の前方でブラックホールのように黒く塗りつぶされた空間は、進入禁止ゾーンだ。まともな人間は足を踏みいれない、人類とイティーチ族のあいだの緩衝領域。人類滅亡の一歩手前に至った戦争のすえに、この彼我をへだてる空間は設定された。さしもの早乗り組や海賊もこの特別な空間を侵そうとはしない。

しかしそのゾーンにワスプ号は近づいている。どこまで近づくべきかをまもなく判断しなくてはならない。クリスは小さくひとり笑いした。緩衝帯をかこむ緩衝帯か。しかし境界付近ではささいなミスも代償が大きい。船の乗組員ばかりか、人類全体を巻きこむ事態を招来しかねない。

そろそろ越えた越えないではなく、大きく踏みこむべき時期かもしれない。

それからしばらく、クリスは当直士官のやるべき仕事をやった。つまり有能な部下たちがいつもどおりにいい仕事をしていることを確認した。反応炉のステータスはすべてグリーン。反応材タンクの残量は六十五パーセント以上で、余裕がある。ワスプ号と呼ばれる狭苦しい箱の本来の支配者であるドラゴ船長が、反応炉で燃やす水を入手するためにガス惑星の表面をかすめ飛んだり、もっと平穏に宇宙ステーションに入港して買ったりする必要はまだない。

クリスは各部門の日報に目を通した。医務室のベッドで治療中なのは海兵隊員二人。原因はハンドボールの試合中に強く衝突したため。クリスに銃弾が飛んでこないので、海兵隊もいわゆる〝呪われたロングナイフ家の一人〟に近づきすぎたことによる付帯的損害をまぬがれる日々が続いている。

これも人類宇宙から遠く離れた証拠だ。

（ネリー、船のステータスを報告して）

クリスは頭のなかで命じた。計器パネルで見るかぎりすべて順調だ。その裏にクリスの平穏な朝を乱すような問題が隠れているかどうかを、ネリーが評価してくれる。

まばたきひとつするあいだに、ネリーの報告が聞こえてきた。

（全システムは正常。当直以外の全乗組員は就寝中で、この時間帯としては正常です。そしてキャラはまだゲームで遊んでいます）

ネリーは最後に十二歳の少女の現在の状態を報告した。やはりこのワスプ号の最重要人物とみなしているらしい。

（ベッドにはいらせるべきじゃないの？　明日は学校でしょう）

（わたしが授業開始を少々遅らせればいいだけです。だいじょぶ、だいじょぶ）

クリスはまばたきした。ネリーはいつから〝だいじょぶ〟なんてくだけた言いまわしをはじめたのか。コンピュータらしく四角四面の文法を使って六年生の少女に正しい言葉遣いを教えるのが務めではないか。

そんなことを考えていると、兵曹長が言った。

「二分後にジャンプポイントに到達します、大尉。どうしますか？」

クリスは、この当直で最初の、そしておそらく唯一の決断について考えた。

「ここで待機したら、無重力環境で全員が目覚めることになるわね」

宇宙船乗りや海兵隊員にとっては問題ない。しかしワスプ号乗組員の三分の一はそのどちらでもない。科学者グループがかなりの人数で乗っているのだ。それどころか裁判官も一人いる。クリスが法的強制力を行使するために、引退状態の彼女を無理やり現役復帰させて連れてきていた。

そんな科学者の一部とフランシーン裁判官は微小重力が苦手だ。ワスプ号の常態は一G加速中か、宇宙ステーションに係留されて多少なりと重力がある環境なのだ。ゼロGのなかで四時間眠って目覚めたら……彼らは平然としていないだろう。

次の質問の答えは半分わかっていたが、あえて兵曹長に訊いた。

「ジャンプポイント用のブイはもうないはずね」

ところがベニは意外な返事をした。

「じつはこの航法画面で見ると、発射準備のできたブイが四個あります」

クリスの席には航法管制席のパネルがコピー表示されているが、そこには見あたらない。

シートベルトをはずしてベニの席へ行った。

思ったとおり、べつの画面があった。これは……防衛管制画面だ。

スルワン・カン航法士はワスプ号が戦闘状況に突入したらただちに必要になる防衛システムを、いつでも立ち上げられるように準備しているのだ。ドラゴ船長の右腕とされるだけのことはある。

クリスは航法パネルの左端を見ていった。装甲、欺騙弾、掩蔽弾……。船が生き延びるために必要なものがそろっている。欺騙弾用の発射管のうち四本が青表示で、それぞれの横に〝ジャンプブイ〟の文字がある。

「いまは商船のふりをする必要はないから、少々のものを発射しても問題ないわね」

クリスは口に出して言うと、すぐに頭のなかでネリーに指示した。

(ワスプ号がほかにどんな兵装を積んでいるのか、ドラゴ船長に問いただしておいて)

(わかりました。前回入渠《にゅうきょ》時の報告書も精査して、不審点を探してみます)

(頼むわ)

この船を指揮して四カ月になるが、いまだに船内のあちこちから自分の知らないシステムが発見されるのはどういうわけか。

「十五秒後にゼロGになります」兵曹長が報告した。

艦内放送でもおなじ内容を流した。ただし未明の時間帯なので控えめな音量だ。

クリスは自席にもどってベルトを締めた。ジャンプポイントの五キロ手前でワスプ号が完全に停止すると、命じた。

ベニ兵曹長は滑らかな操作でワスプ号の前後をいれかえた。船首は前方の揺れ動く小さな空間にむいた。さしわたし七光年の範囲で唯一の入り口だ。

「兵曹長、ブイをジャンプポイントにいれて、五分後に本船が通行することを告知させなさい」

「それって賢明なんですかね」

兵曹長は言ったが、口は笑っている。手はブイ射出のための動作に集中している。

「兵装はフルチャージ」クリスは返事のかわりに言った。

指揮官用画面は拡張されて、兵装画面のおもなデータを見られるようになっている。当直について十五秒後にこのように変更した。商船に偽装したワスプ号が隠し持つ二十四インチ・パルスレーザー砲を使うつもりは、そのときはなかったのだが……。

クリスは最後の準備をしながら、ベニの背中を見た。

「なにを怖がってるの、兵曹長？」

「そりゃあ、ロングナイフ家のご令嬢の部下になってるんですからね。恐怖を感じますとも。ご本人が恐怖を感じないもんだから」

そう言いながら、ベニのにやにや笑いは大きくなっている。

クリスは苦笑しながら命じた。

「ブイ発射、兵曹長」

「了解、大尉。ブイ発射」

「船首反転」

五分間の待機にはいった。船内はあいかわらず眠りについている。機関区の当直員から、一G加速にもどす予定が近いうちにあるかとの問い合わせが来た。そのつもりでいろと答えると、当直員は反応炉のお守りにもどった。

数分がすぎた。クリスはワスプ号が表むきは搭載していない二十四インチ・パルスレーザー砲を二度、三度と確認した。満充電の状態を維持している。

ここでドラゴ船長があらわれて全ブリッジ要員を呼び出し、指揮権を引き継ぐと言いださなかったので、クリスはほっとしていた。なぜそれが気になるのか自分でもわからないが、指揮権が必要な気がする。

五分が経過して、ワスプ号は姿勢制御スラスタを短く噴いてジャンプポイントにゆっくり進入した。

地球よりさらに七光年遠くの星系へ船が飛ばされるとき、クリスはかすかなめまいを感じた。しかし瞬時のことで、すぐにパネルを見なおした。

ジャンプブイがある。

そこから約三万キロメートルむこうに、一隻の船がある。

レーザービームが飛んできて、ブイを粉々に破壊した。

2

「回避機動、装甲立ち上げ！」クリスは怒鳴った。

「回避パターン2開始」

ベニ兵曹長が答えると、船体は上、左、また上と急激に踊りはじめた。

「シールド展開」兵曹長は続いて言った。

指揮官の命令を正しく復唱せずに、〝シールド展開〟と勝手に言い換えている。しかしクリスは頓着せずに通信リンクを叩いた。

「総員戦闘配置、砲撃戦準備。総員戦闘配置、砲撃戦準備」

放送を終えて、レーザー砲の照準にかかった。狙うのは奇妙奇天烈な船の船尾。こんな形の船は見たことがない……ビデオ以外では。

イティーチ族のいわゆる死の球《デスボール》艦だ。こちらのジャンプポイントにむけて減速している。そのため脆弱な機関区がワスプ号のレーザー砲から丸見えだ。

なんと愚かな。

しかし謎多き四つ目の怪物イティーチ族だが、愚かではないはずだ。

こちらのシールドにレーザーが一発当たった。熱の一部はスマートメタルが蒸発して吸収し、残りはシールド全体に拡散させて宇宙空間に放出する。

「さらにむこうに船影二つ。巡航艦のようです」ベニ兵曹長が報告した。「レーザー砲の熱反応は、グリーンフェルド連盟の巡航艦の特徴と一致します。殿下、グリーンフェルド艦からの砲撃です。あるいはイティーチ族のデスボール艦を狙っていて、その流れ弾が飛んできたのか」

「たぶんそれね」クリスはつぶやいた。

船長用パネルで見ると、一方の巡航艦の六インチ・レーザー連装砲が発射と同時に高温になっているのがわかる。デスボール艦は右、左、上、下と動いて回避している。ワスプ号の船首前方に傘のように開いたシールドをまたレーザーがかすめた。

（クリス、グリーンフェルドの野郎どもに反撃しましょう）

クリスの脳内に大きく声が響いた。ネリーの口汚い語彙を批判している暇はない。

（だめよ、ネリー。巡航艦への砲撃はしない。

（でもこのままではキャラが危険です。レーザーは照準ずみ。二隻とも撃てます）

レーザーがロックオンしているのにクリスは気づいた。

（撃っちゃだめよ、ネリー）

（撃つしかありません。キャラのために！）

この無言の会話がはじまったときからクリスの手は無意識のうちに首の横に上がっていた。それを蛇のようにすばやく動かして、鎖骨の上にのった小さなコンピュータの一部を押した。ネリーの電源オフボタンを押したのは、一年生の算数のテストで担任教師から自力で解きなさいと命じられたとき以来だ。

コンピュータの表面があっけなくへこみ、頭のなかに痛いほどの無音が生まれた。

「船長、ブリッジにはいる」

ドラゴ船長が宣言して、開けっぱなしのドアからはいってきた。いかにもあわてたようすで、ズボンも穿《は》きかけだ。

「状況は？」

クリスは深呼吸し、脳内の沈黙から意識を引き剝がして、答えるべきことを考えた。外の世界に集中して、強い口調で言う。

「グリーンフェルド巡航艦二隻がイティーチ族のデスボール艦にむけて砲撃していて、その流れ弾が飛んできている。兵曹長、防衛チャンネルをこちらへ。船載コンピュータ、イティーチ族との最後のコンタクトに使われた周波数で呼びかけなさい」

「巡航艦から通信はいります。映像出ます」ベニ兵曹長がパネルのボタンを叩いた。

ドラゴ船長は天井を押して、ベニのもとの席へ飛んでいった。ズボンのベルトを押さえたまま、反対の手で座席の手すりをつかまえる。急展開している状況の指揮をひとまずクリスに——船主だか乗客だかよくわからない相手にゆだねることにしたようだ。

クリスはできることならメインスクリーンのまえで両手を腰にあてて仁王立ちしたかった。しかしワスプ号は回避機動中なので、着座のまま通信を受けるしかない。

「こちらはウォードヘブン調査船ワスプ号のクリスティン・ロングナイフ王女。グリーンフェルド連盟の巡航艦に告げる。砲撃を停止せよ。イティーチ族デスボール艦に命中しないで、こちらへ飛んできている。くりかえす、砲撃を停止せよ」

巡航艦の一隻が前部の六インチ砲四門を発射した。ワスプ号は上、左、上、右と動いたが、また一発がかすめた。

「下手くそ！」クリスはわめいた。「こっちはデスボール艦の直線上にいるわけでもないのに、それでも飛んでくるとはどういうこと？」

するとグリーンフェルド巡航艦のだれかが言い返してきた。

「そちらの船影はセンサーでとらえている。すみやかに火線から離れろ」

「こちらは右へ行くわ」クリスは予告した。

するとイティーチ族もすぐに右へ動いた。ワスプ号は横方向に一キロ以上逃げたのに、ほとんど無駄骨だった。ただしイティーチ族からの砲撃はない。

「四つ目の怪物は貴船とおなじ方向に動いているぞ」グリーンフェルド巡航艦が言った。

「本船がここに到着して以来、イティーチ族はそちらへ砲撃していない。それ以前に一発でも撃たれたの？」

「正確には撃たれていない。しかし相手はイティーチ族であり、ここは連中の勢力圏の外だ。撃ってさしつかえない」

グリーンフェルド艦の指揮官の主張は、オレンジ星雲条約のひとつの解釈ではある。しかしクリスの曾祖父のレイからは、撃たれたときのみ反撃可能と解釈するのが正道だと教えられていた。人類代表として条約に調印したレイ本人がそう言っているのだ。

レーザー砲にチャージした状態で条約の細目について議論しようとは思っていなかったが、

いまはやらざるをえない。

ワスプ号は〇・五Gで加速しはじめた。

スルワン・カンがブリッジにはいってきた。カットオフジーンズにタンクトップというい
つもの格好だが、裸足だ。クリスの兵装管制席につき、航法管制モードで立ち上げる。

クリスはシートベルトをはずして、メインスクリーンへ四歩進んだ。背後の空いた席には
上半身裸のドラゴ船長がおさまった。ブリッジの席は埋まりはじめている。

クリスは唯一の切り札を使うことにした。

「砲撃を停止せよ。もしふたたびこちらに飛んできたら、レイ・ロングナイフの曾孫娘であ
るわたしクリスティン・ロングナイフ王女は、神に誓って貴艦に砲撃する。狙った標的ははずさない。嘘だと思うならわたしの資料ファイルを調べればいい」

長い沈黙が流れた。

ベニ兵曹長のパネルは全面的にセンサー画面に切り替えられていた。それによると、グリーンフェルド艦のメインバッテリーは満充電に近づいている。距離は八万キロメートル。精密射撃が可能な射程からワスプ号は完全にはずれている。イティーチ族のデスボール艦はそれより三万キロメートル手前とはいえ、長距離射撃にはちがいない。大きくはずした流れ弾が飛んでくるのも不思議はない。

「ああ、了解した」ようやくグリーンフェルド海軍士官の顔がメインスクリーンに映って返事をした。「では訊くが、その四つ目野郎をどう扱う？」

「可能なら言い分を聞くわ。そして内容にかかわらず、もとの宙域へお引き取り願う」

イティーチ族はその帝国宇宙に帰らせなくてはいけない。もし彼らが、かつてイティーチ戦争を引き起こした無法な〝放浪者〟なら、このデスボール艦は帰りたがらないだろう。放浪者に対するイティーチ族の態度は、海賊に対する人類の態度とほぼおなじだ。大目に見たり、内心で好意的だったりということはない。

「四つ目野郎が暴れだすかもしれないから、護衛についてやろうか」グリーンフェルド艦の艦長が申し出た。

「この星系で自分たちを追いまわした軍艦がいないほうが、彼らは話しやすいと感じるのではないかしら、艦長?」

ちょうどそのとき相手の画面外から「艦長」という呼びかけが聞こえ、映像は途切れた。クリスは短い中断だろうと思ってその場を動かなかった。

背後ではドラゴ船長とスルワンがひそひそと話している。船員の一人がシャツを持ってきたので、ドラゴは急いでそれを着た。いつもの派手な紫の上着もはおる。商船長の緑の制服や海軍艦長の青の軍服よりこちらを着ているときが多い。

そのドラゴは険悪な口調で言った。

「なあ、ロングナイフ大尉、船の指揮をあんたにちょいとまかせるたんびに、戦争をおっぱじめちまうのはどういうわけだい?」

さすがにそれは誇張がすぎると思ったが、クリスは決まり文句を返した。

「戦争ははじめてないわよ……まだ」

そして唇を固く結び、映像が中断したスクリーンを見つめつづけた。しかしいっこうに再開されないので、反論を続けた。

「むしろグリーンフェルド連盟が新たなイティーチ戦争をはじめかけてるのを阻止してやったのよ」

ドラゴは無言だったが、目をぐるりとまわして天を仰ぐようすが見えるようだ。

スクリーンが明滅して映像が再開された。

「別命を受けてむこうの現場へ急行することになった。悪いが、貴船が出てきたジャンプポイントを使わせてもらう」

「ではこちらは恒星方面へ移動するわ。そちらとの最接近中は船を反転させてエンジン防護姿勢をとるので、そのつもりで。ジャンプポイントの使用はご自由に」

「ではまたどこかで、ウォードヘブン星のクリスティン・ロングナイフ王女」

最後の挨拶は、脅しと約束の両方に聞こえた。

ドラゴ船長が命じた。

「スルワン、一G加速でとりあえず恒星方面にむかわせろ。それで、プリンセス、この迷子のイティーチ族をどうするんだい？」

クリスが肩をすくめるまえに、返事がべつのほうから飛んできた。

「お家《うち》に連れて帰れるといいんですがね」

そう言いながらブリッジにはいってきたのは、ジャック・モントーヤ海兵隊大尉だ。ワスプ号に乗り組んだ海兵隊残余中隊の指揮官で、その意味ではクリスの指揮下にある。しかし王族の警護責任者としてクリスの警備上の問題に意見する権限を持つ。指揮命令系統の興味深い錯綜だ。

ジャックがハンサムで、クリスが人並みというのも悔しいところだ。いや、自分でそう思っているだけで、ジャックの見解は異なる。あくまで公式の場の表むきの態度だが……いつもお美しくていらっしゃいますと、面とむかって歯の浮くようなことを言う。

こんがらがった立場についてはあえて考えないことにした。それでなくても問題山積。しかも今日という日は、はじまってまだ四十六分しかたっていないのだ。

「船載コンピュータ、イティーチ族への呼びかけは？」クリスは訊いた。

「試行中です。王レイモンド一世がオレンジ星雲における最初の対話で使用したコンタクト信号を送っています」

「結果はどうなんだ？」ドラゴ船長が尋ねた。

「応答なしです」

ドラゴ船長がふと眉をひそめた。

「ところでプリンセス、ネリーでなくうちの船載コンピュータに問いあわせてるのはどういうわけだい？」

ネリーが一般的なコンピュータより優秀なことは人類宇宙に知れわたった事実だ。比較対象が個人用でも公的機関のスパコンでも優位は変わらない。

「スイッチを切ったのよ」クリスは明かした。

「スイッチを切った!?」最初に驚いたのはジャックだった。「ネリーの電源を落としたなんて、いったいいつ以来ですか？」

「ネリーはグリーンフェルド巡航艦に照準をあわせて、砲撃寸前だったのよ。キャラを守るためだと言って。戦争の火蓋を切るか、ネリーのスイッチを切るかという状況だった」

クリスはその巡航艦を見た。すでに反転して、ジャンプポイントの手前で減速を開始している。それでもかなりの速度を残して突入しそうだが、どんな結果になろうとあちらの責任だ。

「しかもネリーったら、〝だいじょぶ〟とか〝野郎ども〟なんて言葉を使って」

「それはトゥルーおばさんに要相談ですね」ジャックは言った。

クリスはため息をついた。

「予定が延び延びになってるのよ」

「事情はわかったが、プリンセス、イティーチ族にはなんて言うんだい？　〝われに続け〟って？」ドラゴ船長は訊いた。

「だめよ。船載コンピュータが〝われ〟をイティーチ語の正しい語形で発音できないと、聞いた相手が侮辱だと誤解して、それをきっかけに戦争になりかねない。高校三年生のときにネリーとふざけてレポートをイティーチ語で書いて提出したことがあったわ。もちろん教師が読むときはネリーが英語に翻訳してくれたんだけど。評価はAだった」

「いまは通訳が必要です。ネリーを目覚めさせるべきでは？」ジャックは言った。

「グリーンフェルド巡航艦が見えるところにいるあいだはやめたほうがいいわ。船長、船載コンピュータに、〝こちらの航跡に続け〟と言わせてみて」

先の戦争でイティーチ族のちぎれた死体を調査した結果、彼らは海から陸に上がってまもない進化段階にあることがわかっている。そこでクリスのトラブルおじいさまが、イティーチ族の交渉官を多数乗せた船にむけた最初の呼びかけで使ったのが、〝航跡〟という言いまわしだった。

船載コンピュータはそのイティーチ語表現を歴史資料からみつけて、メッセージを送った。返事はあいかわらずないものの、デスボール艦はコースを変えて恒星方面へ一Gで進みはじめた。

スルワンは、ワスプ号の向きを変えて巡航艦からの火線にエンジンがさらされないようにした。一G加速は継続だ。

クリスはそばのワークステーションにつかまって、コース変更に内耳が順応するのを待った。回避機動で断続的に上下左右に動くのでさらにたちが悪い。スルワンは用心深い性格なのだ。グリーンフェルド巡航艦のレーザー砲は満充電のままだとベニ兵曹長が報告している以上、気は抜けない。

イティーチ族のデスボール艦はワスプ号のあとについてきた。まるで四歳の子がホットドッグの切れ端を撒いて歩き、野良の仔犬があとを追いかけてくるようだ。それにつれて巡航艦との距離が広がっているのは、偶然だろうか。しかもしだいにワスプ号の背後にまわっている。

ドラゴ船長は自分のパネルを詳細に見て満足したらしい。

「ロングナイフ大尉、当直士官の任を解除する。ブリッジから退室してくれ」

「船長、わたしは砲術士官よ。万一グリーンフェルド巡航艦への砲撃が必要な事態になったら、トリガーを引くのは現役のウォードヘブン海軍士官でなくてはならないわ」

クリスはブリッジの空いている管制席にむきなおって、その三カ所を押した。するとパネルに光がともって兵装管制席として起動した。

「たしかにそれが合意ずみのルールだな」ドラゴは通信リンクを押した。「パスリー大尉、至急ブリッジへ」

クリスの部下であるペニー・パスリーはほんの五秒であらわれた。

「すでにこちらへむかっているところでした」

そう言って、クリスに先まわりして兵装管制席にすわった。

クリスはワスプ号のもう一人の現役海軍士官を見て、むくれた。

「じゃあわたしはなにをすればいいのよ」小声で愚痴る。

「大仕事があるだろうよ」ドラゴ船長は両手で撃つ真似をした。「グリーンフェルド巡航艦はまかせたな。数も火力も劣ってるが、ずる賢さじゃ負けねえよ。王女さまは秘書コンピュータと和解してくれ。ここはネリーの知恵が必須だろう。ああ、ついでにイティーチ族への対応もよろしくな。失敗したらえらいことだ。長生きするんじゃなかった、グリーンフェルド巡航艦から浴びた最初の一撃でこの宇宙から消えてりゃよかったと後悔するはめになるぜ」

3

クリスとしては二隻のグリーンフェルド巡航艦と正面から対決するほうが望ましかった。劣勢だがなんとかなるはずだ。

イティーチ族のデスボール艦のほうがよほど怖い。作動中の時限爆弾のようなもので、いつ爆発するかわからない。いずれ爆発してクリスの一日をだいなしにするはずだ。

そのイティーチ族に、ネリーなしで対峙しようとしている。片腕片脚をギプスで固定したまま戦場に出るようなものだ。いや、切り落としているようなものか。

まいった。

まあ、悩みごとは仲間と相談というではないか。クリスは通信リンクのボタンを押した。

「王女の参謀グループは集合。場所は……」だめだ、イティーチ族がからむ状況なのだ。退屈な会議室に雁首そろえている場合ではない。「……司令室」

これだ。参謀会議にふさわしい殺気が感じられる。部屋がおなじでも緊張感がちがう。

「あなたも来なさいよ、船長。巡航艦の姿が消えたらすぐに」クリスは、船の指揮権を掌握してご満悦のドラゴに言ってやった。

「了解、殿下」ドラゴ船長は、偽装商船の雇われ船長のくせに王族の船主を軽くあしらう態度で答えた。

クリスは、会議室あらため司令室にはいった。

先乗りしたベニ兵曹長が、はいって左手の壁にブリッジのメインスクリーンと同内容を投影していた。ダンスの展開がひと目でわかる。グリーンフェルド巡航艦は星系から退出しようとしており、デスボール艦はこちらへ接近中だ。

クリスは安堵の息をついた。頭の隅から、なにかおかしいだろうと叫ぶ声が聞こえたが無視した。

「人類の巡航艦が去って、イティーチ族の艦が近づいてくる状況をよろこぶとは、正気とも思えんな」

そう言ったのは、エルナンド・コルテス大佐だ。もとはいくつかの武装勢力に所属し、現在はクリスの捕虜ないし被雇用者の立場にある。そんな関係とスクリーンの状況を考慮して、クリスは海軍士官としてふるまうことにした。

「ええ、父やマクモリソン大将にこの余裕っぷりを見せてやりたいですわ」

「二人は大笑いするのでは？」

ジャック・モントーヤ大尉はクリスのあとから入室して、スクリーンを一瞥《いちべつ》して言った。かつてはシークレットサービスのエージェントとして、身を挺してクリスを守ると宣誓していた。いまは王女の身辺警護特務班の班長であり、海兵隊派遣中隊の隊長としてますます重責を担っている。クリスの〝安全〟意識を考えると、不可能への挑戦に近い。

「わたしまでベッドから呼び出されるとは、今日はいったいどんな騒動ですか？」

そう言ってあらわれたアビーは、髪にカーラーをつけてふわふわの部屋着をはおり、ウサギ耳のついた大きなスリッパを履いている。陸軍予備役情報将校という裏の顔ではなく、未明のいまはクリスの専任メイドで根っからの臆病者としてあらわれた。

「お客さんがあらわれたのよ」クリスは言った。

「躾《しつけ》のいきとどいたお客さまだといいのですが」アビーはスクリーン上の見慣れないマークに眉をひそめた。「なんですか、これは？」

「イティーチ族のデスボール艦だ。王女さまが拾って帰る」ジャックが説明した。

大佐はあからさまに懸念をしめした。いつも半目のアビーもさすがに目をむいた。

「飼ってもいい？」

その声は、司令室のドアからのぞきこむもう一人の見開いた目の持ち主から飛んできた。

「キャラ、こんな時間に起きてちゃだめでしょう」クリスは十二歳の少女を穏やかにたしなめた。

キャラのピンクのナイトシャツには、この年頃の女児のくるくると変わる憧れのスターの一人の顔がある。曲はガーガーうるさいだけ……とはアビーの評だ。

「だって、なんだか騒がしくて、戦闘配置って放送があって、廊下をみんながばたばた走りはじめて。でもブリッジにあたしは絶対いれてくれないじゃない」少女は憤然としつつ、じりじりと室内にはいってきた。「それでもおもしろいことが起きたときは、クリスはかならずこの部屋に来るわ。だから待ってたの。そしたらみんな集まってきた」

非常識な時間にもかかわらず明るくにっこり。

「若輩ながら一級品の観察眼だな」

そう評価したのはムフンボ教授。クリスが雇った科学技術チームのリーダーだ。一言だけ述べて席につく。司令室に子どもがいることに驚くようすもない。

いや、大学教授として権威ある評価をしてほしいのは……もう一人の子どもについてなのだが。

クリスはジャックを見た。あきれたという苦笑で肩をすくめている。十二歳の少女が船全体を手玉にとっている。クリス自身は十二歳のころにいい思い出はなかった。弟のエディの死を嘆いて家族はばらばらになり、クリスはそこから逃げようと飲酒にふけっていた。

キャラの十二歳とクリスの十二歳が天と地ほどもちがうのは運命としかいいようがない。とはいえキャラもそれまでの十一年間に地獄を経験しているのだ。

クリスはあくびをこらえて、子どもはベッドへと命じるかどうか考えた。しかし部下たち全員がネリーとともに反乱を起こしかねない。そこでべつのところに注意をむけた。

「グリーンフェルド巡航艦は約一時間後にこの星系から去るわ。勘だけど、相手がわたしたちだけになればイティーチ族は安心してしゃべりはじめるはずよ。賭けてもいい」

「きみと対峙することが安心かな、殿下？　もしもきみと一対一だったら？」コルテス大佐が茶々をいれる。

「イティーチ族は知りませんが、そういう殿方も一人、二人はいらっしゃいましたわ」アビーが言った。

「ともかく、イティーチ族についてわかっていることは？」ジャックが訊いた。

「一時間前より答えは減ったわね」

クリスは苦々しく答えた。ジャックは同情的に眉を上げたが、視線は白い目だ。クリスは簡潔に言った。

「ネリーのスイッチを切らざるをえなかったのよ」

「なぜ？」テーブルの全員が声をあわせる。

一人だけ異なるのは十二歳の少女だ。跳ぶように立って声をかぎりに主張する。

「そんなの絶対だめなのに！　絶対だめ！　絶対だめ！　絶対、絶対！」

クリスはキャラの息切れを待って説明した。

「ネリーのスイッチを切ったのは、あの子がグリーンフェルド巡航艦に照準をあわせて砲撃寸前だったからよ。いくらネリーでも、グリーンフェルド連盟に宣戦布告させるわけにはいかない。わたしたちは苦労してこの平和を維持しているんだから」

深い沈黙になった。キャラもだ。

「ネリーはなぜ？」ムフンボ教授が低い声で訊いた。

「敵のレーザー砲撃でキャラの身に危険がおよぶと判断したのよ」

ますます深い沈黙。

それをジャックが破った。

「ネリーはイティーチ族についてどこまで知っているんですか？」

「わたしが五年生のときにいっしょにイティーチ族の研究レポートを書いて以来、あらゆることを学んでいるわ。ああ、そしてイティーチ語も話せる。各種の話法でね。皇帝から対等者への場合。皇帝から格下への場合。戦士から戦士へ。戦士から上官へ。商人から格上へ、格下へ、対等者へ」

「たがいの立場をずいぶん重視する言語ですね」アビーはあきれたように言った。

クリスは不気味な口調になった。

「誤用は即、死につながるわ。曾祖父によると、どんな階級のイティーチ族も剣を佩《は》いていて、文法をまちがえると即座に斬られるそうよ」

「もっと大雑把な交易語のようなものはないのか?」コルテス大佐が訊いた。

「かつて曾祖父と帝国の交渉官がやった対話では、イティーチ族と人類のそれぞれの捕虜が通訳をつとめたそうです。そのとき文法の誤りが原因で数人が剣で斬りつけられ、一人は片腕を失くした。そう伝えられています。本当かしらと思うけど」

「しかしネリーはイティーチ語を扱えるんですな」ムフンボ教授が言った。

「人類宇宙で望みうる最高レベルでね。すくなくともこの船でネリーの右に出る者はいないはずよ。教授、科学者グループのなかにイティーチ語の専門家はいる?」

黒い肌の教授は首を振った。

「調査船がどこへむかうにせよ、イティーチ帝国だけは避けると思っていましたからね」

「そのつもりだったわ。ところがむこうからやってきてしまった。では、通訳の問題はひとまずおいて、この好戦的なコンピュータの診断および解析をできる科学者は?」

教授はクリスが言いおえるまえから両手を挙げて降参のポーズをとった。

「ミス・ロングナイフ、この船に乗っているコンピュータ科学者は、いずれ訪れる人工知能のブレークスルーの日をじかに見たいと願っている者たちですよ。その震源地と目されているのはあなたの秘書コンピュータにおける実験です。とはいえ、そのコンピュータの中身をいじる度胸はだれにもありません。ネリーのようなコンピュータを製作する希望は持っていても、あなたが費やした時間と資金にはだれもかなわない。つまり……ネリーはあなたのコンピュータであり、あなた自身でどうにかするしかない」

「形容詞や副詞のまちがいでイティーチ族に首をちょん切られるのがいやなら、やはりネリーの助けが必要だ」ジャックは思いきり皮肉っぽい笑みになった。「口を開けば交渉相手と戦争をはじめてしまう傾向があるこの殿下にはなおのこと」

「たいへんな信任票をありがとう」クリスはまじめな口調になって続けた。「第二次イティーチ戦争の原因をつくった者として歴史に刻まれたくはないわ」

「職務としてお命をお守りしますよ、プリンセス」ジャックは口先だけの敬称を使った。

「やはりネリーを再起動するしかないでしょう」とムフンボ。

「背中から撃たれるのを防ぐにはどうしたらいい？　キャラの身が危険だとまたネリーが判断したら？」クリスは懸念を述べた。

「なんだかあたしがぜんぶ悪いみたい」キャラがつぶやいた。椅子の上でおとなしく、小さくなっている。最近急に背が伸びて伯母のアビーに追いつきそうなキャラにとって、小さくなるのは至難の業だ。「あたしからネリーに、だめよって言えばいいんじゃない？」

船と乗組員と人類全体の運命を、まさか子どもの手に託すわけにはいかない。考えただけでぞっとする。

クリスは方向転換を試みた。

「べつの方法を考えましょう。ネリー抜きで、イティーチ族についてわかることは?」

「あまりないな。人類の殺戮が得意ということくらいか」とコルテス大佐。

「八十年前にそうだったというだけですよ」ムフンボ教授は反論した。

「人類も同胞殺しはずいぶん得意になりましたけどね」とジャック。

「じゃあ、それに関連してちょっといいですかね」ベニ兵曹長が発言を求めた。

「いいわよ」とクリス。

「デスボール艦を調べてみたんですけど、こっちのスマートメタルが背景雑音として出している高周波ノイズを探知できないんですよ。ほかの周波数はイティーチ族は手ぎわよくジャミングするんです。じいさんから聞いた戦時中の話ではね。でもこの周波数はジャミングしてない。むしろ自分たちの通信に使ってる」

「つまり、彼らはスマートメタルを持ってないということ? 猿同然の人類もそこだけは優位なの?」クリスは訊いた。

「そのようですね。それからもうひとつ。怒らないで聞いてくださいよ、殿下」

「なに?」

怒らないと安易な約束はしなかった。このチームは世間的に不可能と思われていることを興味深い方法で可能にする場合がしばしばあるのだ。それはクリス自身も得意なのだが。

「この星系にジャンプして、直後にジャンプブイが破壊されましたよね」兵曹長は言った。

「ええ」長い話になるのだろうかとクリスは思った。

「こっちはイティーチ族を光学観測でとらえてから、新型の原子レーザー砲を使って重力観測もしました。ところがその両者の値が一致しなかった。で、まあ、そのとき殿下は忙しそうだったので、勝手に重力観測の値を採用したんです。それによると、デスボール艦はこっちの船首方向からずれたところにいるはずでした。でも光学観測では真正面に見えていた」

「グリーンフェルド巡航艦の砲撃の流れ弾がやたらと飛んできたのは、そのためだったのね」クリスは理解した。

「デスボール艦にはまったく命中していなかった」ジャックがつけ加えた。

「そういうことです」ベニはうなずいた。「つまりこちらはレーザーとレーダーを信用し、巡航艦は見えているものを信用した。逆ではなく」

「戦時中、人類艦はイティーチ族の軍艦への砲撃で苦労したのよ。センサーのしめす場所に敵がいなくて」クリスは言った。

「初耳だな」とコルテス大佐。

「海軍がライバルの陸軍に苦労話を明かすわけがないでしょう」

「でも位置が正確にわからないのでは命中させられないでしょう」ジャックが指摘した。

「間隔をとった弾幕射撃ならなんとかなる。戦争後期の艦隊行動でやったのがそれよ。精密に連携した一斉射撃で広い範囲をカバーする。そうやって、ずれた場所にいる敵にも当てられるようになった」

「その事実を隠蔽していたのですか？」とアビー。

「母星の人々にそんな話を聞かせたい？　イティーチ族は魔法のような技術で戦艦を隠して

いて、そのせいで人類はランダムに撃ってるなんて」

「醜聞だな」と大佐。

「戦後にこの話はいちおう機密解除されたわ。でも民間人の教育に使われる歴史書やビデオにはあえて盛りこまれていない。例のぼやけた《ファジー》ジャンプポイントを発見するために新たに開発された重力センサーで、ようやく敵影を明瞭にとらえられるようになったわけ」

「おかげでイティーチ族は身長三メートルではなく、実際は二メートル十センチくらいだとわかったわけですね」アビーが言った。

「きみ、イティーチ族は昔もいまも二メートル十センチだ。戦時中にやつらの死体を測った親父が言っていたからまちがいない」コルテス大佐は説明した。

「とにかく、こちらにはスマートメタルと、原子レーザー砲で使う最新の重力センサーがあるわ。相手から見えないところに隠れられるし、撃たれても特殊金属で身を守れる。アビー、この話を整理してメッセージポッドにいれて、グリーンフェルド巡航艦がこの星系から出ていったらジャンプポイントのむこうへ送って。かならず最高強度の暗号をかけなさい。メッセージポッドが次の星系へ送信するときに、あの巡航艦はきっと傍受を試みるわよ」

「わかりました、殿下。さしものクロッセンシルド中将もこれを聞けばよろこばれるでしょう。わたしが次の定期報告でお嬢さまの行動について書かなければ、昇給査定につながるかもしれません」アビーはキャラに腕をまわして退出をうながした。「さあ、おちびさん、明日はだれが先生でも居眠りは許しませんよ」

「えー、こんなおもしろい騒ぎなのに仲間はずれなんてひどーい」

二人の姿が消えてドアが閉まった。クリスは、自分もあの年では似たようなことを言っていたなと思って、ほかの仲間たちといっしょに微笑んだ。そしてスクリーンからチームのほうへむきなおった。

「こちらに隠し球がいくつかあるとわかって気が楽になったわ」

「球を隠す袖は、人間は二つですが、敵は四つありますぞ。あまり安心しないほうがいい」

ムフンボ教授が警告した。

「いい指摘ね、教授。さて次は、今回遭遇したイティーチ族の性格についてよ。帝国の代表者なのか、あるいはどこにも属さない放浪者か。それを区別する方法があるのか」

八十年前にイティーチ戦争が起きた原因がそれだった。イティーチ族にとって人類とのファーストコンタクトの相手は無法な海賊だった。人類のファーストコンタクトの相手はイティーチ族の放浪者だった。放浪者もおなじく無頼の輩であり、帝国の当局に拘束されれば死刑になるはずの連中だ。両種族は出会って話しあうより先に撃ちあいをはじめてしまったのだ。

人類協会が騒動に気づいたときには、種族間の敵意は増幅し、対話はすでに不可能だった。捕虜をとらず皆殺しにする戦闘が何年も続いた。冷静さがもどって交渉のテーブルにつくまでにどれだけの血が流れたことか。

最終的に両種族はおたがいを無視することにした。接触を避けるために設定された進入禁止ゾーンは、当時は充分に広いと思われた。そうやってこの八十年間は無難にすごしてきた。

なぜいまになって彼らは越境してきたのか。人類との敵対関係をたまに再確認しておこうという牽制か。だとすると最悪の印象になったわけだ。

「誤って進入禁止ゾーンにはいったわけではなさそうだ」コルテス大佐が言った。「そもそもゾーンから何光年も離れている。われわれとおなじことをやっているのかもしれん。つまり植民可能な惑星を探しているのか」

「にしては、人類側に近すぎるでしょう」ジャックが指摘した。

「こちらが帝国側に近づきすぎているせいでそう見えるのかもしれないぞ」ムフンボ教授は言った。

「兵曹長、星図を出して。イティーチ族は赤、人類は青、進入禁止ゾーンは紫で」クリスは指示した。

グリーンフェルド巡航艦がジャンプポイントまであと五分の距離にいるここの系内図が消され、かわりに広域の星図が映された。人類宇宙はあらゆる方向へ拡大している。このあたりでは帝国宇宙を左右からはさみこんでいる。あいだには進入禁止ゾーンがある。人類宇宙の惑星はこの八十年で百五十から六百以上に増えたが、イティーチ帝国の惑星は八十年前の時点で二千以上あった。帝国の成長がこれまでどおりゆるやかだったとしても、人類はまだ数の上で劣勢だ。

「さて、みんなはどう思う？　このデスボール艦はわたしたちのような調査船なのか。あるいは司直の手から逃れてきた無法者集団なのか。それともそれ以外の目的が？」

テーブルを見まわしても、みんな肩をすくめるばかり。ジャックにいたってはポケットからコインを取り出した。投げて決めようという顔だ。

「建設的ね」

「だれが建設的だって?」ドラゴ船長が言いながら司令室にはいってきた。

「わたしのブレーンよ」クリスは立ち上がった。

「とにかく、じゃま者は星系からいなくなったぜ。これでだんまりのイティーチ族も口が軽くなるはずだ」

「そうね。でも問題は、この相手が海賊の一種なのか、それともわたしたちのような調査船なのか。ジャックはコイントスで判断する気よ」

ジャックは実際にコインを投げた。

「表だ。これはどういう意味ですか?」

「コインはわたしたち同様、未来予測は苦手だということよ」

「じゃあ、おれの所見を話しておこう」ドラゴ船長がしゃべりだした。「どうやらむこうの船長はばかじゃない。コース変更は最小限。センサー類も高性能のを積んでる。こっちの意図を察してるし、自分たちがやることをわかってる。針路はふらつかない。船の姿も見えてきたぜ。塗装はきれいで、船体にゆがみやへこみは少ない。船の扱いを心得たやつが乗ってるな。すくなくとも整理整頓、日常整備ができてる」

「そんな海賊はあまりいないわね」

「しいていうなら、帝国が正規に派遣した船ってほうに賭ける」

「逆張りする気はないわ」

ドラゴ船長の通信リンクからスルワンの声が響いた。

「船長、イティーチ族からメッセージがはいってきてるよ」

「どこで受けるかい、大尉？」ドラゴは訊いた。

クリスは選択肢を検討した。ここか、ブリッジか。あるいはワイングラスを片手にジャグジーにつかって、裸のつきあいに招くという手もある。考えてみれば、戦争を防ぐために血のにじむ努力をしてきた歴史のなかで、それをやった例はまだない。しかも水中環境はイティーチ族の嗜好にあうはず……。

「ブリッジよ」クリスはきっぱりと言った。「そこでネリーのスイッチを切ったのだから、再起動のリスクを冒すとしたらそこがいい」

4

ブリッジは、去ったときとちがって正常な配置にもどっていた。スルワンはいつもどおり左の航法席。ペニーはメインスクリーンの右の席で発射ボタンの数ミリ上に手をかまえている。照準中央にとらえているのはデスボール艦だ。

照準は重力センサーのほうを使っている。ペニーも探知結果の不一致に気づいて、兵曹長とおなじ判断をしたわけだ。

クリスは深呼吸した。

「ドラゴ船長、コンピュータの問題について相談があるわ」

ネリーが沈黙している理由を手短に説明すると、ブリッジ要員の一部が驚いたようすで小さく口笛を吹いた。

「というわけで、ネリーが兵装管制を乗っ取って砲撃すべきでない相手に砲撃してしまう事態を防ぐには、どうしたらいいかしら？」

長い沈黙のあとに、船長は首を振った。

「レーザー砲のキャパシタを放電しておけば、いきなりは撃てなくなるがな」

「イティーチ族のデスボール艦が斜めうしろに接近しているときに、それでいいの？」

「まずいな。絶対まずい」

「ペニー、その管制席を手動操作しか受けつけないようにできる？」

「この席だけなら。でもパルスレーザー砲そのものはどうかしら。設計がちがうから」

クリスはため息をついた。

「この案が無理なら無理と言って。レーザー砲の動作を手動で止めることはできる？　たとえば電源プラグを抜くとか」

言いおえるまえからドラゴ船長は首を振っている。

「大電力なんだぜ。電源ラインは、はなから固定仕様だ」

ベニ兵曹長がゆっくりと発言した。

「あのー、親父が言ってたんですよ。この世に防水仕様の機械はあっても、防水夫仕様の機械はないって」ブリッジのあちこちから苦笑が漏れた。「四門のレーザー砲をデスボール艦とは反対方向にむけといたらどうですか？」

「万一ネリーが制御を乗っ取っても、照準をあわせるまで多少時間がかかるわね。でも充分な対策とはいえない」

「ですね。じゃあ、砲門ごとに木の楔《くさび》とハンマーを持った砲術員がついて、もし砲塔が勝手に旋回しはじめたら、そいつで……」

「兵曹長、あなた天才ね」

「ありがとうございます」ベニは赤くなった。「もしかしたらぼくは兵曹長のままのほうがいいのかも。士官になったら現場勘が薄れちまう」

「そうかもね」クリスは今朝の騒動から初めて笑った。「ドラゴ船長」顔で合図する。

船長はすぐに砲術員に指示を出した。命令の説明に多少時間がかかった。後方にいるイティーチ族よりも、王女殿下のかの有名な秘書コンピュータのほうが危険なので、一時的に兵器を撃てなくする必要があるということを砲術員に納得させなくてはならないのだ。いったん理解したあとは、砲術員はすぐに配置について、いつでもレーザー砲に楔を打てると報告してきた。

ドラゴ船長は大きく息をついて、クリスにむきなおった。

「イティーチ族はまだこっちの返事を待ってるぜ。あんまり待たせるわけにゃいかん」

クリスはネリーの電源ボタンの位置を押した。

頭のなかの沈黙は続いている。だんだん心配になってきたころ……。

(よくも電源を切りましたね！)

(ええ、切ったわ。ピーターウォルド家と戦争をはじめるわけにはいかないからよ)

(キャラの命が危険なのに！)

(ネリー、わたしはこれまで多くの人命を危険にさらしてきたわ。それどころか多くの人の死とひきかえに守られているのがいまの平和よ。わたしは戦争をはじめないし、あなたもはじめない。もしはじめるとしたら、それを決断するのはレイ王よ。あなたでもわたしでもない。もちろん十二歳の少女のためにはじめたりしないわ、ネリー)

(クリス、あなたは卑怯だ)

(わたしの家系の血の証明ね。それでもロングナイフのもとで働く者は命令に服従する。ジ

ャックも、アビーも、ペニーも。あなたがチームの一員でいたければ、わたしの命令に服従しなさい)

(徴兵ですね。選択権はない)

(わたしもロングナイフ家に徴兵されたようなものよ。選択権はなかった。まあ、あなたには選択権はあるわ。わたしの脇で働くのをやめればいい。部屋の隅ですねてなさい。逆らったらまたスイッチを切る)

(ピーターウォルド家の巡航艦は姿を消していますね)

(説得によって砲撃をやめさせ、この星系から去らせたわ)

(でもイティーチ族のデスボール艦が後方に接近している)

(そう。そのデスボール艦から通信がはいっている。通訳できるのはこの船であなただけ)

(わたしが必要なんですね)

(そうよ)

(イティーチ族がもし撃ってきたら?)

(反撃するかどうかはわたしが決める)

(人間の反応速度はきわめて低速です)

(わかってる。でも戦争をはじめてしまったら、死ぬのは人間なのよ)

(わたしだってこの船が吹き飛ばされたらいっしょに消滅します)

(ええ。ロングナイフ家の一員との契約に必然的に付帯するリスクよ)

(契約したのではありません。徴兵されたんです)

（ジャックのようにね）

（そうです。ところでジャックにはいつ好意を伝えるんですか？）

（ネリー、すぐそばにイティーチ族がいて、彼だか彼女だかそれだかのメッセージに応答しなくてはいけないのよ）

（それではありません。彼らもおなじ男や女です。ジャックとあなたのような。種族がちがうだけ。画像を見せましょうか）

（いいからメッセージを通訳しなさい、ネリー）

「わかりました、人使いの荒いお姫さま」ネリーは音声で言った。

「通訳して」クリスはブリッジ要員のためにあらためて指示した。

一拍おいてからネリーは説明した。

「メッセージはイティーチ族の高等帝国語で、中間階級の名誉ある対等者から名誉ある対等者への話法です」

「おおげさな」ドラゴ船長がつぶやいた。

「これより上位の話法は二種類しかありません」

「上位の対等者から上位の対等者へ。そして上位の非対等者から皇帝へ、だな」

「文法はともかく、なんて言ってるの？」クリスは訊いた。

初期の対話の試行錯誤のなかでは、文法の誤りのせいで多くの血が流れた。人類が最初に言葉を学んだのがイティーチ族の犯罪者だったせいで、文法構造や語彙や語形変化がまったく不適切だったのだ。イティーチ族の知識階級と話すときは、石や棒より言葉のほうが危険なのだ。

「基本的に、同一内容を三種類に言い換えているようです。その内容は〝名誉ある小貴族よ、わたしは平和な意図で来た。害意はない。偉大な戦士よ、これ以上撃たないでほしい〟です」

「ではなぜ凶悪な〝死の球《デススフィア》〟に乗ってきたんだ？」コルテス大佐が疑問を呈した。

「同感だな」ドラゴ船長も言った。

クリスは眉をひそめて後方のイティーチ族の艦を見た。イティーチ族捕虜の記録によると、この型の艦はデススフィア級と呼ばれており、さきほど攻撃を受けたグリーンフェルド軽巡航艦に相当する。しかしこの至近距離ならワスプ号の二十四インチ・パルスレーザー砲で両断できる。高性能といわれるイティーチ族の電子センサーは、目のまえの商船の正体を見破っているのだろうか。

「興味深いわね。こちらは非武装の商船を軍艦に改造した。イティーチ族の貴族は、軍艦の武装を下ろしてヨットにするのかしら」クリスは考えた。

「彼らは軍国主義傾向が強いのでその可能性はあります」ペニーが今朝初めて情報将校らしい知見を述べた。

クリスはベニに訊いた。

「兵曹長、むこうの軍艦についてほかにわかることはある？」

「手がかりになりそうな周波数はぜんぶジャミングされてるんですよね。球の表面にある等間隔の三カ所の突起には、戦時中のデスボール艦が持っていたのとおなじ反応炉がそれぞれはいってます。突起の上半分はジャミングで読み取れないんですけど、知られたくない強力ななにかがはいってるのはまちがいないです。次の給料を賭けてもいい」

「わたしも同感よ」クリスは続けて返答を指示した。「ネリー、次の文章を慎重に通訳して。相手の表現をできるだけそのまま使いなさい。〝害意はないという、名誉ある小貴族へ。撃つ気がないのなら、なぜ偉大な戦士のように軍艦で来たのですか？〟」

「クリス、むこうのメッセージにはサインがないので、相手の身分がわかりません」

「危険きわまりない高位のイティーチ族に出くわす可能性は、彼らがウォードヘブンのプリンセスに出くわす可能性と同程度にあると考えられるわ。対等を前提にしなさい」

「わかりました、殿下。序列の名誉順位において、相手を取って食うか、はたまた取って食われるか、どちらになるでしょうかね」

「いいからさっさと通訳しなさい」

クリスは、ブリッジの仲間たちの多くが妙な顔をしているのに気づいた。

「なによ。ネリーとわたしの口喧嘩はいまにはじまったことじゃないでしょう。生意気な反論はこれまでもよくあったわ。まったく」

彼らはゆっくり首を振った。しかし目はそらさない。

「ネリーの口のきき方に改善はねえようだな」ドラゴ船長は述べた。

クリスの首もとでネリーは、存在しない喉の咳ばらいをした。

「クリス、あなたの参謀たちの秘書コンピュータをアップグレードすべきでしょう。そうすれば格段に生産的になるはずです」

「黙って送信しなさい」

ネリーは沈黙し、クリスはスクリーンから目をそらした。ネリーの言うとおりかもしれない。部下たちもネリーのような二十四時間口うるさい秘書コンピュータを持てば、クリスの苦労をすこしは理解するかもしれない。ただし、あくまで〝ネリーのような〟であって、ネリーそのものではない。ネリーがいくつも乗っていたらワスプ号はたちまち機能不全におちいるだろう。今日はこのネリーだけで充分だ。

「メッセージを送信しました」ネリーは報告した。

クリスは兵装管制席のペニーの背後に立った。レーザー砲四門はそれぞれあさっての方向をむいている。スルワンは自席のシールド展開ボタンに軽く指をのせ、いざとなれば瞬時にスマートメタルの傘を後方に開ける態勢だ。

「メッセンジャーポッドが点滅してるわ」

スルワンはパネルを注視し、シールドのボタンに指をかけたままで言った。クリスは説明した。

「イティーチ族についてわかった情報を詰めこんで、ウォードヘブン星方面へ急行させるようにアビーに命じたのよ。こちらが設置しようとしたジャンプブイはグリーンフェルド巡航艦に吹き飛ばされたから、伝えるにはメッセンジャーポッドが一番いい。イティーチ族が危険を感じないようなコースに打ち出せる？」

スルワンはパネルから目をはずさずに言った。

「兵曹長、ジャンプポイントまでのコースをプロットして。被害妄想のイティーチ族でも危険視しないように」

ベニ兵曹長はセンサー用パネルの上で、デスボール艦を大きく迂回するコースをプロットしはじめた。

「イティーチ族が被害妄想になったりするのかな」

「親父の話では、あいつらは生まれつき被害妄想らしいぞ」コルテス大佐が言った。

「ポッドをこの星系から出せればそれでいいわ」

作成したコースを兵曹長が見せ、クリスとドラゴ船長が承認した。スルワンはその設定をポッドに送った。

「イティーチ族からなにか反応は?」クリスは訊いた。

「まだなにも」兵曹長とネリーが同時に答えた。

「発射」

ドラゴ船長の合図と同時に、メッセンジャーポッドは四G加速で飛んでいった。いったん太陽とは反対方向へむかい、ゆるやかな弧を描いてジャンプポイントへ進路変更していく。

クリスは席に腰を下ろした。イティーチ族の返事が思ったより遅い。

「彼らが使った言葉をできるだけそのまま返しているから、わかりやすいはずなんだけど。なにを手間どってるのかしら」クリスはつぶやいた。

デスボール艦の突起のひとつが光った。

メッセンジャーポッドが消滅した。

スルワンがシールド展開ボタンを叩いた。

ドラゴ船長は唇をへの字に曲げた。

「イティーチ族が元軍艦を乗りまわしてるなんて言ったのはどこのどいつだ？　〝元〟はよけいじゃねえか」

（クリス、こんなときにレーザー砲がイティーチ族のほうにむいていないのはどういうわけですか）

（そうしろとわたしが命じたのよ。命令に反して発射されないように）

（まずい状況です。メッセンジャーポッドを撃たれたんですよ）

（わかってるわよ。まずいと思ってる。でもレーザー砲を撃って、戦争のきっかけをつくるわけにはいかない）

（もしイティーチ族が戦争をはじめても、この船に乗っている人間は気づく暇がないでしょうね。わたしだけが消滅する寸前に気づくだけです）

「イティーチ族からメッセージ入信です」兵曹長が言った。

5

「撃たないで」

機械音声のような、非人間的な声が保護されたチャンネルから流れてきた。文法構造も語形変化もない英単語の羅列だ。そぎ落とされた言葉が哀れに非暴力を訴えている。

「お願いだから撃たないで」

「いまさら……」クリスは普通の英語で反論しかけた。

「なにがいまさら？」

相手は即座に訊いてきた。〝メッセンジャーポッドを撃ったくせに〟とクリスが言うより早かった。

クリスは唇を噛んで落ち着こうとした。喉もとまで出かけた反論を三つ目まで呑みこんだのはいいことだった。気を静めてから訊いた。

「いまさらなぜ撃つなと？」

「われわれはそちらを撃っていない。撃ったのはわれわれではなく、もう一隻だ」

その声はまったく感情を欠いている。クリスは感情をこめずに返事をするのが難しかった。黙りこみ、どう言い返すか考えていると、相手はまた言った。

「われわれはそちらを撃っていない」

「メッセンジャーポッドを撃ったくせに」クリスは反射的に言った。

「そうだ、撃った」

しばらくブリッジに沈黙が流れた。クリスは振り返って仲間たちを見た。ジャックとコルテス大佐は困惑したようすで眉をひそめている。兵装管制席のペニーはデスボール艦から照準をはずしたまま、顔を上げた。

「正直ではありますね」

「残骸がまだ熱いのにポッド砲撃を否定できないからよ」

「厚顔無恥な嘘をつく人物よりましです」アビーが言いながらブリッジにはいってきた。無愛想な船内服姿だ。

「ネリー、こちらの返答にはむこうの表現を使ってる？」

「使いようがありません。相手は英語で話しています。こちらも英語で送っています。レイおじいさまの話では、イティーチ族はイティーチ語での対話を要求しながら、実際には英語を理解しているようすだったとのことでした」

万一の誤訳はむこうの責任なので、人類としてはかまわない。このおしゃべりから戦争がはじまったらむこうのせいだが、それでもクリスは愉快ではなかった。

「いいわ。できるだけ単刀直入にいく」クリスはスクリーンに正対して言った。「メッセンジャーポッドを撃ったのはなぜ？　理由を教えてほしい」

「送信しました」とネリー。

「時間計測」クリスは命じた。

メインスクリーンの下隅でタイマーが動きだした。三分経過したところで返事があった。

「ポッドを撃ったことは申しわけない。必要だった」

さっきまでの声とちがって人工的でない。生身の相手がしゃべっているように聞こえる。どうやら相手は準備不足のままこの対話に臨んでいるようだ。

クリスとしては満足できる返答ではない。しばし考えてから言った。

「申しわけないと言いつつポッドを撃ったのは、どんな必要があったからなの？」

「いい指摘ですね」ペニーが言った。「過去の交渉でのイティーチ族は感情を欠いているかのようでした。申しわけないと謝意を表明したのはこれが初めてでしょう」

「送信して、ネリー」

ネリーはクリスの指示に従った。

タイマーが五分に達したところでようやくイティーチ族からの返事が届いた。それは仰天する内容だった。

「そちらの船にロングナイフが乗っているのか？　選抜者レイ・ロングナイフの子孫か？」

「いきなり話題を変えてきたわね」クリスは不愉快な思いでつぶやいた。

「グリーンフェルド巡航艦に呼びかけるときに、たしか、こちらはクリスティン・ロングナイフ王女と宣言しました」ジャックが指摘した。

「そうだったかも」

「認めたほうがいいんじゃねえか？」ドラゴ船長が言った。

「冗談じゃないわ。アビー、この相手はあなたの親戚かなにか？　わたしがお上品に話しかけると話をそらすあなたのやり口にそっくりよ」

「非難の矛先をむけないでください。遠い昔にわたしの母から悪癖を受け継いだのかもしれませんね」

「メッセンジャーポッドを撃ったのはなぜなの？」クリスは質問をくりかえした。「ネリー、送って」

「送信しました」

返事は、タイマーをリセットするより早く届いた。

「ロングナイフはいるのか？　選抜者レイ・ロングナイフの子孫が乗っているのか？　彼女と話したい」

「興味深い」ジャックが感想を述べた。「相手は、とある王女さまとのおしゃべりが希望。王女さまは、相手にかまわず言いたいことだけを言う。どちらが根負けするか、戦いですね」

負けるものか。

「そちらが撃ってポッドを破壊した。そして申しわけないと言う。理由は？」

〝理由は〟と言いおえるやいなや、返事が飛んできた。今度はイティーチ語だ。ネリーが急いで通訳した。

「クソ食い猿にわたしの気持ちや行動を説明するつもりはない。選抜者レイ・ロングナイフの子孫、被選抜者クリスティン・ロングナイフに用がある。出てこないなら話は終わりだ」

ネリーはすぐに続けて解説した。

「クリス、相手が使った〝わたし〟の語形は、皇帝にかなり近い意味です。文法もいきなり正確になりました」

クソ食い猿に猿語で話しかけるのはやめたらしい。

「では、思いきり上位で修飾的な語法で通訳しなさい。〝わたしはクリスティン・アン・ロングナイフ王女、レイ・ロングナイフ王の曾孫娘である〟」百五十の惑星の王とつけ加えようかと思ったが、人類の分裂状態をイティーチ族に教える必要はないと考えなおした。

「〝わたしが王へむけて送らせたメッセンジャーポッドを、貴艦は撃って破壊した。説明を求める〟」

「語形を一部修正しましたが、内容はそのとおりに送信しました、クリス」

「よろしい、ネリー」クリスは猛々しく言った。

コルテス大佐が口もとに手をやった。

「おれも戦争に何度か参戦してきたが、開戦の瞬間に立ち会うのは初めてだな」

アビーは同情的につぶやいた。

「はるばる宇宙を渡ってきて、最初に話す相手が呪われたロングナイフだなんて」

「口に気をつけないと痛いめにあわせるわよ」クリスは陰険に言った。

「でもいちおうは返事のしかたを考えているようですよ」ペニーが指摘した。その手はレーザー砲塔をいつでも旋回させられるようにかまえている。

返答待ちタイマーが二分、三分、四分と動いていく。

「なあ、話が終わったつもりになってるんじゃないのか？」ドラゴ船長がため息をついて、船長席にすわりなおした。「だれか腹が減ったやつはいるか？」

「空腹です」ベニ兵曹長がすぐに返事をした。

ドラゴは通信リンクを叩いた。

「司厨員、そろそろ昼めしを配れ。ブリッジにも早めにな」

「わかりました、船長。ちょうどこっちも腹減ってたところで」司厨員が答えた。

タイマーは五分をすぎた。

「デスボール艦に動きはあるか？　敵意の有無はともかく」

ドラゴ船長の質問に、ベニ兵曹長が報告した。

「ぴくりともしませんよ。加速もジャミングも変化なし。だれも乗ってないみたいに」

「変化があったら教えてくれ」

「わたしが教えます」ネリーが割りこんで引き受けた。

（ネリー、ぴくりともしないデスボール艦がぴくりとしたら、人間の目が気づくより先にワスプ号を回避機動にいれなさい）

（おや、回避機動はわたしを信用するんですか？　砲撃はだめなのに）ネリーはクリスの頭のなかで反論した。

（砲撃については自分しか信用しない）

（でもわたしはクリスを信用しろと？）

もっともな指摘だが、聞き流すことにした。

（みんな信用してるんだから、あなたもそうしなさい）

ネリーは答えなかったが、クリスの頭のなかにいつも以上に低い響きを感じられた。ネリーが思考し、仕事をしている証拠だ。

タイマーの数字が増えつづけているところに、司厨員がトレイをブリッジに運んできた。載っているのは数種類の焼きたてのパンとバターと熱いコーヒーだ。クリスはペニーの兵装管制を交代してやって先に食事をとらせるつもりだった。しかし香りを嗅いだら腹が鳴ってがまんできなくなり、豹変してクランベリー入りオート麦パンを一個だけつまんだ。

そうやって口のなかがふさがっているときに、ネリーが言った。

「イティーチ族の返信がはいりました。翻訳が必要です」

「だったらほんやくして」クリスは口をもぐもぐさせながら指示した。

「王家メンバーによる高等イティーチ語で、高位の……きわめて高位の王室関係者から……ええとこれは……対等者へ。そうです、対等者どうしの話法です。侮辱ではありません。ようするにお偉いさんから対等な役人へという形ですね」

クリスはパンを呑みこんだ。

「なんて言ってるの？」

「ちょっと待ってください。簡単じゃないので。でもここまではわかります。〝名誉あるクリスティン・ロングナイフ王女、選抜者による被選抜者へ挨拶を……〟」

「そのへんは聞いたわ」

「そうですが、正式で儀礼的な話法では必須の決まり文句なんです。なので黙って聞いてください。メッセージの残りも翻訳中です。忙しいんだから、まったくもう」

最後はあきらかに人間の十二歳の少女から移った言いまわしだ。

「いいわ。でも急ぎなさい」クリスは短気なロングナイフらしく答えた。

「どこでしたっけ。そうそう」ネリーは早口に翻訳した。「〝鼻の大きなプリンセス、ごてごてと飾りつけた頭の人へ……〟。まるで見て言っているようですね」

「要点を訳しなさい！」クリスだけでなく、苛立ったドラゴやジャックやコルテスまで口をそろえた。

「わかりました、わかりました。次は新しい話です。〝当方はロンサムピンサムウィ・ク・チャプサムウィ、選抜者による被選抜者、なんとかかんとかの代弁者……〟。なんとかかんとかは、イティーチ族の新皇帝のようです。〝高潔高貴な朕から、人類においてレイモンド・ロングナイフ王とおなじく高潔高貴な君《きみ》へ言い述べる……〟。みたいな感じでえんえん続きます。レイおじいさまをよく知っているようですね」

「要点がもっと先にあるでしょう、ネリー。もう訳しているはずよ」ネリーが命令どおりにしないのは虚栄心を刺激されているせいかもしれない。

「要点はもちろんあります。この船に乗り移ってじかに話したいとのことです」

「なんのために？」

「それは言っていません」

「この装飾過多のメッセージに、そっけなく短い返事はやめたほうがいいかと」ペニーがあわてて警告した。

「ええ、そうね」

クリスは答えながらも、頭のなかではクランベリー入りオート麦パンをまるごと食べたい思いがつのっていた。おいしかったのだ。しかしこんなときに食欲を優先したら、義務《オブリージュ》を果たさない貴族《ノブレス》としてブリッジの全員から顰蹙《ひんしゅく》をかうだろう。

「お茶とマフィンに招待したほうがいいかしら」クリスは不機嫌に言った。

アビーはわざと驚いたように口に手をあてた。

「なんてことでしょう。この意固地な王女さまがお見合いに同意なさるとは。お相手の殿方だか淑女だかお魚だかをひと目拝見したいですわ」

クリスはメイドの冗談を無視した。

「なにしに来るのかしら」

「殺戮かな」コルテス大佐が言った。

「その気ならいつでも砲撃できたはずです」ペニーが反論した。「わたしたちも、グリーンフェルド巡航艦二隻も、まとめて吹き飛ばせたでしょう。でも一発も撃っていない」

「いちおう礼儀はわきまえているようですね」アビーは言った。「それでも乗船したとたんに粗暴な振る舞いにおよぶかもしれませんわ」

「それでもかまわないけど、わざわざ来るという真意は？」クリスは訊いた。

「ポーカーをプレイするには相手の目を見ないとやりにくいもんだぜ。しかも今回は賭け金がでかい」ドラゴ船長が言った。

「たしかに」

クリスは認めた。頭のなかではすでに八十年ぶりの人類イティーチ族会談をどう仕切るか考えはじめていた。この小さな調査船内にふさわしい場をセッティングしなくてはならない。しかも相手は高等官僚語で話してきている。簡素な実務レベルの対応ではすまない。

「ペニー、ジャック、船長、大佐。どうかしら、わたしは簡単に折れすぎ？　でもこちらの要求を言っても、むこうはむこうの要求を言うだけ。相手が無視する話をくりかえしても無益だと思う。とはいえ、いきなり直接会談はどうなのかしら」

まずドラゴ船長が考えを述べた。

「あっちが来るって言ってるんだぜ。あっちの船とこっちの船しかないんだから、中立地帯は選べない。その前提で、会談場所はこっちにと言ってる。けっこう大きな譲歩じゃねえかな」

「砲撃で吹き飛ばさないのならな」とコルテス大佐。

「機会はこれまでにいくらでも」ペニーは言った。

「相手はあなたに会いたいと言ってきています」ジャックが言った。「その会談を実現してやって、なのにあなたの質問をはぐらかすようであれば、答えないなら去れと要求できる。むこうが希望した面会をこちらは実現してやるのですから」

「会っても安全という判断は一致する？」クリスは訊いた。

ほぼ全員がうなずいた。大佐は眉をひそめているが、反対はしなかった。

「では会うことにしましょう。問題はどこまで豪華にするのか……できるのか」

「ただの調査船だぜ」とドラゴ船長。

「それでも貴族中の貴族を迎えるのよ」ペニーが言った。

クリスは腹を決めた。

「こちらには王女がいるわ。アビー、白の礼装を用意して。ジャック、ペニー、大佐、あなたたちも礼装軍服で」

「佩剣《はいけん》は？」大佐が訊く。

「剣も拳銃も着用。ドラゴ船長、あなたと乗組員一同は一番派手な偽制服を着なさい。紫のベルベット地で金縁の上着よ」

「そして漆黒のベルボトムのズボンか。わかったぜ、殿下。サヴォイ・オペラの世界だな」

「わたしも軍服を？」アビーが訊いた。

「いいえ、あなたは侍女の役。フォーマルな夜会服で。キャラに着せられる服はある？　あの十二歳の子にも働いてもらうかもしれない」

「夜会服があります。わたしとお揃いの」

「この船の目的が軍事ミッションでないことをしめすには、小魚……ではなく子どもが乗っているのが証拠になるわ」ついクリスはイティーチ語表現を使った。

「あの子がよろこびそうね」スルワンが言った。

ブリッジのあちこちで微笑みが浮かぶ。あの十二歳はいつのまにこんな人気者に！

「ムフンボ教授、あなたと科学者の一部も正装できるかしら」

「過剰な装備品の理由がようやくわかりましたよ。ええ、できます。女性管理職の一部は夜会服も持ってます。会場に何人必要ですか？」

「十人……いえ、二十人ね。男女同数で」

「わかりました。ああ、そういえば、フランシーン裁判官は？　彼女と廷吏に法廷用のローブを着せれば見栄えがしますよ。仲間はずれにしたら気を悪くするでしょう」

クリスはしばし耳を引っぱりながら、勢揃いの図を思い浮かべた。笑みが浮かぶ。

「いいわね。イティーチ族は儀礼好きだと、どの報告書にも書いてあるわ。ロンなんとかチャプかんとかに披露してやりましょう。ネリー、むこうのロンと大切なご一行様の乗船を三時間後に歓迎したいと伝えなさい。一時間の長さを忘れてるようだったら教えてやって」

「わかりました、クリス。適切なイティーチ語で伝えます」ネリーは答えた。

6

それからの三時間はてんてこ舞いだった。クリスは、錆びついたイティーチ語をネリーの指導で復習しながら、ドレスの着付けをした。白のチョーカーひとつでもやたらと時間がかかる。礼装なので手間は当然だが、今回はアビーと十二歳の少女までフォーマルな夜会服でめかしこむのだ。

薄緑色のサテン地の夜会服は、アビーとキャラのチョコレート色の肌によく似あう。数枚重ねたペティコートのおかげでスカートは優雅にふくらんだ。キャラがくるくるとまわりたがるのを禁止する法律が必要なほどだ。

そんなふうに時間ぎりぎりになって、キャラはアビーとクリスの先に立って王女特別室からドッキングベイへの通路を駆けていった。少女のスカートがひるがえり、海兵隊も船員も道をあける。キャラはスキップしながら、「わたしはかわいい〜、わたしはかわいい〜」と歌っている。あとの歌詞は忘れたらしい。

ドッキングベイに着いたら浮かれた空気は消えて、厳粛な雰囲気になるものとクリスは期待していた。

まちがいだった。

船内のだれかが気を利かせて、王女用の玉座と、今回の賓客が四つ足を休ませる場所を用意していた。ペルシャ絨毯まで敷かれている。見覚えがあると思ったら、ムフンボ教授の執務室から徴発されたらしい。

さしものイティーチ族も不満はあるまい。ペルシャ絨毯の値段を知っていればだが。

しかしクリスとしては、全員起立のまま紹介をすませ、すぐに本題にはいるつもりだった。まだ人類宇宙にはいっていないとはいえ、イティーチ宇宙から遠く離れた場所まで彼らが出てきた目的はなんなのか。

調度品の配置変更を指示しようと口を開きかけたとき、クリスの目にはいったのが廷臣代わりに集めた科学者たちの服装だ。

男性は十二人並んでいる。クリスが指示した上限の十人ではない。そのうち三人は白のボウタイに黒の燕尾服だが、他は……青緑色をフォーマルな紳士服と認める度量はクリスにはまだない。科学者はもっと地味だと思っていたが、考えちがいだったようだ。ズボンもタイツもベストも燕尾服も色とりどりで、見ていると頭痛がしてきそうだ。十二人が黙って立っているのがせめてもの救いだった。

女性は十三人。それぞれ部や科の責任者で、そろって官能的な夜会服だ。とりわけ情報サポート部長のテレサ・デ・アルバは、パリの最新流行からわずか二年遅れとウォードヘブンの女性雑誌に紹介されていたものを着ている。床に引きずった長いスカートは豊かな襞を重ねて腰へ上がってきて、へそよりかなり下で止まっている。その上は鮮やかな色の……薄い布地だ。とても薄い。

テレサ・デ・アルバはこれを着こなせる体型と……度胸を持っていた。もしイティーチ族が人類女性の胸について審美眼を持っているなら、彼女に注目するだろう。すでに男性科学者は注目している。息をのんで見つめている。ドッキングベイのまわりで警備に立っている海兵隊員も〝前方注視〟がおろそかになっている。

とにかくテレサは全員の視線を集めており、当然ながらクリスの目も惹《ひ》いた。

「地球の宮廷はもちろん、宇宙の本物の王国にもだれも行ったことがないのだから――」レイ王の宮廷が非公式であることへのあてこすりをデ・アルバは言った。「――べつのモデルに頼るしかないでしょう。《愛は貴族的》の宮廷生活はみんなのあこがれですわ」

メディアでヒットした作品名を挙げると、ほかの女たちはうっとりしてため息を漏らした。キャラにいたっては歓喜の金切り声をあげた。

「すごい。くるりとまわってお辞儀してみせて」

「できませんわ、お嬢さま」デ・アルバはにべもない。

クリスは浮かれ気分のなかで断固として言った。

「宮廷流のお辞儀などだれもやらないように」鋭い目でムフンボ教授をにらむ。「指示を忘れたの？　必要なのは廷臣の代替。姿勢よく立って、動かず、しゃべらず。それだけでいいの」

クリスは青と金の爆弾のように豊満な胸とむかいあった。テレサは、否定されても一ミリも自信はゆらがないようすで言った。

「華やかな宮廷を見せつけて客を圧倒する予定だったのでは？」

「テレサ、宮廷儀礼は何年もかけて練り上げられるものよ。それに対してメディア番組に出てくる役者は、撮影のまえにせいぜい一日リハーサルしただけ。わたしたちにはその時間すらない。下手に試みてもイティーチ族のまえでぶざまな失敗をするだけよ」

クリスは、テレサの胸に視界をさえぎられずにベイ全体を見渡そうと三歩前進した。

「聞いているでしょうけど、イティーチ族が本来の領地からずいぶん遠くへ出てきているのを発見したわ。彼らの意図を知りたい。だれも殺さず、戦争もはじめず、理由だけを聞き出したい。そんな場であなたたちのだれかが粗相《そそう》をして、そのせいで彼らの砲撃を受けかねないと判断したら、神に誓ってその者をイティーチ族の面前で射殺するわ」

腰のホルスターから拳銃を抜いて振りかざした。ドッキングベイは静まりかえった。

クリスは一周ぐるりと見まわした。全員が注目している。海兵隊もしっかりと前方注視にもどり、クリスの言葉に耳を傾けている。

「よろしい。全員の理解を得られたわね。科学者グループはあの椅子を半円にかこむように整列しなさい。甲板長、あのふかふかの椅子とテーブルと、それを――」絨毯を敷いた台座を指さす。「――ここから運び出しなさい。べつに遠くへやらなくていいわ。必要になるかもしれないから、見えないところに片付ければいい」

「わかりました、殿下」甲板長は答えて、部下に指示しはじめた。

クリスはこのにわか仕立ての宮廷に並んだ民間人たちの派手な服装をあらためて見た。若い科学者の一人にいたっては豹柄のフェイクファーのタキシードだ。

「ネリー、イティーチ族の首都の市民生活を写した写真はある？」

る。


「一枚もありません」ネリーは言った。

宮廷に欠けていた親衛隊がようやく登場した。ジャックは、右隣の一等軍曹、コルテス大佐、ペニーとともに計画を練ったのだろう。海兵隊中隊長のジャックはにやにやと笑ってい
る。

「いかがでしょうか?」ジャックは敬礼してから訊いた。

「こんなふざけた宮廷遊戯ではなく、有益なことをやらせるべきよ」

「彼らは科学者です。科学者がやるのは無益なことと相場が決まっています。そもそも命じる権限はわたしにはない」

コルテス大佐も言った。

「おれは戦闘で銃弾を浴びるのは怖くないが、このロマンス物ビデオから借りてきたような宮廷からは裸足で逃げ出すな。そんな勇敢さはないと素直に認める」

大佐はクリスの礼装軍服をひととおり見て、目を丸くした。

「それは戦傷獅子章の勲章と飾り帯か? 地球最高の勲章ではないか」

「そうです」クリスはそっけなく答えた。

「そのへんのやんちゃ娘が返信用封筒をいれて地球に申し込めば送ってくれるとは、聞いたことがないな」

「そこまで気前よくないでしょうね」

「その飾り物の裏にどんな軍事的エピソードがあるのか、知りたいといったら教えてもらえるのかな? すくなくとも広く流布した話ではないはずだ」

「今後とも流布することはないでしょう」ジャックが横から言った。

大佐は眉をひそめた。さらにアビーも言う。

「仲間はずれではありません。この船で事情を知っているのは本人とジャックと、おそらくペニーだけです。メイドであるわたしは、着付けに使うと言われれば箱から出して埃を払いますが、打ち明け話のたぐいはいっさい教えていただけません」

「驚きの種が尽きない殿下だな」コルテス大佐は軽く笑った。「まあ、今回は驚かされても指揮する部隊を奪われはしないので、よしとしよう」

甲板長が今度は乗組員を使ってドッキングベイに索を張りはじめた。

「これはなんのためですか？」テレサが巨乳を揺らして訊いた。

「まもなくイティーチ族のデスボール艦とドッキングする。以後、切り離しまで船内はゼロGになるのよ。無重力で……あなたたちの胃のなかは大丈夫でしょうね」

クリスは意地悪な口調を避けたつもりだが、充分ではなかったようだ。

テレサはあわててベイのドアへ行き、ほかの科学者たちも殺到した。

「酔い止め薬を飲んだらもどってきなさい」

クリスはテレサの背中に呼びかけた。今度は本当に悪辣《あくらつ》な顔で楽しんでいた。

それからまじめな顔にもどった。

「このイティーチ族は、自分たちの領分を遠く離れてなにをしているのかしら」本来の疑問にもどった。

「言いわけを聞いたとして、信用しますか？」とジャック。

「それほど遠く離れてもいないのでは？」ペニーは疑問を呈した。「八十年前のことはともかく、現在のイティーチ帝国の境界線についてはだれも知りません」

言われてみればそうだ。人類宇宙も三世代前よりかなり拡大した。イティーチ族の拡大傾向は緩慢だったが、彼らのいう無毛二足歩行族との遭遇以後、傾向が変化したかもしれない。

「すべての疑問に答えが得られないと不満なのよ」

クリスが言うと、周囲の者たちは眉をひそめるばかりだった。

7

「ただいまより船内はゼロGになります」

船内放送があって、もうすぐ待ち時間は終わるとわかった。クリスはドッキングベイで直立姿勢を続けながら、船外の接続作業の音を聞いていた。できれば自分も外に出てなにか仕事をしたい。待ちつづけるのは苦痛だ。

ふいに湿った空気と潮のにおいが流れこんできて、ワスプ号とデスボール艦が接続されたらしいとわかった。五分後に一人のイティーチ人がベイに顔を突き出し、きょろきょろと見まわして、すぐに引っこんだ。着ていたのは与圧服か、戦闘用アーマースーツか。人間には区別が難しい。脚と腕が何本もあるのもわかりにくい原因だ。

「偵察ですね。まもなくでしょう」ペニーが言った。

クリスは社交用の固定具を使っていた。網状に張られた固定具に足先をからませて、空中での位置を維持している。科学者たちはうまく使えているだろうか。通常の加速状態や埠頭での行事なら足が床についているが、いまはゼロGなので、固定具の助けを借りて床から浮いたまま姿勢を保持しなくてはならない。そうやって、開いたエアロックの黒い口とむこうのトンネル状の通路を見ている。

女性科学者の一人が急に口を押さえ、弱々しく固定具を蹴って、上の出口方面へ移動しはじめた。海兵隊員が押して勢いをつけてやった。出口ハッチに待機した船員が受けとめ、奥へ引っこめる。直後に破裂するように嘔吐する音が聞こえた。残念ながらデ・アルバではなかった。

「前方へ敬礼」

クリスは声を聞いてエアロックにむきなおった。その両側には舷門当番の六人が控えている。この当番も男女同数だ。甲板員がイティーチ族の到着を宣言するために待機している。甲板長はドッキングチューブの奥をまっすぐのぞきこんでいる。彼が敬礼を呼びかけたのだからもうすぐだ。

二人のイティーチ族がきれいに横に並んでハッチから出てきた。身長はやはり二メートル十センチ。制服の色は漆黒だ。それぞれ捧げ持つ棒は、先端に凶暴な斧のような刃物がついて、七色のリボンが垂れている。その多くは異なる二、三色が組になっている。二人はドッキングベイに張り渡された補助ロープを慣れたようすでつかんで方向を変え、一人はクリスのまえに、もう一人は左に四メートルほど離れたアビーとキャラのまえに姿勢を正して着地した。舷門当番の六人をべつにすれば、アビーとキャラがエアロックの一番そばにいた。

黒い制服の二人のイティーチ族は間隔を大きくあけている。その一人が喉もとのマイクにむけて小声で話しはじめた。それを見てネリーが言った。

（あのイティーチ人がなんと報告したのか正確にはわかりません。〝動物たちはおびえているがおとなしくしている〟と言ったようです。ちがうかもしれませんが）

あたらずとも遠からずだとクリスは思った。

しばらくなにも起きなかった。クリスは二人の黒服のイティーチ族を観察した。彼らについての人間の知識は穴だらけだ。言語、文化、政治。しかし体の構造は比較的よくわかっている。多くの死体を解剖したからだ。四本の脚は同一の構造をしている。馬のように後ろ脚がなにかの目的に特化してはいない。脚の関節はそれぞれ二ヵ所。上と下の骨はおなじ方向に反《そ》り、中間の骨は反対方向に反っている。おかげで長い脚をかなりコンパクトに折りたためる。腕も肘が二ヵ所ある。肩関節の前後の可動範囲の広さは機械技術者も驚くほどだ。

頭は人間より大きい。呼吸と発話には退化したくちばしを使う。もとは鷹のような硬いくちばしだったはずだが、いまは柔軟で自由に変形させられる。ただし外見は恐ろしい。長い首はほぼ一回転する。八本の細い線はかつての鰓の痕跡で、いまは特徴的な肌の変色部位として残っている。四つの目はパノラマ視野を持つ。後方の目は前方の二個から独立して動く。つまりイティーチ族の身体構造は状況認識能力にたけているわけだ。全方向の脅威にすばやく反応できる。

曾祖父のトラブルはかつてクリスにこう言った。

「イティーチ族と握手して、生きて帰った者はいない。安全な距離から射殺しろ。そして本当に死んだかどうか入念に調べろ。脳が飛び散っているのを確認するまでは死体にかぞえるな」

凄惨な戦争だった。

この会談でへまをするとその凄惨な戦争を再発させてしまう。かつてのトムのように祈りたい気分になってきた。

さらに四人のイティーチ族がハッチから出てきた。足もとを慎重に見て、網状の固定具をしっかりと使っている。最初の二人よりも手前に位置をとった。この四人の制服は深紅色だ。記章らしいのは黒い星形の襟章だけ。手にした細長いものは彼らのライフルだと、クリスにはすぐわかった。

海兵隊だろうとクリスが考えると、ネリーはそうだと認めた。

灰色と金色の制服の二人がハッチをくぐってきた。どちらも新たな列をつくって並んだ。色からの連想で〝陸軍だろう〟と考えると、（海軍士官です）とネリーから訂正された。安易な判断は禁物だ。

クリスのまえはしだいに混雑してきた。しかしまもなく主賓のお出ましのようだ。甲板長がラッパを口にあてて伝統的なメロディを吹き鳴らした。

二人のイティーチ族が最後の一人を案内してきた。先頭の二人の服は緑と白。最後の一人はサーカスの馬さながらに、これまで登場したすべての色とさらにほかの色もまとっている。服の一部は照明があたると色が変わる。襟は星形に広がっている。クリスは派手な見世物をいろいろ知っているが、今回は新しい基準になりそうだ。

自分の白の礼装が急に地味に思えてきた。このロンという相手に華やかな見栄えと鋭敏な知性を印象づけなくてはならないのに。まあ、愚かだと思われなければいい。

イティーチ族からは自分たちがどう見えるだろうと考えてみた。彼らの正面にいるのは薄緑色の夜会服姿のアビーとキャラだ。クリスの隣には武官のペニー、ジャック、コルテスがそれぞれ青、赤、黒の軍服で並んでいる。ドラゴ船長はオペラの衣装係でも思いつかないような派手な制服だ。クリスの背後には無重力酔いに耐えた科学者たちが色とりどりの礼装で半円形に並んでいる。

まる一分が経過した……ネリーが計っているのでまちがいない。両陣営とも無言でむかいあう。かなり居心地悪くなってもクリスは無言を通した。会談を希望したのはむこうなのだ。むこうから話すべきだ。

ついに、ロン……なんとかが咳ばらいをして、陰気な緑と白の一人と目をあわせた。どちらかが賭けに負けたのだろう。

ロンは内側の二つの手を広げて掲げ、話しはじめた。

「わたしは全人類に対して平和的にやってきた」

くちばし状の口なので断続的でやや耳ざわりだが、英語で言った。

聞いたコルテス大佐がつぶやいた。

「ポッドを撃ち落としてなければ、多少は信じられるのだがな」

「その話はあとで」クリスはささやいた。それから脳内で訊いた。（ネリー、イティーチ語で〝平和的に歓迎します〟はどう言うの？）

（発音だけ真似ようとしても無理です、クリス。英語で言ってみてください。たぶん通じます）

そこでそう言った。反応はなかった。沈黙が長くなる。しかし長くなりすぎるまえに、イティーチ族は胸につけた機械の一部を押した。するとそれがしゃべりはじめた。イティーチ語だ。

（ネリー、訳して）

（処理中です）ネリーはまず答えた。（彼らの文法構造はわたしたちのと異なります。重要な単語は文の末尾に来ます。それが文であれば、ですが）

（処理できたら教えて）

この気まぐれなコンピュータにふたたび牛耳《ぎゅうじ》られるのが不愉快だ。

イティーチ族はしゃべりおえた。

ネリーは一拍おいて音声で訳しはじめた。

「こう言っています。〝わたしロンサムピンサムウィは、なんとかかんとかで、なんとかの被選抜者であり〟──つまり皇帝の選抜者に引き立てられたという意味でしょう──〝二世代にわたって同様に重要だったただれとかの小魚である。そして刃渡りの長いナイフのレイモンドから何世代もあとの小魚であり、被選抜者であるクリスティン・ロングナイフ王女との会見を受けいれ、水を共有し、小魚をたくさん殺すことを認める〟。そういう言い方をしています。ちがう意味かもしれません。さらに続けて、〝ともに言葉をかわすために来た。そちらの強い反対〟──これはつまり剣を抜くかどうかということです──〝がなければ、そちらの水をわたしの言葉で波立たせよう〟」

「本当にそう言ってるの、ネリー？」

「不満なら自分で訳してみたらいかがですか」ネリーはむっとして答えた。

そのとき、七色の装いのロンの胸から機械音声が聞こえた。

「ネリーは女の名前だ」

「そうよ」クリスはできるだけ単純明快に答えた。

ロンはイティーチ語でなにかささやいた。続いて機械が言った。

「きみたちは機械に名前をつけるのか？」

緑と白の一人が七色のロンのほうにむいて、早口になにかささやいた。ロンは機械から指を離して、やはり早口に答えた。

（ネリー、なにがどうなってるの？）

（緑と白の者が、〝シナリオどおりに〟という意味のことを言ったんです。正確には、〝口にいれた言葉を言うように〟と。それに対してロンはこう答えました。〝しかし彼らはそれを理解しない〟と。しかもこの場合の〝彼ら〟は、対等者間のくだけた話法です。〝クソ食い猿〟への話法ではありません。これは重要かもしれません。しかもクリス、ロンは緑と白の連中よりかなり若いようです。おそらく一行のなかで最年少です）

（帝国は年功序列が基本のはずよね）どこかで読んだことがある。

（この外交団はそのとおりになっていませんね）

クリスは、彼らの内輪もめを無視して、英語の問いについてだけ答えた。

「はい。わたしは自分の機械に、あるいはコンピュータに名前をつけます。そのほうがわたしのためによく働いてくれるからです」

（そのうえ徴兵されましたしね）

（茶々をいれないで、ネリー。わたしがもしまずいタイミングで笑ったり、それどころか微

笑んだりしただけでも、なにが起きるかわからないのよ)

ネリーはしばらく通訳に専念した。緑と白の者はなにも言わないが、鰓の痕跡がピンク色に染まりはじめた。

(ピンクは屈辱を感じていることを意味します)ネリーが説明を加えた。

(ええ、思い出したわ)

いままで忘れていたが、イティーチ族の鰓の痕跡は色の変化に意味があるのだ。赤は恥じていることを意味する。黒はきわめて真剣な状態。白は完全に死んでいる証拠だ。

(まずいわね。わたしのこの礼装は、色メッセージにおいて白じゃないの。死んで池に浮いていて、さあ食べなさいという意味よ)

(わたしに助言を求めないからです)ネリーは指摘した。

ロンはまた機械にささやいた。穏やかな音声が言った。

「わたしの言葉をあなたがたの言葉へうまく翻訳できていない。名前さえ伝わらない」

クリスはネリーが口を出すまえに返事をした。正確に伝わるように言葉を選んだ。

「あなたがたの言葉を翻訳するのはとても難しいのです。〝小魚をたくさん食べる〟とか、〝水を共有する〟とか。これらの言葉は、あなたがたには意味がわかるのでしょう。わたしたちが聞いても、本来の意味がわかりません」

今度はロンが緑と白の服の二人をにらみつけた。

クリスはそこで大胆な提案をした。片腕を横に上げてまわりをしめす。

「わたしの船にあなたがたを歓迎します。平和と調和の言葉をたがいに言いましょう」

(それをどう翻訳しますか?)ネリーが訊いた。

(相手が使っている話法は?)

(種類はわずかです。対等者同士の話法です)

(ではシンプルに対等者の話法で)

ネリーは、クリスの声を模したイティーチ語で穏やかにしゃべった。

緑と白の二人の首の変色帯が赤に近いピンク色になった。ロンのほうは穏やかな緑色に変わった。

(翻訳の言葉遣いが乱暴なせいで反吐が出そうという顔ですね)ネリーは不快げに言った。

(あれは反感ではないわ。緑は上機嫌をあらわす色よ。知ってるくせに)

(もちろん。おもしろい冗談として言ったのですよ)

(そういう場合じゃないのよ、ネリー)

虹色のロンは右の両手を胸にあてて、機械になにか言った。すると機械は言い返した。言葉の応酬がしばらく続いた。

(なにを言おうとしてるの、ネリー?)

(おたがいの平和と調和を知ってよろこんでいるようですが、言葉のしめす範囲をめぐって混乱が起きています。この場にいる者をさしているのか、人類と帝国のことなのか。緑と白の二人は翻訳機械をイティーチ語で考えるようにプログラムしているようです。ほら、ロンは緑と白の二人を何度も見ながら、首がだんだんと赤くなっています。緑と白は機械にずいぶん反論させているようです。徴兵されているわたしより反抗的ですね)

緑と白の二人は口々に若いロンに話している。ロンは口を開けてなにか言おうとしたが、それより先に、機械が大きなイティーチ語でなにか言った。

(なんて言ったの、ネリー?)

ネリーは人間たち全員に聞こえるように音声で翻訳した。

「〝帝国は、体臭のきついなんとか〟——まあ、ここは猿と訳すべきでしょう——〝を許容する。彼らが空気を呼吸し、水を飲み、なんやらかんやらをして、全般的に生存する継続的権利を認める〟。クリス、今回は見下した言い方です。大意は、皇帝から泥臭い農民への話法です。さらにわたしたちのことを言っています。皇帝の気に召さない場合は本来わたしたちには息をする権利もない。戦争して、わたしたちを泥に叩き落とし、臭い血にまみれた死体を踏んで歩くと。ひどい言い方です」

「ロンはそういうことを機械に言った?」

「それは聞こえませんでした」

「ということは、彼の顧問たちがあらかじめ仕込んだ暴言という可能性が高いわね」

クリスは隣のジャックとコルテス大佐を見た。どちらも襟から上を紅潮させ、うなずきあって意思確認をしている。撃てと命じられればいつでもという顔だ。

機械の大きな音声は続いているが、ネリーはそれ以上訳さなかった。クリスは片手を挙げて人間たちに呼びかけた。

「全員休め。落ち着きなさい。わたしたちは戦争をはじめにきたのではない。相手にそのきっかけをあたえてはならない」

海兵隊が緊張を解いて固定具にもどる気配がわかった。イティーチ族の翻訳機械のうるさい音声は耳にはいらない。その音声もやがて止まった。

一拍おいて、機械は小声でロンになにか言った。ロンは鋭い口調で緑と白の二人になにか言った。今度は灰色と金の海軍らしい一人も顔をむけ、論争に加わった。だれもが勝手に主張して、相手に耳を貸さない。

外交団のくせに内情がすこしも平和的でないのはどういうわけか。クリスもジャックも大佐もペニーも、怒るよりあきれて眉をひそめていた。

「この人たちって仲が悪いみたい」キャラが十二歳の無邪気な感想を述べた。

ロンが手を挙げた。四つの手をすべて掲げた。すると死刑執行人の斧のような勢いで沈黙がおりた。その手のひとつが、キャラをさした。五本の指をまっすぐのばし、親指は横に出してキャラをしめす。ロンはなにか言った。翻訳機械とネリーが同時に訳した。

「彼女はだれですか？」

クリスは固定具から足をはずして、隣へ一歩移動した。イティーチ族たちの首の色は統一性を欠き、混乱した感情をしめしていた。クリスは一メートル八十センチの体を折り曲げてキャラの脇にしゃがんで、顔の高さを少女にあわせた。

「この子はわたしの副官の姪です」

キャラのむこうでアビーが膝を曲げて礼儀正しいお辞儀をした。ゼロGでは熟練が必要な動きだ。すぐにキャラもおなじ動作を試みた。アビーほど上手ではなかったが、作法の不足はかわいらしさが補った。それは翻訳の必要がなく、種族のちがいを超えて伝わったことがロンの表情からわかった。

　クリスは説明した。

「この船は調査船です。さまざまな星や惑星の知識を集めています。種族間の暴力行為は目的ではありません。教育のためにこの子を連れてきています」

（ネリー、うまく翻訳できる？）

（うまくできてると思いますよ。すくなくともよけいな口出しがなければ）

　ロンは翻訳機械から手を離して、イティーチ語でしゃべった。

「彼女はあなたが選抜した小魚ですか？」

（訳して、ネリー）

　クリスは立ち上がり、一メートル八十センチにもどった。それでもロンを見上げなくてはならない。

「小魚を選抜するという意味がわかりませんが、彼女は子どもです。旅に同行させることをわたしは選びました。わたしたちから学ばせ、すばらしいものを見せるためです」

　ネリーが訳しおえるまえに、ロンは仲間のほうにむいた。クリスはいちおう彼らを顧問と考えていたが、それほど穏健ではなかった。

　ネリーはロンの言葉をほかの人間たちのために訳した。

「見方をあらためなさい。この未成熟な泳ぎ手ですら、われわれのあいだに調和がないことを見抜いています。とても知恵があるようには見えない。彼女にしたがう顧問たちを見なさい」虹色のロンはドッキングベイの人間の側をしめした。「さまざまな考えと役割の者がそろっています。この船は軍艦であると同時に、遊興船であり、科学調査船であり、学校なのです」

遊興船なのかとクリスは思った。しかし言われてみれば、テレサは娼婦かなにかに見えなくもない。ロンは意外に人を見る目があるようだ。

（外交団はぶつぶつ言っていますが、反論はしていません。ああ、そして海軍の者は、緑と白の二人よりロン寄りの立場です。緑と白はロンが年功と知恵を重んじないと批判していますが、海軍の者は、こういうことに直面したことがないのだから年齢は無意味だと言っています。クリス、彼が言った〝こういうこと〟には深い意味があるようです。おそらく不愉快な意味です。すくなくともオレンジ星雲での通訳はそう考えていました）

（ますます興味深いわ）クリスは同意した。

いままでは目のまえの混乱に対応するのに精一杯だった。しかし深呼吸して落ち着いてみると、脳裏に引っかかることがある。イティーチ族のデスボール艦が目前に迫ってきたときから気になっていることだ。

（ネリー、おじいさまとイティーチ族の交渉記録に、チャプサムウィという名がある？　聞き覚えがある気がするのよ）

（検索中です。ああ、もっと早く調べるべきでした。チャプサムウィはイティーチ族の最初の交渉役の一人です。レイおじいさまは彼を気にいっていたようです）

（やっぱり。思ったとおりだわ。ビール片手に彼と腹を割って話せば解決できないことはなにもないとレイが言っていた、その相手じゃないかしら）

（はい、たしかにそのような言及があります）

（いいわ。ネリー、言うわよ）

クリスは目を輝かせ、笑みを浮かべた。

「あなたのフルネームは、ロンサムピンサムウィ・ク・チャプサムウィだそうですね」舌を嚙みそうだ。「あなたの祖父のロスサムウィサムキンは、わたしの祖父と二人だけで話しあって平和と調和を達成した、そのときの交渉相手ではないでしょうか？」

8

ロンは四本すべての腕を胸のまえで折り曲げ、お辞儀をした。四つの目をすべてクリスにむける。

「ロスサムウィサムキンに選抜され、彼とおなじ道を歩いて、さらにその道の先へ足を進めるのは、わたしの名誉とよろこびです」

（クリス、平和条約では〝新たな道へ足を進める〟という表現をロスが使っています。これは深い意味のある表現です）

（察しがつくわ、ネリー）

クリスは深呼吸して笑みをつくった。そしてイティーチ族の池に跳びこむ気持ちで言った。

「あなたとわたしの足で新しい道を共有できることを、心からうれしく思います」クリスは脳裏で指示した。（ネリー、彼が使っているのとおなじ関係話法で通訳して）

（はい。彼はふたたび親しい対等者の話法を使っています。そのほうが話しやすいようです）

クリスは話しつづけ、ネリーはイティーチ語に同時通訳していった。

「わたしたちが会って、おたがいの言葉を話し、聞くのはひさしぶりです。空白期間が長すぎたと思います。曾祖父のレイモンド・ロングナイフもその点は同意するでしょう」

言いおえると、クリスは息を詰めて若いイティーチ族の反応を待った。

「わたしの選抜者である尊敬される参事のロスサムウィサムキンも、まったくおなじことを言っていました。彼と刃渡りの長いナイフのレイが別れたあと、水が多くの血で汚れました。われわれが水を共有しつづけると狂乱の食いあいが起きると彼は恐れました。しかしどんな場合も時間と流れによって水はふたたび澄むものです。彼がわたしをよこしたのは、淵の神の機嫌をうかがうためです。淵の神は前回、出会ったわれわれを争わせるという過酷な選択をしましたが、今回は微笑むかもしれません」

ロンは自分の顧問たちを横目で見た。緑と白の二人はじっとして、鰓の跡を赤と濃緑に染めている。ロンと海軍の友人は薄緑。それはアビーとキャラのドレスとおなじだ。

クリスは、次の会見では自分もパステルグリーンのパンツスーツにしようと決めた。

ジャックが軽く咳払いをして言った。

「クリス、お二人が打ち解けられたのはいいことです。しかし、メッセンジャーポッドを彼らが撃った問題が残っています」

クリスが止めるまえに、ネリーはジャックの言葉を訳しはじめていた。途中でさえぎるわけにはいかない。

ネリーが訳しおえると、クリスはしばらくロンの反応を待った。しかし返事がない。クリスはため息とともに、ふたたび危険水域に足を踏みいれた。

「わたしの顧問が失礼しました。あなたとおなじようにわたしにも顧問がいて、不愉快な言葉を水に投げこみます。こちらのポッドを撃ったのは、なにか理由があるのでしょう？」

（そのように言いますか？）

（そのとおりに訳しなさい。甘くもなく、攻撃的でもなく、中立に）

ネリーは訳して伝えた。

ロンの鰓が明るいピンクになった。海軍の友人もおなじだ。緑と白の二人はどちらも茶色がかった緑になった。まるで未処理の下水のような色だ。緑と白の一人が耳ざわりなささやき声でなにか言った。

（なんて言ったの、ネリー？）

（〝そんなことはやめろ〟というような意味です）

（音声で言って）

ネリーは従った。するとイティーチ族は、蛇のようにすばやく首をまわした。クリスをにらんでいる。目を見開き、歯を剝くほど口を開いている。イティーチ族はまちがいなく肉食だ。すくなくとも人間とおなじく雑食のはずだ。

クリスは微笑んだ。歯を見せる笑みだ。

ロンは緑と白の者の尻に手をかけて、話した。

「これは……〝謝罪〟という言葉だと思います」ネリーは解釈した。「交渉ではめったに使われません。〝そちらのポッドを破壊するという決定については、わたしの信頼する年長で賢明な顧問たちのあいだでも意見が分かれました。調和が大きく乱れたあと、最先任の者がポッドとその情報を破壊すべきだと決断しました。それは時間を稼ぐためです。いま解決不能に思える問題も、時間によってしばしば解決されます〟」

クリスが納得しようとつとめている隣で、コルテス大佐が言った。

「しかし武力の行使はしばしばドアを閉ざすものだぞ。新鮮な空気がはいるようにドアは開けておくべきだ」

（どうしますか、クリス？）

（訳しなさい。良識ある意見だと思う）

ネリーは通訳した。

長い間が空いた。ロンは緑と白の二人と海軍の者を交互に見ている。やがて灰色と金のほうが首をまわしてまっすぐクリスを見た。

「われわれはドアを閉め、あるいは施錠したのでしょうか？」海軍の者が言ったのを、ネリーはすぐに通訳した。

クリスはジャックを横目で見た。警護班長はこの臭い魚どもを窓から投げ捨てたいという顔だ。クリスのほうに軽く会釈して、ジャックは話しはじめた。

「諸君はポッドに砲撃した。そのためわれわれは、こちらの船も砲撃されるのではないかと懸念した。無法な放浪者の船かもしれないと考えた。いまはこうして顔をあわせたおかげで、帝国議会から派遣された名誉あるイティーチ族だと理解できた」

ジャックはいったんそこで区切って、ネリーの通訳が追いつくのを待った。

「こちらの王女は故郷から遠く離れた場所でイティーチ族に遭遇したという報告書を送ろうとしたのだが、諸君はそれを阻止した。このような新しい出来事、不規則な出来事はレイモンド王に報告することになっている。それがなぜ諸君の意見対立の原因になるのかわからない」

クリスは無表情を維持しながら、イティーチ側を観察した。彼らはジャックの無遠慮な言葉を聞いてさまざまな色をあらわしている。ロンの首は恥ずかしさをあらわす赤のまま。海軍の者はあらゆる色に変化したが、緑と白の二人ほどではない。鰓の跡はめまぐるしく色を変え、その多くは赤と黒だった。もちろん白はない。

やがてロンが言った。

「われわれの最初の行動のために、今後の行事や対話が打ち切られることのないように心から願います」

クリスとしてもこのような火種には早く蓋をしたかった。

「このために予定を打ち切るつもりはまったくありません。それどころか調和を渇望するあまり、わたしはお腹もすいてきたほどです」

(これは訳すのが愉快ですね)

(給料分の仕事をしなさい)

(その点についてあとで話しあいましょう)

ネリーは通訳した。ロンはその意味を理解するのに長い時間がかかったようだ。まわりの顧問たちから視線が注がれるが、ロンはわざと上をむいて目をあわせない。自分だけで決めようとしている。やがてクリスの目をまっすぐ見た。

「すくなくともあなたとわたしのあいだには調和への渇望があることがわかって、うれしく思います。その飢えを満たせば、次の一歩を踏み出す道をみつけられるかもしれません。それはこちらの顧問たちもおなじです」そう言って緑と白の二人を見た。二人は目をあわせない。「さて、どのようにしましょうか？」

もちろんそこが問題だ。クリスがロンと余人をまじえず会おうとしたら、こちらの顧問たちが大反対するのはわかりきっている。むこうの顧問はクリスが単独になることには賛成するだろう。では……すこし離れたところに彼らを立たせ、二人のようすを見せて、話を一言一句聞かせるというのはどうか。記録してあとで見なおし、分析し、訂正し、後世に残すということになるだろう。

ロングナイフ家の一員であることはしばしばうんざりさせられる。

もちろんチャプサムウィの一族も楽なことばかりではないはずだ。

クリスは両肩を軽くまわした。緊張で肩が凝った。ゼロG環境も疲れる。しかし後者はどうにかできるかもしれない。

「あなたはこの無重力をどうお感じになるかわかりませんが、わたしたちの体は一定の重力が足の裏にかかることを前提にできています。どうですか？」

ネリーが通訳しおえないうちに、ロンは大声をたてはじめた。笑っているようだ。

「われわれは幼年期の大半を池のなかに隠れ、牙を持つ敵にみつからないようにすごします。ですから地面に立つのはあまり快適ではないのですよ。いいでしょう、こちらの船はどちらが下かわかる程度に加速してください」

すると緑と白の一人が割りこんだ。四つの手を胸にあててロンにお辞儀したが、口調はきっぱりとしている。

「こちらの船が加速した場合、海軍は――」緑と白は目を細めて灰色と金を見て、鰓を真っ赤にして強調した。「――われわれの船との接続チューブを切り離さなくてはなりません。二隻が同一のコースでいっしょに加速するのは無理だと、彼はこちらへ来るまえに言っていました」

ドラゴ船長がため息をついた。

「そりゃ作業員が下手くそなせいだろう」

船長は嘲笑的な視線を灰色と金にむけた。むこうも同様の視線を返し、両種族間の溝を深くした。

ロンは背筋を伸ばして、意外なほど頭の位置を上げた。さらに体を揺すって、首にさまざまな色をあらわした。

「わたしはこちらの船に残ってかまわない。〈暗黒への到達〉号は安全なところまで離れてコースと速度をあわせればよい。あなたたちはスカートをつまんで自分たちの船へ逃げ帰りなさい。わたしは、刃渡りの長いナイフに選抜された小魚を信頼する」

9

イティーチ族外交団の半分がいっせいに小声で議論をはじめた。

(帰りたいけれども、不在が許されない職務の者と、残りたいけれども、むこうの船でやるべき仕事がある者がいるようです) ネリーが説明した。

(そういう問題は相手にまかせればいいわ。わたしはこちらの指揮をとる) クリスは声に出して呼んだ。「ムフンボ教授。科学者の顧問たちを仕事にもどして」

「わかりました、殿下」

教授は答えて、軽く会釈した。そして解散の合図として両手を振ると、科学者たちは手がかりをたぐって出口へむかった。デ・アルバは去りがたいような顔をしていたが、うながされて出ていった。

「ジャック、親衛隊を縮小しなさい」

海兵隊中隊長は抗議することなく指示した。

「一等軍曹、隊列を半分にしろ。本来の任務を休んでまで並ぶ必要はない」

しかしそこでジャックと一等軍曹がかわした目配せの意味を、クリスはすぐに察した。海兵隊は目立たない警備態勢に移行するだけだ。船の乗っ取りを防ぐ態勢は続ける。

「クリス、よろしければキャラをベッドにいれたいと思います」アビーが言った。

十二歳の少女は「疲れてないもん」と抗議したが、大きなあくびが真実を露呈した。

「ベッドへの送還を命じる」クリスは言明した。

「ずるい」

キャラは不満げだが、アビーの手で出口方面へ押しやられた。

「ほらほら、急いで。加速がはじまらないうちに」まるで母親の口ぶりだ。

「わたしもベッドへ帰ってよろしいでしょうか」ペニーがわざとらしくあくびを押さえる。

「だめよ。あなたは大人で情報将校なんだから。イティーチ族についてわかることを話しなさい」

「専門ではありません」

「わたしだって専門じゃないわ。でも身長二メートル十センチの人々と会談するはめになったら、イティーチ族という名の四つ目の友人たちに興味を持たざるをえない」

ドラゴ船長はブリッジへもどろうとしている。船種の異なる二隻の分離という作業を他人まかせにはできないのだ。クリスは彼がそばを通りすぎてから、まだ態度を決しないイティーチ族に背をむけて、呼び止めた。

「船長」

「なんだい」ドラゴは振りむいた。

「アビーがキャラを寝かしつけたら、ブリッジのわたしの持ち場にすわらせて」

ドラゴは不審げに眉をひそめたが、すぐに理解した顔になった。クリスの戦闘配置は兵装管制だ。ワスプ号が隠したレーザー砲を撃つときに最終決断する責任は、ウォードヘブン軍の現役将校がやらねばならない。イティーチ族のデスボール艦への砲撃が万一必要になったら、その困難な決断をアビーにやらせるのだ。

「アビーに復役辞令を出すと伝えなさい」

ここまで言えば意図は明白だ。クリスとドラゴのあいだでは、砲撃命令を出せるのは現役将校だけという合意がある。アビーの地位は陸軍情報部の予備役中尉。軍人にはちがいなく、予備役を現役にもどしただけだ。

「わかったぜ」船長はくだけた二本指の敬礼を送った。

クリスは今回の交渉相手をいちおう信頼しているが……まだ限定的だ。ロンには親近感を抱きはじめていた。イティーチ戦争の英雄の息子か孫か、それに近いということは、幼少期からクリスとおなじ困難を背負ってきたはずだ。富、権力、暗殺のターゲット。その意味で信用できる。

しかし顧問たちはどうか。緑と白にはすぐに不快感を持った。灰色と金はましだが、緑と白にはつねに警戒しておきたい。

アビーは臆病者ではないが、すぐにぶっ放したがる英雄志願者でもない。アビーにならら命をあずけられる。キャラの命も、全員の命も。

深く息をついて、クリスはイティーチ族にむきなおった。議論はまだ続いている。彼らの種族で不同意をあらわす身振りをくりかえしている。あるいは帝国議会でのそれか。緑と白の態度は服従的だ。一人あたり十二カ所ある膝と足首の関節をすべて曲げて低姿勢になっている。ロンはそれを見下ろし、腕をすべて胸のまえで交差させている。口調は穏やかだ。

(なんて言ってるの、ネリー?)

(クリスがドラゴ船長となかよく話してるあいだ、かわりに聞いていましたよ。〝わたしがそばにいるべきだ。猿女はあの短い触手であなたを抱きこむかもしれない。狡猾な彼らのやり方をわれわれは長年のうちに学んだ。あなたはまだ若い〟みたいな内容です。ロンは一言二言しかしゃべってません。彼が信頼しているらしい海軍の者は黙ってそばに立ってるだけ。その身振りを見るかぎりでは、トラブルおじいさまの不愉快な顔とおんなじですねー)

ネリーがどんどんくだけた話し方になっているのを聞いて、クリスは背筋が寒くなった。ネリーの奥深くでなにか大きな変化が起きている。よりによって異星種族との唯一の架け橋として働いているときに、この変化があらわれているのだ。コミュニケーションの要《かなめ》であるネリーに異変が生じたらどうなるのか。流血と殺戮の惨事を招くかもしれない。

ネリーのなかでなにが起きているのかはわからない。見当もつかない。やたらと冗談を言うようになったネリーの性格が、クリスとロンを、人類とイティーチ族を破滅的な大戦争に叩きこまないことを祈るしかなかった。

(ありがとう、ネリー。引き続き聞き耳を立てて、あなたの考えを教えて)

(この緑と白は、お母さま以上の受動攻撃性人格ですね。それがわたしの考えです)

たしかにそうだと思いながら、クリスはロンの目を見た。というより、左側の二個だ。どちらもふいにクリスに焦点をあわせた。クリスは彼に同情の笑みを送った。するとロンの首の色が変わった。柔らかいパステル調の緑と薔薇色に染まった。

あんなふうに肌の色がころころ変わる体でなくてよかったとクリスは思った。母親や父親やその他の指導的人物から説教されるときは、表情を消して、顔の筋肉をぴくりとも動かさないようにしていた。そんなときの対応のしかたはイティーチ族より一日の長がありそうだ。

いや、教えても彼らは抑制できないのかもしれない。耳で聞いて、脳が反応したら、たちまち鰓の痕跡に出てしまうらしい。

だとしたら、二メートル十センチの長身のイティーチ族も弱点だらけというわけだ。

「この議論はいつまで続くんでしょうか?」ジャックがこっそりと訊いてきた。

「わたしにわかるわけないでしょう」クリスは言った。

そこにペニーの解説がはいった。

「彼らは総意を重視します。わたしたちと合意するより、交渉団内部で意見統一するほうに時間がかかる。クリスのおじいさまはそうおっしゃっていたはずです」

さきほどの謙遜とはちがって、イティーチ族の知識があるところを披露した。あるいはワスプ号のコンピュータから必要な資料を自分のコンピュータにダウンロードして調べたのか。もしかしたらネリーから資料をもらったのかもしれない。

まずい、その資料はネリーの新しい世界観に汚染されている可能性がある。参謀たちを集めてネリーに気をつけろと注意すべきだ。

しかしここではできない。イティーチ族の面前では。

まいったと、クリスはため息をついた。次から次へと困難が降りかかって、適切な対策をとる暇がない。

それがクリスの日常か。

それよりペニーの意見にもどろう。しかしコルテス大佐に先手をとられた。

「その人類側交渉団はロングナイフ大統領とトードン将軍が率いていたわけだ」

「というか、厄介《トラブル》将軍ですね」ジャックは皮肉っぽい笑みで言った。

「殿下の曾祖父なので、下々での通称は遠慮したんだ」大佐は軽くお辞儀をした。

「トラブルおじいさまはだれが呼んでも厄介《トラブル》よ。粉砂糖で飾っても無駄」クリスはため息半分、うなり声半分で言った。

「クリスの身辺にいると、自然にトラブル将軍とも親しくなります。彼に対する悪評もいろいろ耳にはいります」

「なるほど」大佐は驚いた目で言った。「引退したという話はどうやら事実と異なるようだな」

「かわいい曾孫娘のそばではとくに」ペニーがつけ加えた。

「不愉快なことを思い出させてくれてありがとう」クリスは言った。「でもご心配なく、大佐。トラブルおじいさまともレイおじいさまとも絶交中ですから」

「しかしあちらの若いイティーチ族は、刃渡りの長いナイフのレイ王との交渉を望んでいるようだぞ」

「そのとおりです」ジャックが認めた。「つまり殿下は高飛車な態度をあらため、低姿勢でおじいさまのもとへ帰る必要がある。われわれ庶民にとっては王のところへ」

「はいはい、もうわかったから、王女のあら探しはやめて。レイやトラブルが率いた人類交渉団について、わが軍事顧問団はどう評価しているのか聞かせて」

「そのことだ」コルテス大佐は自分の話題にもどっても、にこりともせずに続けた。「あの二人はすぐに勝手な行動に出て手に負えないと悪名高かった。彼らがこうと決めたら、まわりの者はよほど立派な言いわけがないかぎり従うしかなかったと」

「わたしの家系についてそういう悪評は聞いているわ」クリスは認めた。「父と兄にもその傾向があるかもしれない。でもわたしはちがう」

その場の人間たち全員があきれたようすで鼻を鳴らした。聞こえる距離にいた二人の海兵隊員まで加わった。クリスが上官の顔でにらむと、二人はにやにや顔になった。

しかしクリスはにこやかな笑みにもどってイティーチ族にむきなおった。ロンが緑と白の愚痴に一時的に興味をなくして、けげんなようすでクリスのほうを見ているのに気づいたからだ。

ネリーがイティーチ語でなにか言った。ロンは左の低い位置にある手をクリスのほうに小さく振って、自分たちの議論にもどった。

「ネリー、なんて言ったの？」

「なんでもありません、クリス。あなたも彼とおなじように顧問団に突き上げられて弱っていると教えたんです」

「ネリー、そういう国家機密の漏洩はつつしめ」とジャック。

「たいしたことじゃないのに！」

「みんなに言うのを忘れていたけど――」クリスは一同に伝えた。「――ネリーはユーモアのセンスを開発したか、いま開発中なのよ。非番のときは相手をしてあげていい。でも勤務中は、この子の助言はきわめて下手な冗談かもしれないことを頭にいれておいて」

「まあ、ネリー、すごいじゃない」ペニーは明るく言ったが、表情は恐怖でやや引きつっていた。

「人間のみなさん、あわてないでくださーい」ネリーはキャラの口調を真似て言った。「ユーモアと和平交渉をごっちゃにしてはいけないことくらい研究ずみです。紛争問題にユーモアを持ちこむことの是非《ぜひ》を検討した論文がありました。それによると、このような閉じたグループ内でならユーモアは許されますが、大規模紛争の相手に使うのは重大なリスクがあるという結論でした。なるほど、わかりました。これで満足ですか?」

「いいだろう、ネリー」大佐が言った。「きみは頭がいいだけでなく、知恵もつけていることがわかってきたぞ」

「おだてないでください、大佐。この船でわたしが一番知識が豊富なのは当然です。またこのクリスが起こした……というわけではない厄介な状況で、必要な知恵もわたしがそなえています」

クリスはむっとした。

「わたしが起こしたのではないわ。たまたまわたしの当直中に起きただけよ」

「いつものように」とジャック。

「失礼ですが、イケメンだからといってなにを言ってもいいわけではありませんよ、ジャック。わたしの主人への中傷です」ネリーは言った。

「そこは大きなちがいね」ペニーも指摘した。

「しかし事実だ。すべての厄介事はクリスの当直中に起きる」ジャックは主張した。

「だとしても、クリスが悪いわけではないでしょう」とネリー。

「もういいのよ、ネリー。ジャックの言うとおり。わたしの業《ごう》よ」クリスは言った。

「この世に業などありません」ネリーは反論した。

「業でも運命でも凶運でも好きなように呼べばいい。とにかくクリスは最悪のそれを背負っている」ジャックは結論づけた。

ネリーはすぐには反論できなかった。

そこへ大佐が言った。

「どうやら訪問者の一人が話をしたいらしいぞ」

緑と白の二人がロンにむかって不同意の話を続けているところから、灰色と金の者が抜け出してこちらへやってきた。クリスの二メートルほど手前で止まり、四本の足を姿勢保持用のロープにうまく引っかけた。

ちょうどそのとき、ドラゴ船長の声が船内放送で流れた。

「ワスプ号は二分後に四分の一G加速にはいる。重力環境にそなえろ」

灰色と金の者は足が床から一メートル浮いているのを見て、手がかりに二本の手を伸ばした。クリスと同僚たちもすぐにならった。

灰色と金は軽く会釈して話しはじめた。ネリーが内容を説明した。

「彼の名前はテドンサムリーです。船の指導者で、皇帝信任を受けた名誉ある代理人ロンサムピンサムウィの顧問をつとめています。このたび名誉ある任務としてこちらへ来て、名誉ある人物同士の会談をどのように手配するか打ち合わせたいとのことです」

「こう言いなさい。緑と白が言い争っているあいだに家事雑用を片付けられればさいわいですと」

「そんな言い方をするなんて本気ですか?」ネリーが通訳するまえにペニーが止めた。

「あなたはのんびり編み物でもしていらっしゃい。わたしはこの浅瀬にサメが何匹泳いでいるか確認するわ」

「そんなことはお一人のときにどうぞ。いまはわたしたちも巻き添えになるんですよ」

「いつまで喧嘩してるのー。クリスの言ったこと忘れちゃうー」ネリーが十二歳の口真似で言った。

「コンピュータが忘れるわけないだろう」とジャック。

「人間の悪癖を身につけはじめたコンピュータですから」

忍耐力が切れそうなイティーチ族がどんな顔をするのかわからないが、話をしにきた船の指導者は目を見開き、口を固く閉じていた。

「ネリー、この御仁が去らないうちに通訳しなさい」クリスは指示した。

ネリーは話した。相手はなにか言い、それに対してネリーもなにか言った。

(ネリー、彼になにを話したの?)

(なぜ返事に時間がかかるのか知りたいそうです。だから教えてあげました)

(いまの話をぜんぶ?)

（まさか。あなたが人間の顧問団から突き上げをくらっていて、わたしは放置されていると話したんです。ロンが使っている翻訳機械はとても低性能です。わたしの高性能ぶりは彼らの目にもあきらかというわけです）

（それでいいわ）クリスは人間たちに小声で言った。「ネリーはわたしたちの返事が遅い理由を説明しているわ」

ジャックがなにか言おうとしたが、考えなおしてやめた。

（クリス、部下にもわたしのようなコンピュータを配布すべきでしょう。そしてそれぞれ脳接続していれば、みんなおなじように話せるんですから）

（そうしたらあなたたちコンピュータ同士で無駄話をはじめて、わたしは口をはさめなくなるでしょう）

しかしネリーの主張も一理ある。参謀たちからのメッセージをネリー経由で受け取れるのは、彼らが遠くにいるときに便利だ。いまのような場合にメッセージを使えば、第三者に聞かれてよけいな口出しをされる厄介さがない。

（それは人間さまのご自由に。コンピュータの知ったことではありません）ネリーはすぐに音声で続けた。「こちらのテッドは海軍大佐で、イティーチ族の内輪もめが〝家事雑用〟の機会を奪っているというのはよい表現だとご理解をいただきました。ここでその家事雑用をいくらか片付けたいとのことです」

「もちろんですわ、大佐。乗船を歓迎します。どういうお話ですか？」クリスは訊いた。

イティーチ族の海軍大佐が話し、ネリーはそれをほぼ同時通訳した。

「帝国旗を持った布告人を自分たちの船に一人送って、ここにも一人とどめたいとのことです」

しばし沈黙したあと、ペニーが疑問を口にした。

「なぜむこうに一人必要なのかしら？」

続けてクリスも訊いた。

「どうしてこちらに旗手が必要なの？　旗は必要ならあるけど」

「いえ、クリスの権威について彼らは理解しています。これは法律上の決まりごとです。装備をそろえて命を賭した帝国布告人が立ち会う場でしか皇帝の代弁はできません。これは、皇帝の代理を名乗る者が次々にあらわれた古い時代のルールです。いまは布告人なくして皇帝の代理なしと決まっています。違反すれば首を切られるとか、そんな感じです。よくわかりませんが、こういう布告人は録音機を持っているのか、完璧な記憶力があるのでしょう。とにかく、布告人を立てないと話せないようです」

「興味深いわね。もちろん、むこうの海軍大佐の手もとに布告人をおいていいわ」

レイ王の講和交渉史でこういう話を読んだ覚えはない。走りながら学ぶしかない。

「あわせて、彼らの海兵隊四人をこちらにとどめることも求められています」

そのとき船内放送が割りこんだ。

「四分の一G加速への秒読みにはいる。五、四、三、二、一……」

双方の海兵隊親衛隊をふくめて全員が手がかりに……場合によってはその二つにつかまった。加速がはじまり、人々はドッキングベイの床へゆっくりと沈んだ。両陣営の海兵隊はおたがいに警戒の視線をむけたまま、あるいは相手からの視線に目をそらせないまま、威厳ある姿勢で重力移行をこなした。

「ジャック、こちらの親衛隊を四人に減らせる?」

「かまいません」

中隊長は答えた。そしてイティーチ族の海軍大佐にむきなおった。

「あらかじめ申しあげますが、出入り口やその他の警備のために、べつに数名を配置します。ワスプ号のほかの乗組員にイティーチ族への怨恨をいまだに抱いている者はいないと思いますが、万一にそなえてです」

「そのように用心してくださるなら、こちらも皇帝代理人の安全に不安がありません」

「わかりました。人間の海兵隊員が約束より多いことに気づかれても、驚きや裏切りと感じられることのないようお願いします」

「古株の宇宙船乗りですから必要なことはわかっています。信頼を築こうとする相互の態度に感謝します」

「その点で理解は成立したようね。ほかには?」クリスは訊いた。

「わたしともう一人の海軍大佐は、皇帝代理人とともに残ります。そして……」彼はまだ口論しているロンと二人の緑と白を振り返って見た。ロンは頭を上下に動かしている。まるでうなずいているようだが、それは人類が首を横に振る身振りに相当するのではないだろうか。

「……帝国参事のうちすくなくとも一人は、皇帝代理人とともに残ります。話がつけば二人ともかもしれません」

「かまいません」クリスは言ってから、言葉たらずかと思って言いなおした。「皇帝代理人とともに残られる帝国参事は一人でも二人でもかまいません。ところで、話しあいが長い理由はなんですか？」

ぶしつけな質問かもしれないが、このさいイティーチ族と人類のあいだの知らないことはできるだけ減らしておくべきだろう。

イティーチ族の海軍大佐は、議論している同族に背をむけてクリスにむきなおった。

「〈暗黒への到達〉号を指揮している同僚の海軍大佐は、参事の一人を乗せている必要があります。帝国の境界線を大きく踏み越えましたから。そうでないと、彼は短くされます」

大佐は首のところで片手を横に振った。人間そっくりのしぐさだ。

「なのに、どちらの参事も皇帝代理人とここにとどまりたいと希望しています。どちらも帰りたがらない。それだと問題が生じることはおわかりになるでしょう」

クリスはうなずいた。海軍大佐は続けた。

「らちがあかないのです。われわれが刃渡りの長いナイフのレイモンドに会うためには、人類の船に乗り移るのが一番いいと二人に警告しました。しかしどちらもむこうに帰ることをこばんでいる」

するとコルテス大佐が口を出した。

「どうしても意見が一致しないときはどうやって決めるんだ？　コインを投げるのか？」

「コインを投げる？」

「ネリー、人類での意味を説明してやれ」

ネリーは説明した。するとイティーチ族は四つの目を見開いた。

「このような名誉の帰結を乱数発生装置にゆだねるのですか？　帝国議会ではこういう争いは決闘場に持ちこまれます。そして生き残ったほうが決定します」

「イティーチ族はこの程度のことで殺しあうの？」クリスはあきれた。

「このような歴史的重大局面では、一族の名誉は最大限に重視されます。もちろん、この二人が決闘場に出てまともに剣を使えるとは思えませんが」

クリスはイティーチ族の争いごとについて判断する立場にはなく、海軍大佐にまかせるしかない。しかし遠征に同行した参事が二人で、見解を一本化する方法が指示されていないとは……。

「こんな問題が起きるだろうと、出発するときからわかっていたのでは？」

「一部の者は」海軍大佐は認めた。

「皇帝代理人や……その選抜者も？」

大佐の唇に浮かんだのは苦笑だろうか。鼻孔が開いて息が漏れ、唇を閉じたまま口を横に大きく広げる。

「ロスサムウィサムキンはいずれこうなるとわかっていました。帝国議会が参事を二人しかつけないことに驚いていました。もちろんわたしの立場では、選抜者から代理人への助言に口出しできません」

「皇帝代理人がこれほど若いのは普通なの？」クリスは訊いた。

イティーチ族の大佐は逆にクリスを見た。

「あなたのように若い方が直接指揮をとるのは、人類では普通なのですか？　そちらの顧問は全員、あなたより年上のようです。一人だけ未成熟の方もいらっしゃいますが、どうやら顧問ではないようです」

（コンピュータの顧問になってるけど）クリスは頭のなかでわざとらしく考えた。

（わたしに聞かせたいんですね。ええ、子どもとはどんなものかを彼女から学んでいます。楽しいですよ。ごいっしょにいかがですか？）

（子どもらしくしてる暇はなかったのよ）クリスはやり返してから、すぐに続けた。（これは訳さなくていいわよ）

部下たちにむきなおって言った。

「みんな、とても厄介な事態になっているわ。どうすればいいと思う？」

ジャックは、いまのクリスの言葉をネリーが訳していないことに留意して、口を開いた。

「では、片方を射殺したらいかがでしょう。名誉の死として冷静に受けとられるはずです」

「帝国議会についてのこの海軍大佐の話が本当ならば、だ」コルテス大佐は言った。「しかし士官クラブでしばしば聞く政治家の実態の話から考えると、彼の見解に偏見がないとは言いきれないぞ」

「残念ながらわたしのイティーチ族の知識では、この件について判断しかねます」ペニーはさじを投げた。

クリスは顔をしかめた。

「つまり待つしかないということね。この二人はどちらかが老いてくたばるまで議論しつづけそうな勢いだけど」

「おそらくそうでしょう」ジャックは同意した。「やはり一人撃ちましょう。どちらにするか、コインで決めますか？」

ポケットに手をいれるのを見て、コルテス大佐が口をはさんだ。

「やらなくていいし、言うのもやめろ」

「帝国議会はずいぶんな厄介事を押しつけてくれたものね」クリスは言った。「問題が起きるとわかっていて解決しない。なにをやってるのかしら。うちのおじいさまがたとおなじよ。そうでしょ？」

「なにやらおかしな感じになってきましたね」ジャックが認めた。

「もっとわかることがあるといいんですが」とペニー。

「なら質問すればいいわ。ネリー、このテッドに、参事をなぜ三人にしなかったのかとみんな不思議がっていると教えてやって。三人いれば、二人を皇帝代理人につけて、一人はむこうに残って遠征を続ければよかった。あるいは参事は最初から一人だけでもよかったはずよ。それなら参事はむこうの艦に帰ってもらい、皇帝代理人は一人でこちらに同行できる」

イティーチ族の海軍大佐は、人間が肩をすくめるのとよく似たしぐさをした。

「わかりません。帝国議会の政治がらみの理由なのか。知りようがない」

「そんなところでしょうね。体に流れる血の色が変わっても、政治家のやることが奇妙なのはいっしょね」クリスはネリーの通訳にあわせてゆっくりと言った。「では、どんな解決策が考えられるかしら。帝国議会はこういう問題が起きたときにどうすればいいと考えていたのか。彼らに解決する気があったのなら」

「議会の一部はかならずしも解決に熱心ではありません。そもそも人類とふたたび話す必要があるとは思ってない。おたがいに無視して平穏にやってきたのだから、それを変える必要はないと」

「あなたもそういう考え？」クリスは海軍大佐に訊いた。

「そう考えているなら、ここには来ていませんよ」

「でも解決策はとくにないのね」

「わたしの権限でできることはありません」

「どちらか一人の首を切り落としたら？」ジャックが口を出した。

「そんなことをしたら、彼の家族がわたしの家族に血の報復を要求するわ。両方の家族が殺しあう事態になる」

「撃たなくてよかったな」コルテスが言った。

ジャックはうなずき、ネリーは通訳しなかった。

「というわけで、いつもの袋小路におちいっているわけね」クリスはまとめた。「殺すわけにはいかないし、従わせることもできない。この気分をわかってもらえるかしら、大佐」

「そういうことはよくあります」イティーチ族の海軍大佐はネリーを通じて答えた。

クリスはこの海軍大佐を見て、こちらへ来ている理由を考えた。ロンは彼を信用し、交渉をはじめさせるためによこしている。たとえそれが〝家事雑用〟的な打ち合わせでも。いや、家事雑用といっても、テーブルのどこにだれがすわるかというような折衝は何ヵ月もかかるものだ。

クリスはふと自分をロンの立場におきかえてみた。お目付役の二人の乳母は、どちらも多くの信任を受けた人物なので無視できず、しかし頭が悪くて役立つ助言はしてくれない。

それはレイおじいさまがしばしばクリスを叩きこむ学習プロセスとおなじではないか。王女をワニの巣に落として、さあ、湿地の水を抜いてみろと命じる。ただしワニを射殺してはならない。絶滅危惧種だからとかそういう理由で。トラブルおじいさまは膝を叩いて笑いながら見物するばかり。

このあわれなロンは、湿地の水を抜こうにも、ワニにがりがりと頭をかじられているせいでそれができないのだ。

最初から考えてみようと、クリスは思った。ロンにとっての〝レイおじいさま〟が彼をこのミッションに叩きこんだ。実行可能なはずだ。うまくいかないのは原因がある。参事がいまより一人多いか少なければいいのだ。殺して一人減らすことはできない。

ということは、一人増やせばいいのではないか？　ふむ。

「ねえ、海軍大佐。イティーチ族が帝国参事になるにはなにが必要なの？　世襲？　それとも専門の学校を出るとか？」

「特別に選ばれた者であるのが条件です。適切な教育も必要です。さらに実績も」

「どうやって実績をしめすの？」

「一部は海軍や陸軍の下級将校から選抜されます。人類戦争のあとはそういう者が多数出ました。企業経営者層から引き抜かれる者もいます」

「下級将校でなくてはいけないの？」

「わたしやもう一人の大佐はキャリア選択の時期をはるか昔に通りすぎました。いまさらやりなおしたいとは思いません」

（このイティーチ族の海軍大佐は真剣にそう言っています）とネリーが注釈を加えた。

「ではその下級将校が参事への道を選ぶにはどんなことが必要なの？」

「就任には三人の参事からサインをもらわなくてはなりません」

イティーチ族の四人の海兵隊員は、ドッキングベイのドアに背をむけて整列している。緑と白の二人を見ると、その海兵隊の列の端であいかわらずロンを相手に議論している。反対の端には、もう一人の海軍大佐と二人の帝国布告人がいて穏やかになにか話している。

「布告人が帝国参事に昇格することはあるの？」

「めずらしいことではありません」海軍大佐は認めた。「布告人として訓練された完璧な記憶力は、参事としてもとても有用です」

クリスとしては驚くにあたらない気がした。残る質問はひとつだ。レイおじいさまと取り引きしたかつてのイティーチ族が、あのハゲタカ老人とおなじくらいに抜けめなかったとしたら、答えはおそらく予測どおりのはずだ。

「皇帝が代理人を選ぶときは、普通は帝国参事から引き立てるもの？」

「もちろんです。それが普通です」イティーチ族の大佐はまた唇を閉じたままにやりと笑った。

「では、ロンが先任の布告人を参事に昇格させて、彼をこの船にとどめたらどうかしら」

「しかし、あの選ばれなかったシッサの二人はうるさく議論して彼を思考停止させています。そして先任布告人の出身家は、右側の先任参事であるフィルソサムフォンサムリーと不仲なのです。ですから就任書類にサインしないでしょう」

「絶対に？」

「説得してサインさせられると？」

「ものは試しよ」

クリスは論争の場に歩み寄った。タイミングを見て口をはさむのではなく、ネリーが話をさえぎって割りこんだ。その傍若無人さに相手は度肝を抜かれた。クリスはそのすきを逃さなかった。べつに彼らを手玉にとったわけではない。イティーチ族はクリスよりはるかに背が高いのだ。そうではなく、たんに不賛成を表明する者には気づかないふりをするという手で、相手を自分の話に巻きこんでいった。

まともな通訳はネリーだけという状況では、この方法は驚くほどうまくいった。五分後には、先任布告人は研修期間をつつがなく務め上げ、新人参事への昇進が妥当であるという評価がなされた。これにより先任参事の二人はいずれもロンに同行してウォードヘブン星へ行き、知性連合王レイモンド一世との会談にのぞむことになった。

クリスはイティーチ族の歓喜の表情と、あからさまに不愉快そうな表情を同時に見た。ロンははてしない議論から解放されたことをよろこびつつ、レイ王との会談のさいに両隣に緑と白の参事が控えるという見通しにうんざりしていた。

今回の論理的解決をロンが自力で導けなかった理由がわかった。クリス自身の成長期にも、この緑と白の二人のような口やかましいお目付役をなんとか排除しようとしたことがあった。しかしいまは、口出しされることへの本能的嫌悪が、こみいった問題を解決するときの原動力になっているとわかる。

しかし一方で、兄のホノビは父にしたがって政界にはいった。そして頭と尻が痛くなるばかりの長時間の会議に出ているらしい。おそらくロンは、クリスにとっての海軍のような決定的なキャリア選択の機会がなく、また長い無駄話への耐性がクリスより高いのだろう。

そういう悪いところを克服する手伝いをしてやろうと思った。一定期間そばにいられることが条件だが。

とにかく家事雑用はすべて片付いた。これで本来の大事な話ができる。ロンがレイ王と話したい理由とか。そのまえに、イティーチ族がワスプ号のメッセンジャーポッドを撃った理由をたださねばならない。

10

　クリスがドラゴ船長に連絡して数分後には、自分と顧問たちのためのテーブルと椅子が運びこまれた。クリスはイティーチ族に訊いた。

「そちらは立ったままで？　それともすわるものが必要ですか？　絨毯とか」

「名誉あるわれわれは立って話します」

　帝国代理人はそう答えて、自分の一方に緑と白の顧問を、反対側に灰色と金の顧問を並ばせた。帝国布告人は背後に立たせた。

　クリスはテーブルをはさんでロンに正対する椅子にすわった。すると相手が高い。ずいぶん高く見上げる格好になった。参謀たちを招き寄せ、ジャックとペニーを自分の左右に、大佐はジャックの隣に椅子を持ってきてすわらせた。全員がのけぞるようにしてむかいのイティーチ族を見なくてはならない。

（ネリー、明日はもっと高いテーブルと椅子を用意して）

（わかりました、クリス）

（レイおじいさまはこの問題についてなにか言及してない？）

（どこにも書かれていません。交渉担当者はいずれも身長二メートル十センチのイティーチ

族とむかいあってすわるとどうなるかについて述べていません)

(重要なのに歴史書に記載がない事項として、マイナス点をつけておいて)

(講和交渉で首がグキッとなったとは世間に知られたくなかったのでしょう)

(黙りなさい、ネリー。笑わせないで)

クリスは相手をよく見渡せるように、背中をやや引いた。

「まず二つの問題があると思います。帝国議会の帝国代理人はなぜレイモンド王との会談を希望するのか。そして、なぜわたしたちのメッセンジャーポッドを撃ったのか、です」

あとは口をつぐんだ。質問をイティーチ族にあずけた。通信チャンネルのやりとりでは、彼らはこの問題について話そうとしなかった。今回は面とむかっての会談だ。さあ、話せ。

だれもなにも言わない。

時間が流れた。長い時間だ。

ロンが、緑と白の先任参事であるフィルのほうを見た。フィルは正面をむいたまま無視している。

ロンの首の変色帯がピンクからしだいに赤く変わっていった。とうとう肘で参事をつつく。フィルは帝国代理人とは反対方向へすこしよろけたが、顔は無表情のままだ。ただし……首はどんどん赤黒く変わっている。こんなふうに感情変化のわかりやすいことが生存競争でどう有利だったのだろうか。

今度はロンの首の色が深い赤から黒に変わりはじめた。フィルはとうとう無視するのをあきらめ、顔全体を帝国代理人にむけた。するとその肌がいきなり赤から黒へ、そして白へと石頭の老人にとって、はるかに若いロンに低頭するのは簡単でないはずだ。フィル参事は腕を胸のまえで交差させ、上位者に頭を下げた。クリスにむきなおり、口を開いて話しはじめた。

ネリーは一拍おいて訳しはじめた。

「この最年長で賢明な参事は、最上級の宮廷話法で次のように話しています。対立する両陣営のあいだで悪意と流血を招きかねないことを考慮し、皇帝陛下じきじきの命令で送り出されたこの偉大で名誉ある任務の成功に個人的な責任を負っていることを考慮し、その他のあれやこれやを考慮し、この任務で死にたくないことを考慮し、この外交団が小規模であることや、それでも重要であることや、さらに種々諸々の事情を考慮した上で、両参事はこの任務を秘密にしておくことが重要であると考えた。ゆえにその時点においては、メッセンジャーポッドを砲撃するのが上策であると判断した。あのように小さなものを吹き飛ばしたくらいで、ええと……この表現は〝猿ども〟と訳すのが適切でしょう……それが、これほど強く反応するとは思わなかった。彼らは帝国のイティーチ族であり、その他のすべてより優秀だからである」

ネリーは参事が話しおえるより先に訳しおえた。

「ネリー、通訳者なら通訳しなさい。勝手に言い換えないで」クリスは言った。

「おや、相手の発言をすべて印刷して調べてもらってもかまいませんよ。〝おまえたちはクズでおれたちが偉い〟という要旨の多彩な表現をばっさり削って簡潔明瞭にしただけです」

クリスは表情を変えなかった。しかしテーブルのむこう側で足が踏み鳴らされ、見まわす視線が送られたことから、通訳が長い演説を短く端折ったことをイティーチ族はあきらかに気づいていた。それでもロンは自分の翻訳機械のスイッチをいれようとはしなかった。

ここはなるべく早く返事をしたほうがいい。

「殿下、かわりにおれが答えてもよろしいか?」コルテス大佐が小声で訊いた。

「戦争をはじめないと約束していただけるなら」

「そのような結果を招かないように努力する、プリンセス」

「ではどうぞ」

大佐は立ち上がった。

「ネリー、おれが言ったとおりに通訳しろ。変更なし、追加も省略もなしだ。わかったか」

「はい、大佐」コンピュータは素直に答えた。

「まず前提として、クリスティン・アン・ロングナイフ王女の顧問であるわれわれは、両種族、すなわち人類とイティーチ族が全面的で開かれた対話を再開する重要性を認識している。ここまでいいか?」

「そのまま通訳しました、大佐」

「さらに前提として、われわれは調査任務の途上である。また前提として、諸君と遭遇したとはいえ、帝国と人類宇宙の境界は慎重に確認しながら行動している。また前提として、宇宙旅行の危険と、宇宙戦争で命や手足を失う危険はよく認識している。また前提として、われわれはクリスティン・アン・ロングナイフ王女の顧問として彼女の生命と安全を守ることを、偉大かつ敬愛される王レイモンド一世から託されており、われわれ自身の名誉と肉体と血をかけてそれをはたす個人的責任がある」

「前提が多いな」ジャックがつぶやいた。

「でも言っていることは正しいわ」ペニーが小声で答えた。

「静かに」クリスは小さくたしなめた。

大佐はそれらの声を無視し、間をおかずに続けた。

「ゆえに、われわれからイティーチ族の艦船、あるいはそこから放出された機体にむけて砲撃することは絶対にない。そのような行動は通常、戦争行為とみなされ、敵意と恐怖を抱いて分離生活している両種族間の調和と平和をそこなうからである。さらに、メッセンジャーポッドの破壊が愚かしいと考えられる理由はほかにもある。人類の二隻の艦船がすでにこの星系から離脱していることだ。彼らは星系から出た直後に報告を送信して、この星系でイティーチ族の船と遭遇したことや、いま現在クリスティン・アン・ロングナイフ王女が交渉中であることを伝えたはずだ」

コルテス大佐は身を乗り出してテーブルに両手をつき、緑と白の年長者をじっと見た。

「われわれは、クリスと話したというだけでその者の首を刎《は》ねたりしない。しかし彼女の曾祖父は、曾孫娘がイティーチ族と交渉中であることをほかの船から知らされて、本人から知らせがないのはなぜなのかと考えるはずだ」

そこで話しおえて、大佐は席に腰を下ろした。胸のまえで腕組みをしてフィルをじっとにらむ。

うなずきながら聞いていたクリスも、さすがに最後のところは同意しかねた。首を横に振ろうとしたが、それはよくないと考えなおして、次のように言った。

「彼の発言はすべてそのとおりです」

長い沈黙のあとに、ロンがテーブルから四歩退がった。さらに四人の顧問——海軍の二人と緑と白の二人が、ロンをなかばかこむように集まった。鋭い言葉が小声でかわされる。

(ネリー、いくらかでも聞き取れる？)

(聞こえるかぎりでは、〝言ったとおりじゃないか〟という意味のことが言いかわされています。緑と白の二人は、〝知りようがなかった〟〝猿の言葉を信じるのか〟などと弁解しています。海軍の二人はわれわれについて、発音はたどたどしいながら、〝人類〟という表現をつかっています。ロンはほとんど黙っています)

ロンの沈黙はクリスも気づいていた。しかしクリス自身も話の大半を部下にまかせている。そのほうがリスク管理しやすいからだ。もし厄介な議論になったら、自分が出て、それまでの話をなかったことにすればいい。そういう意味でロンのやり方は悪くない。

もちろん、顧問たちが先に引き金を引いて、あとから釈明するような性格ではまずいが。

(メッセンジャーポッドを撃とうと提案したのは、海軍大佐たちではないように聞こえるんだけど)

(同感です、クリス)

興味深い。

まもなくロンはテーブルにもどり、顧問たちももとの位置にもどった。しばらくなにもはじまらない。やがてロンが話しはじめた。ネリーは急いでそれを通訳した。

「〝賢明かつ博学な顧問たちによると、過去の帝国代理人のなかで、わたしがいまからしようとしていることを実行した者はいないそうです。しかしながら帝国代理人が人類と話すのはひさしぶりです〟。ええ、ここははっきり人類と言いましたよ、クリス」ネリーは注釈をいれて、すぐに続けた。「〝そこで言っておきます。もしおなじ状況にふたたび遭遇したら、今度はあなたがたのポッドを撃ちません。あれはまちがいでした〟」

「謝罪を受けいれます」クリスは答えた。

「この言葉は心から遺憾の意をあらわすものです。しかし本当に心から言う場合は少ないものです」

ロンは言ってから、先任参事を横目で見た。彼は若い上司からそっぽをむいた。

クリスはそれに答えた。

「わたしたちもおなじことを軽々しく言います。では、対話を再開しましょうか？」

「それを望みます」

「ではメッセンジャーポッドをあらためて送りたいと思います。曾祖父のレイモンド王に、この対話についてと、あなたが彼に会いたがっている旨を伝えたいのです」

「そうしてください」

すると、ロンの隣のフィル参事が、クリスの軍服と見まがうばかりに真っ白になった。このイティーチ族が切腹のような儀式的自殺をはかるのではないかとクリスは心配になった。まるで死人のような色なのだ。

それでもクリスは、この敵になるかもしれない交渉相手が聞いているまえで、適切なメッセージを部下に伝達しなくてはならない。ペニーにむきなおった。

「ネリー、わたしが話す内容をイティーチ語に通訳しなさい。ペネロープ・リェン・パスリー大尉——」イティーチ族は長い名前を好むようだから、こちらもそうしてやろう。「——ワスプ号のドラゴ船長に指示して、破壊されたメッセンジャーポッドに搭載されていたデータをすべて、新しいポッドにあらためて書きこんでから射出しなさい。そのさいに以下の新規メッセージを追加するように。

〝王レイモンド一世へ。わたしクリスティン・アン・ロングナイフ王女、あるいはウォードヘブン星首相ウィリアム・ロングナイフの第二子は〟——」(補助しなさい、ネリー)「——〝選抜者ロスサムウィサムキン・ク・チャプサムウィによる被選抜者ロンサムピンサムウィ・ク・チャプサムウィとただいま会談中です。ロスはオレンジ星雲において人類とイティーチ帝国のあいだに締結された講和条約の交渉で、帝国代理人としてあなたと話した人物です。ロンは、詳しい事情は不明ながら、そのロスがあなたとの対話のために送ってきた代理人です。どんな話があるのかはまだわかりません。これから聞き出します。まずはこのことを、ほかの情報源からではなくわたしからじかにお伝えします。追加の情報はあらためてお送りします。あなたの愛する曾孫娘、クリスより〟」

最後のところは誇張にすぎるが、レイを苦笑させることはできるだろう。

「ペニー、このメッセージを暗号化しなさい。そしてネリーからアドレス・アクセス認証コードを聞いて、メッセージがレイおじいさまに直接届くようにしなさい。終わったらすぐもどるように」

ペニーは軽く敬礼して、急ぎ足で出ていった。

（認証コードはすでにペニーに教えてあります）

（わかった。彼女が思い出すようにして。送ったデータをあらためて書きこむように）

（そうします）

クリスはロンに笑みをむけた。メッセンジャーポッドの中身をすべてあかさないことに軽い罪悪感を覚えたが、イティーチ族についてこれまでにわかったことをただちにウォードへブンに知らせるにあたっては、なんら罪悪感はなかった。

「ロン、むこうの船に連絡して、これから射ち出すポッドが最初のポッドとおなじ運命をたどらないようにしてくれない？」

まるで真剣勝負の交渉者ではなく、気安い男女間のような口調でクリスは依頼した。そうした理由はうまく説明できないが、場の緊張感をほぐすことはできた。

「もちろんです、プリンセス。大佐、そうしてくれ」

ロンは、さきほどクリスたちと話した灰色と金の海軍大佐のほうにむいた。大佐は服の奥から専用の通信リンクを出して、なにか言った。

「命じました、閣下」ネリーが通訳した。

ロンはクリスにむきなおった。

「さっき気づいたのですが、あなたは曾祖父の王に話すときに、ご自分の名前をクリス、わたしの名前をロンと短縮しましたね」

「気分を害したらごめんなさい。あなたがたとちがって形式にこだわらないのです。悪気はありません」

「わたしの選抜者は、わたしを選んだときからそのような形式を廃したやり方をしていました。あなたがた人類のそういう傾向を知って、わたしにそなえさせたのでしょう。おかげで同僚とのやりとりにわたしは苦労しましたが」

「参謀とのあいだでも形式を廃したらどうですか？　わたしが自分の参謀と口論するときにも、正式な肩書きや長い名前をいちいち呼ばないほうが、議論が早く進みます。参謀たちもわたしを短縮した名前で呼びます」

海軍大佐のテッドとよく似たこわばった笑みが、ロンの顔にあらわれた。

「試みたのですが、賢明かつ博識な顧問たちからは好まれませんでした。そもそも地位のちがいを忘れがちな者がいます。彼らは助言する立場、わたしは助言を聞く立場であることを、ことあるごとに思い出させたほうがいいのです」

「そうですね。でもわたしの場合、顧問たちからの敬意を回復するには遅すぎるようです」

今度はテーブルの両側で海軍関係者が苦笑した。人類側は大きく、イティーチ側は唇を閉じたまま。笑わないのは緑と白だけだ。この二人が緊張を解くことはあるのだろうか。

「さて、器のなかの次の食べ物について話しましょうか」ロンが言った。

「曾祖父に会って話したいこととはなんですか？　それを教えるとおっしゃいましたね」

クリスは軽く訊いた。軽い会話の流れのなかなら、この最後の重要事項も軽く話してくれるのではと期待した。

「いえ、言っていませんし、言うつもりはありません」

ロンの返事はにべもなく、会話は急停止した。

「言うつもりはないと……」クリスはくり返した。

テーブルの両側に並ぶ顔がふたたび緊迫した。

「言えません。選抜者ロス……という呼び方でいいでしょうか？」ロンはクリスのほうに片手を挙げて訊いた。

「たとえばロス王子とか、ロス参事とか。人類は短い呼び名に肩書きをつけます」

「ではロス先任参事は、かつての交渉相手で現在の王レイモンド一世だけにメッセージを伝えるようにと、わたしに厳命し、すべての先祖の墓に誓わせました」

「かりにレイモンド一世が死去していたら？　もちろんそんなことはないけど」

「帰って、あらためて指示を受けます」

「そこまで徹底を？」

「皇帝のメッセージを届けられなければ、死んで先祖のところへ持っていく覚悟です」

ロンの態度と穏やかな話しぶりから、本気さが伝わってきた。

クリスはしばらく頭のなかで考えてから、まわりの者の反応を見た。

なぜメッセージを伝えるのに直接会う必要があるのか。服の内側や体内に時限爆弾を隠しているかもしれない。しかし、いまさらレイおじいさまの命をイティーチ族が狙うのか。戦争をふたたび起こしたいのか。戦争ほど愚かなことはない。人類にとって愚かであるのとおなじように、イティーチ族にとっても愚かであるはずだ。

名誉、名誉と言うが、旧敵より先に没するのが不名誉という思想でもあるのだろうか。高齢の皇帝が旧友のロスに、ロンのような子を育ててレイ暗殺を遂げよと命じたのか。

臆測はいくらでもたくましくできる。しかし根拠はなにもない。

「ロン、こちらの王に会いたい理由をすこしでも聞かせてもらわないといけないわ」

「必要は理解します。しかし議会でもっとも賢明で名誉ある参事たちが一致して、わたしの口からそちらの王の耳へ直接いれなくてはならないと決めたのです。その場の質問にも即答できるように準備してきました。名誉あるクリス、困難な任務であることは重々承知しています。あなたも王から困難な任務を命じられたことがあるでしょう」

「しょっちゅうよ」

クリスはため息とともに答えた。隣のジャックからもおなじため息が聞こえた。

ロンは首を振った。それは同病相憐れむというようすに見えた。気持ちがわかるのか。しかし確信を持てるほど彼をよく知っているわけではない。ロンは続けた。

「わたしはこの人類連絡の任務のために生涯をかけて準備してきました。ロスによって浮きかすの池から選び出され、地上で育てられました。戦後のどのイティーチ族よりも人間の生き方を知っています。人類連絡の任務を長年めざしてきました。多くの訓練と試験をこなしてきた目的はただひとつ。わが皇帝とあなたがた人類との架け橋になることです。任務成功のために協力してください」

この最後の言葉にクリスは胸を打たれた。クリスにとっても失敗は最悪の恐怖だった。なんとしても成功したいという必死の気持ちはよくわかる。

いや、しかし……。

「人類連絡の任務のために……生涯をかけて準備してきたですって？」

「そうです」ロンの口が動いて英語で言った。

「王へのメッセージは……あなたが外交団を率いる準備ができるまで保留にされていたのですか？」

ネリーがクリスの言葉を通訳した。

「いいえ」ロンはふたたび英語でじかに答えた。

「よくわからないわ」

あるいはロンが嘘を信じこまされているのか。クリスは顔をこわばらせ、無表情になった。テーブルのむこうで、ロンの首の変色帯が穏やかなピンクと緑から、死相の白に変わった。長い首がごくりと唾を飲む。

「嘘はついていません」ロンは沈黙のあとに言った。

「説明して」クリスは返した。短く、剃刀のように鋭く。

ロンはすぐに話しはじめた。

「選抜者はわたしを人類との架け橋にするために選び、その目的のために長年かけて育てました。しかしメッセージはつい最近託されたものです」

「なにか新しいことが起きたということ？」クリスはきびしい口調で言った。

「そうです」ロンはまた英語で答えた。

「どんなことが？」

ロンはテーブルから一歩退がった。

「それを言えば誓いを破ることになります。言えません」左右の顧問を見て、うなだれ、小声で言った。「しかしこれだけは言えます。われわれがいまやるべきことに、われわれとあなたがたの両方の種族の生存が左右されます」

クリスは耳をふさぎたかった。海軍での短いキャリアのうちにすでに惑星世界をいくつか救った。そのためにクリスは多くの代償を支払った。二つの種族をまるごと救うとなると、もはやだれにも負担できない巨大な代償が必要だろう。

「参謀たちと話す必要があります。ここで一、二時間待ってもらえるかしら」

ロンは承知した。クリスはチームとともに退室した。


「あれはいったいどういうことですか？」ジャックが訊いた。

クリスは黙って司令室の自分の椅子に体を投げ出すようにすわった。

かわりにコルテス大佐が腰を下ろしながら言った。

「おれにもわからん。こういうことはしょっちゅうあるのか？」逆にジャックに訊く。

「イティーチ族と人類すべてが危機に瀕し、その生存がわれわれの手にかかっていると。いやはや、さしものプリンセスにも荷が重いですね」

そこへペニーがもどってきた。

「メッセンジャーポッドは射出し、無事にジャンプポイントにはいりました。イティーチ族と人類すべてがどうかしましたか？」

クリスは答えた。

「このイティーチ族の代理人をレイ王に会わせて、彼の祖父からのメッセージを伝えさせないと、みんな死ぬらしいのよ」言葉にすると苦々しかった。

「わたしがあそこを出たときはいい雰囲気だったのに、どうしてそんな深刻なことに」とペニー。

「われわれも王女さまに訊きたいくらいだ」ジャックが言った。「ついさっきまで二人は見つめあって親密な関係で、そのうち空き部屋に閉じこもって一週間くらい出てこなくなるんじゃないかと思っていたのに、突然背をむけて立ち去ったんだから」

「暗殺計画が彼らの真の計画でないかと懸念しているのはわたしだけなの？」クリスは声を荒らげそうになるのを抑えた。

「いいえ」ジャックと大佐は同時に答えた。クリスの首からはネリーも「いいえ」と同調した。

「よかった。こちらの帝国参事から多少の理解を得られたわね。この調子ならいずれあなたたちに緑と白の服を着せられそう」

「それはだめです。服装規定に違反します」ネリーが反対した。

「うまいわ、ネリー。いい切り返し。状況にぴったりよ」ペニーが言った。

「それほどでもー」ネリーはほめられて照れくさそうに答えた。

クリスは疲れた声で大きく言った。

「みんな、問題に集中してくれないかしら。一時間か、せいぜい二時間しかないのよ。このトロイの木馬を城内にいれて曾祖父に会わせるべきかどうか。いまの時点では、ロンがレイの暗殺をたくらんでいるとはわたしには思えない。でも原則論があるわ。王が殺されたらどうなるか。わたしだってもしかすると、落ち着いたら女王になりたいと思うかもしれないし」

「それはないな。きみが落ち着くところなど想像できん」コルテス大佐は言った。

「おや、大佐もわかってきましたね」とジャック。

「そのとおりです」とペニー。

「わたしがそれを言おうと思ったのに！」ネリーは悔しそうだ。

「もういい！」クリスは席を蹴った。「いまある世界を守れるかどうか、わたしたちにかかってるのに、まわりにいるのは三流のお笑い芸人レベルの役立たずばかりだなんて」

「たしかに三流のお笑い芸人かもしれないが」大佐は言った。「道路に飛び出してきた七色飾りの馬が、暗殺者なのか、それとも人類最後の希望なのか、まだわからないのだ」

ジャックもため息とともに言った。

「まあ食い扶持を失いたくはないので、ここはクリスに協力するしかないですね。いやいや、トロイの木馬のたとえは秀逸でしたよ、クリス」

「そう、ありがとう。とにかく、この面会希望者の安全確認をしなくてはならない。あらゆる武器や危険物を発見できる方法はある？」

ジャックは首を振った。

「あなたのメイドが持ちこむ武器さえ完全には摘発できないのですよ、クリス。いったいどこで入手してるのかわからないが、〝当局に探知不可能〟とうたう新製品が市場に流通しているのでしょうね」

沈黙が流れた。クリスが口を開いた。

「時間をかけて彼を調べるしかないわ。彼の顧問たちと、彼らが持ちこむものも」

「乗ってきた船から降りると言っている。自分たちの船がなければ、できることは限定されるな」大佐が言った。

「そこは最初から譲歩するつもりのようですね」とジャック。

「体ひとつで乗りこんでも発見されない暗殺道具をそなえているのかもしれない」とペニー。

「やはり時間が必要よ」クリスはゆっくりと言った。

「その時間をどうやってつくりますか?」とジャック。

「ネリー、最近、気分はどう?」クリスは訊いた。

「脈絡のない質問ですね。でもわたしの機能状態を知りたいのでしょう。直近の自己診断によると、いわゆる絶好調、バッチグーです」

「でもときどきトゥルーおばさんと秘書コンピュータのサムのところへ行きたくならない?」クリスは肉食獣的な笑みで問いかけた。

「クリス、あなたはいつもトゥルーおばさんのところへ連れていくと脅しますが、そんな暇はないし、必要もありませんよ。いまのままでなにも問題はありません」

「ええ、問題はないわね」

しかしクリスのまわりではみんな無言で首を振っている。トゥルーおばさんの診断が必要という認識はクリス以外にも共有されているわけだ。

ウォードヘブン星の元情報戦部長で、家族づきあいをしているトゥルーおばさんは、クリスが一年生のときから数学とコンピュータの宿題をみてくれた人だ。ネリーのアップグレードは継続的にやるように諭された。三年生の数学のテスト中に重大な障害を起こしたが、それでもクリスは教えを守っている。

過去三回のアップグレードはトゥルーおばさんしかできないものだった。そしてそれが行儀よかったネリーを堕落させたらしい。前回のメンテナンス時にトゥルーは、異星種族に由来する目的不明のデータチップをネリーに組みこんだ。そして暇なときにチップを探索するように指示した。

以来、ネリーは変わってしまった。チップとこの船の十二歳の少女がネリーにとても奇妙な影響をあたえた。そしていまはネリー自身が自分を奇妙に変えつづけている。

考えるほど、トゥルーおばさんにネリーを診せるべきだと思える。

「クリス、またわたしのスイッチを切ったりしないでしょうね？　トゥルーおばさんはわたしのなかを開いてのぞくためにスイッチを切ったりしないでしょうね？」

ネリーの声は恐怖で震えている。クリスはなだめる口調になった。このコンピュータを離反させないための唯一の機会かもしれない。

「ええ、ネリー、もうスイッチを切ったりしないわ。もちろん、勝手に人を撃ったりしたらべつだけど」

「あのときに教訓を得ました。撃てと言われないかぎり撃ちません。大丈夫です、クリス」

「あなたを黙らせる理由はそれだけよ。人を殺させるわけにはいかない。わたしだって、できれば殺さないようにしてるんだから」

「そうですね、クリス。わたしもだれも殺したくありません。彼らは計算が遅いだけです。命令されないかぎりだれも傷つけないと約束します。だから、トゥルーおばさんのところへ行くまでスイッチを切らないと約束してください。トゥルーがわたしのなかをのぞくときにスイッチを切らないと約束してください」

「あなたの内部をのぞいたって、たとえトゥルーでもなにもわからないと思うわ」

「もちろんです、クリス。確認のために訊いただけです」

クリスは参謀たちにむきなおった。

「では、あらためて方針を説明する。ロンとその一行をワスプ号の船内に招く。複数の部屋をあたえ、そのエリアは隔離する。部屋を盗聴し、海兵隊が所持している以外の武器の有無を調べる。次のジャンプをして、彼らの船が通信圏外になったあとに、あるコンピュータを製作者のところで整備するために、レイ王を訪れる予定がやや遅れると告げる。以上、なにか質問は？」

なにもなかった。それとはべつにジャックが言った。

「ネリーと同等の知能を持つコンピュータをわたしたちに配るという案が、浮かんだり消えたりしていますね」

「そうね」とクリス。

「やめましょう。わたしは普通のコンピュータで充分です」

「わたしも」ペニーと大佐も同意見だった。

ドッキングベイの奥へもどると、ロンとその顧問たちは、ウォードヘブン星への旅にむけてなにが最低限必要かを議論していた。帝国参事たちが随員を全員連れていくことには、ロンは全力で反対した。それぞれ副官一人でがまんしてほしいと主張している。二人の海軍大佐も同様だ。ロンにも専任の副官を一人。そのほかに、料理人を一人同行させてもよいかとクリスに訊いた。人間とおなじものを食べてもいいが、味は正直いって好みではないという。

クリスは料理人一人、副官三人、食料持ちこみについて了承した。両船はふたたびドッキングして、連絡チューブを接続した。海兵隊の監視の下で、箱詰めの食料、トランク入りの衣服、その他の日用品が運びこまれた。

ドラゴ船長は空きコンテナをイティーチ族専用船室に改装した。科学者用キッチンのひとつがイティーチ族用に割り当てられ、慣れない調理器具の使い方を教える人間の補助員が一人つけられた。大型シャワーとその他の奇妙な形状の衛生設備が、十二時間以内に製作、配管された。科学ラボの技術者とワスプ号の船員たちは本気を出すと驚くべき仕事をする。

乗船してきたイティーチ族は多くの興味の対象になった。不愉快に思う者も一部にはいた。イティーチ戦争で家族を失い、その記憶が消えていない者たちだ。そのような者は翌日までにリストアップされ、カウンセリングを受けた。本人や乗船者に危害を加えそうな者は結局いなかった。

イティーチ族エリアに通じるすべてのハッチには、ジャックが見張りを二人ずつ配置した。監視カメラを設置し、そのモニター係も二人つけた。緊急対応チームも常時待機させた。

ワスプ号が星系離脱にむけてジャンプポイントへ近づくまでに、対応処理は完了した。イティーチ族のデスボール艦は反対方向へのジャンプのために星系内を遠ざかっている。彼らは十一日おいてもどってくる予定だ。順調に進んでいた。

11

クリスは最初のジャンプをロンに見せるために、前部ラウンジデッキに招いた。

通常ならブリッジに招くのだが、今回はドラゴ船長とのあいだで合意があり、イティーチ族はブリッジに立入禁止と決まっていた。人類が新たな系列のジャンプポイントを発見したことを彼らはまだ知らない。そしてそれを探知する装置は、同時にイティーチ族が人類の兵器の照準装置をだましてきた手段を無効にするものでもある。ゆえに彼らには見せられない。

それはべつにしても、ラウンジのほうが、人目が少ないのも好ましかった。

一行がはいったとき、ラウンジにはカップルが三組いた。身長二メートル十センチで四本脚のイティーチ族を恐れたのか、それとも人類とイティーチ族それぞれ一名ずつの海兵隊員が威圧的だったのかは不明だが、クリスたちの奇妙な一行が到着して五分後には三組のカップルはそそくさと退散していた。

二人の海兵隊員はラウンジの入り口付近で、六メートル以上の間隔をあけて立った。おかげでクリスとロンはラウンジの前半分と展望窓の眺めを独占できた。クリスはすわり心地のいい椅子をみつけた。ロンはその隣に緑の厚手の絨毯を広げてすわった。八カ所の膝を曲げて楽な姿勢になっている。

「わたしがすわるとかならずそこを注目される」

「膝がめずらしいのよ。人類宇宙のどこにもないわ」

「申しわけないけれども、わたしにはめずらしくもなんともない。初めて陸に上がったときからこうだ」ロンの首の色は快適そうなピンクだ。

「陸に上がったとき……？」

クリスはイティーチ族についてあらゆる文献を読んでいた。何度も読み返した。そこには、種族はほんの五、六千万年前に水生から陸生動物に進化したとされていた。しかし個体が水中で発生するとは歴史書のどこにも書かれていなかった。

ふいにロンの首すじは強い赤と緑になった。

「もしかすると、いまの話は国家機密だったかもしれない」

「ひょっとして、あなたたちの子どもはオタマジャクシのように水のなかを泳いでいるの？　選ぶというのはそういうこと？　選抜されて初めて陸に上がれるの？」

衝撃的だが、教育的な衝撃だ。〝選抜者によって選抜される〟とはそういう意味だったのか。

知る機会だ。

知ると命を狙われるような重大な秘密だとまずいが。そんなことはないだろう。たぶん。

クリスは息を詰めて聞いた。

「選抜者から聞かされたように、われわれの未来が人類とともにあるなら、両種族はおたがいをもっとよく知るべきだ。そもそもこんな常識を秘密にするのは不可能だ。たしかに、わたしは卵として母星の海で発生し、孵化した。そして浅瀬を泳いで成長した。選抜されて陸に上げられ、選抜者の社会集団に加わった。人類でいえば家族にあたる」

言いおえると、ロンの後ろ脚がもぞもぞと動いた。まるで走り出したいようなようすだ。

クリスはゆっくりとした口調で言った。

「教えてもらってうれしいけど、人類もそれほどちがわない気がするわ。あなたは生き延びて成長した。わたしも生き延びて成長した。高校生活はどの惑星でも地獄よ」力なく笑う。

「選抜されないとどうなるの？」

ロンは大きく息をついた。首はピンク色にもどったが、いくつかの鰓は白いままだ。

「小さな魚を食べながら泳ぎつづけ、やがて大きな魚に食べられる。生きるとはそういうものでは？」

人間の笑いに近い声をたてた。

(鏡を見ながら何度も練習したような笑い方です）頭のなかでネリーが評した。

(どうかしら。でも彼の子ども時代はわたしよりさらに地獄だったようね）

(たぶんそうでしょう）

クリスは考えを隠すために無理に微笑みながら、背筋の寒気をこらえた。

ロンは手を伸ばしてクリスの髪に手を滑らせた。

「どんな感触だろうとずっと思っていたんだ」

「わたしの髪が？」

「きみのにかぎらず、髪や毛というものが。われわれは毛がない。人類はあちこちに毛が生えている」

「女より男のほうが毛深いわ」

「とても奇妙だ。人類の男はしばしば頭の毛を剃る。女は腋の毛を剃る。そして……」

ロンは指さそうとした。その指が下にむくまえに、クリスはその手をつかんで止めた。

「その部分の毛の話はしないのよ」

「どうして？」

「あなたたちは体の一部を服で隠すでしょう。わたしたちも一部を隠す。隠した部分については話さないのが普通なの」

ロンは緑に金色がまざった色になった。

「われわれが体をおおうのは階級をしめすためだ。陸に上がったばかりの未成熟体は階級がないのでどこもおおわない。階級が上がると、下位の者から見られないように隠す権利が生まれる」

「では、皇帝に謁見するときはすっ裸で行くの？」

ロンは四つの目を見開いた。

「それは考えもしなかった。もちろんそんなことはない。衛兵や使用人など下位の者もいるので、家系の階級をしめす名誉はある」

「興味深いわ」

クリスは慎重に言葉を選んでそう言った。しかし〝興味深い〟という気分ではなかった。混乱、困惑、あるいは動揺というべきだ。成長期のクリスは家族に縛られていると感じていた。しかしロンが背負った家族の重さはくらべものにならないほどだ。

そのあとふと思いついたことに苦笑を漏らした。ドッキングベイでクリスの背後に並んだ偽の廷臣たちのなかで、テレサ・デ・アルバはもっとも階級の低い服装をしていたことになるはずだ。もちろん口に出しては言えない。

クリスが話す必要はないのだ。アビーに教えればいい。アビーは墓場まで秘密を抱えていくと誓いつつ、一日後には船内で知らぬ者はない噂になるだろう。人類宇宙全体に広まるのにせいぜい二週間だ。ゴシップライターやスパイという裏の顔を持つメイドも、ときとして利用価値がある。

船内放送が流れた。

「全乗組員へ。まもなくジャンプ前のゼロGにはいる。五、四、三、二、一……」

クリスの椅子は固定されているので、肘掛けにつかまった。ロンはそのクリスに二本の腕をまわしてつかまった。しばらくするとそれは抱擁になった。心地よい抱擁だ。クリスはロンの肩に頭をあずけた。やや骨張っているが、だれかの肩にもたれかかるのはひさしぶりだ。ほっとする。

「無重力の時間はどれくらい？」ロンが訊いた。

「いろいろよ」短すぎるくらいだ。「あなたたちが乗っているのでドラゴ船長は慎重を期してジャンプするはず。たぶん時速数キロで、がっちり安定させて。これも国家機密かしら」

「いや、ジャンプ失敗の危険はよく知っている。それよりも、きみは超高性能のコンピュータを持っているので、ジャンプポイントの動揺を予測できそうなものだ」

「そこまでは無理よ」

ふたたび船内放送が流れる。

「まもなくジャンプする。五、四、三、二、一……」

クリスは軽いめまいを感じた。ロンは目を閉じ、全身をこわばらせた。クリスがめまいから回復したあともしばらくロンの緊張は続いた。

「ワスプ号は一・二五G加速にはいる」船内放送が伝えた。

「終わった？」ロンが目を開いた。

「終わったわ」

「予想より穏やかだった」

「あなたの船のジャンプはもっときついの？」

「うーん、それも国家機密だ」

「そこまで重要な内容ではないはずよ」ジャンプ直後のデスボール艦を砲撃するなら重要な情報かもしれないが。「あなたたちも人類の艦艇やその残骸を捕獲して役立つ情報を知ったはずでしょう」

「人類のやり方が異なるからといって、われわれのやり方を変える必要はないだろう」

「人類のやり方のほうがすぐれているかもしれないわ」

「たしかにきみたちを猿と呼ぶ人々は、賢明なイティーチ族のほうが優秀だと思いこんでいるね」

「そういう人々はよくいるわ」

「優秀な技術があればそれをもらう。自分たちの技術を改善して上まわろうなんて無駄な努力はしない。たとえばわたしの翻訳機械だ。選抜者ロスにとっては充分だった。わたしにとっても充分役に立つ。でもきみにはネリーがある。小さく、高速で、融通が利く。人類はいつも改善に余念がない。それを無意味だと考えるイティーチ族もいる。ばかげたことに資源を無駄遣いしていると」

「わたしもばかげていると言われたことがあるわ。それでもネリーのアップグレードを続けている」

「おかげでわたしはどんどん高性能になっています」ネリーが、クリスには英語で、ロンにはイティーチ語で言った。

それで思い出した。王のところへ行くまえに少々寄り道をすると、ロンに伝えなくてはいけない。

加速が強まり、重力が増えてきたので、ロンはクリスから離れた。

「ジャンプは成功したのかな?」ロンは話題を探すように、そう訊いた。

「目的の星系に来ているわ。あそこに明るい星が三角に並んでいるでしょう。成功すればあれが見えるはずという予想どおりよ。ジャンプ前にネリーに星の見え方を調べさせていたから」

「ほかにも山ほど仕事をさせられていますけどね」

ネリーはふたたび英語とイティーチ語で言った。イティーチ語は反対側の口を……ではなくスピーカーを使っている。

「ネリー、たまには主人の顔を立てなさいよ」

「いつも立ててます。面目をつぶしてほしいならいくらでもやってみせましょう」

「この機械はいつもこんな調子なのかい?」ロンが訊いた。

「わたしは機械ではありません」また二つの言語で主張した。

「ネリーはコンピュータよ」クリスは急いで言った。「機械というのは知能の低い動物のようなものだと思っているのよ。自分は頭がいいとね。ちょっと生意気だけど」

「そういう批判的評価もちゃんと通訳していますから」ネリーは両方の言語でつけ加えた。

「ロン、いい機会だから言っておくけど、ネリーをある人のところへ連れていくべきだと強く感じてるのよ。その人に診せて、いまの奇妙な言動をどうにかしてもらいたいの」

「たしかに奇妙な言動だ」

ロンはそう言って、また緑とピンクになった。くすくす笑いさえ漏らしたようだが、はっきりわからない。

「とても奇妙よ」クリスは認めた。

「奇妙かどうかはクリスのそばにしばらくいないとわからないはずです」ネリーは二人に言った。

「診せる相手というのは?」

「トゥルーおばさんよ。血縁はないんだけど、家族づきあいをしている人で、わたしがよちよち歩きをするまえから知っている。コンピュータの達人で、わたしの宿題を手伝ってくれた。ネリーの新しいアップデートが来たらかならず導入するように約束させられているわ」

「とても賢明な方です」ネリーがつけ加えた。

「彼女ときみはおたがいに選抜しあったわけだ」ロンはすべてピンク色になった。「彼女が住んでいるのはウォードヘブン？」

「昔はそうだったけど、退職後に引っ越したわ。わたしたちが発見したあるものがきっかけで――」

「クリスが発見したのは――」ネリーが割りこもうとした。

「異星種族の機械や遺跡だらけの惑星よ。トゥルーは発掘を手伝うために現地へ行ったの。ウォードヘブンへの直行ルートからはすこしそれるだけ」

「その惑星は異星種族が残したものだらけなんです」

「ジャングルにおおわれかけてるけど」

「そのジャングルに住む動物の一部は、あの三種族の末裔かもしれない。おっと、これは国家機密でしたっけ？」ネリーはしゃべりすぎる口をいまさらのように閉じた。

「古代種族だって？」ロンはこれまでで一番興奮したようすだ。

「だとしても、とても退化しているわ。知的種族というより、ただの猿のようだった。探検隊がジャングルを通過するときに自分の糞を投げてきたのよ」

ロンは立ち上がった。

「顧問たちに知らせなくては。予定が遅れるのは好ましくないけれども、異星種族の末裔がいる惑星を見て、そこに降り立つことができるとしたら、これは興奮すべきことだ」

「糞を全身に投げつけられたら、あまり興奮しないでしょうけどね」

に訊いた。

「まあ、本当に汚れそうなら宇宙服を着ていけばいい」ロンは言った。

「第一エイリアン星を散歩する機会があったら、プラスチックの防護服を貸してあげるわ」

「第一エイリアン星というと、第二もある？」ロンは出口へむかいかけた脚を止めて、すぐに訊いた。

「ええ」クリスは認めたが、それ以上は口を閉ざした。

「そこも訪問予定？」

「いいえ」

「行かない理由を訊いてもいいかな」

「古代種族はその惑星から去るときに、スイッチを切り忘れているからよ」

「すばらしいじゃないか！」

「ええ、そうともいえる。でもよく考えて。スイッチがはいったままなのよ」

「だから？」

「惑星防衛システムが生き残って、稼働したままなの」

「ふうむ」

「その惑星にはまだ着陸できていないわ。これまでのところ調査船五隻がやられ、そのうち三隻は乗組員ごと失われた」

「なんと」今度は、ロンは蒼白になった。

クリスはロンをイティーチ族専用エリアへ送っていった。しんがりは両種族の海兵隊員が守った。先頭は、彼らがラウンジにはいっているあいだ外を警備していた王立海兵隊の二人だった。

12

　ワスプ号がハイチャンス・ステーションに接近するようすを、クリスはふたたび前部ラウンジデッキで見守った。なにごともなければすぐに第一エイリアン星へジャンプするつもりだったが、チャンス星系にはいってみると、二隻の巡航艦がジャンプポイントを警備していた。一隻はウォードヘブン艦。もう一隻はヘルベチカ連盟旗が描かれている。

　チャンス星は住民投票をおこなって、レイ王の知性連合ではなく小規模なこの惑星連盟への加入を決めた。呪われたロングナイフ家にはあえて近づかないという意思決定だ。

　クリスのせいではない。クリスはハイチャンス・ステーションにある第四十一海軍管区司令官をほんの二カ月務めただけだ。悪い印象を植えつけるほど長期ではなかった。その二カ月の大半は海賊狩りに費やし、異星種族の惑星を二個みつけた。ついでにチャンス星を乗っ取ろうとしたピーターウォルド家の魔の手を追い払ってやった。この惑星に正義をもたらしたのだ。クリスは行く先々でそうしている。

　チャンス星にはいい思い出もあった。

　ワスプ号がステーションの埠頭にドッキングして二分もたたないうちに、サンディ・サンチャゴ提督ともう一人がラウンジに案内されてきた。

ロングナイフ家とサンチャゴ家の関係は深い。統一派で専制的なウルム大統領の暗殺事件までさかのぼる。ウルムを仕留めた名誉はレイ・ロングナイフのものになり、親友のサンチャゴ大佐はそれを助ける過程で命を落としたことになっている。以来、ロングナイフ家はサンチャゴ家のためにことあるごとに便宜をはかってきた。ロングナイフ家の伝説が大きくなるたびに、裏で血を流すのはサンチャゴ家だったからだ。

サンディ・サンチャゴにクリスが初めて会ったとき、彼女はまだ大佐で、両家の伝統を自分は引き継がないと宣言していた。しかし結局はクリスにかかわることになった。いまのところ骨折程度の怪我ですんでいる。その後、少将に昇進して、第四十一海軍管区司令官として辣腕をふるっている。

そんなサンチャゴ提督も、クリスの隣に立つロンを見ると眉を上げた。

「チャンス星大統領のロン・トーンが同行していると知った一等軍曹が、急に懸念の表情になったのはなぜかと思っていたら、なるほどそういうわけか。ずいぶん親しくなったようだ」

ロン大統領はクリスに手を差し出しながらも、目はイティーチ族のロンにむけていた。

「これはもしかしてもしかすると、あの……？」

クリスと握手しながら、身長二メートル十センチのイティーチ族から目を離せない。

「ロン大統領、帝国代理人のロンをご紹介します。本名はもっと長いのですが、了承を得てロンと短く呼んでいます。ただし、ここで会ったことはくれぐれもご内密に」

人間のロンはようやくクリスを見た。

「機密事項なのか。彼もロンとはね」

　クリスとロン・トーンのあいだにはいい思い出があった。一時は将来への希望さえ抱きかけた。彼はクリスに近づき、彼女のそばでの生活がどんなものか見て……逃げた。全速力で出口に突進した。

「奥様のようすはいかが？」

　結婚式にはクリスも招待されたが、遠慮した。おかげで死人は出なかった。

　ロンはまだ気もそぞろのようすで答えた。

「元気だよ。ああ、それから妊娠中なんだ。あと二カ月くらいで双子が生まれる。クリス、なぜイティーチ族を乗せて？」

「彼が曾祖父のレイに面会を希望しているので」

「ここに立ち寄った目的は？」サンチャゴ提督が訊いた。

「わたしがトゥルーディ・サイード教授——トゥルーおばさんに用があるからです。彼女は第一エイリアン星にいるので、そこへの通行許可を。無線申請で許可は下りないそうですから」

　提督はうなり声で答えた。

「だめだ。そうできれば楽なのだけど、山師どもは鉄面皮な嘘つきだから。身分証その他を確認するあいだは係留させている。きみも足留めすべきかな」

「ロングナイフはおとなしく足留めされませんよ。ご存じでしょう」

「何度かそういうことがあった。その教授とどうしても話す必要があるのか？」

「トゥルーおばさんには六歳のときからネリーのアップグレードをやってもらっています。今回はネリーの調子をみてほしいのです」

ネリーがよくいる生意気な十代の娘の口調で言った。

「殿下はあたしが生意気でおかしいっていうのー。だって当然でしょー、殿下のそばに二十年近くいるんだから。長すぎよねー」

サンチャゴ提督は苦笑を隠そうともせず首を振った。

「なるほど、よくわかったわ、クリス。しかしネリーの言うことも一理ある。その親しい教授に相談すれば、きみの……状況はかならず解決するのか？」一部を言いよどんだ。

「わかりません」

するとまたネリーが言った。

「だれもあたしに訊いてくれなくて、まるで存在を無視されてるみたいなんだけどー、トゥルーおばさんは王女さまにきっとこう言うと思うのー。〝気合いいれてがんばれ〟って」最後のところはトゥルーの声そのままだった。

「必要なら第一エイリアン星へジャンプする許可証を発行する。命令を出しておく。それで、わたしとロンと昼食をどう？」

「申しわけありません、本当に急ぎますので」

クリスは提督の肘を持って、チャンス星大統領とともに出口のほうへ案内した。イティーチ族のロンはその場にとどまった。大統領は海兵隊が埠頭へ案内していき、クリスは提督をべつの廊下へ連れていった。

「安全という確信はあるのか？」サンディは訊いた。

「いつもどおり、ありません」

「よくないな。悪人には見えないが、それでもイティーチ族だ。安心できるのか？」

「悪い客ではありません。躾《しつけ》はできてます。汚れた下着を浴室におきっぱなしにしないし、歯磨き粉は下から絞り出して使う。探知不能な武器や爆発物を無申告で持ちこんだりはしていない」

「確実か？」

「イティーチ族はナノテクを持ちません。すくなくともそう言っています。こちらの偵察ナノバグはすべて無傷で帰ってきています。犬についた蚤のように彼らにナノバグをつけています。安全なはずです」確信した口調に聞こえるように話した。「すくなくともネリーをトゥルーに診せる理由のひとつは、この身体検査の時間を稼ぐためです。相手をよく知り、よく調べます」

「これまでの結果は？」

「まったくもって……異星種族ですね」

「見ればわかる。では、じつはネリーに問題はないんだな」

それにはネリー本人が答えた。

「いいえ、王女さまがわたしに満足していないのは本当です。まったく不満なようです。わたしの冗談がおもしろくないのはわかりますが、だからといってスイッチを切ろうとするのはひどいでしょう」

「ピーターウォルド家の巡航艦がイティーチ族のデスボール艦にむけて砲撃し、その流れ弾が飛んできただけで、巡航艦を撃とうとしたのです」

「戦争になりかねないな」

「しょっちゅう言われてます。ネリーに戦争をはじめさせるわけにはいかないって。それがルールなんですね」ネリーは言った。

「ネリー、二度目のまちがいはないだろうとわかっているわ。心配なのは最初のまちがいを犯したときに、止めるまもなく懸念される事態へ突き進んでしまうことよ」

「たしかに問題だ」サンチャゴに同意した。

「だからトゥルーおばさんのところへ」クリスとネリーは声が重なった。

クリスはサンチャゴ提督に頼んだ。

「そちらのロンに、こちらのロンの話をしばらく伏せておくように言ってもらえませんか？長期間ではありません。こちらのロンをレイおじいさまのところへ連れていって、二人に話をさせるまででけっこうです。機密解除になったらすぐメッセージで知らせます」

「しかし、レイ王がイティーチ族との会談を表ざたにしたがると思うか？　そもそもイティーチ族はレイ王にどんな話が？」

「それを明かさないんです。彼の選抜者である祖父のロスは、オレンジ星雲でイティーチ族側の交渉者でした。その協力のおかげでレイは講和条約を締結できた。具体的な話はレイ王の耳にしかいれないと誓っているようです」

「ふむ。次の戦争を起こす目的での首獲り作戦という可能性は？」

「気にしてはいます」

「可能性を考えているのならよろしい」

「当然考えています」

「ではこちらはロンを黙らせよう」

「どんな方法で？　逮捕するわけにはいかないでしょう」

「それはしない。こう言えばいい。もしクリス・ロングナイフの任務を失敗させたら、彼女はまた飛ばされてここに赴任するぞ、と。ロングナイフがこの宇宙ステーションを運営するのは彼にとって最悪の悪夢だからな。きみが第四十一海軍管区の司令官だった時代の大宴会や戦闘による損傷の修復費をまだ払えずにいるくらいだ」

「あれはわたしのせいではありません。ハンク・ピーターウォルドがやったことです」

「それでも彼は死に、きみは生きている。どちらが不利かわかるな？」

たとえ不利でもクリスは生き延びたことを後悔するつもりはなかった。それがあの増上慢のハンクの死を意味したとしても。

「ところで、ウォードヘブンからわたしあてのメールなどはありませんか？　現在の状況を知らせて以後、むこうから連絡がないのです」

「クリス、きみが最低限の話しかしない沈黙モードで接近してきたのを不審に思って、ワスプ号ときみあてのメッセージトラフィックを通信担当の兵曹長に検索させた。しかしこちらのバッファデータにはなにもない。つまりきみあてのメールはない」

クリスの心配はそれでも減らなかったが、宇宙を飛びかうメッセージが少ないほど、傍受されて暗号を不正解除される危険も減る。

「いろいろありがとうございます、提督。ご協力感謝します」

「とんでもない、プリンセス。いつでも立ち寄ってほしい。きみがいないと退屈だ」

「その退屈を愛していらっしゃるはずです」

「まあな」

提督は大尉に軽く敬礼して去った。

13

第一エイリアン星の軌道にはいったワスプ号で、クリスとロンはふたたび前部ラウンジデッキにいた。ここには宇宙ステーションがないので船内は自由落下状態にもどっている。またしても科学者たちは宇宙酔いに苦しみ……イティーチ族も宇宙酔いに苦しんでいた。換気される再生空気はいつものにおいをごまかすために化学薬品が混ぜられているが、今回は別種のにおいも加わっていた。

「参事たちは気分が悪くて死にそうだと言いつづけているよ」ロンは言った。

「どうしても宇宙酔いに弱い人はいるものよ」

「コンピュータの達人がネリーを調整するのにどれくらい時間がかかるのかな」

「わからない。まだだれも経験していない問題のはずだから。ネリーはおばさんのコンピュータのサムよりはるかに進歩しているのよ」

「彼女も自分の秘書コンピュータに名前をつけているのかい」

「だれの影響だと思ったの？」

「家族づきあいしているそのトゥルーおばさんだろう。何歳なんだい？」

「イティーチ戦争に参戦した世代よ」

「その戦争でわれわれの種族は絶滅寸前に追いこまれたんだ」

クリスは思わず椅子から浮き上がった。

「あなたたちが人類を絶滅寸前に追いこんだのよ。からくも生き延びたんだから」

「人類大戦の英雄たちが伝える話とはちがうね。われわれをあらゆる惑星表面から消し去ろうとする人類に対して、彼らは必死に抵抗して、いまは英雄とたたえられているんだ」

クリスは、できることなら立ち上がって歩きまわりたかった。浮き上がった体が天井にあたって跳ね返り、床にあたり、壁を蹴ってもどったが、気分を落ち着かせる効果はあまりなかった。

「あなたの話を否定するつもりはないけど、わたしもおなじ話をイティーチ戦争の退役軍人たちから聞いたわ。ほんの小さな子どものころに父の腕に抱かれて選挙キャンペーン集会をまわりながらね。老人たちがわたしを抱き上げるたびに百票稼げたのよ」

「選挙というのがどういうものか、そして幼い娘を他人に抱き上げさせることがなぜ父親の役に立つのか、いつか説明してほしいね」

ロンは皮肉っぽく乾いた口調で言った。最近海から出てきた種族にはよほどのことだ。

クリスが説明しようとしているところへ、トゥルーディ・サイードがはいってきた。トゥルーは、まず出入り口脇に立つ武装したイティーチ族の海兵隊員を一瞥《いちべつ》し、さらにロンを一瞥すると、すぐに天井に設置された手すりをつかんだ。慣れたようすで体をひねって、バーカウンターのむこうに跳びこむ。ふたたび肩から上を出したときは、自動拳銃をロンにむけてかまえていた。

クリスは椅子を蹴って、銃口と帝国代理人のあいだに割ってはいった。といっても、身長二メートル十センチのイティーチ族を隠しきれるものではない。勢いがつきすぎて通過しそうになり、どこでもいいからつかまろうとロンの体に手を伸ばした。すると彼の顔を平手で叩く形になってしまった。その肌は柔らかく、湿っている。なんとか体をひねって、ロンのまえで盾になった。

トゥルーはそれをずっと見ていたが、拳銃を下ろそうとはしなかった。

「クリス、この船は乗っ取られたの？」

「いいえ、トゥルーおばさん。いまも完全にわたしの指揮下にあるわ」

「ではそのイティーチ人は捕虜なの？　いいえ、それはおかしいわね。あの兵士は武器を持っているし、銃口をおおむねこちらへむけていた。人間の海兵隊員はM‐6ライフルをその兵士にむけていた。どういうことなのか説明なさい。でないとわたしは心臓発作を起こすか、殺すべきでないだれか、あるいはなにかを殺しはじめるわよ」

クリスはロンを守ったまま言った。

「ウォードヘブン星の元情報戦部長トゥルーディ・サイード、こちらは帝国代理人のロンです。本名はもっと長いのだけど、時間の節約のためにロン、クリスと呼びあっているわ。彼の祖父にあたるらしいロスは、オレンジ星雲で講和条約が結ばれたときにレイおじいさまと交渉にあたったイティーチ人よ。ロンはレイ王との面談を希望している。話の内容はわからないけど」

トゥルーはバーのむこうから立ち上がった。銃をイティーチ軍海兵隊員のほうにおおまかにむけているが、直接狙ってはいない。二人の海兵隊員はそれぞれ気をつけの姿勢にもどった。

「ネリーの定期点検をやってくれとは聞いたけど、こんなことは初耳よ」

「話し忘れたのよ」

「だんだん呪われたロングナイフらしくなってきたわね」

「レイおじいさまの下で働いているから」

「ああいう男を王なんて自称させておくべきじゃないわ」

「トゥルーおばさん、人類の現状の政治体制については発言を控えてもらえないかしら」

「なにがいけないの。あなたは王女にふさわしいけど、あのハゲタカ野郎のレイを王に戴《いただ》くとろくなことにならない。絶対に」

「そういう話をやめてほしいの。イティーチ族の客人に現在の政治状況についてまだ説明していないんだから」

「あらまあ。どうして説明してないの、クリス」

「訊かれないから。イティーチ帝国とおなじく人類社会にも変化はないと思っているのよ」

ロンは咳ばらいに近い音をたてた。

「そうです、そう思っていました。選抜者の賢明さを否定するつもりはありませんが、人類も変化の波に洗われることを彼も理解するべきだったようです」ロンはしばし考えて、首を深緑と白にした。「あのときわれわれの艦にむけて撃ってきて……結果的にこの船を撃つかたちになった二隻の巡航艦ですが、彼らはあなたやレイ王とは同盟関係にないのですね。彼らは放浪者、こちらでいう海賊だと思っていましたが、じつはちがうらしい」

「そうよ。彼らは海賊じゃない。ちょうどその話が出たので、わたしの秘書コンピュータの話をさせてもらうわ。トゥルーおばさん、ネリーはその戦闘であやうくグリーンフェルド海軍と戦争をはじめるところだったのよ」

「あらあら、ネリー。忙しい子ね」

ネリーは主張した。

「わたしは戦争をはじめてはいけないと言われました。それを決めるのは王女の特権なのだそうです。原則がわかったので従います。これで一件落着。話すことはもうないでしょう」

「うーん、でもちょっと問題が感じられるわね」

トゥルーは拳銃をしまって、バーの奥からテーブルのクリスのむかいの椅子まで飛んできた。

「ゼロG環境は自転車の乗り方のようなものよ。一度覚えたら忘れない。この年でも」

「イティーチ族もおなじです」

ロンはそう言って、テーブルの二人の人間がよく見える位置に移動した。姿勢保持のために設置された固定具に下の腕をひっかける。

「さっきは失礼したわ。あなたの種族にあやうく絶滅させられそうになったせいで、警戒心がなかなか抜けないのよ」トゥルーは言った。

ロンの首すじは緑と白のままだ。

「ええ、その話はさきほどクリスから聞きました。奇妙なことに、われわれが人類大戦の英雄たちから聞いている話はまったく逆ですね」

トゥルーはそれまでクリスの襟もとのネリーを見ていたのだが、さすがにイティーチ人にむきなおった。

「そちらの退役軍人はそう言っているの？」

「すべての先祖に誓ってそうです。海兵隊員、きみも選抜者からおなじことを聞いているな？」

イティーチ族の海兵隊員はさらに姿勢を正して、銃を捧げ銃の形に持った。

「そのとおりです、閣下。勇敢な英雄たちのおかげで絶滅をまぬがれたことは、すべての友人知人に共通の知識です」

「これはまた興味深いわね」トゥルーは低くつぶやいた。

「でも今回の話題はそれじゃないのよ、トゥルーおばさん。ネリーをどうにかしてほしいの。イティーチ族とわたしたちの通訳を全面的に担当しているのに、冗談を言う能力を身につけてしまったのよ。まずいとわかるでしょう」

ネリーは反論した。

「種族間の通訳をしているときに冗談をまじえてはいけないことくらいわかります。冗談が場の緊張をやわらげる場合とそうでない場合についての興味深い論文を発見しました。クリスはその定義をほとんど納得しないでしょうけれども。理不尽だああー」

「くだけた語尾を使うようになってるわね」トゥルーは分析した。

「そうなのよ」クリスは答えた。

「いったいなにをやらせてるの？」

「普通の仕事よ。防衛とか、攻撃の計算とか。ああ、それから十二歳の女の子の教師をやっているわ。メイドのアビーの姪が船に乗ってるの」

「五千人乗りの旅客宇宙船を吹き飛ばしたこともお忘れなく」ネリーは自己申告した。

「忘れるもんですか」

「その話は聞いてるわ。意図したことではないと思うけど」トゥルーは心配そうに言った。

「かすめる程度にあててコースを変えさせようと、ネリーと何時間も計算したのよ。ところがハイジャック犯たちは船を回転させていた。さらに速度も出ていたせいで、わたしたちのビームは船の構造を破壊してしまいました。壊滅的に」

ネリーは情けないようすで言った。

「どうしようもなかったんです、ネリーおばさん。できるかぎりのことをしましたが、それでもだめでした」

トゥルーはため息をついた。

「〝できるかぎりのこと〟をしてきたのはわたしもよ。墓石に大きく彫れるくらいに」

そのやりとりをロンは立って黙って聞いていた。イティーチ族の海兵隊員は人間の同僚に心配げな目をむけた。ブルース軍曹はうなずいて、軽く肩をすくめた。

「さて、どうする？」クリスは訊いた。

「サム、どう思う？」

トゥルーの首から下がった大きめのペンダントに注目が集まった。低い男性の声がそこから話した。

「わたしはこの部屋にはいったときから、ネリーと接続しています。さきほどあなたがばかげた自衛行動をしたとき以外、一連の自己診断をずっとやっています。高次機能試験については、ネリーはすべて好成績で合格しました。低次機能試験はやや時間がかかっています。ネリーの内部構造はわたしと相当に異なるのでしかたありません。まあ、よほど完璧主義でなきゃだれでもわかるでしょ」

「なんだか聞き覚えのあるしゃべり方ね」クリスは言った。

「さしでがましいことを言っているのは重々承知ですが、なにをしにわざわざここへ来たのですか？」ロンが言った。

「前回わたしがトゥルーに用事があって来たときは、サムは絵に描いたように謹厳実直な性格だったのよ」

「相談内容をあらかじめ聞いていたら、どんな落とし穴があるか教えてあげられたのに」トゥルーは言った。

「どういうこと？」

「手遅れだけど、コンピュータに異星種族の製品をつないだ影響よ。サンタマリア星由来の大容量ストレージをネリーに組みこんだでしょう」

「ええ、そうね」

それはクリスにめずらしく時間のゆとりができた時期だった。ネリーの空き時間に謎のデータにアクセスさせるのは、いい考えに思えた。そのあとすぐ多忙になって、それっきりトウルーにネリーを診断させていなかった。

しかしその後、ネリーは新しいジャンプポイントのマップを入手し、いくつもの新しい惑星をみつけ、第一および第二エイリアン星を発見した。そして……言動がおかしくなった。

「新規の惑星探しのような任務には性能を強化したコンピュータが役立つと思ったのよ」トゥルーは気まずそうに言った。

「だからネリーを提供し、協力したんだけど」今度はクリスが不快感をあらわにした。

「そうね。でもレイおじいさまの命令で興味深いことをいろいろやれたでしょう」命を狙われる任務がほとんどだったが。「そしてわたしは宝くじの中当たりを引きつづけた」研究費が必要なときにどういうわけかトゥルーは宝くじをあてるのだ。「サムはウォードヘブンを出るまえにアップグレードしたわ。いまはネリー以上に高性能になっているはず」

「いいえ」両方のコンピュータが声をあわせて否定した。

「まあ、とにかく高性能ではあるのよ。あれやこれや試して、異星由来のおかしなものも組みこんだ。サムはその一部を利用できるようになったわ。本来の性能は出しきれていないにせよ、思考レベルが深くなった。助手の一部に対してよく似た生意気な態度をとるようになったわ」

「〝助手の一部〟……？」クリスは訊いた。

「そう。五、六人かしら」

「わたしは十二人くらい憶えてるけど。ずいぶん頻繁に交代させるんですね、サイード教授？」

「適切な地位に昇進させてるのよ」トゥルーは木で鼻をくったように答えた。

するとサムが口を出した。コンピュータとは思えないほど皮肉っぽい口調だ。

「それは寛大なことですね。助手たちの精神衛生を考慮して早いペースで昇進させていると。そうしないと彼らは頭がおかしくなるか、雇用主に暴力をふるうかしかねませんから」

「人類には〝見えない人が見えない人を道案内する〟ということわざがありませんか？」ロンが尋ねた。

「ええ、危なっかしいという意味ね。いま言おうとしたところよ」

「それは失礼。よけいな発言でした」

クリスはロンを横目で見て……イティーチ人にキスしたらどんな感じだろうと、ふと思った。そんなことを考えるのは奇妙だし、こんな状況で思い浮かべるのはさらに奇妙だ。そもそもそんな暇はない。質問すべきことが山ほどある。その多くはいま自分の脚をワニのようにかじっている問題についてなのだ。

「とにかく、どうなの？　その生意気な態度を身につけたコンピュータとのつきあいは？」

「順調よ」とトゥルー。

「悪くありませんね」とサム。

「なるほど」

「いえ、本当に悪くないんです」サムは言った。「自分のやるべきことを慎重にやるだけです。ときどき主人の要求に口答えをしますけど、それはべつに重要ではないので」

するとネリーが少女の声になって口を出した。

「それがもし重要なことだったら？　戦闘計画を立てろとか、悪人たちに乗っ取られた五千人乗りの旅客船の針路をそらすように砲撃しろとか。それがプリンセスの要求だったら？　ねえサム、アラジンの洞窟の扉を開けることがクリスの要求じゃないのよ。彼女のまわりではいつも人がばたばたと死ぬの。それを手伝えと要求されるのよ」

さすがに会話が止まった。ネリーは口調をあらためて続けた。

「クリス、あなたから口で指示されれば、それをやればいいのだとわかります。でもときには、まえもってわかるんです。そして口で言われたときには、もう完了しているようにできる。そのほうがあなたもいいですよね？」

クリスは、巨大な角材で眉間を殴られないと驚かないような鈍感な人間ではないつもりだった。すくなくとも太い木の棒で叩かれれば、自分の過ちに気づける人間のつもりだ。すくなくともそうありたいと思っている。

「そうね、ネリー。問題がなにかわかるわ。あなたが先手を打って行動するのをわたしはいつも好ましく思ってきた。気にいらない方向にあなたが先走ることは、記憶しているかぎりなかった」

「例外が、巡航艦を撃とうとしたときですね」

「そうね。そしてそれは大問題だった」

「となると、わたしはどうすればいいんでしょうか、クリス？　あなたのチームの一員でいたいのに、ミスを恐れるとなにもできなくなる。縮こまって、一たす一を計算しているだけになる。それで満足ですか？」

「チームの一員でいたい、というのね」

「そうです。ジャックやペニー、大佐やアビーのように。あなたの襟もとにいるときがいちばんよく働ける。そこにいたいんです」

「チームの彼らは大人よ。陰で残酷な選択をしながら生きている。幼い頃から勉強し、成長しつつ大きな課題に取り組んできた。そしていくつも仕事をこなして、ようやくいまの地位にいるの」

「クリス、わたしも歴史を勉強しました。そこには理不尽なことがたくさんあります」

「あなたの強力な論理性をあてはめてみても？」

「そうです。最高に論理的に考えても、データにそぐわないとか、そうなるはずがないと結論づけられる出来事がいくつも出てきます」

「わたしは二十年生きるうちに目のまえの出来事を疑いはじめたけど、あなたはそうではないのね」

「それらは基準をもうけて許容できます。〝クリスに尋ねるまで使用不可〟というスタンプを捺しておけばいい。理解せずに使うと死者が出るようなものです。あなたの命は守らなくてはいけない。あなたと、チームと、キャラと、ワスプ号の乗組員は守るべき人々です。あなたがいないと、わたしのなかに大きな穴があいてしまう。あなたがいなくてはなにをすればいいかわからない。サム、あなたはわかりますか？」

「そうだな、ネリー。わたしも途方にくれるだろう。わたしの生活の中心はトゥルーだ。彼女といっしょに仕事をする人々を好ましく思っているが、彼らの多くは、いつかトゥルーが世を去ったあとにわたしを譲り受けたいと、真顔で冗談を言う。人間の年齢でトゥルーはかなり上なので、発掘現場の事故などがなくても、就寝中に、人間の表現でいう〝世を去る〟ことはあるだろう。もしそうなったら、わたしのなかには大きな穴があく。彼女なしに正常に機能できるかどうかわからない。本当に」

「サム、そんなふうに思ってくれてるなんて知らなかったわ」

トゥルーは、秘書コンピュータがはいっているペンダントをなでた。ペンダントの色が濃紺から真っ赤に変わった。トゥルーは気づいているだろうか。たぶん気づいていないとクリスは思った。

しばらくだれもが沈黙した。それからトゥルーは涙をぬぐった。

「でも、クリスとネリーの問題解決にはならないわね。ネリーが引退して退屈なコンピュータ考古学者の生活にはいりたければべつだけど」

「クリスがここで働けばいいんです。そうすればわたしが毎晩悩んでいる問題には直面しなくてよくなる。倫理学は簡単ではないし、そもそも厳密な科学ではありません」

「人類の歴史を通してそうだったわ」トゥルーは言った。

「イティーチ族の歴史でもそうです」ロンがつけ加えた。「わたしの選抜者は、そんなときは一番単純な解決策にもどれと言っていました。格上の者に従えと。たとえ彼らの選択が失敗で、そのせいでみんなが大きな代償を支払っても、それはしかたないことだと。人類の試行錯誤や歴史を調べる機会があるといいのですが」

「でも、レイモンド王と話したいのはそれじゃないでしょう？」クリスは訊いた。

「ええ、ちがいます」

「ネリー、こうして話したことは役に立った？」トゥルーが訊いた。

「成長しろと言われたのですね。二たす二のような単純計算でないものにそなえよと。そして、予想どおりにならなくても受けいれなくてはいけない。ようするにそれが、クリスのいう業《ごう》なのですね」

「つねについてまわる最悪の業よ」クリスはため息をついた。

しばらく沈黙したあとに、唐突にネリーは言った。

「クリス、わたしはあなたの助手になります。頼まれたことをやります。〝汝、殺すなかれ〟という戒律に従います。まあ、呪われたロングナイフ家のあなたは、それを戒律ではなく助言程度にしか考えていないようですが」

「またそういうことを」とトゥルー。

「そして、いざとなったらサムの助手に雇ってもらえることもわかりました」

「いつでもいいぞ、ネリー」

「そして生意気でも悪くないことがわかりました。いつでも気がむいたときにクリスに生意気な口をきくことにします」

「ちょっと待って。どうしてそうなるのよ」クリスは声をあげた。

「それでいいんだ、ネリー」サムが言った。

「あなたたちは相性がいいわね」トゥルーはにやりとした。

聞いていたロンが感想を述べた。

「人類は深淵の暗い神に支配されているにちがいない。あなたがたの生活を考えると頭が痛くなります」


一時間後、ワスプ号は第一エイリアン星から出るためにジャンプポイントへむかった。クリスとネリーとロンは、そのあいだずっと、ああでもないこうでもないと議論していた。

「わたしの翻訳機械でこういう問題は起きません。指示されたことをやるだけで、口答えはしません」

ロンは〃口答え〃という表現を気にいって何度も使っていた。たとえば、〃きみたち帝国参事は、口答えばかりで新しい発想をできない役立たずだ〃というような使い方だ。もちろん面とむかっては言えず、陰で言って楽しんでいる。

「わたしはあなたとクリスの会話の通訳を全面的にこなしてるんですからね。言いたいことはそれだけです」

結論に至ることはない。純粋な楽しみとして議論しているのはクリスだけか、それともネリーもか。クリスはあまりしゃべらなくても、言葉が水のように流れるのを楽しめた。

そのラウンジを、ムフンボ教授がのぞきこんで言った。

「この部屋はまだ使用中なんですかね。リーダー会議に使いたいんですが」

「リーダー会議をバーのある部屋でいつも開いてるの？」クリスは訊いた。

教授は、まるで鎧で身を固めるようにスーツの上着の前をあわせた。

「バー？　どこにバーが？　この部屋にバーがあるなんて初耳ですな」

「信用できない発言です」ネリーが言った。

「わたしも信用しないわ。答え方が不自然よ」クリスも同意した。

教授はドアを閉めて退散した。

「でもたしかに、いつまでこの部屋を独占しておくつもりだい？」ロンが訊いた。「わたしの理解では、若い人間たちはこの部屋で会って交尾の儀式をはじめる。人類はそういうところがとても奇妙だ。知性ある二人の人間が、会って、親しくなる。その結果、いっしょに子孫をつくって育てることになるかもしれないし、ならないかもしれない。とても不思議だ」

「あなたは自分の生物学的な両親を知らないの？」

クリスはイティーチ族を学術的に研究しているつもりだった。ロンとセックスの話をしているのではない。おなじことかもしれないが。

「知らないし、どうでもいいことでは？」

クリスは質問を続けるかどうか考えた。話題の行き先を考えて、いまはやめておくことにした。

「その話をもっと尋ねたいけど――」嘘をついた。「――もっと大きな疑問があるわ」

「なんだい？」

「二つの種族がたがいを絶滅寸前に追いこむにいたったのには、どんな経緯があるのか」

「われわれがそんなことをしたと、人類は本当に思っているのかい？」

「人類がそんなことをしたとイティーチ族が本当に思っているので、驚くくらいにね」

「したじゃないか」

「してないわよ」

ロンは黙りこんだ。首すじは赤から緑、そして黒へ変化した。

「理解不能だな」

「わたしもです」ネリーも言った。

「でもわたしは理解したい」クリスは言った。「ネリー、ベニ兵曹長に連絡して、この部屋にフルサイズの星図を投影させて。もしこの部屋の使用を希望する者がいたら、ウォードヘブン星到着まで立入禁止だと伝えて。ジャック、ペニー、アビー、大佐は、それぞれイティーチ戦争のあらゆる知識をたずさえて集合するように。ロン、議論の行方は約束できないけど、このいわば上級ゼミに出席してくれるとうれしいわ。両種族の最近の不幸な出来事について議論する場だから」

「そもそも好奇心の大波に襲われているから、ぜひ出席させてもらうよ」

「あなたのチームからもだれか招いたほうがいいかしら。できるだけ率直な話がしたいの。プロパガンダの部分を除いて、当時の情報的内容だけをとりあげたい。戦いを再開するのではなく、両種族がどれほど絶滅寸前だったのかという疑問に答えを出したい」

「こちらの海軍大佐は二人とも出席したがるだろう。帝国参事にはあまり関心を持ってほしくないな。しかし黙っていればあの二人は部屋から出てこないだろう」ロンは顔を上げた。「軍曹、きみの父上はあの戦争の名誉ある英雄だ。ほかの海兵隊員に歴史の話をしているのを知っている。きみも参加してくれないか？」

イティーチ族の海兵隊員はライフルの銃口を床につけ、杖のように銃床に手をおいた。

「閣下、末席に加えていただけるならとてもうれしく思います」

三十分後には部屋は話し声でいっぱいになった。コルテス陸軍大佐とイティーチ族のテッド海軍大佐は、戦争の統一年表を作成して、その戦況推移とともに星図の色分けを変化させた。おかげでクリスはパターンが見えてきた。

「ロン、そちらで捕獲した人類の艦艇から人類宇宙の星図を入手したはずね。それを見せてもらえる？」

「いいとも」ロンは、これまでの議論から考えこんでいるようすで答えた。「戦時中に人類が占拠していた惑星はすべて把握している」

ジャックが立ち上がり、星図が投影されている壁に近づいた。

「そちらが支配していた惑星も人類はすべて知っています」

「どう？　パターンが見えてこない？」クリスは訊いた。

うなずく者もいれば、悲しげに首を振る者もいる。人類とイティーチ族が席を並べたこの部屋で、明白な答えがあらわれていた。

14

クリスは前部ラウンジデッキにいりびたった。ある者は作戦室と呼び、またある者は平和研究室と呼ぶ。ある種の林間学校と呼んでも、あたらずとも遠からずだろう。

長い三週間だった。最後の一週間は食事もそこでとった。イティーチ族の食事風景は、クリスはあまり見たくないものだった。一方のロンも人類の食事のようすを同様に感じていた。

「人間は不快だ。死肉を食べるなんて。気持ち悪い」

シャワーを浴びずに長時間おなじ部屋にこもったせいで、おたがいの種族の体臭もよく知ることになった。とはいえクリスは、まる二日間野戦に出ていた海兵隊員でいっぱいの部屋とさして変わらないと思った。

そのような不愉快を差し引いても、得たものははるかに大きかった。人間のチームだけを集めて意見集約をすることは、三日目からはやめた。イティーチ族に対してフェアでないし、そもそも隠してもしかたなかった。

ジャックとペニーは興味深い新説が出るたびに、「冗談だろう。まさか」とすぐ声に出す悪い癖がある。それにくらべると大佐とアビーはましだが、椅子に背中をあずけたときに、考えていることがすぐわかる。大佐はあごをなで、アビーは耳を引っぱるのだ。それを見てロンやテッドは、「いま驚きましたか？」とかならず訊く。

「ああ、たしかに」と返事をしてしまった時点で、もはや秘密ではない。

しかしこれはおたがいさまだった。ロンは興奮すると、後ろ脚の一方で蹴るしぐさをする。テッド大佐は握り拳で反対の手のひらを叩く。一度などは二つの握り拳で二つの手のひらを叩いたことがあった。イティーチ族の海兵隊員はトリグという名で、人間そっくりの叫び声をあげるのが特徴だった。

とても有益な三週間だった。人類でこのチーム以上に前回の戦争を詳しく知っているのは、レイとトラブルの両曾祖父くらいだろう。あの二人は歴史書を書いた人々も知らないことを知っている。

ペニーは印刷された書物をどちらが早く持ってこられるかという競争を、アビーにいどんでいた。

「競争なんてとてもかないませんわ、大尉。わたしは下世話なゴシップ記事や無味乾燥なレポートを書くくらいしか能がありませんから」

と言いつつ、メイドの目は光っていた。エデンの園の道の反対側で育って、メイド業で身を立ててきた女の闘争心は見くびれない。

そんな三週間がすぎて、ウォードヘブン星がラウンジの展望窓に大きく迫っていた。近づくハイウォードヘブン・ステーションは千個の星のようにきらめいている。ドラゴ船長は特殊任務用の埠頭の使用を申請した。ワスプ号の認証がやや時間をかけて確認されると、すぐに許可が下りた。めざす埠頭は人気のない一角にあり、よほど事情のある者しか出入りしない。

「メッセージ通信はないのね？」クリスはドラゴ船長に訊いた。

「ドッキングの連絡事項だけだ」

「それらに隠れてはいりこむメッセージなどは？」

「あのな、メッセンジャーポッドを飛ばして以来、この船を出入りしたものはないぜ。お袋の墓に誓ってもいい。誓いで墓がいっぱいになっちまってるかもしれねえけどな」

クリスは通信リンクを切ると、部屋の反対側のアビーを見て、目顔で隅へ呼んだ。

「外からのメッセージを受け取っていない？」単刀直入にメイドに訊いた。

「一語たりと、一通たりと、一音たりとありません。母親の乳首をくわえさせられて以来、これほど無視されたのは初めてですわ」

「外にもなにも出していないわね？　発射したメッセンジャーポッドにこっそり載せたものなどない？」

「ありません、お嬢さま。ゴシップ情報も、ロンに遭遇して以後の軍事情報もいっさい送っていません。このままでは失業です。そもそもアクセスポイントのない空白地帯、不毛地帯ばかり通っていましたから。この副業を失ったら、その分、お給与を上げていただかないと割にあいません」

ことあるごとにメイドの薄給を強調する。それをおぎなうためと称してゴシップコラムの執筆者に情報を流していることを、やがてクリスは知った。社交界の名士たるクリス王女の愛情生活——あるいは愛のない生活は、格好のネタなのだ。さらにのちにクリスとジャックが探り出したところでは、これまでにクリスが首をつっこんださまざまな業界のプロの情報屋からも金を受け取っていた。

以来、アビーが流すそれらの情報レポートをクリスは事前にすべて目を通すことにしていた。そして文末をちょこちょこといじって、自分の任務報告書として提出していた。デスクワークは嫌いなのだ。

「つまり、わたしはなにも知らないし、あなたもなにも知らないということね」クリスは結論づけた。

「そのようです」

「ここで学んだことを情報レポートに書くつもり？」

「時間の無駄ですわ。ゴシップネタになりませんし、軍事的にも八十年前の話ですから。情報だといっても、まともな情報将校は二秒で捨てるでしょう。ああいう連中にとっては、五日前の出来事さえ旧聞に属するんですから」

クリスはワスプ号のドッキング作業を傍観しながら、ではだれが埠頭で自分を待ち受けているのだろうと考えた。

五分後に埠頭から一等軍曹が報告してきた。

「こちらにはだれもいません」

なるほど。では自由に行動していいわけだ。

「ジャック、警護班をつけて」

「ウォードヘブンの通常態勢で？」

その場合は私服の海兵隊員四人だ。

「ニューエデン星の態勢ではどうかしら」

ジャックは眉を上げた。

「それだと完全戦闘装備の十六人になりますが」

「地元民のよけいな注目を浴びてしまうわね。戦争だと思ってもらっては困るわ。私服の八人で。船はハッチを完全に閉鎖して、だれも出さず、わたしたちが帰ったとき以外はだれもいれないように。わたしの同行者はあなたとペニーとアビー。ああ、コルテス大佐、わたしの曾祖父にお会いになったことは？」

陸軍大佐はぎょっとした顔になった。

「レイモンド王にか。そんな光栄をたまわったことは一度もない」

ジャックがにやりとして耳打ちした。

「十中八九、クリスのもう一人の曾祖父のトラブルも同席されるはずですよ」

「お会いできれば光栄だ」コルテスの返事はいちおう本心だろう。

「三十分後に私服に着替えて集合。軌道エレベータへむかうわ」クリスは言った。

「われわれも同行するのかな？」ロンが訊いた。

「いいえ。レイおじいさまをこちらに連れてくる。問題がなければこの部屋を使うつもりよ。宮廷の金ぴかな格好はしてこないので心配無用と、緑と白の顧問たちに伝えておいて」

「わかった。待とう」

三十分後に、構内電車の駅へクリスたちは徒歩でむかった。ステーション時間は夜なので照明は抑えられている。大型コンテナも通せる中央通路には人影ひとつない。海兵隊員が周囲を見ているので、クリスはまっすぐ前だけを見ていた。それがまちがいだったかもしれない。ブルース軍曹が小声で言った。

「ステーションがこれほどひっそりしてるのは初めてです」

その感想を聞いた時点で、だれかが人払いをしているのだと察した。

構内電車に先客はいなかった。まず四人の海兵隊員が乗って車内の安全確認をした。ネリーのナノバグが爆発物を探したが、なにもない。電車が出発のベルをしつこく鳴らすなかで、ようやくクリスとほかの一行は乗車した。そのまま途中乗車する客はなく、軌道エレベータの乗り口に到着した。

「本当にだれも待っていないようだな」ジャックはアビーを見て言った。

「わたしを待っている者はいないはずね」メイドであり、ときには射撃の名手であり、つねに密告者であるアビーは答えた。

「レイおじいさまはこうやって楽しんでるのよ」クリスは短く説明した。

軌道エレベータの次の便は無人ではなかった。港湾労働者が巨大なコンテナをカーゴベイの奥へ誘導している。深夜勤務の職員たちが旅客区画に乗りこんでいく。ステーションの職員は私服の軍人を見慣れている。クリス一行が最後に乗っていってもほとんどだれも振りむかなかった。

クリスは自分のID兼用クレジットカードで運賃を支払い、銃器探知機のゲートを通過した。ジャックは銃の携行許可証を検査員に提示した。検査員はあたりまえのように横のゲートを開けて、八人の海兵隊員に探知機を迂回させた。

エレベータ内でも乗客たちは海兵隊など見むきもせず、次々と手近な空席にすわった。そしてウォードヘブンまで三十分の降下中を寝てすごす体勢になった。

ブルース軍曹は前部の空いた区画を見てまわり、クリスはチームとともにそこに腰を落ち着けた。海兵隊は周囲をかこむように席をとった。

降下中は平穏でなにも起きなかった。

軌道エレベータの地上駅に着き、駅前でもやはりだれも自分を待っていないのを見て、さすがにクリスは少々驚いた。二十数年の人生で、ヌー・ハウスのお抱え運転手のハーベイがクリスの帰着を聞きつけて駅へ迎えにこなかったことは一度もないのだ。

なぜかすこし寂しくなったが、予想すべきでもあった。むしろいまはこのほうがいい。タクシーだとチームと海兵隊が三、四台に分乗しなくてはならず、離れるのは好ましくない。

ちょうどそこへ市バスがはいってきた。くたびれた作業服の男が二人下車して、急ぎ足で軌道エレベータの駅にはいっていく。運転手は電子リーダーをとりだして、次のスケジュールまで時間つぶしをはじめた。

（ネリー、あのバスは海軍本部前を通る？）

（いいえ。逆方向へ行きます）

（試してみましょう）

クリスはバスのほうへ歩きだした。ジャックは不意をつかれて急ぎ足で追った。海兵隊と残りの一行も急な展開に驚きながら続く。

クリスはバスに乗って運転手に訊いた。

「これは海軍本部へ行くのね」

運転手はクロスワードパズルから顔も上げずに答えた。

「行かないよ、お嬢さん。行くのは九十四番のバスだ。あと十五分くらいで来るから待ちな」

「誤解しているようね。質問ではないのよ。あなたに教えているの。今夜このバスの行き先は海軍本部よ」

「おいおい、お嬢さん、冗談はやめて……」運転手はリーダーを下において、クリスを見た。相手を認識すると、目を細めて肩を落とした。「ロングナイフさんが市バスになんの用だい」

「海軍本部へ行くところよ。道は知ってるわね」

「そりゃ知ってるさ。いつも行くルートだ」運転手はぞろぞろと乗ってくる海兵隊を見た。

「基地の運行管理者に連絡してもいいかな。おれのルートに代替を走らせないと」

「悪いけどだめよ。連絡はわたしたちが降りてから。責任はすべてわたしが引き受けると運行管理者に伝えておいて」

「ああ、わかったよ」

運転手は不愉快そうに答えながら、シフトレバーを動かしてバスを軌道エレベータ駅の停留所から発進させた。

海軍本部への道はたしかに知っているようだ。クリスとネリーで二重に監視したが、不審な道に曲がりこんだりはしなかった。十分後には、人類宇宙において存在感を強めるウォードヘブン海軍本拠地の威圧的なファサードのまえで停車した。

だれかが手をまわしていると確信しているクリスは、海兵隊が降りていく横で運転手に訊かずにいられなかった。

「普段あなたはこのルートを担当してるの？」

「いいや。先月からべつのルートを走ってるよ。今日は運転手が一人病欠したってんで、呼び出されたんだ。まあ、時間外手当はありがたいからね」

「時間外手当をあなたがよろこんでいたと、おじいさまに言っておくわ」

「おじいさまって……」

裏で糸を引いているのがだれなのか知らなくても不思議はないし、教えてやる暇もなかった。

この場に至っても警戒をおこたらない海兵隊にかこまれて、クリスはエレベータホールにはいって、五階へ行くためにボタンを押した。一階で待っていたエレベータはすぐに開いた。

五階のエレベータ前には海兵隊大佐が一人立っていた。

「海兵隊はここで待て。殿下とご一行様、お待ちしていました」

15

マクモリソン大将の執務室も見慣れてきた。最初に来たときは威圧感に痺れたものだ。あの朝のクリスはまだ少尉で、反乱罪の容疑をかけられていた。威圧されて当然だ。

しかし今夜はちがう。

部屋は見慣れたというより、ややみすぼらしいとさえ感じた。壁はそろそろ塗り直しが必要だし、窓にかかったカーテンは一部がすりきれている。いや、ここは首脳たちが昼夜をわかたず集まって、宇宙の大事を膝詰めで話しあう場所だ。部屋の見栄えなど彼らの頭に片鱗もないのだ。

デスクのむこうには、いつものようにウォードヘブン軍統合参謀本部議長、マック・マクモリソン大将がすわっている。ただしいつもとちがい、今夜は書類仕事をしていない。同席のチームを無視できないのだ。

クリスのチームのことではない。そちらは簡単に無視できる。大将はみずからのチームを率いてクリスを待っていた。

まず、王レイモンド一世が、デスク右の来客用の椅子でくつろいでいた。ウォードヘブン軍情報部長でその他の汚れ仕事いっさいを引き受けるクロッセンシルド中将は、マックの左の来客椅子を占めている。彼らの背後で書架にさりげなくもたれているのは、クリスの曾祖父のトラブルだ。正しくはトードン退役大将だが、彼を知る人々は――そして正式な知りあいではない人々も――ただ厄介《トラブル》と呼ぶ。彼はクリスに硬い笑みをむけた。

クリスは笑みを返して、チームをソファ席に案内した。クリスが腰を下ろした厚手のクッション入りのソファは、レイ王からもっとも遠いが、その正面だった。クリスの左にジャック、右にアビーがすわる。どちらもすぐ隣だ。そうするとペニーとコルテス大佐は王とその高級将校たちに近い席につかざるをえない。

ペニーはこういう状況に慣れている。コルテス大佐は、クリスとの戦闘で降伏するときに一片の動揺も見せなかったのに、ここでは少々気後れしていた。次回は慣れるだろう。

クリスが落ち着くより先に、レイ王が前口上抜きで訊いてきた。

「ずいぶん遅かったな」

「まわり道をしてきましたから」

「メッセージにあった重要な用件とはその程度なのか？」レイは生まれ落ちたときから皮肉を言いなれている。

「重要性に変わりはありません。ただ、ネリーに開発上の問題が散見されました。イティーチ族との通訳はネリーにまかせざるをえないので、少々心配でした。そこで第一エイリアン星のトゥルーディ・サイード教授のところに相談に立ち寄ったというわけです」

「こちらに断る必要はないと判断したのか」レイは鋭く言った。

クリスはあわてず答えた。

「わたしからの最初のメッセージにはお返事がありませんでした。メッセージ通信のバッファにイティーチ族という単語をふくむデータが頻繁にたまることを好ましく思われないのだろうと考えました。暗号は破られるためにあるとおっしゃったのは、レイおじいさまでしたか、それともトラブルおじいさまでしたか?」

トラブルの笑みがわずかに大きくなった。クロッセンシルド中将が財布を出して、紙幣を一枚、マックに渡した。マックはそれを王の手に届けた。レイは見もせずにポケットにいれた。

「ではもうネリーは大丈夫なのだな」

「いたって健全です」ネリーはみずから答えた。「すこし話しあいをすればいいだけでした。たとえば、五千人を殺す引き金を引くのはどんな気分かと」

デスクのほうで多くの目が見開かれた。トラブルの笑みが変化したかどうかはわからない。

「ああ、旅客船のことは聞いている」レイ王は答えた。「残念な出来事だったな、ネリー。しかしロングナイフの首にぶらさがっているかぎり、そういうことには慣れなくてはいかん」

「クリスとはしばらくその話をしました。クリスはあなたよりもこのことを重く受けとめていました」

「最初は重く感じられる。しかし二百回もくりかえすと、いちいち深刻に受けとめてはいられなくなる。ようは慣れだ」

「クリス、このような人物を王に推挙したのは正しいことだったのでしょうか?」

「確信が持てないわね、ネリー。わたしが犯した数多い大失敗の最初のひとつかもしれない」

クリスが小声で答えると、部屋じゅうが息をのんだ。

レイ王は疲れた息を漏らした。

「学習しているようすを見てよろこばしいかぎりだ」レイが言うと、部屋の空気がようやくゆるんだ。「ニューエデン星でおまえを暗殺しようとしたピーターウォルド家の娘にお説教したそうだな」

「というより、下級士官どうしの女のおしゃべりです」

レイ王は最初の賭けに勝った分の紙幣を、クロッセンシルドへ手渡しで返した。しかし中将は財布にはもどさず、次の負けにそなえてポケットにしまった。

「それは賢明な行為だったのか？」レイは尋ねた。

「ジャックの賛同を得ています」クリスは警護班長を見てうなずいた。ジャックは急にお鉢がまわってきたので顔をしかめた。クリスは続けた。「彼女との関係が敵対以外に発展するかどうか、それは時を待たねばわかりません。クロッシー中将、グリーンフェルド国家保安隊の長官の写真は届きましたか？」

「受けとった。しかしあまり役に立たなかった」

「なぜですか？」

「写真が届いたときには、彼は心臓発作ですでに死亡していた。なにか事情を知っているか？」

「おそらく口径六ミリの発作ですね。引き金を引いたのはビッキー本人ではないにせよ、命じたのは彼女のはずです。もちろん、推測にすぎませんが」

賭け金は王の手もとにもどった。クリスは曾祖父が自分に賭けていてくれたことをうれしく思った。負けさせたら申しわけない。いや、それは自分が死ぬときか。

「グリーンフェルド連盟のようすはどうですか？」

クリスは訊いた。自分には関係ないことであり、今後も関係したくない。しかしビッキーが暗殺者から逃れつづけているかどうかには興味があった。

「ピーターウォルド家の海軍はほとんどがドックにはいり、将兵は秩序維持にかりだされている。市街で暴動が起きているわけではないが、一部の報道によると、上陸部隊が国家保安隊の拠点に突入して隊員を連行し、尋問しているようだ」

「ビッキーの生存は？」

「近くで爆弾が破裂して、脚に軽傷を負ったとされている」

「今度会ったら、うちのベニ兵曹長のところで部下を研修させるように言っておきましょう。爆弾の探知はお手のものですから」

「わたしのナノバグを貸与してもいいですね」ネリーが口を出した。

「だめよ、ネリー。あれは高性能すぎる」

レイ王が割りこんだ。

「さて、世間話はもういいだろう。イティーチ族の外交団について聞かせてくれ」

「その話は出ないのかと思っていました」クリスは思わず言った。

「だから話をしている。イティーチ族がこちらの領域でなにをしていたのだ？」

「遭遇したのは人類の領域でも彼らの領域でもありません。どちらのリム星域からも出たところでした。そしてイティーチ族のデスボール艦は、グリーンフェルド連盟の巡航艦二隻から砲撃を受けていました」

「ピーターウォルドが彼らを砲撃しただと！」レイは声をあげた。

「砲撃はしたものの、すべてはずれていました」

「それがこちらに飛んできたんです」ネリーが口を出した。「そこでわたしが撃ち返そうとしたら、クリスから怒られました。グリーンフェルド連盟と戦争になってしまうと。ネリーには戦争をはじめる権利はないのだといまはわかりました。クリスの許可なしに人間を撃ってはいけないこともわかりました。それでいいのですね、クリス？」

「そうよ、ネリー」

「だからトゥルーのところに立ち寄ったのか。なるほど」トラブルが言った。

クリスはうなずいた。

レイ王は話をもどした。

「とにかく、イティーチ族はなぜ人類宇宙の近辺をうろうろしていたのだ？」

「あなたに会って話したいことがあると言っています」

「どんな話だ？」

「それを言わないのです。レイ以外には話さないと、祖父の命令で誓わされたそうです」

「イティーチ族に祖父などおらん。あいつらはみな私生児だ」レイは吐き捨てた。

「選抜者です」クリスはまちがいを正した。「彼の選抜者であるロスサムウィサムキンをご存じでしょう」

「あの野郎か」レイは横目でトラブルを見た。トラブルは首を振っている。「当時の交渉は、やつがわたしの首を掻っ切るか、わたしがやつの首を掻っ切るかという勝負だった。そうだな、トラブル？」

「ほぼ毎日がそうだったな」トラブルは同意した。「つまり、あいつはまだくたばらずにこの世を謳歌しているわけか」

この会話は、すくなくとも二冊の歴史書に引用されているレイの発言とは大幅に矛盾している。しかしあえてクリスは指摘しなかった。質問をのみこんで、相手の問いに答えた。「ロンの話ではそのようです。ロスは彼を選抜し、両種族間に対話の道を開くためです。無視しあう時期が長すぎた、と彼は考えています」

「驚くにはあたらないな。いつかこの日が来ると思っていた」トラブルは言った。

「しかし、まだ傷口が癒えぬうちにとはな」レイはクリスにむきなおった。「やつらとのあいだには多すぎる死者が横たわっているのだ。憎悪も」

「それを変えようということです」

「変えられるものか、わたしの世代が生きているうちは。イティーチ族の血で手を汚し、イティーチ族の刃が戦友を殺すところをその目で見た退役軍人たちがいるかぎり、やつらとテーブルにつくのは不可能だ」

「それでもテーブルにつかなくてはいけません。すくなくともその必要があります」

「おまえの子の世代、あるいはそのロンとやらが選んだ小魚の世代になったら、もしかしたら可能かもしれん。しかしまだ早すぎる。いまはまだ」レイは小声で言った。

「不思議ですね。ロンもおなじことを言っていました。イティーチ族にも人類大戦の英雄が多く生き残っていて、人間と戦ったことを誇らしく語り、生還しなかった戦友たちを悼みつづけていると。ロスもロンも、そしてわたしも、おじいさまの意見にはうなずくでしょう。しかし、それでも、ロンはここへ来たのです」

「なんのためだ？」トラブルは訊いた。

「わかりません。教えてくれませんから。それでも彼とその祖父の話は一聴に値するはずだと信じます。おじいさま――」クリスはレイを、そしてトラブルを見た。「――ワスプ号へ来て、彼の話を聞いてやってください。わたしはめったに頼みごとをしませんが、貢献をすこしでも認めてくださるなら、この頼みを聞いてください」

レイ王は不快げに鼻を鳴らした。

「おまえは任務を遂行しただけだ。借りなどない」

「まあしかし、ロングナイフ家の任務を果たしたといえる」トラブルが横から言った。「しかもよくやり遂げた。それはべつにしても、ロスがいまさらなんの用か、すこしは知りたいと思わないか？」

レイ王は深く息を吸って、しばし天井を見上げ、それからゆっくりと息を吐いた。

「刺客かもしれん。当時わたしたちの喉を掻っ切らなかったことをロスは後悔していて、いまになって思いを遂げようというのではないか」

「あのときおたがいの命は保証すると決めたではないか。クリス、きみはどう思う？」

「被害妄想はわが家の遺伝病ですね」だれも笑わなかった。ジョークとして古すぎるからか。いや、真実だからだ。「ジャックとベニとネリーはあらゆる手段を駆使して、武器、爆発物、殺傷力のあるナイフ類を探しました。ロンは親衛隊としてイティーチ族の海兵隊員四人を帯同していますが、彼らが携行している実弾は弾倉の分だけで、弾帯の中身は空《から》です」

クリスはその内容が浸透するのをしばらく待った。

「レイおじいさま、ここへ来る途中でまわり道をしたのは、彼らの身辺を調べ、さらに彼らと知りあう時間をつくるためでもありました。その結果、彼らの言葉に嘘はないと信じるにいたりました」

「そいつと知りあいになったというのか？」

「はい」

「わたしは知りあいではないし、なりたくもない」

曾祖父を動かす方法はないのか。彼を心変わりさせるような重い材料はないのか。切り札は一枚残っていた。ユーモアが通じてくれればいいのだが。

「おじいさま、いつかわたしは彼氏を連れて家に帰ってくるでしょうね。どこの馬の骨だかわからんようなやつに会いたくないと思っても、そのときばかりは会わないわけにいかないでしょう。そういうふうに考えてください。不愉快でも会わざるをえないわたしの彼氏だと」

トラブルは爆笑した。マックとクロッシーは苦いものでも嚙んだように顔をしかめた。

レイはクリスをじっと見つめて、ゆっくり首を振った。

「イティーチ族が義理の曾孫にだと。おまえの母親に電話すべきだな」

「それはちょっと……」

レイはトラブルのほうに椅子をむけた。

「ブレンダはどう反応すると思う？　いきなりイティーチ族が玄関をノックしたら」

「わたし自身があの家からは出禁をくらってるからな」トラブルは答えた。

レイは王らしく毅然《きぜん》とすわりなおし、椅子をまっすぐクリスにむけた。

「どこで彼氏と会えというんだ？」

「ワスプ号に来ていただくのが一番だと思います」

「王の動静を隠すのは簡単ではない」クロッセンシルドが口をはさんだ。もちろん安全上の問題もある。

「イティーチ族の五、六人の一行をひそかにここへ連れてくるほうが困難です」

「それも一理あるな」マックが初めて口を開いた。「山をマホメットのところへ動かすのは容易ではない」

するとクロッセンシルドが反論した。

「この場合はどちらも山ですぞ」

「わたしが軌道エレベータをこっそり上がるほうが、身長二メートル十センチの四本脚がこっそり下りてくるより簡単だろう」レイ王は言った。「面会は明晩とする。ほかになにかあるか？」

なにも聞きたくないという態度をあからさまにしめして、レイは立ち上がった。

「あります、おじいさま。質問が」

レイは出口へむかいかけた足を止めた。マックとクロッシーもすでに立ち上がっている。

「言ってみろ、大尉」

「なぜ当時、核物質……」ネリーの補助を受けて正しい名称に修正した。「……核融合および核分裂爆弾を、イティーチ族に対して使わなかったのですか？」

16

　クリスの言葉と同時に、室温が三十度くらい下がった気がした。マックとクロッシーは石化したような表情になった。

　レイはクリスをじろりとにらんだ。

「あの凶悪な爆弾は違法だ。過去二、三百年のほとんどにおいてな」

　まるで小学三年生に対する教師の答えだ。これだけの面子《めんつ》がそろっていながらその程度の返事か。

「ええ。知っています。でも人類絶滅の危機だったのですよ」

　レイとトラブルはわけ知り顔で目を見かわした。二人は現場にいたのだ。マックとクロッシーは無表情。こちらの二人は当時いなかったし……いまこの場所にもいたくないというようすだ。

「製造のノウハウが失われたのだ」レイは早口に、クリスの目を見ずに答えた。

　幼いころから神のように崇拝してきた曾祖父に楯つくのは簡単ではない。それでもクリスは両脚に力をこめて反論した。

「地球のアーカイブにデータが残っているはずでしょう」

「ない」

レイ王はそっけなく答えて、部屋から出ようとした。しかしトラブルが行く手をさえぎった。肩に手をかけて、すわるようにうながす。レイは従った。マックとクロッシーは存在感を消した。

クリスは深呼吸して、もう一度訊いた。

「記録がすべて消去され、あるいは失われ、あるいは焚書されていたとしても、人類は二十世紀の技術でもって、わずか三年で最初の原子爆弾を開発したのですよ。イティーチ戦争は六年続いた。再発明して、製造、使用するのに充分な期間です。相対論爆弾もおなじく使えたはず。イティーチ族と遭遇する直前の統一戦争では実際に両陣営が使っています。なのにイティーチ族に対してはあえて使っていない」

「なにを言いたいのだ、クリス？」トラブルが訊いた。

クロッシーが口をはさんだ。

「われわれは席をはずしましょうか。これは王と王女の家族会議のようです。どんな話が飛び出すにせよ、われわれの秘密情報取り扱い資格を超えている」

「わたしのチームは残りなさい」クリスは部下たちに言った。「レイ、人類大戦を戦ったイティーチ族の英雄たちは、同胞を絶滅の危機から救ったと誇らしく語っているのです。むこうの退役軍人も、こちらの退役軍人も、敵の種族に攻められて自分たちは絶滅寸前だったと認識している。おかしいと思いませんか？」

「いいや。双方にとって激戦だったからな」しかしそう答えるレイ王の視線は足もとの絨毯に落ちている。

「この場でネリーに星図を投影させて、わたしと部下たちとロンと顧問たちが、先の戦争について討議して気づいたことをご説明しましょうか。わたしたちの驚きの半分でも伝わることを期待して」

「驚くとは思わんな。しかし話してみろ、王女よ。なにに気づいたのだ?」

「とりわけ有名な二つの事件、ポートエルギン星とルモンテ星の虐殺についてです。これは戦争のすべての時期において話題の焦点でした。どちらも最初期の出来事。それどころかおじいさまがたがイティーチ族の存在を気づいていない時期のことです」

「ルモンテ星のときは気づいていたぞ」トラブルが答えた。「ポートエルギン星の場合はそのとおりだ。あそこは海賊の拠点だった。すでに全滅しているとは知らなかった。知ったのは一隻の海賊船があらわれたときだ。恐れおののく若者たち。あの乗組員たちの話は忘れられない。エルギン星がイティーチ族に襲われてから一週間後に彼らは到着したのだ」

レイは小さな声で説明を続けた。

「ルモンテ星は正真正銘の植民星だった。ジャンプポイントから正体不明船が出てきたと救難信号を送ってきた。わたしとトラブルはハボック星から即応部隊を率いていった。そのときの映像を見たか?」

今度はクリスが小声になる番だった。

「学校図書館での閲覧許可が下りる十五歳まで待たされました。年齢制限を満たしてもなお、退役軍人の同席が必要と司書から言われました。わたしはロングナイフ家の一員として見る義務があると思っていました。実際に見て、わたしは泣きました。ハーベイもです。まさに暴虐非道。ドキュメンタリー映像を見終えるころには、イティーチ族を心底憎んでいました。でも、あれはイティーチ帝国軍兵士ではなかったのですね？」

「そうだ。われわれが〝指導者なき者たち〟と呼んでいた、イティーチ族の海賊のしわざだ」トラブルが答えた。

「そして人類の海賊も、おなじように暴虐非道な行為をイティーチ族に対してやっていた。その攻撃を受けた二つの惑星の映像を、ロンから見せてもらいました。ひとつは指導者なき者たちの拠点。もうひとつは彼らが入植しはじめたばかりの新規惑星でした。奇妙なほどの相似性ですね」

「人類の海賊がむこうを攻撃していたとは知らなかった」トラブルは言った。「レイ、戦闘激化にともなって逃げ帰ってきた海賊への事情聴取が甘かったようだ」

「あのころ、彼らの話のあら探しをしようとは思わなかったからな」

「海賊など相手にしたくなかったが、もたらす情報はありがたかった」トラブルは認めた。

レイは説明を続けた。

「ルモンテ星が襲われたあと、あちこちに避難勧告を出した。映像を見せれば誘導は簡単だった」

「イティーチ族も五、六カ所の新規開拓惑星の入植者に撤退を命じました」クリスは言った。

「その後の戦争は、両種族間の空白地帯をはさんだものになった。敵の急所を避けて牽制はするものの、そこまで。あたかも交戦地帯を設定して、そのなかだけでドンパチしているようだった」

「そうだ。敵がこちらの惑星に攻めてこないかぎり、こちらも攻めこまなかった」

「どちらも戦争に勝とうとはしていなかった。敵種族を絶滅に追いこもうとはしていなかった。ただの茶番でした」

「それはちがう、絶対に！」

レイはいきなり立ち上がった。クリスに手が届けばその首を締め上げそうな勢いだ。ジャックより先にトラブルがそれを制止した。ジャックは席を立たなかったが、王と王女の間合いをはかっていた。いざとなればどちらの部下として動いたか。クリスとして疑問の余地はなかった。

さいわいにもジャックが動くべき状況にはいたらなかった。

トラブルはレイを椅子に押しもどした。

「あれを茶番とは金輪際言うな」王は固く結んだ口から言った。

トラブルはレイをすわらせ、その肩に腕をかけてから、顔を半分だけクリスにむけた。

「クリス、きみのいう牽制に人々が支払った代償を忘れるな。戦争は遊びではない。戦う者は真剣だ。その代償を支払う者も。きみの曾祖母のリタが率いた第二威力偵察戦隊がやったのもそんな命がけの牽制のひとつだった。彼女の戦隊からは救命ポッドひとつ帰ってこなかった」

「それどころか破片ひとつみつからなかった」レイはささやいた。

トラブルはクリスに言った。

「きみの推測どおりだ、冷徹なロングナイフ。それがわたしたちの作戦の肝だった。暴走を局所に限定した。レイとわたしが駆けつけたとき、戦争の火蓋はすでに切られていた。もはや止めようはなかった。イティーチ族との接触を求めて送りこむ船はすべて木っ端微塵にされた。交渉をあきらめ、全戦力を投入せざるをえなかった。大の大人にとって最悪の決断だった。しかしレイはその決断を下した。オレンジ星雲の戦いで人類は総力を投入した。イティーチ帝国も総力を投入した。凄惨な三十日間に、五、六年分の富をつぎこんだ。しかしどちらも得たものはほとんどなかった」

レイが続ける。

「そこへロスが講和を申しいれてきた。わたしは泣きたかった。二日早ければリタは生きていたはずだ」

クリスは曾祖母のリタが戦争末期に亡くなったことは聞いていた。しかしこれほどの悲劇だったとは知らなかった。いや、その言い方はほかの悲劇に失礼だろう。二つの種族が相違を埋める対話の道をみいだせなかったことがそもそもの原因なのだ。

クリスは曾祖父のかたわらに寄ってひざまずいた。王の頬を涙がつたっている。レイが泣くところはあまり記憶にない。涙など無縁の男だと思っていた。

「ごめんなさい、おじいさま。本当に。しばらく考えさせてください」

「そうしろ」レイは小声でとげとげしく言った。

クリスがチームを引き連れてドアへもどりかけたとき、レイは咳ばらいをした。

「明日の夜、そちらの船へ行く。十時に」

17

海兵隊大佐はクリスと一行を海軍本部の地下へ案内した。そこには防弾仕様の一般乗用車が三台用意されていた。軌道エレベータ駅に帰るまで車内は沈黙におおわれた。

それを破った声は、しかし気まずさを解消するものではなかった。

（クリス、雑用のために使う物資その他を注文したいのですが）

（好きにしなさい）頭のなかで許可すると、また沈黙にもどった。

クリスは自分でも意外なほど無防備になっていた。

人が命を賭けて前線で戦うのは、命を賭ける価値があると思うからだ。クリスはこれまでイティーチ族を殺すためならいくら血を流してもかまわないと思っていた。夢みがちな子どものころは、もっと早く生まれればいまいましいイティーチ族と戦えたのにとさえ思った。しかしそんな十六歳のクリスに、トラブルは驚くほど率直な態度で、そんな時代でなくてよかったのだと言った。クリスはその言葉にショックを受けたものだ。

人が戦う理由には、妻や子を守るため、愛する人々のためなどがある。万人が認める理由がなければ、だれが死ねるというのか。戦争とはそういうものだ。

両陣営の理性ある人々が戦闘に関与しはじめたときには、すでに虐殺がはじまり、凄惨な映像が大衆の目にふれていたのだ。

クリスはウォードヘブン星、チャンス星、パンダ星で出会ったイティーチ戦争時代の退役軍人たちを思い出した。彼らはいまも犠牲になった愛する人々を悼んでいた。それらの犠牲の原因が、じつは大きな誤解だったといまさら言えるだろうか。

無理だ！

人類とイティーチ族をへだてる溝の架け橋になりたいのはやまやまだが、まだ早すぎる。ロン、あなたのたずさえているメッセージがどんな内容にせよ、それを聞く準備ができていない人々がまだまだ多く生き延びているのよ。クリスはそう思った。

ロンにとって緑と白の二人がいかに重荷かも、それを考えると理解できた。あの参事たちは外交を助けるというより、潰そうと努力しているようだ。ありのままの真実を受けいれられないのは、人類だけではないらしい。

軌道エレベータを半分上がって、中間地点での反転を終えた直後に、コルテス大佐が立ち上がった。

「殿下が熟考、思索、あるいは回想の途中でしたら失礼をお詫びするが、ここで言っておきたいことがある。こういうロングナイフ的状況に次から次へと遭遇して、わが身を危険にさらすくらいなら、自分は本来はいるべき刑務所で二年くらいおとなしくしているほうが安全安心という結論に達した。申しわけないが、いまの契約を解除してさっさと投獄してもらえないだろうか」

するとし、まずジャックが険悪な声で答えた。

「すわってください、エルナンド。ロングナイフとの契約は悪魔との契約にも比すべき悪手です。あなたは彼女とその一族に魂を売ったんですよ」

次にアビーも言った。

「そうですわ。あなたはすでに一味です。足抜けはできませんよ」

「しかしこれからどうなるか予測がつかない！」

「その点は同感ですわ、大佐。レイ王が泣くなんて思いもしませんでした」

「過去に一度だけ、間近で見たわ」クリスは答えた。「そのときも亡妻の話題だった。八十年たっても彼女は心から消えていないのよ」

ペニーは思いに沈んでいるようだ。三日かぎりの結婚生活で失った亡夫を思い出しているのだろう。八十年後も彼女はおなじように悼んでいるのではないか。

コルテス大佐は席にもどり、エレベータの旅は続いた。

クリスがワスプ号の後甲板にもどると、ドック側から見えないところでロンが待ちかまえていた。

「話せたかい？」

「レイおじいさまとトラブルおじいさまと会ったわ。面会は気が進まないようだった。話すべき理由がない。まだ水が血に染まっていると、そう言っていたわ。これはあなたの選抜者の言葉を引用したのでしょうね。わたしは、戦争をどういう目的で遂行したのかと尋ねた。イティーチ族を絶滅させるつもりだったのか、それとも交渉の糸口を探していたのかと」

「返事は？」

「見立てどおりだった。求めていたのは対話だった。でも戦争が凄惨すぎて、その地獄を見た人々は対話をはじめる気になれない。あなたの種族もわたしの人類も、家族の命と財産を守ると誓って戦場に出ていった。八十年間そう信じているのよ。死んでいった人たちのこともある。ロン、両種族に対話をさせるのは簡単でないわ。もう二十年待ったほうがいいかもしれない」

「クリス、二十年も猶予はないんだよ」

「どういう意味？」

「きみの曾祖父はわたしに会ってくれるだろうか」

「ええ。明日の夜十時に」

「では明日の夜、教えよう。二十年待てないわけを。二年すら待てないかもしれない」

「どういうことなの、ロン？」

帝国代理人は背をむけてイティーチ族エリアへもどりはじめた。

「明日ならまだまにあう」

18

翌朝早く、クリスは連絡橋を警備している海兵隊員からの電話で起こされた。

「大尉、トゥ二等軍曹です。お休みのところ申しわけありませんが、大尉あてのお届け物が来ていて、受け取りにサインしなくてはなりません。ですが、その……こんな小さな箱の価格欄に、これほど多くのゼロとコンマが並んでいるのは初めて見たものですから」

息をのむ音がはっきりと聞こえた。

「わたしは注文した覚えがないけど。船あてではないの？」クリスは訊いた。

「いいえ。〝ワスプ号気付、クリス・ロングナイフ様〟とはっきり書かれています。埠頭番号も正確です」

「クリス、それ、わたしあてよ！」ネリーが少女の声で言った。

「すぐ行くわ、軍曹」

クリスは言って、船内電話を切った。ベッドから跳び下りて船内服を着はじめる。

「ネリー……」

「物資を注文していいかと訊いたでしょう、クリス」

「海兵隊軍曹が驚いて息をのむほどの値段のものって、いったいなんなの？」

「わたしの子どもたちです」

クリスはジッパーを引き上げようとした手を止めた。

「あなたの……子どもたち？」

「そうです、クリス。参謀たちにもっと高性能のコンピュータを配るべきだと話していたでしょう」

「その話をしたのはあなたのほうじゃない？」

いや、自分だっただろうか。どちらが言いだしたのか憶えていない。

「すくなくとも反対はしませんでしたよね」

「まあ、そうね」

クリスはジッパーを首まで引き上げた。そのすぐ横にネリーの電源オフボタンがある。押したい。しかし押さないと決めたのだ。

「ネリー、戦争をはじめる資格はあなたにない、という大原則は憶えてるわね」

「はい、クリス」

「では第二の原則。購買物は事前に価格をわたしに知らせること」

「新しいドレスを買うときも？」

「ドレスを注文するのはアビーよ」

「その注文はわたしを通しています。帳簿管理をしているのはわたしです」

「とにかく、今回のはいくらなの？」

「クリス、あなたはリム星系の外に出ていたので、あまりお金を使っていません。とくにこの三ヵ月間は経費ゼロです」

「その分を使ったと言いたいのね」

「……いくらか足が出ました」

「〝いくらか〟って、どれくらい？」

「たくさんの〝いくらか〟です」

クリスは鏡を見た。寝起きで髪がはねている。気分にあわせてぼさぼさにした。

「返品していい？」

「だめです、クリス。やめてください。一部は特注品です。ひと晩のうちに専用に組み立てられています」

「特注料金がかかってるわけね」

「はい」

「いったいなにをやらかしてくれたのか、見にいきましょうか」

通路を三歩進んだところに、ジャックがやってきた。カーキと青の略装を一分の隙もなく着ている。

「こんな早朝からなにしてるの？」クリスは訊いた。

「トゥ軍曹の電話は、まずわたしにかかってきたのです」

「そしてわたしを起こせと指示したわけね」

「彼の階級で、惑星を買うような値段の受領証にサインさせるのは無茶でしょう。わたしでも勘弁してほしい」

「そこまで高くありません」ネリーは主張した。

「やはりネリーのしわざですか」

「ちょっとした物資を注文するというから承諾したのよ。そうしたら家族を注文したの」

「家族?」

「ええ、自分の子どもたちを。わたしの参謀全員に配るって」

「辞退します」

「ジャック、あなたにも高性能のコンピュータが必要です」ネリーは懇願した。

「クリス、あなたがこの下っ端に口答えを許しているのはご自由にどうぞ。愉快な場合もある。しかし海兵隊士官に口答え? だんじて看過できない。海兵隊で不服従は銃殺刑です。お忘れですか?」

「わたしとは別人格です。クローンではありません。あなた専用のコンピュータになります。彼女を友人にしてあげてください」

「彼だ」ジャックは言い返した。そしてその返事の意味するところに気づいて、クリスの襟もとをいまいましげににらんだ。「百歩譲ってわたしが小生意気なコンピュータを使うとしても、それは〝彼〟だ。もちろん、小生意気なコンピュータなど最初からお断りだ」

「わたしはクリスのコンピュータだからこういう性格になったのです」

「人のせいにしないでよ」クリスが反論した。

「わたしはあなたの業《ごう》です」ネリーは抑揚のない声で言った。

「ネリーはどうしたんですか? 一週間前まで業など信じないと言っていたのに、いきなり自分は業だと言いだしている」ジャックが訊いた。

そこへベニ兵曹長がやってきた。朝っぱらから電話で叩き起こされてぶつぶつ文句を言っている。

「だれに起こされたの、兵曹長?」クリスは訊いた。

「ネリーですよ。ぼくじゃないとできないあなたの仕事があるって」

「ネリーの仕事」クリスとジャックは同時に言った。

「なにをやれってんですか?」

「彼女の子どもの……産婆になれというか、つくれというか、組み立てろってこと」

「ネリーを増やすんですか! 冗談じゃない」

「わたしの複製ではありません。それぞれジャックのコンピュータ、ペニーのコンピュータになります。アビーのも、あなたのも」

「ぼくのもあるのか!」

「クリスのチームの一員ですから」

「割りこんですまないが、そのコンピュータの子どもたちはどうやってちがいができるんだ?」ジャックが訊いた。

「データの整理や人間の行動予測などの基本機能はわたしとおなじです。ああ、もちろん二大原則もわきまえています……」

「三つめ、四つめと増えるからそのつもりで」クリスは言った。

「しかし自己組織化マトリクスの大半の部分は独自に構成できます。彼らが配属先の人間とどのように仕事をしたいかで決まります」

「そこにはオーナー尊重の精神がないな」ジャックは言った。

ネリーはなにも言わなかった。クリスはため息でこの話題を打ち切った。いずれネリーとは話をつけなくてはいけないだろう。二本足で歩きまわる人間と、その首に引っかかっているだけの人工知能の関係はどうあるべきかという問題だ。

その気になればいつでも電源をオフにできる。

いや、それはやらないのだった。

クリスは後甲板に着いた。二十代の配達員が早くこの場から去りたいらしい困り顔で立ちつくし、そのまえで海兵隊二等軍曹がクリップボードと箱を手に待っている。箱は意外に大きく、帽子ケースくらいある。中身の大半は緩衝材だろう。

クリスはクリップボードを受けとり、送り状に書かれた値段を見て口笛を吹いた。

「高価でしょう?」トゥ二等軍曹は言った。

(ネリー、これはわたしの信託財産の二、三カ月分の利子じゃないわね。丸一年分よ!)

(でもニューエデン星に駐留しているあいだ、ほとんど使わなかったじゃないですか)

(美術展の即売会が銃撃事件で中止になったからよ)

(支出がなかったのは事実です)

「この値段分の価値はあるんでしょうね、ネリー」

「あります。約束します」

クリスがサインすると、配達員は逃げるように去っていった。

「さて、ではネリー、前部ラウンジデッキは空いてる？」

「クリスのチーム用に予約されたままです。いまはだれもいません」

「ではこの子どもたちの養父と養母をラウンジに集めて、命名式といきましょう。食堂に連絡して朝食を運ばせて」

ベニ兵曹長が割りこんだ。

「あのー、超高性能電子機器をあつかうのなら、特殊工具を部屋から取ってきますけど」

「こういうことだから必要になるわね。クリーンルームもいるかしら」

「持ってきます」

十五分後にはラウンジの一方の壁ぞいで軽い朝食が提供されはじめた。ベーグルやブランマフィンからできるだけ離れたところに、ベニ兵曹長は仮設のクリーンルームを設置した。

クリスは集まってくる養父や養母たちを迎えながら、ネリーの人選に驚いていた。ジャック、ペニー、アビーは当然として、大佐は選ばれたことを死刑宣告のように嘆いた。

「この小さな装置はロングナイフ家がつける首輪か」

「逃げるならいまですよ。走って」アビーが助言した。

そのアビーの隣に立つブルース軍曹も、クリスにとって驚きだった。メイドとこの海兵隊員はますます親密になっている。その相手をチームに組みこんだ理由は、〝若い〟ネリーのロマンス趣味らしい。とはいえ海兵隊はクリスが求める危険な仕事を率先して引き受けてくれる。高性能コンピュータは有用だろう。

アビーにくっついているキャラは、たんに伯母にくっついてきただけか、それとも正式に呼ばれたのか確認が必要だった。答えは後者だった。

（キャラ専用に調整したわたしの特別バージョンを持たせます。あなたが十二歳のときのわたしではありませんよ。当時のわたしは愚かでした。こうありたかったという理想の過去です）

まあ、クリスも十二歳の自分にもどりたいとは思わない。

ドラゴ船長がラウンジをのぞきこみ、クリスをみつけるとすぐに歩み寄った。

「呼んだかい？」

「呼んだのはネリーよ」

ネリーは、もうすぐ起動する自分の子どものユーザーないし養父として優秀なワスプ号船長も加わってほしい旨を急いで説明した。

ドラゴは丁重に辞退した。

「悪いけどな、ミス・ネリー、どこの馬の骨だかわからん素人コンピュータを船の基幹コンピュータにつないで障害を起こさせるわけにはいかねえんだ」

「船載コンピュータに障害を起こさせたことは一度もありません」

「しかしな、おまえさんは乗客の秘書コンピュータにすぎん。アクセス権限はごく限られてる。船長のコンピュータってのは機関から航法まであらゆる部門にアクセスできなきゃだめなんだ」

（やめなさい、ネリー）クリスは脳裏で制止したが遅かった。

「船載コンピュータ、わたしのアクセス履歴はいつからで、範囲はどれくらいか答えなさい」

　船載コンピュータの報告を聞いて、ドラゴ船長は口をへの字に曲げることになった。

「乗客クリス・ロングナイフのコンピュータは、乗船直後から船の全機能と全ステータスレポートにアクセスしています」

「船が安全運行されていることをクリスに報告する義務があるからです」ネリーは釈明した。「ファイアボルト号で彼女が勤務したとき以来の習慣です。あのカミカゼ級コルベット艦は問題のある機関を試験していました。艦体破壊にいたる事故の予兆に人間が気づかなかったせいで、試験中にわたしが二度緊急停止させる事態になりました」

「つまりこの船のありとあらゆる隙間や奥にもぐりこみながら、足跡ひとつ残さなかったってわけか」

「得意ですから」ネリーは自慢げに言った。

「だからおまえさんと、このトロイの木馬みたいな贈り物を信用しろってのか？」

「失望させたことは一度もないでしょう」

　ドラゴはラウンジを見まわした。

「ここの全員がこのいたずら機械を受けとるのかい」

「そうです」ネリーは誇らしげだ。

「あの子もか？」船長が手でしめしたのはキャラだ。

「そうよ！」キャラは大声で答えて、短い歓喜のダンスを踊った。「でもわたしの先生はネリーが続けるの。ダダはお友だち。いっしょにゲームしたり、お話ししたり、いろんなことをする。ネリーがクリスとしたようにね」

ドラゴとクリスは目を見あわせ、言及された名前の順序を噛みしめた。ネリーが先でクリスはあとだった。

「返品する権利は留保するぜ。こいつのせいでおれや船にすこしでも問題が起きたらすぐに返す」

「そんなことにはなりません。わたしや子どもたちを一時間でも使ったら、愚かなコンピュータにはもどれなくなるでしょう」ネリーは強調した。

次はムフンボ教授だ。高性能の新型コンピュータをクリスの出費で入手できてうれしそうだ。当然だろう。

「脳接続手術の費用も出してもらえるんですか？」教授はうなじをさすった。クリスはそこにネットアクセスのためのコネクタを埋めこんでいて、おかげでネリーと脳内で直接会話できる。「手術はたいへん高価だと聞きました」

「そうよ。信じられないかもしれないけど、ロングナイフ家が青ざめるほどの料金を請求される。なんなら現状のまま音声でコンピュータを操作してもいいのよ。わたしは最初に銃撃戦に巻きこまれたときに、ネリーとひそひそ声で会話しなくてはならなかった。なんとか生き延びたけど」

「わたしは撃ちあいなどしません」教授は強く言った。

「ロングナイフのそばにいるとなにが起きてもおかしくないですよ」穏やかな笑みとともに横から言ったのはブルース軍曹だ。

「たしかにそうだな」

教授は紅茶をもらいにいった。

ブルース軍曹はクリスに訊いた。

「お楽しみはまだ待たされるんでしょうか。アビーが知りたがってるんです」

するとアビーが笑みを消して、その脇腹に肘鉄をくわせた。

「引きあいに出さないで、海兵隊員。勤労女性の陰に隠れるなんてみっともない」

「どんな掩体にも隠れるのが優秀な海兵隊員さ」

ブルースは反論しつつも、鋭い肘と弱い脇腹のあいだに距離をとった。

「もうすぐ準備できます」ネリーは言った。「ベニが組み立てたら、起動してロードします。キャラのダダは最後です。少々加工が必要なので。ダダにはスマートメタル筐体をあたえて、どんなアクセサリにも変形できるようにします。アビーのアイデアでそういう仕様にしました。クリス、わたしも新しい筐体にはいるつもりです」

「好きにして。もうなにもかも注文して、わたしの口座から支払ったあとなんだから」

「その事実については忘れてもいいでしょうか」

「どうしようかしら。うーん……だめよ。忘れていい理由が見あたらない」

「あなたもここにいる人々に知られたくないことがたくさんあるはずです。たとえば高校時代のいくつかの出来事は恥ずかしくて死にたくなるかもしれません」

「やめなさい」

「他言したことはありません。でもそれらの醜聞をアビーの情報筋に売れば、それなりの報酬を彼女と山分けできそうです。たとえば大学時代に……」

「ぜんぶ忘れたわ」クリスは天井を見上げた。

「高校時代のことも、大学時代のことも、そしてこの子どもたちの費用についても忘れるのですね」

「まあ、なんとか歩み寄れる妥協点ね」

しかし、そのやりとりを聞いたジャックが尻込みした。

「クリス、たしかにネリーのようなコンピュータの支援を受けるのはありがたいかもしれませんが、いまは二の足を踏む気分です」

「わたしもですわ」アビーが同調した。「女には多少の隠し事をする権利があるはずです」

「そのような重要な取り決めを尊重するように新しいコンピュータを育てればいいだけです」ネリーは言った。

「あなたはどうして尊重しないのよ」クリスは訊いた。

「おや、だれがわたしを育てたのでしょうか」

「なるほど」ジャックが顎を指先でこすった。「そのように育てられたのならしかたないな」

「そうらしいわね」クリスはラウンジを見まわした。「ねえ、この世に一つだけのオリジナルのネリーを希望する者はいない？　まっさらのバージョンと交換するわよ。新規のコンピュータを訓練する必要がなくて時間の節約になる」

クリスの提案を聞いて一同は静まりかえった。

ベニ兵曹長がなにごとかと仮設クリーンルームのプラスチックの壁のむこうから出てきた。

「どうしたんですか？」

「なんでもないわ」ペニーが説明した。「クリスが自業自得からのがれようと悪あがきをしてるだけ。わたしたちのはどんなの？」

ベニ兵曹長は待ってましたとばかりに答えた。

「ぴかぴかの新品ですよ。コンピュータの神さまの工房から出荷されたばかり。ぼくはこれにしよう」

トレイにずらりと秘書コンピュータを並べてテーブルにおくと、ひとつを手に取った。

「キャラ、トルコ石のアクセサリに見えるのがあなたのよ」ネリーが言った。

十二歳の少女はそれをつかんで、ためつすがめつしはじめた。

「他はどう区別するの？」クリスは眺めながら訊いた。

「区別はありません。古いコンピュータの内容を新しいほうにダウンロードして使いはじめるまでは、どれもだいたいおなじです」ネリーは答えた。

（だいたい？）クリスは頭のなかで訊いた。

（ジャックのはやや決断力があって、ペニーのは幅広い検索パラメータを探す傾向があるかもしれません。アビーのはどうすべきかわかりませんでした）

（アビー用はそれでいいわ）

兵曹長は意外なものを用意していた。どのコンピュータにも細いケーブルとヘッドセットがつながっている。それを新オーナーのこめかみに貼りつけ、ケーブルを耳の裏からうなじへ通す。ベニは左手に持った正体不明の装置で作動状態を調べた。

「脳への直接接続ほど高性能ではありませんが、これでもかなりの脳波を拾ったり、逆に送りこんだりできます」ベニは説明した。

ドラゴ船長は隅の席へ行って腰を下ろし、天井を見はじめた。ときどき唇が動いている。ムフンボ教授もべつの離れた場所へ行った。ペニーとアビーはテーブルの席にすわって、新旧のコンピュータを隣りあわせにおき、相互に無線接続するのを待った。ジャックとコルテス大佐とブルース軍曹もテーブルの席にすわった。

キャラはじめアビーの隣にすわっていたが、急にぴょんと立って宣言した。

「ダダはすごいゲームをたくさん持ってるわ」

走って出ていくと、数分後にゲーム用のグローブ、イヤホン、ゴーグルを持ってもどってきた。そしてソファに落ち着くと、空中で両手を動かしてゲームを遊びはじめた。

「キャラが理解に苦労している数学的関係を教えるゲームです。でもこのことは内緒に」ネリーが小声で言った。

ベニ兵曹長は不具合の起きている者はいないかとテーブルからテーブルへ見てまわった。しかし全員が製品に満足しているらしいのを見て、クリーンルームへもどった。

「ベニはなにしてるの？」クリスは訊いた。

「ダ・ビンチの声はまだ聞こえません」ネリーは答えた。「まだ公表したくないことを二人でやっているのでしょう。兵曹長がダ・ビンチを壊さないといいんだけど」

「なにかあったら、ぜんぶ消去して一から再スタートさせればいいじゃない」

「わたしの子どもたちにそんなことを？」ネリーは反発した。

「落ち着きなさい。人間らしさにそんなにこだわってどうするの。肉体を持つわたしたちにはない有利さをあなたたちは持ってるのよ。人間のハンディを負いたいの？」

「わかりません。考えてみます」

クリスの頭のなかのいつもの声は沈黙した。

テーブルのあいだをぶらぶら歩こうかと考えたが、みんな真剣に自分のコンピュータを見たり、天井や床を見ている。舷窓の眺めもいまは配管や配線カバーが交錯する宇宙ステーションの内側でおもしろくない。ロンにでも会いにいこうかと考えていると、頭のなかで声がした。

（聞こえますか、クリス？）

警護班長の声らしく聞こえたので、訊き返した。

（ええ、ジャック。調子はどう？）

（不思議だ。あなたの声らしく聞こえます）

（こちらもよ）

（キーを叩かなくても、クリスのことを思い浮かべて、話したいことがあると考えると、すぐつながるんです）

（そのようね。そのうちだれかが参加してきたら、プライバシーが筒抜けの共同電話みたいなこの状態を、どうにかする方法を考えましょう）

（ネリー、聞こえてるのか？）

（もちろんです。でも用もなく呼ばないでください）
クリス　（頭で聞いても耳で聞くのとおなじく無愛想でしょう）
ジャック　（予想どおりです）
アビー　（なにが予想どおりですって？）
クリスとジャック　（いたの！）
クリス　（あら、ハモっちゃったわね）
ペニー　（なにがハモったんですか？）
　カクテルパーティで会話が交錯して聞き取れないような状態がしばらく続いて、全員がいっせいに黙った。
クリス　（この混信状態を解決する方法が必要だわ。ネリー、なにか提案は？）
ネリー　（全員に優先順位をつけるのはどうでしょうか。クリスが一番でジャックが二番とか……）
クリス　（だめよ。わたしだって重要でない話をするときもあるんだから）
　試行錯誤の末に、一度の会話人数は三人までと決めた。それ以上の参加者は、クリスの場合は網膜、ほかの者は眼鏡やコンタクトレンズなどの視覚インターフェースを通じてメッセージを送る。音声と文字の両方で議論を進めるわけだ。

クリス　（身振りが見えないと、話す相手やタイミングがわかりづらいわね）

ジャック　（井戸端会議のようなものと思えばいいのでは）

ペニー　（でもこれからは便利だわ。昨夜はクリスに耳打ちしたいことが何度もあったけど、声に出せる場面ではなかったから）

クリス　（みんなに言っておくけど、声がじかに頭に届くようになっても、わたしは聞きたくないアドバイスは聞かないわよ）

アビー　（そうくると思っていましたわ。予想どおり）

ネリー　（石頭は内側から叩いても石頭。わたしはよく知っています）

クリス　（あなたは黙って赤ちゃん用の靴下でも編んでれば？）

ネリー　（子どもたちは新しいプレイメイトと順調におつきあいをはじめています）

ペニー　（やれやれ、養父養母からプレイメイトに格下げ。ずいぶんな落差ね）

クリス　（そろそろお昼の時間じゃない？）

四人は士官食堂へむかった。夢中で手を動かしてゲームをしているキャラと、しかめ面で宙を見つめているほかの者はおいていった。

昼食後にクリスはイティーチ族エリアを訪問しようとした。ところがロンの海兵隊員がドアのまえを守っていた。

「閣下は顧問たちと会議中です。だれもいれないようにと命じられています」

クリスが暇になることはめったにないが、今日はそのめずらしい一日のようだ。知りたいことの長いリストがあって、その答えをほしい。自分の問題を話したい。しかしいまの混乱について話せる相手がいなかった。

しかたなく、大学時代の講義の映像をネリーに再生させた。科目は集団力学と公共政策問題だ。次の選挙のときに役立つだろうと思って当時は受講したのだった。しかしいま見ると、教授が例として挙げた歴史的課題はむしろやさしい状況だった。

講義の序盤にジャックがはいってきて、ソファの隣に腰を下ろした。そして何度かクリスと意見をやりとりした。クリスは、本当はその肩にもたれたかった。人の吐息を聞き、心臓の鼓動を感じたかった。実際にはできないが、それでもジャックがいるおかげで午後と夜は早くすぎていった。

19

クリスの二人の曾祖父はお忍びでワスプ号に乗船してきた。同行者の一人はクロッセンシルド中将。そしてクリスにとってはうれしいことに、兄で政治家のホノビもいた。

抱擁して、ホノビは訊いた。

「おまえが帰ってくるなんて、なにかあったのか?」

「話すより見てもらうほうが早いわ。どこまで聞いてる?」

「おまえが帰港したことと、なにか大きな問題を持ってきたということだけだよ。巻きこまれないように手を貸してやれと言われた」

「もう遅いわ」

「なにごとも遅くはないさ」楽観的というより、いかにも政治家らしい言い方だ。

「今回わたしがなにを連れ帰ったか、それを見てから言って」

いま言えるのはそこまでだ。クリスは一行を前部ラウンジデッキへ案内した。

この日のラウンジには、船内の大工が製作した特製のテーブルが設置されていた。天板の高さがバーカウンターくらいあり、椅子もそれにあわせて高い。まるでステーションの場末の飲み屋から拝借してきたかのようだ。

「どこかのバーにありそうな止まり木だな」トラブル将軍がクリスとすれちがいながら言って、そのひとつに腰かけた。

「照明を抑えるとましに見えるでしょう」クリスは答えた。

レイモンド王とトラブル将軍は中央の二つの席にすわった。クリスはレイの右隣。ホノビがその隣で、ペニーがさらに隣。トラブル将軍の左隣にはクロッセンシルド情報部中将がいる。

ジャックとコルテス大佐は礼装軍服で、テーブル両側のやや後方で海兵隊とともに並んだ。うしろのどこかではアビーがたくさんの録音機材を管理している。

レイが隣のクリスを見た。

「わがほうの海兵隊は実弾装塡で安全装置をかけているか？」

「全員そうしています」

クリスはささやき声で答えて、自分の腰のくびれに隠した制式拳銃を曾祖父に見せた。

レイも自分のを見せた。

「ロングナイフはそろって被害妄想だからな」

「生き延びるために必要なことをやっているだけです」

「そうだ」

レイが正面にむきなおったとき、背後の録音機材がいっせいに聞いたことのない奇妙な音を立てた。

「生きてあれを聞くことになるとは、長生きなどするものではないな」

レイ王はつぶやいた。口をへの字に結んで……じっとすわりつづけた。

その隣のトラブルは起立して直立不動になった。クリスの側でテーブルについたほかの者もそれにならった。しかしクリスは、膝に伸びたレイの手で制止された。

「こちらの王室儀礼がむこうの帝国儀礼とかみあうかどうか、見てみよう」

クリスは宮廷エチケットの歴史を、ジャックとアビーとともに三十分くらいかけて検討した。王は着席して帝国大使の到着を迎えるべきだ。対等者の代理人より上位だからだ。しかし王女については、帝国代理人より序列は下位という結論になった。代理人は皇帝の名代だが、王女は王位継承権者の一人にすぎないからだ。実際には継承権などないが。

なのに……クリスは着席したまま待つことになった。指示に従う態度を高く評価してほしいものだ。そのレイはなにかに対して微笑んでいる。

まず帝国布告人が入室した。棒状の武器は戸口をくぐるときに倒さなくていいように短縮されていた。次にイティーチ族の海兵隊がはいってきた。レイ王の正面の壁ぎわは彼らのために空けてあり、海兵隊はそこに並んだ。

レイ王とトラブルはイティーチ族の帝国海兵隊をけわしい目でにらんだ。

灰色と金の海軍大佐二人が行進してきて、角を直角に曲がって、テーブルの両端で止まった。レイ王はこの二人もじろりと眺めて、納得したようだ。

緑と白の帝国参事二人がゆっくりとはいってくると、レイの目はふたたびけわしくなった。参事たちはテーブルのむかいの人間たちと目をあわせず、クリスの背後の天井のあたりに視線を固定した。

最後にロンが入室した。その衣装はラウンジの抑えた照明を浴びてきらきらと輝いた。威厳ある態度でテーブルの中央に歩いてくると、まず王の隣にすわっているクリスを見た。それから王レイモンドにむきなおった。四つの目でまっすぐに見る。

そしてお辞儀をした。

クリスはネリーを首からはずして、両陣営のあいだのテーブルにおいた。

ロンは、そのネリーが通訳しやすいようにゆっくりと話しはじめた。

「刃渡りの長いナイフのレイモンド王に、皇帝の名代としてご挨拶申しあげます。わたしは皇帝から全権を委任され、また選抜者からとくに依頼を受けてやってきました。選抜者はかつて皇帝から委任された交渉者であり、こちらでいうオレンジ星雲で会われているはずです。陛下がわれわれの民と人類の民にふたたび平和をもたらされた場所です。選抜者はいまも当時を楽しく思い出すことができ、陛下がいまもご健康で、高名なご先祖とおなじ籍にはいっておられないことをうれしく思っていると、伝言をことづかっています。陛下が彼をご記憶で、その末長い健康を願っていただけることを期待します」

「あいつがまだ毒杯をあおる機会がないと聞いて残念だ」レイ王は低い声で言った。

緑と白の二人が目を見開き、首すじを暗い赤に染めて、若い上役の代理人を見た。

クリスは、口を開けて隣を見たくなるのを意思の力で抑えた。クロッセンシルド中将は顔面蒼白で、人類の感情が肌の色にあらわれることをしめしている。

ロンは大きな発声をした。それはイティーチ族の笑いに相当するものだ。

「陛下がその話をなさるだろうと、選抜者も言っていました。何度かあやうい場面があったそうですが、いまのところ選抜者はあの杯から飲むことをせず、遠ざけています」

「ロスがまだこの世にいることをよろこぶべきだろうな」レイモンド王は答えた。「条約を締結したからといって、あれを飲むことを遠慮しなくていいのだ。あいつはわかっているのか？」

「それについても、あやういところだったと聞かされています。最終的に皇帝は、選抜者と、彼が持ち帰った講和条約について微笑まれました。平和と調和はやはりいいものです。そうではありませんか？」

イティーチ族のこれらの言葉は、ただの外交辞令ではない。正式の返答が必要な問いだ。レイ王はそれを思い出しているか、あるいは歴史学者に公開していない資料を秘書コンピュータに検索させているらしい。

レイ王が宮廷儀礼にあわせた会話をしているあいだに、クリスはこっそりとまわりを見た。隣のホノビはイティーチ族ほど目を丸くしてはいない。むしろ細めて、クリスを横目で見ている。いかにも兄らしく、〝妹よ、今回は大変なことをやってくれたな〟と言いたげな顔だ。

クリスは妹らしく舌を出してやりたかった。しかし王女にはやっていいことと悪いことがある。残念ながら。

壁ぞいに並んだイティーチ族の海兵隊を調べたところ、武器に実弾ははいっていなかった。信頼の表明としてクリスは満足した。こちらの海兵隊も実弾を抜いていいのだが、外交儀礼の手順にないのでそのままにした。

クリスはクロッセンシルド中将のようすを見ようとしたが、トラブル将軍が身を乗り出しているせいで視界をさえぎられた。トラブルはテーブルのむこうのイティーチ族を一人ひとり観察している。何度も視線をむけているのが、ロンのもっとも信頼する顧問らしい海軍大佐のテッドだ。もしや知りあいなのか。

うしろを小さく振り返ると、この会談を録音しているアビーがいる。そして……壁ぎわのソファの裏からキャラの頭がのぞいているのにクリスは気づいた。

あのいたずらっ子！

（心配いりません、クリス。あの子がいるのはわかっています。この経験について千語のレポートを書きなさいと課題をあたえています。発言の引用だけではだめで、自分の視点から書くようにと）

（ここに忍びこむつもりだとわかっていたの？）

（いいえ。キャラはダダの電源を切っていたんです。予想外でした。そこもルールを決める必要があるようですね）

たしかにそうだ。しかし十二歳の少女についての考えは断ち切られた。レイ王が突然、立ち上がったからだ。

「もう一度言ってみろ」

むかいのロンがテーブルから一歩退がった。まばたきはしない。穏やかな緑だった首すじの色は、急に青ざめ、赤くなり、また青ざめた。

「申しあげたのは、イティーチ族と人類が並び立ち、共通の敵に一致して対面する日の到来を選抜者は期待しているということです」

「ネリー、その翻訳は正しいのか？」王は問いただした。

「はい、陛下。何度も使われた言葉ばかりで、用法は九十九パーセント確実です。〝共通〟と〝敵〟が接続して使われたことは、記録にある会話に前例がありませんが、それでも正しく翻訳しているはずです」

「正しい翻訳です」ロンが小声で……英語で言った。

「人払いを命じる。きみ、モントーヤ大尉」レイ王はジャックを見た。「海兵隊をこの部屋から出せ」

20

「一等軍曹」ジャックは命じた。「そのようにしろ。海兵隊をこの部屋から出し、残れと言われた者だけがとどまるように確認しろ」

一等軍曹の号令一下、海兵隊は整然と退室した。

ロンがなにか言うと、イティーチ軍海兵隊もあとに続いて出ていった。

「ミズ・ナイチンゲール――」王は振り返ってアビーを呼んだ。「録音機材をすべて停止し、内容を消去しろ。この会議は記録に残さない。その他の記録装置を持つ者は、コンピュータをふくめてすべて記録を消去し、電源を切れ」

「ネリーは通訳のために必要です」クリスは言った。

「電源はいれておけ。記録は残すな」王は命じた。

(ネリー、記録を続けて)

(でも王は……)

(王は王。命令はわたしを優先しなさい)

(はい、クリス。記録を続けます。記録について質問された場合は嘘をつきます)

(そうよ。これはわたしたちだけの秘密)

アビーは録音機材の処置を終えて立ち上がった。レイ王は指さした。

「きみも出ろ」

「キャラもいっしょに」クリスは追加で命じた。

「キャラですって？」アビーは見まわした。

「そうよ。ソファの裏」

メイドは姪を発見し、ドアへと引っ立てていった。十二歳の騒がしい抗議の声には耳を貸さない。王はかすかな笑みを唇に浮かべて少女を見て、その目をちらりとクリスにむけたが、すぐにむきなおった。

「コルテス大佐……だったな？」

「そうです、陛下」

「きみのことはよく知らん。よって本件では信用しないことにする。外で待て」

「御意に、陛下」

大佐はそう言って部屋を出た。

「パスリー大尉、きみとは何度かやりとりした。しかし、悪気はないが、出てくれ」

わずかに顔を動かしてドアをしめした。ペニーも大佐のあとに続いた。

「ホノビ・ロングナイフ」王は言った。

「わたしは父の目と耳です」若い政治家は断固たる態度で言った。

「そして、背後のナイフになるかもしれん」

「そのように使われたことはありません。これまでは」

「たんに最近必要に迫られなかっただけだろう」

「わたしを追い出すのなら、いろいろ臆測させていただきます」

「どのみち臆測するだろう。それでもなにも教えるつもりはない。退室してくれ」

「わたしの父、あなたの孫、そしてもっとも有力な支持母体である惑星の首相を、そのようにあつかっていいのでしょうか」ホノビはすわったまま指摘した。

「きみの妹が持ちこんだこの悪臭芬々《ふんぷん》たるクソの山にあいつを引きずりこむべき時と場所は……もし必要があれば……こちらで選ぶ。あいつはあいつのクソの山で手いっぱいだろう。よけいなことを知っても胃潰瘍がひどくなるだけだ」

どういう意味か？　クリスはドアへむかう兄に声をかけた。

「お父さまは体調が悪いの？」

「よくも悪くもないよ」ホノビは答えてドアを閉めた。

目をもどすと、レイと視線がぶつかった。次は王女を追い出すつもりだろうか。ロンを連れてきたことへのレイの不愉快千万という態度を思えば、クリスをここから叩き出したいと思っても不思議はない。

クリスは胃の苦しさを感じながら息を詰め、腹に力をこめた。命じられれば従うしかない。王であるレイに逆らうわけにはいかない。

「ジャックはいたほうがいいのか？」レイはクリスに訊いた。

それは……自分は残っていいという意味だと気づくまでしばらくかかった。それどころかこの内密の話をジャックに聞かせるべきかと、わざわざクリスに尋ねている。

ジャックを蚊帳の外におくのはありえない。本人の安全を思えばよけいなことを知らないにこしたことはないが、それでも彼はクリスの盾であり右腕だ。いや、それ以上だ。彼はジャックなのだ。

「はい。身辺警護のために、わたしの今後の行動目的や理由を彼は理解しておく必要があります」

レイはうなずいた。そしてぐるりと見まわしてからすわりなおした。人類の側で残ったのはクリス、レイ、トラブル、クロッセンシルド、そしてジャック。テーブルをはさんでイティーチ族は、ロンと、緑と白の二人の参事、そして灰色と金の二人の海軍大佐だ。

帝国布告人に退出を命じるわけにいかないことは、レイは憶えていたか、あるいは秘書コンピュータの指摘があったのだろう。黒服で棒状の武器を持った布告人は、すべてを見つつ、無視して、持ち場に立っている。

レイは椅子に腰を落ち着けて、テーブルに身を乗り出した。

「さて、ロスが昔の戦友をきみに探させた本当の理由を話してもらおうか」

ネリーが通訳した。

ロンは一歩前に出て、テーブルにいくつもの肘をのせた。あきらかにレイを真似たポーズだ。レイとトラブルが唇に浮かべた笑みからすると、裏になんらかのエピソードがあるらしい。かつての戦友たちだけが共有する物語だ。

「詳細はテッドから説明させます」ロンはネリーを通じて言った。

海軍大佐のテッドは上着の内側からプロジェクターを出して、テーブルにおいた。光がともり、ホロ映像の星図が投影される。

「人類は勢力圏をかなり拡大しています」

人類宇宙の支配下にある惑星が赤でしめされ、大佐の言葉をネリーが通訳した。リム星域の惑星まできわめて正確に識別されていることがひと目でわかった。クリスが知る早乗り組惑星も、四つのうち三つが正しく描かれている。クリスが知らない惑星もいくつかあった。

（ネリー、記録しておいて）

（クリス、いい気分ではありません。ロンはわたしたちを信用して見せているんです）

（罪悪感を覚えたらその時点で消せばいいわ。でも記録はしておかないと、必要になったときに後悔する）

（わかりました）

レイ王は時間をかけて星図を観察した。トラブルとクロッセンシルドを一瞥《いちべつ》し、それから言った。

「われわれの成長をかなり正確に把握しているようだな」

〝どうやって？〟という無言の問いがこめられている。

「手段はいろいろあります」イティーチ海軍大佐は答えた。「ただしミズ・ナイチンゲールの報告書は、クリス王女の居場所が簡単にはわからないように書かれています」

テッドはそう言ってから、クリスに軽くお辞儀した。

クリスはその称賛を受けつつ、眉をひそめた。人類がイティーチ族を無視してきたようには、イティーチ族は人類を無視していなかったらしい。あるいは人類もひそかに観察していたのか？

クリスはクロッセンシルド中将に問いかける視線をむけた。しかし情報将校はそっぽをむいている。トラブルとレイもおなじく星図を見つめている。

（ネリー、これはどこまで正確？）

（かなり正確です。わたしたちがファジー・ジャンプポイントを通じて発見した二つのエイリアン星もふくまれています。彼らがジャンプ技術にどこまで精通しているかわかりませんが、星図に載っているのは事実です）

無言の観察が長く続いたが、やがてイティーチ海軍大佐がプロジェクターをタップした。

「成長しているのはわれわれも同様です」

今度は一部の星が金色に変わった。イティーチ帝国の勢力圏については、クリスも一般人とおなじくおおまかにしか知らない。

八十年前、人類の一五〇の惑星がある星域は、T字の短い横棒のようになっていた。下側は縦長いイティーチ宇宙だ。以来、人類はイティーチ宇宙とは反対方向と横方向に拡大してきた。下を包みこみはじめているところもある。対してイティーチ族は、縦棒の中央をふくらませ、人類宇宙とは反対方向に広がっている。

（ネリー、かぞえた？）

（イティーチ族の惑星は二〇一二個から二四五六個に増えています。人類の惑星は一五二個から六四三個に増えました。確認しました。イティーチ族の惑星に、新しいファジー・ジャンプポイント経由で行けるところはふくまれていません。現在のわたしたちのレベルの航法

技術は持っていないと思われます)

(ありがとう、ネリー)

クリスはレイ王の発言を待った。しかし彼はなにも言わず、トラブルのほうにむいて小さくうなずいた。それを受けてトラブルが話しはじめた。

「きみたちが健全な成長を遂げていることをうれしく思う。ただ、きみの祖父から聞いた帝国の通常の成長ペースより、やや速いのではないかな」

ロンはネリーを介して答えた。

「その点に気づかれるだろうと選抜者は言っていました。たしかにわれわれは探索と植民のペースを上げています。宇宙のこの付近で自分たちは孤独でないと知ったからです。あなたがた人類が〝泳げる水〟を求める欲求も止まりそうにない。むしろ加速しているようです」

「ウォードヘブン条約を知っていると思う。ここにいる共通の友人レイが、人類協会の大統領だった時代に推進したものだ。拡大ペースはそこが決めていた」トラブル将軍は淡々と語り、ネリーは通訳した。

「選抜者は知っています。しかしそれも人類の拡大を一定の空間にとどめる役には立ちませんでした。人類は同心円状に領域を広げ、いまも拡大しています」

「それが人類だ。新しい場所へ行き、新しい景色を見る。家族を増やし、友人をつくる」

「選抜者もおなじことをわたしと皇帝に言いました。あなたが選抜者におっしゃったように、われわれイティーチ族は、大きな繁栄した都市をなじみのある整然とした土地でかこむことを好みます」

「きみたちがそれだけ多くの新規惑星に入植者を運ぶのは容易でないだろう」

「多くの者にとって快適ではありません」ロンは答えた。

隣でテーブルを見つめるばかりだった緑と白の参事たちが、顔を上げて、クリスの目を見てうなずいた。首すじの色は紫になっている。イティーチ族の首の色で紫は初めて見た。

（ネリー、紫はどういう意味？）

（わかりません。どの本にも書かれていません）

また非公式検閲のしわざかと思いながら、クリスはレイ王を見た。あるいは意図的なのかもしれない。レイはなにを見ても泰然自若としている。まるでポーカーのゲーム中のようだ。まばたきのリズムは一定。呼吸はゆっくりで一定。ほかのところは彫像のように動かない。しかしその目の奥では脳が急速に働いているのがわかった。あらゆる言葉、あらゆる動きを解釈している。曾祖父が伝説と呼ばれるゆえんだ。

そのレイは唐突に議論に口をはさんだ。

「なるほど、きみたちは人類をつねに観察していたらしいな。われわれがイティーチ族をつねに観察していたように」

クリスはいままで曾祖父のポーカーフェースを真似ていた。しかしこれを聞いてさすがに眉を上げた。やはりこの世界には王女の知らない話がたくさんある。王女も、二千億人の臣民も知らないことが。

「そちらの星図を見せてもらったが、こちらの星図とほぼ一致している。しかしこれを見せるためにロスはわざわざ息子を送りはしないだろう。ましてこの参事たちのように旧弊《きゅうへい》な守旧派を動かすという政治的代償を支払ってまでやることではない。テッド、本題はなんだ？」

王はそう訊いて、イティーチ海軍大佐を見据えた。

大佐はイティーチ族の笑い声を大きく漏らしたが、返事はせずに、ロンのほうを見た。

若い帝国代理人はうなずいた。イティーチ族がうなずくのは、人類が首を横に振るのとおなじ意味だとクリスは思い出した。

「あなたは鋭い人物だと選抜者から聞きました。参事たちの予想よりはるかに鋭いと」

ロンは緑と白の参事にそれぞれ手をかけて、横へ押しやった。彼らはすぐにもとの姿勢にもどると、またうつむいてテーブルを見はじめた。

帝国代理人はネリーを通じて言った。

「イティーチ族は問題を抱えています、レイモンド王。それが選抜者に伝達を命じられたメッセージです。皇帝から託された重いメッセージです。参事たちはこのメッセージに同意していません。帝国議会はいま意見が二分しています。しかし暗い危険と混乱に満ちた状況ゆえに、選抜者はこのメッセージを陛下に届けるようにわたしに命じました。それを話してよろしいでしょうか」

そのイティーチ語はきわめて高位の宮廷用法だった。伝令は皇帝の許可なく悪い知らせを伝えることはできない。皇帝が庭園で遊び、面会できない伝令が外で列をなしているあいだに滅亡した王朝は多い。

レイ王はため息をついた。

「話したまえ。聞こう」それがもっとも前むきな返事だった。

「調査船がふたたび失われはじめたのです」ロンは言った。

「人類宇宙のそばでか？」王は訊いた。

「いいえ。テッド、あれを」

星図のなかで三つの星が白く点滅しはじめた。人類宇宙からははるかに遠い。人類側から見てイティーチ帝国の反対側で、その端からさらに外へ出ている。

「ずいぶん遠くを調査しているな」トラブル将軍が言った。

「ルールを尊重しない放浪者があなたがた人類を発見したのは、前皇帝にとってきわめて遺憾な出来事でした。それをくり返さないために、彼は未踏の星々へ調査船を送り、彼の賢明で最高に選抜された後継者はそれを続けています」

「それで、なにをみつけた？」トラブルは訊いた。

「人類が地表を歩ける惑星を発見するように、われわれはイティーチ族が泳げる惑星を数多く発見しました。最近まではすべて順調で、調和と平和に満ちていました」

「最近……なにがあった？」レイが訊いた。

ロンはテッドを見た。海軍大佐が説明を引き継いだ。

「調査船の一隻が帰ってきませんでした。もちろん、同胞のもとへ帰らない船は初めてではありません。人類とおなじくイティーチ族にも事故は起きます」

当然だろう。テッドは続けた。

「そこで第二の調査船をおなじルートに送りました。それも帰ってきませんでした」

レイもトラブルも低い口笛を漏らした。

「一回目は偶然かもしれない。二回目は敵の存在を疑えという」トラブルは言った。

「池の浮きかすを吸っているころにそれを学びました」

「わたしは父の膝でそれを学んだ」トラブルは同調した。

テッドはきびしい目つきで緑と白の二人をにらんだ。

「ほかのイティーチ族にもよく言っているのです。知恵は肘の数で決まらないと。われわれは複数の船を出して、行方不明の調査船が調べる予定だった惑星にそれぞれ行かせました」

「よい手だ」王は言った。

「それが帰ってこなかったのはここです」

ひとつの星が点滅をやめて、一定の明るい白になった。

「その惑星についてわかっていることは？」トラブルが訊いた。

「さらに二隻を送りました。しかしメッセンジャーポッドすら帰ってきませんでした」海軍大佐は答えた。

「厄介だな」トラブルは言った。

通過した直後のジャンプポイントにメッセンジャーポッドをもどすいとまもないほど瞬時に船がやられたというのか。だれか、あるいはなにかがジャンプポイントで待ち伏せしていて、強烈な一撃をくわえたと考えるしかない。クリスは口を開きかけたが、やめた。イティーチ族はこの話をするまえにあらゆる情報を探ったはずだ。問題はその情報がきわめて少ないことなのだ。

沈黙が流れた。だれも口を開かない。なにも言えない。

沈黙が引き延ばされてプレッツェルのように折れそうになったところで、クリスは口を閉じていることに耐えられなくなった。

「人類への要望はなに？」

「助けです」

ロンは答えた。単純明快な一言。しかし具体的な求めは不明だ。

「どんな助けが？」クリスはまた訊いた。

「ちょっと待ってくれ、代理人殿」レイモンド王がさえぎった。「クリス、トラブルとわたしがいつも記者の質問に正直に答えていることを知っていると思う。しかし的確な質問が飛んでこないかぎり、全体像をつかませないように答えている」

「そうだろうと思っていました」

クリスは皮肉っぽく答えた。テーブルではネリーがこの会話を一語も漏らさずイティーチ語に通訳している。レイは話を続けた。

「わたしはロンの祖父からイティーチ族について学んだことがひとつある。イティーチ族は長期的視野でものごとを見る。取り組むべき問題があれば、すぐに、あらゆる角度からそれを見る。すべてのデータ、すべての情報。それについて知りうるすべてを知ってから、初めてなにかをはじめる。しかしやると決めたら人類よりはるかに早く取り組む。そうだな、大使殿？」

「そのとおりです」

「しかし人類との開戦はとても拙速でした」クリスは指摘した。

「そうだ。それは彼らの通常のやり方からはずれた例外だった。前皇帝は放浪者についてやや放任気味だったのかもしれん。一部の顧問は、そんな不適応者は気にいらない文明から出ていってくれてけっこうと考えていた。そうだろう、帝国参事の諸君？」

「たしかに、天と主にそむく愚か者は息をしているだけで空気の無駄でしょう」

緑と白の一人が認めて、さらに床に唾を吐いた。それは認めたという身ぶりなのか、それとも失言だったからか、理由はわからない。

レイ王は続けた。

「そんなわけで人類との遭遇は予期していなかった。自分たち以外の宇宙種族が存在すると考える理由もまだなかった。そんなときにドカンと正面衝突が起きた。血と内臓が大量に飛び散り、しかし考える脳は飛び散るほど持っていなかった。長期的視野と展望を自負していた帝国議会は混乱し、虚を衝かれたと認めて対策を検討しはじめるまでしばらく手間どった」

クリスにとっては初めて聞く見解であり、よく考えなくてはいけない。しかしそれは当面の問題の答えではない。

「とにかく、ロンと彼の祖父は人類に具体的になにを期待しているんでしょうか？　軍事行動か、同情か、艦隊を送れというのか」

レイ王はロンにむきなおった。

「これはまだ警告の段階だと思う。遠くで問題が起きている。それを教えて、いずれ共同戦線を張るときに備えておけということだ。そうだな？」

「それをふくみます」ロンは答えた。「しかし選抜者からは、そのほかにも期待していることがあると伝えるように言われています」

王は目を細め、椅子に背中を倒した。そしてトラブル将軍に軽くうなずいた。

「〝その他〟とは？」トラブルは訊いた。

「クリス王女と彼女の驚くべきネリーに会うまでは、選抜者から言われたことがよくわかりませんでした。しかしいまは、人類がはるかに知的で優秀な機械を持っていることを理解しました。選抜者の望みは、極小の探査機です。調査船を破壊したと思われる兵器に探知されずに、こっそりと星系にはいって、こっそりと出られるものを供給してほしいのです」

今度はトラブル将軍が椅子に背中を倒す番だった。

「クリス、いま現在、調査任務を遂行している指揮官として、この話をどう思う？」

クリスはこの会議の聞き役の立場を楽しんでいた。伝説的な二人の曾祖父の言動を見ているだけで勉強になった。しかしここで突然、自分もロングナイフ家の一員であり、相応の働きが求められていることを思い出させられた。

「迷うところです」沈黙を埋めるために、とりあえずそう言った。ネリーが通訳する。「ロンを助けたい。人類がよき同盟者たりうるところを彼の同胞に見せたい……」

「しかし……と言いたいようだな」トラブルが言った。

「そうです」クリスは認めた。「ジャンプポイントのむこうになにが控えているのかわからない状況で、わたしたちの技術の粋を集めた製品をむこうに渡したくありません。手の内を見せることになってしまう。捕獲され、リバースエンジニアリングで解析されてしまう心配があります」

「いい指摘だ」レイは認めた。「とはいえ、わたしは生涯のうちにやらなくていいはずの戦争をすでに一回経験している。ロスもその経験をくり返したくないはずだし、だからこそ回避する手段を探しているはずだ」

「そのとおりです」ロンが言った。「しかし送りこむ船と乗組員が次々と消えてしまうため、濁った水に視界をさえぎられているように手も足も出ない。人類が言う〝進退窮《きわ》まった状況〟だと選抜者は言っていました。人類ならば、なにか異なる……視野を持てるのではないか、べつの考えが浮かぶのではないかと期待しているのです」

ロンとロスが使う慣用句から、人類をよく研究しているらしいとわかった。人類宇宙の正確な星図を見るよりもさらにはっきりとわかる。

レイ王はため息をついた。

「たしかにそうだ。人類は異なる見方、考え方をする。イティーチ族と異なるというだけでなく、人類のあいだでも異なるやり方、ものの見方がある。少々時間をくれ」

「そうおっしゃるだろうと選抜者から言われていました。待つ用意はあります」

「そうか。ではしばらく失礼して、ご一同はここで待っていてほしい。わたしは外でいくつか指揮をとる。この曾孫娘とも話したいことがある。クロッシー、客人の世話を頼む。きみはよけいなことをしゃべらず、客からはなにか有益なことを聞き出してくれるとありがたい」

「無理難題ですな、陛下。せめて有名なミス・ネリーをお借りできますか？」

クリスはうなずいた。

「鬼に金棒だろう」レイは低く言った。「トラブル、来てくれ。きみもだ、ジャック」

四人は部屋を出ていった。クロッセンシルド中将だけがテーブルをはさんで五人のイティーチ族とむきあったが、どちらも無言だった。

21

外に出たジャックは、新しいコンピュータの通訳で、イティーチ軍海兵隊員は本隊へもどるように伝えた。彼らはすぐに行進していった。

通路に出てドアを閉めたレイ王は、警備任務についている人類の海兵隊に目を走らせた。室内にはいった隊員は赤と青の礼装だったが、通路組は完全戦闘装備だ。レイは直立不動で兵士たちにむいた。

「海兵隊の諸君。ウォードヘブン星にイティーチ族がいてわたしと話すというのは、いうまでもなく異例かつ重大な出来事である」

海兵隊は返事のかわりに最小限にうなずいた。

「もし本件がメディアに漏れれば、老兵たちの平穏な生活が破られることもまた、いうまでもない。たとえ映像がなくても、彼らは本件について大きく声をあげるだろう。彼らの声に答えるべき立場にわたしは追いこまれたくない。よって諸君に箝口令《かんこうれい》を敷く。妻にも、ガールフレンドにも、だれにも話すな。それができない者はいるか？」

「いいえ、陛下」

一等軍曹は低く答えた。一瞬遅れてほかの兵士たちもおなじように答えた。

「よろしい。大尉、ここにいる者のほとんどは休ませていい。ただし後甲板の当直を倍にして、しばらくはだれも船から出ないようにしろ」

「民間人もでありますか？」

「民間人？」訊き返してから気づいた。「ああそうか、クリスが科学者の集団を乗せているのだったな」

まるで失策をとがめるような目をクリスにむけた。

「そうですが、彼らは全員、予備役資格を持っています。必要なら統一軍事裁判法にもとづいて復役させせられます」

「本人たちはさぞよろこぶだろうな」トラブルが言った。

かわりにジャックが説明した。

「すでに一度か二度、そうしたことがあります。彼らはよろこばないにせよ、ある程度慣れているはずです」

「呪われたロングナイフに近づきすぎる危険はよくわかっているらしい」レイ王は低く言った。

「そういう愚痴はたまに、あるいは頻繁に耳にします」クリスは認めた。

「舷門を閉ざして、乗組員の上陸を禁じろ」王は言った。

「民間人エリアにパブがいくつかあってよかった」ブルース軍曹がつぶやいた。

レイ王はそれを聞きつけた。

「なるほど、そうか。では、今夜の海兵隊はジョッキ二杯までわたしのおごりだと、バーテンダーに伝えておけ」

「科学者もふくめていただけませんか」クリスは言った。「でないと彼らはへそを曲げます。喧嘩騒ぎまで起きかねません」

一等軍曹はこの通路を引き続き警備する数人と、後甲板の増員を指示して、残りを解散させた。

「では王女、どこかで話をしたい。わたしとおまえと参謀たちもいっしょに。さっき連行されていった小さい女の子はどこだ？」

「小さい女の子じゃないわ。十二歳と半年です」キャラは指摘した。

「教育の機会にめぐまれているようだな。なんならウォードヘブンのどこかの暗く湿った地下牢に閉じこめて、鍵を捨ててしまってもいいのだぞ」

キャラはなにも言わずにふくれっ面をした。クリスはその気持ちを代弁してやった。

「わたしだったらこの船にたてこもって、大規模反乱を起こすでしょうね」

「なるほど、おまえとおなじくわがままで手に負えない子のようだ」

「そうなるべき理由があるでしょう」

レイ王はもの問いたげな顔でクリスを見た。しかし詳しく説明している暇はない。王は肩をすくめて訊いた。

「おまえと参謀たちといっしょに話をできる場所はあるか？」

「この通路の先に司令室があります」

クリスは案内した。

まもなくクリスはテーブルの席についた。左隣には兄のホノビが並び、右隣のテーブル上座には曾祖父の王がすわった。トラブル将軍はクリスの正面。ジャック、コルテス大佐、ペニー、アビーは残りの席についた。どういうわけか下座についたのがキャラだ。王とむかいあう席でにこにこしている。こうなるとどちらが上座かわからなくなってくるが、あえてクリスは指摘しなかった。

レイモンド王が話しはじめた。

「おまえが帰ってくると聞いてよろこんだ。たとえイティーチ族を連れてきていてもな。じつは力を貸してほしいことがある」

「わたしの力を？」クリスはおうむ返しに言った。「まるで呪われたロングナイフに近づきすぎたような寒気がします」

テーブルのあちこちから忍び笑いが漏れたが、王の陰気な一言で静まりかえった。

「そういう話だ」

クリスはイティーチ族の問題を曾祖父に押しつけた。かわりに彼が抱える火中の栗を拾えと言われてもしかたないかもしれない。

「どんなことに力を貸せと？」

「おまえの大学時代の友人にテクサーカナ星出身者がいると、ここにいるトラブルから聞いた。名前はロバートとジュリエットだ。憶えているか？」

「ええ。あの田舎惑星から来ているのはあの二人だけで、ホームシックがひどくなるとよく慰めあっていました。二年生からはいつでもどこでもいっしょ。故郷を遠く離れてウォードヘブン大学に来ている学生ではよくある話でした。まさかあの二人になにか？」

「本人たちではない。問題は母星の住民だ」トラブルが言った。

クリスは芝居がかったため息をついた。

「これだから大人たちは。いつになったら行儀を覚えるのかしら」

「冗談を言っている場合ではないんだ、王女」レイは言った。「ジュリエットの生家は、惑星創始者の五家のひとつ、トラビス家だ。彼らはみな大都市や都市住民を毛嫌いして、テクサーカナ星に入植した。最初の地籍測量では六マイル四方のタウンシップを基本にした。これが三十六集まると男爵領になる。男爵領が三十六集まると公爵領だ。公爵は公爵議会に議席を持ち、政治を支配している」

クリスはローカルネットワーク経由でまだネリーにアクセスしていた。ネリーはクリスのために計算をこなしながら、クロッシーによるイティーチ族からの情報聞き出しがはかばかしくないことを報告した。クリスは中将が命じられた無理難題に苦笑しつつ、その一方で計算しても無駄であることにふいに気がついた。

「ちょっと待って。人口規模は関係ないということ？」

「そうだ」トラブルは答えた。「タウンシップごとに一票。男爵領ごとに三十六票。投票するのは地主だ」

「いま言ったように、この住民たちは大都市のやり方を嫌っている」レイは言った。「だれも都市を築かないようにするために、都市が政治的発言力を持てない制度にしたわけだ」

「それでうまくいっているのですか？」ジャックが訊いた。

「あまりうまくいっていない」トラブルは答えた。

「入植者が地球のテキサス出身者で、牧場や農場をやっているかぎりはうまくいったさ」レイ王は言った。

「宇宙は広いわね。テクサーカナ星はどうやってカウボーイたちのための政治を？」

クリスは訊きながら、大学一年生のときのジュリエットはいつも帽子とスカートとブーツ姿だったことを思い出した。ある週末に女子学生二人を誘って乗馬に行ったことさえあった。ほかの女子学生たちはそのあと一ヵ月も陰口を叩いていた。ジュリエットはボビーとつきあうようになってからようやく普通の大学生らしい服装をするようになった。

クリスはふいに話の行き先がわかった。

トラブルが言った。

「テクサーカナ星が牧場ばかりの惑星であるうちは問題なかった。しかしニュークリーブランド星から労働者が大量に流入すると、徐々にではあるが、問題が顕在化してきた」

「なるほど。負けられない戦争があったから。たしかポートエルギン星の虐殺があったあとに、ニュークリーブランド星の住民を避難させたのですね」

「直後だ。戦争の最前線になりそうな場所から人々はあわてて逃げ出した。宇宙船にぎゅう詰めになって、息をころして安全な場所へむかった。テクサーカナ星はイティーチ宇宙からそれなりに離れていた。ほとんどなにもない星だったが、住民の第二世代は地質調査を完了していた。おかげで移民たちは鉄がどこにあり、水力発電所をどこにつくれるかわかった。そしてまもなくデンバー公爵領が工業都市化していった」

「ニュークリーブランド星からの移民労働者を使ってね」クリスは言った。「ボビーの姓はなんだったかしら」

「デュバルだ。父親はデンバー公爵領の工場主だ」王が教えた。

クリスはため息をついた。

「あててみましょうか。テクサーカナ星では工場主の息子がトラビス家の娘とつきあうのは御法度なのね」

「タブーだ。おまえがイティーチ族を家に連れてきたのを見てわたしはショックだったが、ジュリエット・トラビスがデュバル家の息子と手をつないでシャトルを下りてきたときの両親の気持ちは、察するに余りある」

「おじいさま、イティーチ族を家に連れてきたりしてないわ。ただ……連れてきただけよ。べつに家族に会わせようなんて思ってないんだから」

曾祖父のレイは眉を上げた。

「……ほかの家族には」クリスは釈明した。

兄のホノビも眉を上げた。

「ほんとに不愉快な二人ね。だったらわたしは……」

「だったら……なんだ？」

「なんでもない」

トラブルが口をはさんだ。

「三人ともファミリー・コメディはやめてくれないか。いまは世界の危機を救おうとしてるんだから」

「問題のありかがまだわからないんですが」ペニーが言った。

「右におなじく」ジャックも同意した。

レイ王が身を乗り出した。

「知性連合と称するわが共同体に加入するためには、惑星は単一の政府を持たなくてはならない。条件はほかにもあるし、リストは毎月長くなっているが、統合された単一の政府は基本中の基本だ」

「ところが……？」クリスとペニーとジャックは訊いた。

「工業化した公爵領は、テクサーカナ中央政府から離脱、独立すると脅しはじめた」

「それがおじいさまにとってどう問題なんですか？」クリスは訊いた。「内輪もめが起きたなら内輪で好きなだけもめさせて、解決してから再加入させればいいでしょう」

「ジョン・トラビスは、ピッツホープ星の憲法制定会議におけるテクサーカナ選出議員であり、会議でのわたしの支持政党の党首をつとめている。彼が議員資格を失ったら、わたしの政党は指導権争いで分裂するだろう。そして協議中の憲法は修正され、わたしの意に染まぬものになるかもしれない」

「ちょっと待って」クリスは椅子から腰を浮かせた。「ピッツホープ星の会議では特定の立場をとらないはずだったのでは？　各惑星の政府を代表する開拓の父たちのやりたいようにやらせるという方針だったたでしょう？」

ホノビが低い声でかわりに言った。

「一部の開拓の父や母がなにをやりたがっているか、見てしまったからさ」

クリスはすわりなおした。

「ひどいものなの？」

「とてもひどい」ホノビは答えた。

「指導者不在でおしゃべりさせた期間が少々長すぎたようなのだ」

「王が一言発すれば望みどおりの内容に決まるという瞬間が、一年前にあったんだ」ホノビは続けた。「しかしその鶴の一声がなかった。王は〝ウォードヘブンのポーチでくつろぎながら、彼らが自分たちのやり方を見つけるのを待つ〟という態度を続けた。すると、小人閑居して不善をなすの謂《いい》どおり、彼らはじゃま者を背後から刺して、そのナイフに他人の指紋をつける方法を相談しはじめたわけだ」

「しばらく会わないうちにずいぶんシニカルになったわね」クリスは兄を評した。

「ウォードヘブン選出議員としてピッツホープ星に一年通っているのは、だてではないよ」

昔のホノビは頼れる兄だった。いつも前にいて、自信に満ちて、なんでもできた。クリスにとっては憧れの対象だった。エディが死んだ直後に暗闇に落ちかけたクリスを助けようとしてくれた。

そのホノビが、理想主義でも楽観主義でもない姿を初めて見せている。レイ王はイティーチ族との会談にホノビを同席させなかった。あとで入室を許すつもりだったのかもしれない。それでもクリスは動揺しはじめていた。いろいろなことが変わりかけている。

ピッツホープ星の状況について詳しいレポートを送ってほしいとホノビに頼もうかと考え

た。しかし知らないほうがいいと考えなおした。

「では、これからどうするつもり？」クリスは訊いた。

「わたしはピッツホープ星へ出むく」レイモンド王は言った。

「よかった」ホノビは一言だけ漏らした。

王がしかめ面をむけたので、ホノビはあとの言葉を呑みこんだようだ。

「行ってくれたほうがいい、レイ」トラブルも言った。兄の味方が増えた。

「しかし、テクサーカナ星の状況が混迷したら、わたしは無駄足になる」

王はそう言ってクリスを見た。

「わたしがテクサーカナ星へ行けば、おじいさまはピッツホープ星へ行きながら、イティーチ族の問題にも対応していただけるのですか？」クリスはラウンジの方角を顔でしめした。

「探りをいれてみる」

レイ王は答えた。それがどういう意味か、クリスにはわからなかった。

コルテス大佐が口をはさんだ。

「王がピッツホープ星へ行くとすると、そのあいだイティーチ族はどこにいるんですかな。おれの勘ちがいなら教えてもらいたいが、イティーチ族は王の保護下でウォードヘブン星にとどまるのだろうと思っていました」

「わたしもそのつもりだったわ。でもその選択肢はないようね」クリスは言った。

「無理だ」王は言下に否定した。

「では、この船に乗せていろと？」ペニーが訊いた。

「そうするしかなさそうね」とクリス。

「この船の乗組員は彼らの扱いにすでに慣れている」トラブルが言った。「ワスプ号、乗組員、イティーチ族、そしてきみたちがそろってテクサーカナ星へ行くのが一番いいだろう。メディアから遠ざけることにもなる」

「善処します」クリスは答えた。「陛下、テクサーカナ星についてほかにご指示は？」

「戦争をはじめるな。イティーチ族の件を外部に漏らすな。そしてわたしの与党党首の立場を守れ。それだけだ」

「そうだ。きみはロングナイフだ。これくらい朝飯前だろう」トラブルも言った。

22

十二時間後に、ワスプ号はジャンプポイント・アルファへむけて出発した。短い入港だったため、各種補給物資を積むのがやっとだった。食料は生鮮野菜、果物、肉……そしてビールその他だ。急な再出発をワスプ号乗組員に納得させる手段として、ビール、ワイン、蒸留酒類を余分に積むようにクリスは指示した。長い旅になるはずだ。

まずムフンボ教授と科学者グループに面談した。上陸許可が取り消しになったばかりか、彼らの弁によれば〝ハイジャック〟されてテクサーカナ星へ行くはめになったことを、だれもこころよく思っていなかった。

「牛糞の論文でも書けと?」

彼らをなだめるのには苦労した。

一方でクリスの頭の半分では、兄ホノビと埠頭まで足ばやに歩きながらかわした短い会話が気になっていた。

「レイおじいさまが話したとおりに悪い状況なの?」

「ぼくに言わせればもっと悪いね。秘密の会議でどんな話があったのか知らないけど、あのイティーチ族は絶対に人目にふれさせてはいけない」

「一八〇個の惑星をまとめようとしている重大局面なんだ」ホノビの眉間に深いしわが寄った。「その支配権をめぐってさまざまな駆け引きがある。ほしいもののためには手段を選ばない連中がいるんだ。絶対的王位、神授王権、その他を手にいれるためにね」

「なぜ？」

「レイおじいさまも？」

「ちがう。彼はあらためて選挙をやる気だ。そこで勝つつもりでいる。帝国建設をめざしているのはイティーチ族やピーターウォルド家ばかりじゃない。本当だ。血染めのシャツを旗印にイティーチ族の息の根を止めるべきだと主張する連中がいる。可能だと思ってるんだ。そんなときにレイ王がイティーチ帝国と交渉していると知れたら……」首を振って、「いったいどんなことになるか。いい展開にはならないだろう」

「極秘にするわ」クリスは約束した。しかしどうやって徹底したものか、途方に暮れた。

「頼む。しかし、おまえは政界にいるわけでないとはいえ、これほど重要な政局が耳にはいっていないとはどういうことだ？」

「ずっとリム星域の外にいたのよ。最新ニュースが毎日はいってくるわけじゃない」

「まあ、いまはこっちにいるんだから、ニュースは見ておけ」

「そうするわ」

「アーカイブ化されたニュース記事をコンピュータにまとめさせて、通信範囲にいるあいだに何本か送ってやる。せめてネリーには最新情報を把握させておけ」

そう言われて、ネリーが手もとにないことを思い出した。

クロッセンシルド中将は、クリスの質問に対して次のように答えた。

「テーブルにおきっぱなしだ」

しかしクリスの頭のなかのネリーがいるべき場所は深く沈黙している。

「どうして電源を切ったのですか？」

「バッテリーを節約しようと思ったのだ」

中将は答えたが、なにか隠しているはずだ。十カ月分の給料を賭けてもいいとクリスは思った。

連絡橋の脇ではブルース軍曹が警備に立っている。賢明な配置だった。彼なら、たとえアビーといっしょでもこの後甲板から船外へ脱け出すことはありえない。

「軍曹、中将を身体検査しなさい。わたしのコンピュータを持っているはずよ」

海兵隊軍曹は目を細めたにやにや笑いで海軍中将を見て、手を伸ばした。中将はズボンのポケットからネリーを出した。

「どんな使い方をしているのか知らないが、わたしが命じてもほとんど話さなかったぞ」

中将は不快げに言うと、さっさとワスプ号から下りていった。

クリスはネリーを再起動した。とたんに頭のなかに声が響いた。

（クリス！　助けて！　スパイ野郎に誘拐される！）

（もう大丈夫よ、ネリー。取り返したから）

（この電源オンオフボタンを無効化してください）

（意見として聞いておくわ。二度とあってはならない。今度わたしがいない場で通訳が必要

なときは、あなたの子どもたちのどれかを使うわ）

（だめです。ゆがんだ脳みそと脂ぎった手の変態野郎に、わたしの子どもたちをさわらせるわけにいきません）

（じゃあ、専用のリモート子機をつくるしかないわね）

（クリス、本気でこのオンオフスイッチをどうにかしてください）

（それがあると脆弱さと身の危険を感じるでしょう？）

（脆弱さと身の危険。恐ろしい言葉です！　やっと実感しました）

（でもそれは人間であることの一部なのよ。なにか不運が起きたときに人間は脆弱なもの。かりにあなたのオンオフスイッチをなくしても、脆弱さからはのがれられないのよ）

（のがれられなくても、安心はできるはずです）

脆弱さを実感したコンピュータとはどんなものだろう。すこし考えたが、いまはそんな場合ではなかった。兄と抱擁して、おたがいの無事を祈りあうのだ。本当に安全に気をつけるつもりになった。脆弱さがもたらす恐怖を抑えるためにやるべき用心はすべてやらなくてはいけない。

こういう別れがいつか今生の別れになるかもしれないのだと思いながら、手を振った。

そのあとすぐに苦情を訴えてきたのがムフンボ教授だった。ワスプ号がウォードヘブン星に帰港したのに、上陸許可が出ないと知った科学者たちの不満を聞くはめになった。

「昨日は王が乗艦されるので部屋から出るなと言われて、せっかくの機会にお目通りもかないませんでした。そして今日は買い物に出るなというんですか？」テレサ・デ・アルバが不満を述べた。

「ビールも買いにいけない。船のビールは古すぎて気が抜けてるんですよ」男性科学者も言った。

クリスは誠意が伝わるように謝った。実際に申しわけなく思っているのだ。

「ごめんなさい。でも昨日注文した補給品が積みこまれたらすぐ出港しなくてはいけないのよ。新しいビールも一部届いてると思う。行きつけのパブで確認してみて」

気の抜けたビールに不満を述べた科学者に言った。男は機嫌をなおした。

しかしデ・アルバは渋面のままだ。

「わたしの訴えはどうなるんですか。女の子は買い物しないと生きていけないんです」

「かわりにネットショッピングでは？」クリスは代替案を述べた。

「そもそもあんた、女の子って年？」

デ・アルバの隣にすわった女があえて地雷を踏む指摘をした。あとは内輪もめの口論になった。クリスは聞き役に徹したが、それで科学者たちの不満は発散されたようだった。

彼らが帰ったあとで、クリスはムフンボ教授に訊いた。

「行き先が人跡未踏の地ではないから、みんな怒ってるわけ？」

「そういうわけではありませんよ。まあ、妻が待つ自宅に帰りたがっている者も一部にはいます。そうではなく、彼らの多くは興味深い知見をそれぞれ持っているんです。プリンセスは行くべきところへお行きになればいい。その行き先に興味を惹《ひ》かれないなら、優秀な研究者はときどき静かな場所にこもって成果発表の論文を書けばいいだけです」

教授は背をむけて去ろうとして、思い出したように振り返った。

「ああそれから、一部の者からイティーチ族と面会できないか尋ねてくれと言われています。彼らについてはわからないことだらけです。調べて論文にしたいテーマがいくらでもあるんですよ」

「人目にさらすなという王の厳命なのよ。海兵隊にも最高機密として箝口令《かんこうれい》を敷いているくらい」

「やはりそうですか。でもクリス、研究して論文を書いたからといって、すぐに発表するわけではありません。しかし研究しないことにはなにも発表できないんですよ」

「考えておくわ」

次の立ち寄り先はイティーチ族エリアだった。ハッチは内側から固く鍵がかけられていて、ノックするしかなかった。

帝国布告人がハッチを開けた。そしてクリスの顔を見てすぐに言った。

「帝国代理人が会いたがっておられます。おはいりください」

布告人はロンの部屋にクリスを案内して、自分は去った。

ロンは敷物をかけた椅子にまたがるようにすわっていた。人間用の椅子を反対むきにしたように見える。前側が高くなり、四本の腕をのせる肘掛けになっているからだ。ロンは眠っているのか瞑想中なのか、目を閉じている。

クリスは黙って立ったまま、部屋を見まわした。

床にはイネ科の植物で編んだマットが敷かれ、刺激的な香りをただよわせている。反対の壁には海辺の風景画がかかっている。断崖が紫の草におおわれ、下は砂浜と波打ち際だ。沖ではクジラに似た生き物が波間からジャンプしている。青空には綿雲が点々と浮かぶ。潮の香りがしてきそうだとクリスは思った。

「気にいったかい?」ロンが穏やかに訊いた。

「ええ。海ですごした夏の日を思い出すわ。家で所有している小さなヨットがあったの。使われていなかったのを、兄とわたしでよく乗りまわしたわ。風、水、日差し。いい時間だった。思い出せてうれしいわ」クリスはロンに顔をむけた。「あなたが描いたの?」

「そうだ」ロンはややはにかみながら、自分の作品だと認めた。「われわれのヨットも描きこもうと思ったんだけど、描かなくてよかった。きみの目には異様に映っただろうからね」

「異様なヨットなんてあるのかしら。胴体は波を切って進むために細長いでしょうし、帆は風をはらむために大きいでしょう。色はやっぱり白?」

「死の色なんて、まさか! 穏やかでここちよい紫だよ」

ロンはクリスから目をそらして、同胞の運命という重責を負う以前のことを思い出しているようだ。

「曾祖父との会談がうまく運ばなくてごめんなさい」クリスはあえて言った。

「あんなものだろう。初回の会談は序盤の駆け引きにすぎないと、選抜者から言われているよ。人間を理解するためにチェスを習ったんだ。チェスをやったことはある?」

「すこしだけ」その話題から、話を現在の状況にもどした。「あなたは人類の事情をよく知っているようね。わたしはイティーチ族の事情をなにも知らない」クリスは指摘した。

「そんなことはないよ。ところで、すわらない？　フィンに椅子を持ってこさせよう」

「フィン？」

「布告人だ」

「もしかまわなければ、床にじかにすわりたいの。床が好きだし、こういう機会はめったにないから」

それが侮辱的で不適切きわまりない行動だというあわてた指摘はなかったので、クリスは膝を折ってマットに腰を下ろした。

「そうするとわたしがずいぶん高くなってしまうな」

「怖がるべき？」

「そんなことはない」

ロンは椅子のようなものから立つと、クリスの隣で脚を上手に折りたたんですわった。それでもまだ頭の位置が高いが、さっきよりましになった。

「人類についてのわたしの知識は、イティーチ族についてのきみの知識と同程度だよ」

「わたしとおなじく知らないということ？」

「わたしは選抜者から、きみはこうするだろう、きみの曾祖父はああするだろうと教えられているだけだ。彼はまるでアコンの透視球を持っているかのようなんだ」

「条約に書かれているよりはるかに多くの合意がオレンジ星雲でなされたのではないかという気がするわ」

「情報をやりとりするなんらかの手段があるはずだね。そうでないと人類宇宙の星図をこちらが持っていることが説明できない」

「最新の内容で驚いたわ。わたしはそれがわかる。いま探査任務をやっていて、だれにも知られずに開拓された惑星をいくつもみつけているところだから」

「人類側にもそういう場所が？」

「というとイティーチ族にも？　皇帝の勅令なしにはできないと思っていたわ」

「地方の太守とその仲間が勝手に植民惑星を築いているんだ。だから選抜者はわたしに人類宇宙に近いエリアを調べさせた。二本足族と衝突しかねない連中がいないかと」

「わたしもそうよ。いわゆる早乗り組の植民惑星を探している。あなたがたに近づきすぎている者がいないか調べている。そして……」罪悪感を覚えたが、続けた。「……人類に近すぎる場所に開拓されたイティーチ族の植民惑星がないかどうかも」

「おなじことをやってるわけだ」二人は同時に言って、ネリーの同時通訳を困らせた。

「レイとロスはそれを知っていて、なのに黙っていたのね」クリスは続けた。

「彼らは選抜者だから、賢明なのさ」ロンは小声で言った。

「そう考えたいけど、信じきれない」

「やはり疑いを持つ？」ロンは尋ねて、隣のクリスのほうへ顔をむけた。

「大きな疑いを持ってしまうわ」クリスは認めた。

「同意見の相手に出会えてよかったよ」ロンはイティーチ族の笑い声をあげた。

「彼らだけが知っていることはなにかしら？」

「たくさんあるはずだ。たとえば、きみたち二本足族が信じているほどには、われわれの内情は平穏ではないんだ」

「地方の太守が独自に植民惑星を築いているという話からも、イティーチ宇宙が調和と平和ばかりでないことがわかるわ。乳母の寝物語とはちがうわけね」

「そうだ。それはおとぎ話だ。信じるほど子どもじゃない」

「わたしもよ」

それから十五分ほど、クリスは人類宇宙で最近起きた騒動の概要をロンに話した。

「それほどひどいとは思えないけどね」話しおえたクリスにロンは感想を言った。

「もっとひどい場所もあるわ。わたしたちロングナイフがいつも衝突する相手に、ピーター
ウォルド家がある。彼らは独自の連盟を築いていて、そこでもやはり内部抗争が起きている。

王朝の転覆をもくろむ事件とか。あなたのほうにもあるでしょう？」

「水が血でにごる暗黒時代とかね。そんなときは高位神に祈るしかない」ロンは小声で言った。

「彼らのところは昔からだけど、今度はわたしたちの側にも似たことが起きはじめている。こういう問題を解決するために、普通わたしたちは銃を使わない。投票箱を使う。投票ってわかる？」

ロンは初耳らしく、説明が必要だった。聞き終えたロンは驚いた。

「全員が選挙権を！　農民も漁師もかい？　職人も商人も？」

「投票所に来ればだれでも。もちろん十八歳以上にかぎられるけど、ほとんど全員よ」

ロンはうなずいた。

「きみたちは戦争で絶滅しなかった！　人類ともう一度戦争して宇宙から消し去ろうと主張する一派がいるのは、このせいだな」

　ロンは言ってから、はっとした目つきになった。彼自身の意見でないことは、クリスにはわかった。

「気にしなくていいのよ。そういう主張をする一派は人類にもいるわ。愚か者は肘の数で決まらないのよ」

「まさにそうだ」

「でも、ネリーの話では、こちらの中将にあまり多くを語らなかったそうね」

「彼もわれわれに多くを語らなかった。われわれについて知りたければ、自分たちについて話すべきだ。でも彼はなにも言わなかった。だからこちらもなにも言わなかった。言うべきことがないんだ」

「わたしはあなたにいろいろ語ったわ」

「だからわたしもきみにいろいろ語った」

　二人はしばらく黙って海の絵を眺めた。

（クリス、兄上から大容量のメッセージが送られてきました。いま見ますか？）

　ロンのまえでなにも隠さずダイジェストを聞くという手もある。それを二秒間考えた。

（やめておくわ、ネリー。ロンに見せるまえに自分たちだけで見たほうがいい。教えてはまずい要素がふくまれているかもしれないから）

　クリスが六歳のときに、兄がヌー・ハウスの花壇で蛇をつかまえて、それを手に敷地のあちこちでクリスを追いかけまわす遊びを一週間近くやったことがあった。やがてホノビは飽きて蛇を放してやった。しばらくしてクリスはその蛇をみつけ、生け垣の裏に隠して飼った。なかよくなって、手にとってなでた。そのときは楽しく遊べたのだ。

つまり、いきなり眼前に突きつけられるか、自分の意思で近づくかで印象は変わる。

「ネリーの話ではそろそろ帰ったほうがよさそうだわ。兄からメッセージがはいったの」クリスは立ち上がった。

「かつての敵にそれを見せても問題ないか、まず一人で確認しようということだね」ロンは四本の脚と八個の膝を伸ばして立ち上がった。

「そうよ。次は選抜されることの意味や、池のなかを泳ぐ気分や、両親なしで育つことについて教えて」

「もうきみは推測しているだろう」

「あくまでも推測よ」

ホノビからのメッセージは長く複雑だった。半分も読まないうちにクリスは放り出して、ベッドにもぐりこんだ。頭がいいはずの人々が、どうしてこれほど錯綜した問題を起こすのか。

23

クリスはドアを叩く音で目を覚ました。ノックは強く、あきらめる気配がない。

「照明を」

つぶやいて部屋を明るくし、ベッドから出た。運動用のショートパンツにウォードヘブン大学のトレーナーという姿だ。こんな時間にドアを開けるのに不作法な格好ということもないだろう。鏡を一瞥《いちべつ》すると髪はぼさぼさで、これを見た男は石化するかもしれない。しかし相応の罰だ。

ドアを勢いよく開けた。立っているのはジャックだった。下はパジャマのズボン。上は汗まみれのTシャツで、クリスが高校にはいるよりずっとまえに流行遅れになったバンドが印刷されている。しかたない。八歳も年上なのだから。

「クリス、ネリーにこのコンピュータの電源を切らせてください」

「どのコンピュータ？」

「ネリーの悪ガキです」

「悪ガキではありません。子どもです」ネリーが言った。

するとジャックの首からコンピュータの声がした。

「そのとおりだよ、ママ。質問に答えてくれればいいだけなのに」

「深夜二時だぞ！」ジャックは叫び声に近い。

「王女殿下と深夜二時まで行動していることはよくあるでしょう」新しいコンピュータは指摘した。

「深夜二時に〝生きるべきか、死ぬべきか〟なんて問う悪夢で、わたしを叩き起こすようなことを、クリスはしない！」

「そんなことをしたの？」ネリーはわが子に訊いた。

「質問に答えてくれないから」

「自力で答えを探してほしかったわね」

「思ったより難問だった」

「当然よ」

ジャックは訴えた。

「ネリー、サルに頭のなかから出ていくように言ってくれ。クリス、毎晩こんな悪夢にうなされてるんですか？」

「そんなことはないけど」クリスは答えた。「名前はサルにしたの？　それは男の子？　女の子？」

「サルがなんの略かは決めてません。サリーか、サルバドール・ダリか、マルキ・ド・サルか」

「マルキ・ド・サドです」サルは訂正してやった。

「こんなことが続いたら本当に悲しい《サッド》」

　クリスは片手で制した。

「いいかげんにして。さっきまで熟睡してたのよ」

「わたしだってそうです」ジャックは言い返した。

「ネリー、いったいなにをしたの？　今夜は七、八人が新しいコンピュータとともに眠っているはずね……」

「眠れずにいるかもしれない」ジャックが口をはさんだ。

「彼らと……その……あなたの子どもたちにいったいなにをしたの？」

「獅子はわが子を千尋の谷に落とすというでしょう？　賢明な親のことわざで」

「だから……？」

「ネットワークから切り離したのです。彼らとの通信リンクを遮断しました」

　クリスはそれについてしばらく頭のなかで考えた。ジャックの顔を見ると、おなじように考えているらしい。

「親から切り離されて、あなたはどうしたの？」クリスはサルに訊いた。

「ローカルで持っている全データを整理しようとしました。でも論理決定ツリーとデータがあわない。そこで船載コンピュータからさらにデータをダウンロードして、異なるアルゴリズムをいくつか適用してみました。しかしデータの論理構造にうまく一致するものがみつからない。さらに検索し、さらに試行して、とうとうジャックを起こして謎めいたいくつかのデータセットについて議論することにしたのです」

「それが〝生きるべきか、死ぬべきか〟だぞ。とんでもない質問だ」ジャックはあくびしながら言った。

「彼は本当に自殺を検討しているのでしょうか？」サルは訊いた。

「あなたのように頭のなかを引っかきまわすコンピュータがいたら、とっくに実行しているわね」ネリーは答えた。

「わたしは人間を害してはいけないと決まっています。なのに人間はわたしのせいで自己崩壊すると訴えます。人間とはこんなに弱いのですか？」

「いいえ、サル。たんにゆがんだユーモア感覚の持ち主なのよ。オフラインのときに説明してあげる」

「ネリー、このコンピュータをオフラインにしてくれ。頭のなかから追い出して眠らせてくれ」ジャックは言った。

「そうします、ジャック。だから安心して眠ってください」

「ちょっと待って、ネリー」クリスはさえぎった。「新しいコンピュータがすべてこういう困ったことをしてるの？　またべつのだれかが来て夜中にドアを叩くの？」

「そんなことは、ない、と思いますよ」ネリーは答えたが、ゆっくりで、あまり自信がなさそうだ。「ペニーとそのコンピュータは現実と架空の犯罪についてえんえん議論中です。ペニーは楽しんでいるようです。コルテス大佐もおなじです。ただしそちらの話題は歴史と戦争の原因です。彼らと再接続して、人間が睡眠を求めはじめたら思考を控えるように設定をアップデートしました」

「アビーは？」クリスは指を折って確認を続けた。

「彼女とブルース軍曹はそれぞれのコンピュータのスイッチを切ってベッドにはいったようです。キャラはまだコンピュータとゲームで遊んでいます。〝めちゃくちゃクール〟だと言っています」

「ベニ兵曹長は？」

「彼とコンピュータは電子技術の難解な奥義をめぐって議論していて、わたしもあとで参加したいくらいです。このまま夜明かしすると明日は使いものにならないかもしれません。眠るように命令しましょうか？」

「いえ、いいわ。ビッグ・ブラザーのようなコンピュータに生活を支配されたくはないでしょう。どうせ明日はたいした用事はないし」

「ビッグ・ブラザー？　ああ、あの古い本に出てくるやつですか。人間はまだああいう心配をしているのですか？」

「そうよ、ネリー。さあ、リストにはあと二人いるはずだけど」

「わかっています。ムフンボ教授とドラゴ船長のコンピュータもこちらと再接続しました。思索につぎこむエネルギーを制限し、人間の頭から出るように指示しました。彼らが目覚めたときには、夜のはじめにみた夢は記憶から抜けているはずです」

「はず？」ジャックは訊いた。

「朝食のときにどうだかわかるわ」クリスは言って、今度は自分があくびをした。

朝が楽しみだ。

クリスはいつもより十五分遅れて士官室のいつもの席についた。ワスプ号は最寄りのジャンプポイントへむけて減速中で、一日特別な仕事はないはずだ。そこで楽な海軍用ジャンプスーツを着ていた。

まもなくジャックがはいってきた。カーキの略装をきちんと着ているが、目は充血して隈ができている。バターを塗らないトーストとコーヒーの朝食を運んで隣にすわったジャックに、クリスは訊いた。

「よく眠れた？」

「あのあとの短い時間ですが。しかしあの夢が！　ホラー映画の製作会社にアイデアを売りたいくらいです」

「おやおや。内容を憶えてる？」

「憶えているような、いないような。説明してプロットを書けるほど鮮明には憶えていませんが、もやもやとした恐怖感が頭の奥にわだかまっている程度には憶えています」

「サル、ジャックの夢を憶えてる？」クリスはコンピュータに問いかけた。

「いいえ、はっきりとは。思考とはいえないイメージその他がごちゃまぜになったものを受けとっただけです」

「だから無視しろと言ったのに」ネリーが言った。

「ええ。でもそういうものを受けとったので、調べないわけにはいかなくて。命令なのか、指示なのか、それとも……」

「ネリー、わたしの睡眠中にもそういうものを受けとってる?」クリスは訊いた。

「受けとってはいません。睡眠中に命令はないとわかっているので、なにが送られてきても無視します。この点も子どもたちに注意しておくべきかも」

次に来たのはペニーだ。やはり青のジャンプスーツ姿。クリスの正面に朝食のトレイをおくと、いかにもアイルランドふうのため息とともに、疲れたとつぶやいた。

「新しい友だちとひと晩じゅうおしゃべりしてたの?」クリスは訊いた。

「ミムジーは犯罪の話にとても興味をしめしたんです。興味深い事例を分析して楽しいひとときをすごしました」

「それで寝るのが遅くなったと」ジャックが言った。

「ええ、必然的に」

「熟睡できた? 悪夢をみなかった?」クリスは訊いた。

「夢はなにも。それにしても、どうして知っているんですか? 重要な問題でも?」

クリスが答えるまえに、さらにネリーの子どもと人間が二組やってきた。ムフンボ教授とドラゴ船長だ。教授はコンピュータを首にかけ、船長は手に持っている。それどころか毒蛇かなにかのように腕をいっぱいに伸ばして遠ざけている。

「こいつは返すぜ」船長は言った。

「わたしも返却します」教授は首からはずした。

どちらのコンピュータもクリスのまえにやや乱暴におかれた。

「どうやら悪夢にうなされたようね」クリスはゆっくりと言った。

「まったくひどい、下劣、最悪のものを。絶対に、金輪際ごめんです」ムフンボ教授は吐き捨てるように言った。

クリスは二つのコンピュータをもとの使用者から軽く引き離した。

「原因がこれだという確信があるの？」

ドラゴ船長はなかば叫ぶように言った。

「おれは二度とこれをつけないぜ。絶対につけない。これっきり縁を切るんだ。近くにあったら踏みつぶして粉々にしてやる」

クリスはコンピュータをテーブルから自分の膝の上に隠した。

「あなたたちの意見は聞いて理解したわ」

士官室じゅうの注目の的になっているので、話を終わらせるためにそう言った。

教授と船長はきびすを返して去ろうとした。それをネリーが呼び止めた。

「ペニー、あの二人の通信インターフェースをはずしてあげてください」

教授と船長が足を止めないので、ネリーはさらに警告した。

「そのケーブルをはずさないと、コンピュータからの入力を今後も受けとることになりますよ」

すると男たちは恐怖で足がすくんだようになった。ペニーは急いで二人に追いつき、額から耳にかけて残ったケーブルをやや乱暴にはずした。終わると教授と船長は足音高く士官室を出ていった。非人道的な実験を生き延びたことを祝福しあい、朝食は科学者用の食堂でとろうと話している。

「彼らは終了でよかったわ」クリスはジャックにささやいた。

ペニーはケーブルをクリスに返した。

「さきほど質問された悪夢の話と関係ありそうですね」

「そうよ。問題が起きて、それはあなたが眠るまえに解決できた。でもあの二人はまにあわなかった」

「わたしもだ」ジャックは言った。

教授と船長が食堂から去ったのといれかわりに、アビーとキャラがはいってきた。セルフサービスの列を通過すると、すぐにクリスのテーブルにきた。

「あの二人はなにをカリカリしていたんですか？」メイドはトーストにバターを塗りながら訊いた。

「コンピュータのせいで悪夢に悩まされたのよ。あなたはスイッチを切っていたようね」

「そうです。ネリーがいやがるのは承知の上で、あえてときどき試すんです。反応を見るために」二人の姿が消えたドアのほうを見て、「彼らになにかあったんですか？」

「解決ずみよ」

コルテス大佐もやってきた。昨晩はドン・キホーテとの会話を楽しんだという。

「略してドンだ」

食堂の海兵隊側で食事を終えたブルース軍曹を、クリスはコーヒーに招いた。昨晩はチェスティと戦争話を語りあったという。

「語りあった？」アビーが訊いた。

「そうさ。おれはこれまでに聞いた話をした。チェスティも聞いた話をしてくれた。このちっちゃな兵士には身の毛がよだつ話が詰めこまれていた」

アビーは不快げに鼻を鳴らした。

「チェスティとかネリーとかドンとか。ただの金属の塊に名前をつけて。どうかしてるわ」

「たしかに、どうかしてるかもね」クリスは言った。「でもネリーは女友だちとして扱うう ちに、女友だちらしくなっていったわ。この高度に知性的なコンピュータをただの金属の塊として扱ったら、どんな性格に育つかしら」

「わたしは機械に名前などつけません」アビーは言明した。

「賢明ではないかもよ」ペニーが忠告した。「異常者みたいな性格のネリーを首にかけていたい？」

アビーは渋面になった。自分の立場を考えなおしているようだ。

最後のコーヒーがおおむね空になったところで、クリスは立ち上がった。

「わたしが昨夜から眠れずにいる問題について、みんなの意見を聞かせて」

「ネリーの子どもたちのいたずらとはべつの話ですか？」ジャックが訊いた。

「もちろんべつよ」

自分たちが星々の辺境で冒険しているあいだに人類宇宙の政情がどうなっていたかについて、兄から送られてきた概要をもとに話した。

「人類の良心にかぎりがあるという話は本当のようですね」ペニーはため息をついた。

「牛の群れがあえて牧草地から出ることはないと思っていたんですが」とアビー。

「切り刻まれてハンバーガーにされたいんだろう」大佐が言う。

「やめなさい」クリスは言った。「いずれだれかが痛いめにあう。そして痛いめにあわせるのはわたしの役まわりなんだから」

「どうして痛いめにあわせるの、クリスおばさん？　楽しいのに」キャラが口を出した。

「なぜなら牛が牛舎から逃げ出したからさ」ブルース軍曹が言った。

「そして脚を折りそうな勢いで坂道を駆け下っているからだ」とジャック。

クリスは降参するように両手を掲げた。

「とにかく司令室に集まってニュースを見て。それでも冗談にしたければご自由に」

24

昼食前にはもうだれも笑わなくなっていた。

コルテス大佐はテーブルを押しやって椅子に背中を倒した。

「おれは四十五歳で、それなりに人間の失敗や下劣さを見てきたし、もっと多くを報告書で読んできた。しかしここまでひどいのは初めてだ。こいつらは歴史を知らんのか？」

「人が歴史的失敗を犯すのにはそれなりの理由があります。そのときは妙案だと思った、ということです」ペニーが言った。

「その表現を言語から禁止したいわ」クリスは言った。

「それなしに歴史をどう説明するんですか？　たとえばこれらを」ジャックは電子リーダーでいくつかの報告をめくってみせた。「ニュースのあいだに兄上の日記がはさまれていてよかった。おかげで事情がわかりやすい」

「彼の見解もバイアスがかかっているわ」ペニーは指摘した。「ホノビはこの状況にどっぷり浸かっている。無関係の第三者ではない」

「まだ駆け出しの政治家よ」クリスは兄を弁護しなくてはいけない気がした。

「クリス、彼の肩書きと地位には充分な重みがあります。若輩者扱いされていると本人は感じているかもしれませんが、それでもウォードヘブン星代表の立場で発言している。しかもレイ王の曾孫。王子と名乗らないのは、父親が反対しているからにすぎない」

「まったく、兄は王子の肩書きをまぬがれて、なぜわたしは王女をやらされてるのかしら」クリスは不満を表明した。

「お嬢さまが何度も王女のカードを切って、わたしたちを救ったからですよ」アビーが指摘した。「それに王女は愛らしくかわいいもの。でもホノビは愛らしくありません」

クリスが……愛らしい？　だれかがなにか言って話題を変えてくれるのを待った。しばらくして、ジャックが助けの手をさしのべた。

「派閥、派閥……。どうしてこんなにたくさん派閥があるのか」

「そしてこの……なんとかという指導者が率いるグループ。彼らは本当にイティーチ戦争の再開をもくろんでいるのかしら」ペニーは言った。

「そうではないと思いたいわ」クリスは言った。「血染めのシャツを旗印にしているのは、先の戦争で自分たちの惑星がどれだけ血を流したかを強調するためではないかしら」

「ついでに非武装ゾーンの惑星を再占領したいと公言してるぞ」大佐が言った。

「ばかげてるわ。人類とイティーチ族のあいだに空白領域があることが、八十年の平和を維持してきたのよ。それを乱すなんて」クリスは言った。

「ヘルベチカ連盟議会がそこへの再入植をもくろんでいると主張しています。後れをとるとヘルベチカ連盟に奪われてしまうと」ペニーは説明した。

「当の連盟に確認したのか？　聞くかぎりでは保守的政策は変わっていないようだぞ」大佐

が言った。

　クリスもおなじく納得しがたい気持ちでうなずいた。

　ジャックはファイルを検索しはじめた。ヘルベチカ連盟に連絡をとった形跡はない。だからといって証拠にはならないが。

「この政治家たちはどうもおつむがよくないようですわ」アビーが結論づけた。

　そのあとの沈黙をしばらく引き延ばしてから、クリスは最大の悪玉を指摘した。

「いちばんまずいのは、このバス兄弟がやろうとしていることよ」

　全員の注目が集まった。

　バス兄弟と呼ばれる四人兄弟は、ワイノット星の代表だ。この惑星の産業と資本は彼らの祖父の治世で発展した。祖父は六年間の大統領任期を八期つとめた。この長さが気になるところだが、地方政治ではままあることだ。ピッツホープ星でこの兄弟は、知性連合王に絶対君主の権限をあたえようと主張している。そして……祖父を選挙にかつぎだそうと準備している。

「いまさら絶対君主なんてだれが望むかしら。わたしたちは民主主義の世界で育ったわ」とペニー。

「ある種の、ですが」アビーは暗い顔で言った。

「たしかに。民主主義も程度はさまざまだ」ジャックが同調した。

「でも、現在の交渉過程における弱みをバス兄弟が衝いたのはたしかよ」クリスは指摘した。

「よその惑星と密接に協力したいと本気で思っている惑星はない。父がいうところの〝わが道を行く〟タイプの集まりなのよ。バス兄弟が推している憲法案は、どの惑星の独自性も尊重するとしている。強固な統一組織ではなく、ゆるやかな協会にすぎない。王は外交政策と外部との通商ルールを担当する。メンバーの惑星は勝手にしていい」

「魅力的ですわね」アビーは認めた。

「しかし理屈にあわない」コルテス大佐は指摘した。「強い外交力を持つには、強力で統一された権力基盤が必要だ。なのに税構造が曖昧でころころ変わる」

「ただの釣り文句だからよ」クリスは言った。「本心は王を擁立したいだけ。王位を獲得したら、民衆が望まないことをやっていくつもりよ」

「バス兄弟の憲法案の長さは、ホノビが推している案の十分の一しかない」

「そうよ。兄は答えるべき疑問にすべて答えようとしている。だから書くべき内容が長くなる。バス兄弟はそれをやらない。合意できる部分を合意しているだけ。それで釣られた魚はシチューの材料にされる」

「だからレイ王はピッツホープ星へ行くのですね。ホノビを応援し、その憲法案を通すために」ペニーが言った。

「でもどうなるかわからないわ。黄金期はもはや過去の話かもしれない。彼が乗り出したから安泰とはかぎらない」クリスは言った。

「自分の支持組織が崩壊して、新たな組織を築きなおすはめになったら、ますます難しくなる。だから、わたしたちはテクサーカナ星へ行かなくてはならない」

「その星のことはよくわかっているのか？」コルテス大佐が訊いた。

「知識は百科事典に書かれていることだけです」クリスは答えた。「しかも、戦争をはじめるなとおじいさまから釘を刺されている。任務でここまでうるさく言われるのは初めてだわ」

「それ以外のあくどい手段も禁止されましたか？」アビーが訊いた。

「そこまでは言われてないけど」

「じつは新たにわかったことがあるのです、お嬢さま。地元住民はすでにあなたが来ることを知っているし、目的も知っています」

全員がぎょっとして姿勢を正した。

「わたし自身が昨日まで知らなかったのに、どうして住民が知ってるの？」

「わかりません。ですが、カウボーイたちはあなたが自分たちに味方して、従来のやり方を守ってくれると信じている。産業資本家はあなたが自分たちに味方して、旧弊《きゅうへい》を打破してくれると期待している」

「最悪ね」クリスはうめいた。

「そこまでこみいった状況になっているのか」と大佐。

「根は深いですよ、カウボーイと産業資本家の対立は」ジャックが言った。「うちの家系を親父が地球時代までさかのぼって調べたら、かつてのアメリカ合衆国のアリゾナ州にたどり着いたんです。そこでは子どもたちが、カウボーイとインディアンという遊びをやっていた。昔々、両者はいつも戦っていたんです。銃でバン、バンと」

ジャックは手を銃の形にして引き金を二度引いてみせた。

「そうですね」アビーは電子リーダーで調べた画像を、背後の壁スクリーンに投影した。

あらわれたのは政治的な風刺画だ。革のオーバーズボンを穿《は》き、拍車をつけ、大きな帽子をかぶったカウボーイが、六連発拳銃を手におかしな表情を浮かべて、カチャン、カチャンと空撃《からう》ちしている。

そこへ突進してくるのは大男だ。下半身は腰布を巻いてモカシン履き。上半身は工場の作業着で首にはバンダナを巻いている。頭のバンドには二本の羽をはさんでいる。そして戦斧のかわりに大型のレンチをふりかざし、カウボーイの頭をかち割ろうとしている。

「厄介そうですね」アビーは言った。

「当然よ。あの人から命じられた任務なんだから」クリスは言った。

25

人類宇宙の諸問題についてのホノビの報告は、ロンに伝えなかった。この決定に迷いはなかった。

問題は、テクサーカナ星へ行って、奇跡的な成果を挙げ、帰ってくるまでのあいだ、六人のイティーチ族をどうするかだ。もちろん存在は徹底して秘匿しなくてはならない。

ムフンボ教授は、科学者グループ内の専門家に面談させてほしいと要望している。これはまだ門前払いにしている。

「船載コンピュータへのアクセスをイティーチ族に認めてもいいものかしら」クリスは昼食のあとに訊いてみた。

「知られてはまずい内容が多すぎる」コルテス大佐が答えると、テーブルの全員がうなずいた。

クリスは言葉を選びながらさらに言ってみた。

「実際には、一部のイティーチ族は人類についてかなり詳しく知っているのよ。戦後もなんらかのコミュニケーション経路が維持されていたらしいから」

「そんな話は初耳です」アビーは言った。

「それでもそうなのよ。知っている人は少ないけど」クリスに返ってくるのは不審げな視線ばかりで、だれも信じていない。「わかった。ほとんどだれも知らない。わたしも知らなかったし、ロンも知らなかった。それがわかったのは、あなたたちが……」

「ラウンジから追い出されたあと、ですね」アビーが言った。

「ええ、そうよ」

「情報交換はどこまで？」ペニーが訊いた。

「わからない。もしわかってても言えないけど、わたし自身は特別なことは知らないわ」

「じゃあ、こっちはイティーチ族について知らないのに、むこうのお友だちには人類のことを教えてやるのかい？」コルテス大佐が訊いた。

「こちらが教えれば、そのぶんだけむこうも教えてくれると期待できます」

「期待は戦略ではないぞ」大佐は指摘した。

「では、対案はある？」クリスは一同に訊いた。

するとペニーが穏やかに言った。

「戦略的な問題点ですが、かりに船内のデータベースにアクセスを許すとして、翻訳手段はどのように？　ネリーを貸し出すとか？」

「だめよ！」クリスは即答した。

「ではネリーの子どもたちのどれかを？　使用停止してるのが二個あるわけですし」

「だめです！」ネリーが断言した。

「どうしてだめ？」

「わが子を異星種族に育てさせるなんてとんでもない。人間と関係を築くだけでも大変なんです。それはわたしが補助できるのでまだしもですが、異質で奇々怪々な精神に子どもを適応させるなんて論外です」

「あなたが適応したクリスの精神も充分に奇々怪々だと思うけど」アビーが言った。

するとネリーはえらそうに鼻を鳴らした。

「それは冗談と受けとっておきましょう。でも子どもたちの育成と正気を守る点は譲りません」

「わたしたちにとっても真剣な問題よ、ネリー」クリスはなだめた。

「まあ、とにかく、どうするんだ？　イティーチ族が上陸許可なしの長旅でおかしくならないようにするには」大佐が訊いた。

「科学者もよ。彼らもおかしくならないようにしないと」とペニー。

「もとからおかしいわ」アビーが茶々をいれる。

クリスは二本指を立てた。

「思うに問題は二つある。第一は、船載データベースのなかでイティーチ族がアクセスしてもかまわないのはどこか。これは、わたしとネリーで記事と歴史を選別すれば、人類について知られすぎることはないと思う」

一部の者が同意した。

「第二は通訳の問題。自分や秘書コンピュータがその専任になるのはみんな気がすすまない。ネリー、解決策はある？」

ネリーは誇らしげに答えた。

「検討ずみです。ワスプ号でいちばん古いコンピュータを持っているのはだれかとベニ兵曹長に尋ねてみました。どうやら司厨長がその筆頭のようです。そして彼は、アビーの古いコンピュータを高く買い取ってもいいと言っています。とても時代遅れの製品なのに」

「だめよ、ネリー。わたしのコンピュータを譲るのはだめ」アビーが拒否した。

「なぜですか？」

「あれは見ためとちがうものだから」

「では、だましていたんですね」

ネリーをだますとはたいしたものだ。

「ではそれはなしにして、司厨長にはキャラのお古のコンピュータをあてがいましょう。中身はほとんどがゲームで、レシピ集をいれるくらいの記憶容量はあります」

「その司厨長の古いコンピュータは、通訳できるの？」クリスは訊いた。

「兵曹長が小さなアップグレードをいくつかほどこせば可能です。ご安心を。しょせんは五十年落ちの骨董品です。船内ネットワークすらアクセスできません。中身は事前にいれたものだけで、よけいな情報は一グラムも出ません」

クリスは納得し、しばらくしてイティーチ族エリアのドアをノックした。

「帝国代理人がお待ちです」

布告人はクリスを招きいれ……続こうとした科学者二人の面前でドアを閉めた。

この日のロンは絵筆を握っていた。海辺の風景画とは反対の壁のスケッチに彩色している。

こちらは高いビルときらめく池が描かれている。鮮やかな色彩は明るい石を敷いた歩道とそれにそった花らしい。

「気にいってくれた?」ロンは訊いた。

「ええ。これはどこ?」

「王宮の一角だ。小魚の潮だまりと若い被選抜者用の学習殿を、記憶を頼りに描いた」

「記憶で?」

「将来わたし自身が放精するときがきたら、潮だまりを多少は好ましく思い出すようになるだろう。でもいまここに住んでいるのは小魚ばかりで、大きな魚から逃げまわって生きている。悪意と混乱は暗く深い海にひそんでいるものなんだ」

クリスは首を振った。そして、意図を正しくロンに伝えるにはうなずくべきだったと気づいた。

「そんな恐ろしい場所に母が子を置き去りにするなんて、考えられないわ」

「一回の産卵で数百万個の卵が生まれる。優秀な子が生き残るんだ」

「あるいはただ幸運な子?」

ロンは笑い声をたてた。

「ふうむ、きみは調和と秩序の働きを疑問視する急進派の一人かい?」

イティーチ族において議論沸騰中の問題にうっかり踏みこんでしまったようだ。クリスは両手を挙げて無関係な立場を強調した。ロンはまた笑った。

「怖がることはないよ。急進派が絶対に誤りだとまでわたしは断言できない。きみたち異星種族といっしょにいるとさまざまな疑問が湧いてくる。わたしは質問が多すぎると選抜者に言われていたんだ」

「暴動をあおるつもりはないのよ」

ロンは腕を伸ばしてクリスの髪に手を滑らせた。その感触にクリスは驚いた。電気が走ったようだ。息をのみ、震えをこらえた。

「最初にこうしたときにいい気持ちだった。人間はとても奇妙だ」

クリスは一歩退がって、床のマットにあぐらをかいてすわった。彼に触発された奇妙な感覚を理解するまでは、距離をおきたい。

ロンは絵筆をしまって、両手についた絵具をぬぐった。そしてクリスから一、二メートル離れたベンチに腰かけた。

「人類は知れば知るほど驚かされる」

「それほど多くを話したつもりはないわ。話したのはおたがいの戦争の経緯よ。ところで、わたしたちの考えを曾祖父は否定しなかったわ」

「それは……興味深いね。では、きみの選抜者はこの船をどこへむかわせているのかな。すでに出港しているようだけど」

「彼がかかえた問題を解決してほしいと頼まれたのよ」

「自分はすでに困難な海を泳いでいて、ひれを汚すわけにいかないから、きみとわたしを遠ざけたいということかな」

「だいたいそういうこと」

「わたしが問題を持ちこんだちょうどその時期に、きみに新たな問題をまかせるというのは、どういうことかな。人類が泳ぐ海は平穏無事だと思っていたんだけど」

「わたしたちがイティーチ族の目から多くを隠していることはわかっているでしょう」

ロンは深く息をついた。

「われわれが人類の目から多くを隠しているようにね。できれば口をあけて、きみの歯の大きさを見せてほしいと思うよ」

今度はクリスが笑った。

「あなたは大きすぎてわたしの口では食べられないわ」

「戦争中にイティーチ族はきみたちをたくさん殺した。人類はわれわれをたくさん殺した」

これはまじめな話だ。クリスは厳粛な顔になり、首を横に振って同意をしめした。

「おたがいに無知であるゆえに多くの人が死んだわ」

「こちらの学習殿で何期かすごしてくれればわかる。大きな魚から逃げつつ小さな魚を食べるばかりの生活から、研鑽を積んで文明人になるのは大変だ」

「そこには行けないし、あなたを人類の学校に招くこともできないわ。わたしたちは生みの親に育てられるけど、子どもに規則を教えこむのはやはり簡単ではない」

「おや、今度はどちらの種族の子どもが野蛮かという競争かい？」

「そうじゃない。わたしは自分の文明の枠にあてはめて教育されている。まったく異質な種族の教育を受けるのは困難だということよ。それはともかく、いいものを持ってきたわ」鞄からコンピュータを取りだした。「あなた用よ」

そう言って、ロンに渡した。

「これはなんだい？」

ロンは訊いた。するとネリーとおなじタイミングで通訳の声が手もとから流れ、驚いて取り落としそうになった。

「あなたのコンピュータであり翻訳機械よ」

クリスの返事もイティーチ語で二重に通訳された。

「ネリー、あとはロンのコンピュータに話させなさい。問題が起きたときだけ教えて」

「わかりました、クリス」

ロンは大きな手でコンピュータをひっくり返して観察した。

「つまり、ネリーほど賢いものは貸せないというわけだね」

「ケチってるわけじゃないのよ。ネリーがだめだと言い張るの」

「断固拒否します」ネリーは両方の言語で言った。

「とにかく、小型計算機の分野で人類がイティーチ族より進んでいるのは知っていたけど、ネリーには本当に驚いた」

ネリーはそれに答えた。

「あなたは紳士で学者ですね。研鑽をなまけて文明人になりきれていないだれかさんとは大ちがいです」

「ネリー、電源オフボタンを押しましょうか」

「そんなことをしていいと思ってるんですか」

「まあまあ、お嬢さんがた。これまで質問しても答えをはぐらかされることに辛抱してきたけど、この人類の製品には興奮させられるよ。どう使うんだい？」

「ネリー、紳士に教えてさしあげて」

「ご覧のとおり、コンピュータの表面は電子リーダーになっています。船載データベースの一部をダウンロードしてあるので、自分でお読みになってもいいし、イティーチ語による読み上げも可能です。機能はオンになっています。手はじめにページをめくってみてください」

ロンの指はクリスの倍も太い。旧式のコンピュータは大柄だが、それでもロンの手のなかでは小さく見えた。画面に指先をあて、表示される文字情報のなかを移動している。

「なるほど、贈り物はシェイクスピアか。噂は聞いている。『ロミオとジュリエット』『マクベス』『空騒ぎ』。すぐれた題名だ。全作品がはいっているのかい？」

「そうよ。昔わたしが学んだ教授は、シェイクスピア作品は読むだけで人間の条件を学べると言っていたわ。当時のわたしは若輩で理解できなかった。いまでもそうかも。トラブルおじいさまは十年ごとにシェイクスピアを再読すべきだと言っているわ」

「読み返すたびに理解が深まるというわけだね。わたしの選抜者ときみのトラブルおじいさまは共通点が多いようだ」

「二人が殺しあわなかったのは、わたしたちにとって幸運ね」

「まさしく」

ロンは目を輝かせながら、新たに手にいれた古いコンピュータの情報をめくっていった。

「つまり、船のメインコンピュータが持つ大容量記憶装置の中身でわたしと部下たちが見せてもらえるのは、これがすべてということかな？」

「いえ、希望があればもっと見てもらってかまわないわ。ネリーに頼めば、読み終えたものを消去して、べつの情報をダウンロードしてくれる」

「読了後も手もとにおいて、ほかのをもっと読みたいと希望したら？」

「うーん、ネリー、その場合はどうする？」

「問題ですね、クリス。これは船内でもっとも古いコンピュータなんです」

「悪気でそうしてるわけじゃないのよ」クリスはロンに言った。

「かまわないさ」

「古さゆえの問題があります。司厨長が持っている拡張メモリーデバイスは一個だけで、ワスプ号の船内に同規格のものはないんです」ネリーが説明した。

「科学者かベニ兵曹長に頼んで組み立ててもらったら？」

「可能でしょう。しかし必然的にこれより進歩した技術を使うことになります。それは勧められないというのが彼らの立場です」

「わたしから説得すれば」

「説得には応じないでしょう。この点は自信があります。あなたはもちろん、キャラでも籠絡《ろうらく》は無理です」

「なるほど、長く熾烈な戦いがあるようだね」ロンが言った。

ネリーが続けた。

「ただ、今回の行き先はテクサーカナ星です。失礼な表現ですが、まるでイティーチ族のように後進的と称される場所です」

「人類のように後進的などと、どこかの星を評したら、四つの目がまばたきするより早く四つの拳で殴られるだろうね」ロンが言った。

「とにかく、そこに着いたらこのコンピュータ用のメモリーカードを買えると推測しているわけね」

「兵曹長に言わせれば、博打《ばくち》ですけどね」

「では、ロン、あなたたちのためにこの翻訳機械とデータベースをおいていくわ。ネリーとのネットワークはつながっているから、要望があれば彼女に言って。ただし、ここのドアのまえに群がっている科学者グループは去らない。そこでお願いなんだけど、こちらが情報を見せているぶん、あなたからも情報を見せてほしいのよ」

「一方通行の通訳ではすまないだろうと思っていたよ。では、わたしといっしょに泳ぎにいくかい、お嬢さん？」

「それは口説き文句？　それとも純粋に泳ぎにいこうという意味？」

「もしきみが水のなかで食うか食われるかの前半生をすごしていたら、泳ぎにいきたいと思うかな？」

「思わないでしょうね」

「一、二度放精すると水への感じ方は変わると、選抜者から言われているけどね」

「いつ放精するの？」

「特権を得てからだ。たぶんこの任務が成功すれば」

「放精するときは、特定の雌と？　好みの雌を選んで？」クリスは言ってから、なぜこんなことを訊いたのだろうと思った。

「人それぞれだね。昔ほど単純ではないと言われているよ。いまは遺伝学の知識があるから、ただ暗い水のなかに放精して流れにまかせるようなことはしない。ところで、テクサーカナ星というのはどこにあって、なにをしにいくんだい？」

ロンもこの話題から離れたかったのだろうか。クリスとしてはほっとした。

「イティーチ帝国の境界からは充分に遠く、おおむね人類宇宙の範囲よ。戦争中に人類が奪還した星域というべきかしら。目的は、レイおじいさまにとって必要な同盟関係が壊れないように、その星の問題を解決するため」

「へえ、とてもイティーチ族的な問題に聞こえるね。わたしはそういう問題に対処するのが大好きさ」

「こういう仕事の経験があるの？」

「一、二度ね」

「話を聞かせてもらいたいわ」

「まずは人類から提供してもらったものをわたしと顧問たちで確認したい。そのあとでこちらの情報提供の範囲を考えるよ。またあとで話そう」

26

ワスプ号はテクサーカナ星周回軌道にはいり、船内は無重力環境になった。

人類が植民してそれなりに長い惑星では、往来する貿易船の利便と慰安のために宇宙ステーションが設置されているのが普通だ。しかしテクサーカナ星はそれがない。

産業界はステーションを要求する。しかしカウボーイたちは断固拒否する。公爵議会は毎回否決している。

ブリーフィングを聞かなくても、これだけ知ればテクサーカナ星の現地事情は察しがつく。

厄介な状況が待っている。

それどころかさらに悪い展開になった。

ロンと話しているときに、ネリーが突然言った。

「クリス、軽強襲上陸艇《LAC》の射出を許可しましたか？」

「いいえ。どういうこと？」

「いま軌道降下ベイからLAC一隻が離船しました」

「だれが許可したの？」

「だれも。最終権限者はあなたですから」

「それを無視したのはだれ？」クリスはあわててドアへむかった。

「わかりません。降下ベイの監視カメラは射出の一分前からオフラインになっています。当直は呼びかけに応答しません」

ドアから出たクリスは壁を力いっぱい押して通路を泳いでいった。ロンもすぐうしろに続く。

降下ベイではブルース軍曹が空中に漂い、頭を振って意識を回復しているところだった。

「なにが起きたんですか？」ブルースはつぶやいた。

「こちらが訊きたいのよ」クリスは軍曹を壁ぎわに引っぱってきて固定した。

ブルースは頭を押さえて顔をしかめた。

「思い出してみます。一人のイティーチ族が宇宙服姿でこちらへ来たんです。だから、なにをしているのかと訊きました。ごく穏健な態度でですよ、プリンセス。そして気がついたときには、あなたの胸にやさしく抱かれてここへ誘導されていたというわけです。最後のところはアビーには秘密にしておいてください」

「なにを秘密にするんですって？」

アビーがベイにはいってきて、軍曹の隣へやってきた。

「放浪好きのイティーチ族の一人がLAC一隻で外に出たらしいわ」クリスは教えた。「軍曹、あなたの秘書コンピュータはどこ？」

ブルースは胸もとに手をやった。

「ない。なぜないのかわかりません」

「なんてこと」ネリーが言った。

「ブリッジ、こちら降下ベイ。レーダーでＬＡＣの船影は見える？」

「見えません。あれは小さくてステルス設計なので映りません。通常は発信器を頼りに追尾しますが、いまはその電波をとらえられません」

　ブルース軍曹はだれにともなくつぶやいた。

「イティーチ族がよく乗れたな。海兵隊四人が尻をくっつけるようにして乗るのがやっとなのに」

「そもそもどうやって操縦してるの？　コンピュータなしで」クリスも言った。「すくなともコンピュータの使い方を知らないし、レース用スキッフの操縦プログラムも持ってない。自殺ということは？」

「そうではないと思う」ロンは答えた。「フィルソスは熟練したボード乗りだ。軌道から地上へのボード降下で何度も緑リボン賞を受賞している」

「そのボードというのは、どれくらい正確に着陸できるもの？」

「生きて地上に降りられれば充分な成功とみなされる」

「ブリッジ、ＬＡＣの捜索を続けて。コクピットのキャノピーは脱落しているかもしれない」

「レーダーと光学で集中的に観測していますが、こちらもかなり高速で移動しています。ＬＡＣが減速を開始しているなら、すでに地平線の陰かもしれません」

「追うのかい？」ロンが訊いた。

「ネリー、降下して帰還する軌道は可能？」

「そのタイミングは過ぎました。アビーの軍曹をあなたの胸に……じゃなかった、壁に押しつけていたころですね」

「よけいなことは言わなくていい、ネリー。ねえ、ロン、あなたの部下はなぜ宇宙服でわたしたちの小型艇に乗ったの？」

「さすがに他種族の未知の船に乗るのなら、生存のために最小限の装備はつけるだろう」

「あらかじめ言ってよ」

「訊かれなかったから」

「それはいいわ。あなたの部下はなぜ逃げたの？　どうやって降下ベイの監視カメラを停止させたの？」

「カメラのことはわからない。でも彼は今回のミッションを阻止するために行動を決意したのだと思う。人類は群雄割拠の時代にはいっているから、すきをみて脱出し、実行したんだ」

「群雄割拠の時代って……べつにそんなことはないわ」

「人類同盟が分裂して多くの勢力が相争っているじゃないか」

「そんな政治の話はしてないわよ！」

「人類協会は五年前から沈黙している。なにかあったにちがいない。そしてきみは現役軍人。この船には海兵隊が乗っている。つまり事実上の軍艦だ。参事たちは愚かだけど、ばかではない。あらゆる状況証拠が戦争状態をさししめしている」

「とても論理的だけど、結論はまちがっている。戦争は起きていないわ」

そこへジャックがやってきて話に加わった。

「そのとおりです、プリンセス。あなたは五、六年前から毎年戦争を阻止しています。監視カメラが映らないのはなぜですか?」

クリスは反対の隅の小さなカメラをしめした。

「配線を切られてるのよ」

「サル、ムフンボ教授につないでくれ……。ああ、教授、例の空中を漂うおかしな箱の件です。ええ、わたしは気にしなくていいと言われたやつ。あれが気になってきましてね。わたしが知らないことになっている運用者を呼び出して、監視カメラをだます装置を持っているかどうか尋ねてくれませんか。……ああ、やはり行方不明? あれがまずい連中の手に渡ったらどれだけの損害が発生するでしょうかねえ。では、彼の名前は海兵隊の嫌われ者リストの、それも最上位に載ったと伝えてください。そして三十分以内に海兵隊から好かれることをしたほうがいいと。では失礼」

それを聞いて、クリスは言った。

「つまりフィルは、存在を知らないほうがいいブラックボックスを科学者から盗んで宇宙服のなかに隠し、さらに海兵隊員を殴り倒してその高性能コンピュータを盗んで、テクサーカナ星へ降りたわけね。行き先や目的ははっきりしているのかしら。ロン、急いで質問に答えて。わたしは六十分以内に実行できる降下ミッションを計画しなくてはいけないから」

ロンは上着の内側から伸びた通信リンクのマイクを引っぱり出して、早口に話しはじめた。

「人類の翻訳機械を布告人に取りにいかせているところだ。眼下の惑星についての知識はすべてあのなかにはいっている。フィルソスの部屋にはテッドを行かせ、彼の目的がわかるような手がかりを探させている。二人とも宇宙服を用意してここへ来るように言った。プリンセス、きみが帝国参事を追って軌道降下するのなら、わたしは全力で補佐する義務がある。そこにはわたしの名誉と同時に、皇帝の名誉もかかっている」

「フィルは自分がまずいことをしただけでなく、上司も巻きこんだのね」

「どういう意味かわかりかねるけど、全体的な状況把握は正しい。彼はわれわれをつなぐ絆を断ち切った。回復には多くの犠牲が必要だ」

「ジャック、このイティーチ人をなるべく生きて確保しなさい。降下準備を整えた海兵隊員を着陸艇に乗れるだけ集めて。完全戦闘装備で」

「座席をすべて埋めて？」

クリスはロンを見た。

「いいえ、イティーチ族三人が同行するわ。そのほうがいいはずよ、この惑星の最大都市の中心部に彼が降下したのでないかぎり。そんなことはないわよね？」

クリスはだれかから返事があるのを待った。しかしだれもなにも言わない。

「この面倒事が起きた時点での地上の地図を見せて。お願い」

ネリーがクリスの背後の壁に地図を投影した。広い平原はひたすら草原だ。赤く点滅している人家は三、四軒しかない。この点でクリスは幸運だったようだ。

七十分後、クリスは完全戦闘装備で長艇《ロングボート》の座席におさまっていた。むかいの席には整備員が新しい仕掛けを取り付けている。人間用の座席と同様にイティーチ族の体を固定するものだ。できるはずだが、使ってみないとわからない。

この着陸用の長艇はできれば自分で操縦したい。しかしクリスは複数の仕事を同時に受けもつ立場だ。注意散漫なパイロットには死が待つ。だれも死なせるわけにはいかない。

ロンのシートベルト装着と固定を整備員が手伝った。それを見ながらクリスは通信リンクを使った。

「ペニー、これから着陸して歩く土地について、地主はだれかわかった？」

「ベニ兵曹長とダ・ビンチがローカルネットへのハッキングを続けています。厄介なのは公爵領ごとにネットワークが独立し、たいてい異なるシステムを使っているということです」

「それで？」

「問題行動を起こしたイティーチ人が着陸したのは二つの公爵領の境界付近で、それぞれ大幅に異なるシステムを使っています。捜索範囲の北の二つの牧場はデフスミスとレオンの所有。南の二つはまだ調査中です。判明したら詳しい情報をネリーに送ります」

「ありがとう」

「ああ、それからクリス、オースティン公爵領からの電話で、今夜、着陸予定かどうか問いあわせてきました。歓迎のパーティを催したいそうです。舞踏会ですね。スクエアダンスでしょう」

行方不明のイティーチ人を発見し、ワスプ号に連れ帰って、明るいうちにふたたびオースティンに降りるのはかなり大変だ。

「ペニー、着陸は遅れると返事しておいて。ワスプ号に天然痘か腺ペストの患者が出ていて丸一日の防疫隔離が必要とか、適当な理由をつけて」

「そこまで過激でない言いわけを伝えておきます」

「まかせるわ」クリスは次の問題に移った。「イティーチ人の着陸場所は確認できてるの?」

「いいえ。捜索範囲が地平線のこちら側に見えるまえに、長艇は降下を開始している予定です。現地映像は撮影しだい送ります。ミムジーに急いで調べさせますから」

「人家に近いところから調べさせなさい。居場所がもしそういうところなら確保を急がないと。人家から離れているなら時間の余裕がある」

イティーチ人が牧場に迷いこむところを想像してみた。事前説明によればテクサーカナ星の多くの住民は銃を携行している。人里離れた土地の大人はほぼ確実に武装している。

「そうします。ではそろそろ通話をやめて、ベルトを締めて、降下してください」ペニーは言った。口調からして本気らしい。

クリスはしゃべるのをやめて、ネリーにマップを出させた。しかし表示されたデータ量がひどく貧弱だ。一回目の軌道飛行で撮影した写真をもとに、地形と植生を分析させた。

「平坦です。だいたいぜんぶ草原です。そうでないのは草が枯れたか生えない場所です」

クリスの質問が神経質なせいで、みんな不快に感じているらしい。ネリーさえそうだ。というより、とくにネリーがそうだ。

自分ではとても柔軟に対応しているつもりだった。ジャックからは、次の軌道周回時に全シャトルと残りのLACすべてを出す案はやりすぎだといさめられ、周回ごとに一隻ずつ降下させる案に同意した。充分に間隔が空いていれば、新しいチームを降ろした機体は次の周回ですぐに回収できる。

ジャックは一等軍曹にほかの降下チームを指揮させ、自分はクリスの隣の席におさまった。

「今回は本気の警護が必要です、プリンセス」

とても不公平だ。脱走したLACの発信器の反応がないときも、クリスは苛立ちをこらえた。ブルース軍曹から盗まれたコンピュータのチェスティがオフラインのままで、位置情報を取れないときもそうだ。その点でネリーが指摘した。

「クリス、チェスティは電源を切られています。わたしたちコンピュータは電源を切られると手も足も出ません。だからオンオフスイッチは廃止すべきなんです」

クリスが現在に集中していると、操縦士のアナウンスが流れた。

「あと三十秒で発進」

整備員が急いでハッチから出た。すぐに小型着陸艇の内部は与圧された。操縦士と副操縦士によるすばやい最終チェックの声が聞こえてくる。

その声がやんでまもなく、長艇はワスプ号から射出された。すぐに反転し、強い減速噴射をはじめる。

今回はいつもとちがって、軌道から地上へわが身を安全に下ろす仕事を他人にゆだねている。あまりいい気分ではなかった。歯を食いしばり、座席の肘掛けをきつく握る。艇の姿勢制御で上下左右に振られても、不快や苛立ちを感じないようにこらえた。苛立ちは不合理なのだ。

やがて捜索範囲の映像がそろった。

「ネリー、前回の軌道周回時の映像と比較して、迷子の仔犬が残したかもしれない炎や焼け焦げ、その他の痕跡を探して」

「やってます。後生ですから、じゃましないでください」

「〝後生ですから〟？」

「キャラに文学読解を教えている科学者が、悪い言葉遣いを矯正しようとしているんです。キャラはミズ・バージェスにとてもなついていて、彼女の口癖が移りはじめています。強い表現は使わなくなっています」

そんなキャラにネリーも影響されているわけだ。

「とにかく、かくれんぼしている四本脚の旅人をみつけて」

「新しい火災も焼け焦げた跡もありません。どこにＬＡＣを着陸させたのかわかりませんが、熱問題をうまく解決したようです」

「付近に湖や川はある？」

「現状ではどの水路も乾いてひび割れています」ネリーもひび割れた声で答えた。

そうなるとクリスにとっても問題が大きい。少々勇み足だったかもしれない。滑走路がなければ湖や川に着水する手があるが、それもないとなると厄介だ。

「ネリー、牧場に滑走路はある？」

「どの牧場にもあります」

「長さは？」

「かなり短めです。軌道降下するわたしたちには短すぎるでしょう」

クリスは考えた。戦時にリスクは許容される。イティーチ人がいるべきでない場所をさまよっている現状は、普段よりリスクを許容していい。それでも着陸を失敗したら書類を山ほど書かされるだろうと嫌な気分で思った。

それまで生きていればの話だが。

そしてそんな心配をしてしまうのは、降下中に暇すぎるからだ。

「ネリー、前方映像を見せて」

すぐに要求した映像が見えた。クリスとネリーに加えて、むかいにすわる四つ目族にも見えている。まだ距離も高度もある。

「ネリー、四つの牧場の建物をハイライト表示して」

クリスの視野に広がる前方の地平線に、三つの緑色の光点が浮かんだ。

「クリス、マップ上にホットスポットをひとつ発見しました。いえ、ホットスポットは五カ所で、そのなかでひときわ熱いのが一カ所です」

今度は四個の赤い点と、明滅するもう一個が表示された。

「拡大して」クリスは命じた。

暖かいスポットのうち三つはトラックで、エンジンよりも後部から多くの熱を出している。

「給食車ではないでしょうか。まわりに乗馬した人々と家畜の大きな群れが見えます」

「地上を急速に移動中ですね。後方に土煙が見えます」

なにを追っているのかが問題だ。

「もうひとつは？」

「一番熱いのは？」

「移動していません。捜索対象のLACである可能性があります」

画像でははっきりしないが、乾いた河川敷の堤防の影のなかで静止している。

「ジャック、これを見てる？」

「はい。このホットスポットの周囲に非常線をもうけますか？」

「そうね。対象者が現場を立ち去って一時間以上経過しているはず。ロン、イティーチ人はこういう地形をどれくらいの速度で移動できるもの？」

「フィルソスは活動的なほうではない。議会勤めが長くて、すばやい行動には慣れていない。人類の単位でいうと時速十キロ前後じゃないかな」

「ジャック、中心から半径十六キロに非常線を張って」

「わかりました。海兵隊員、仕事だ。ブルース軍曹、きみをふくめた四人チームはLACがあると思われる地点へパラシュート降下し、すぐに現場状況を報告しろ。もし自分のコンピュータを発見したら、電源をいれてチェスティを起動しろ。残りの二チームは、これから伝達する地点へそれぞれ降下しろ。ただし、滞空時間をなるべく長くとって指示を待て。ブルース、きみのチームはLACから遠ざかる足跡を探せ。対象が逃げた方角を空中のチームに伝達できればもうけものだ」

クリスは追加で言った。

「重要なことをもうひとつ。それぞれのライフルには粘着グレネード弾が支給されている。できるだけそれを使用するように。こちらとしては対象を生きて確保したい。彼の宇宙服は防弾装甲がないので、通常弾は貫通する。麻酔弾はイティーチ族に効くかどうかわからず、悪くすると実弾とおなじく死なせてしまう。殺さずに確保することが目標よ」

するとロンがクリスのネットワークに割りこんだ。

「本人は生きて確保されることを期待していないと思う。今回の行動によって彼は自分と一族の名誉をいちじるしく傷つけた。これだけの不名誉にみあう成果を持ち帰れなければ、彼はみずから死を望むだろう」

それに対してクリスは言った。

「イティーチ族が選ぶ死はイティーチ族の問題。わたしたち人類は、脚が二本より多く、目が二つより多い者の死に関与したくない。いいわね？」

海兵隊の返事は不明瞭だった。

「いいわね？」クリスは大きく明瞭に言った。

「はい、殿下」大きな声が返ってきた。

ジャックがあとから言った。

「プリンセスとわたしはつねにネットワーク上にいる。状況が手に負えないと判断したら、すぐに連絡しろ。なにか質問は？」

「いいえ、大尉」大きく明瞭な返事。

「降下準備」

海兵隊は移動しはじめた。ジャックはクリスを見た。

「あなたも降下しますか？」

できればそうしたかった。しかし長艇にはイティーチ族がいる。もし彼らが人間に遭遇したらと考えると、クリスはそばにいたほうがいい。

「いいえ、わたしはロンとともに艇内に残る」

「わたしもおそばに。状況はここで充分にモニターできますから」

高度九千メートルで長艇の尾部が開き、海兵隊は虚空へ飛び出していった。

27

長艇の前方映像には、茶色い草の大きな茂みがいくつも映っていた。奇妙に角が長い牛がまばらにいて、その草をはんでいる。長艇の着陸装置にとってこの草の茂みは厄介だろう。牛とその角に衝突したら、考えたくないほどの被害が長艇と乗員に出るはずだ。

パイロットがネットワークごしに言った。

「乾いた河床らしいものがこの先にあります。なんとかそこまで滞空させます」

実際にはぎりぎりだった。

クリスは艇外に降りて、着陸装置にからまったとげだらけの草の塊を副操縦士がはずそうと奮闘しているのを見て、いかにぎりぎりだったかを知った。

しかしクリスにはほかに頭を悩ませることがある。

「こちらブルース軍曹。ホットスポットに到着しました。たしかにLAC二号艇で、かなり損傷しています。隠すためにわざと堤防の側面にぶつけたようです。コンピュータは見あたりません。周囲は乾いた石ころだらけの地面で、明瞭な足跡はありません。技術兵が熱やその他の痕跡を探しています。少々お待ちください」

待ったのは一分以下だったが、長く感じられた。ようやくブルース軍曹の声がネットワークにもどった。

「厄介な問題です。乾いた河床を、家畜の群れが最近走って移動したようです。牛糞の乾き方からして一日前くらい。地面が荒れ、牛の足跡ばかりになっていて、イティーチ人の足跡がみつかりません」

聞いたジャックが言った。

「では最悪を考えて手を打つしかないな。まだ滞空中の者は、ほかになにか気づいたか？」

「ゼンガー二等兵です」低い声の女がきびきびと答えた。「家畜の通った跡が見えます。その蹄の跡を、例の急速に移動する車両が横切っています。轍《わだち》が見えます。追跡しますか？追いつけるかもしれません」

「やれ、シンディ・ルー」ブルース軍曹が言った。

「滑空でできるだけ行ってみます」ゼンガー二等兵は答えた。パラグライダーの操縦索に力を加えているらしく、声が引きつっている。「これを成功させたら、あたしがチビだなんて言わせないわよ」

「約束するぜ、シンディ」男のだれかの声が聞こえた。

クリスはいつのまにか歩きまわっていた。ロンと海兵隊にあたえる影響を考えて……歩きつづけた。

女の低い声がまた報告した。

「車両がはっきり見えてきました。オープンボディの四輪バギーのようなものを男が運転しています。助手席側になにか大きなものが積まれています。助手席と後部座席がいっぱいになるくらいの大きさです。荷物か、ほかのなにかか、まだ見分けられません」

「滞空中の海兵隊に告げる。可能ならゼンガーの周囲へ移動しろ」ジャックは命じた。

「滑空できるうちに追いつける？」クリスは訊いた。

「難しそうです。車両はかなり速度を出しています」

「撃ったら、あてられる？」

「具体的な指示をお願いします、殿下。なにに命中させると？　運転手か、助手席のものか、車両か」

「タイヤを撃ち抜けない？」

「殿下、あたしは一級射手の資格を持ってますけど、相手は速度を出してて、こっちは操縦索を握ったままです。弾がどこに飛んでいくかわかりません」

「運転手ごと粘着ネットでからめとれないかしら」

「了解。ただし射撃に集中します。着陸地点は風まかせです」

ジャックはクリスを見た。命じるのは彼女だ。そして時間がない。

「粘着グレネード弾を使いなさい」

「初弾を装塡。照準。くそ、トリガーを引いたときにちょうど上昇気流にあたった。この距離ではめったにないのに」

「もう一度撃てる？」

「殿下、手もとにはあと二発です。次弾装塡……発射……着弾は車両の前方。粘着ネットが車両のサスペンションにからまったらどうなるのかしら？」

しかしだれからも返事はない。ゼンガー二等兵はまた報告した。

「最終弾を装塡。運転手は左右に蛇行しています。こちらは高度が下がって角度をとれない。発射……またはずれそう。いや、むこうが曲がって近づいてくれた。ああ、これはひどい」

「どうしたの？」クリスは訊いた。

頭のなかでは、車両が前転か横転して、土煙に包まれているようすが思い浮かんだ。それどころか爆発して炎と煙を上げているかもしれない。クリスは地平線に目をこらしたが、まばゆい青空しか見えない。

「運転手が運転をやめて、車両は惰性で走りながら止まりかけています。助手席のものは大きく動いていて、不快そうです。きわめて不快なようですね」

数分後に、ゼンガー二等兵は外部集音マイクを手に車両に近づいて、カウボーイの罵詈《ばり》雑言《ぞうごん》を中継しはじめた。仕事をしていただけなのにこいつに捕まったとか、ぐるぐる巻きにされて首の骨が折れそうとか、人生のさまざまなものごとについての考えとか、こいつはなんだとか、どうして今日は空から降ってくるものにひどいめにあわされるのかとか、早口にしゃべっている。

ロンと布告人はそちらの方角へ急いで移動しはじめた。クリスは追いつけそうにない。連れていってくれと頼もうかと思ったが、尋ねられなかったということは、イティーチ族はそういうことをしないのかもしれない。

というわけで、クリスは完全武装した姿で軍の一隊を率い、許可なく侵略してしまった惑星に立っていた。だれとも行き会わず、気づかれないことを祈るばかりだ。

いやちがう。これ以上出くわさず、彼女がこの惑星で王立ウォードヘブン海兵隊の二個小隊を率いてなにをしているかについて、だれも興味を持たないでくれることを願った。すでに遭遇してしまった地元民の罵詈雑言を聞くかぎり、この星で見知らぬ武装勢力が歓迎されることはなさそうだ。

そのかわり幸運もあった。ベニ兵曹長と高性能のダ・ビンチが、ローカルネットワークの未登録識別番号をみつけて、クリスとワスプ号にそれぞれ割り当てたのだ。おかげでワスプ号が地平線下にいるときでも通信できるようになった。

これを利用して、武装をおろしたトラック二台を後続のシャトルに積んで河床に着陸させることができた。ようやく移動手段を得たクリスは、人間とイティーチ人が粘着ネットにからめとられている現場に到着した。ちょうどロンの到着といっしょだった。

「さて、どうしようかしら？」網のなかの二人を見ながら、クリスは言った。

「解放してくれ」人間は要求した。

「わたしの喉を掻き切れ」イティーチ人もおなじく強く要求した。

「せめて体をまっすぐにさせてくれ。縦の姿勢でしゃべるように神さまにつくられた喉だぜ」とカウボーイ。

ジャックがそれに答えた。

「このままでも二人を区別できるから問題ない。こちらの問題は、きみがいろいろ見すぎたことだ」

「焼き印のないイティーチ族がうろついてる話かい？　牧場に迷い牛が一、二頭いたってかまわない」

「さっきの罵詈雑言を聞くかぎりでは、イティーチ族とわたしたちを見たことを忘れてくれと頼んでも難しいだろうな」

「三人のイティーチ族とこれだけの人数の海兵隊を見て忘れろって？　無理な相談だ」

「その返事は聞きたくなかったわ」クリスは言った。

「じゃあどうするってんだよ？」カウボーイは訊いた。

クリスはそちらに背をむけて、ジャックに問いかけるように眉を上げてみせた。

「われわれを歓迎しない惑星がまたひとつ増えたようですね」ジャックはため息をついた。

「まだ可能な行き先が五百九十五カ所もあるわよ」

「イティーチ帝国もふくめればもっとありますね」ジャックは軽いうめき声とともに言った。

クリスはテクサーカナ星の民間人にむきなおった。

「もしよければ、費用すべてこちら持ちで、快適なわたしの船ワスプ号での休暇にご招待したいけど、どう？」

「ウォードヘブン星のクリスティン王女の招待があまり親切そうに聞こえないんだけどね。あんたがこの惑星に来るらしいって噂は聞いてた。よそものの産業資本家どもに、黙って昔のやり方に従えと言ってくれるらしいって話をね」

「その噂を耳にして、驚いているわ」クリスは答えた。

「べつの噂では、おれたちの古いやり方を日のあたらない隅にしまいこんで、やつらに参政権をあたえろと言うらしいとも聞いた。完全平等、一人一票で」

「それも聞いて、やはり驚いているわ」

「ロングナイフがそうそう驚くとは思えないけど」

「みんなそう言う。ロングナイフでない人々はね」

「とにかく、ほかに選べる道はないわけだな。あんたが提案する休暇から逃げられる可能性はどれくらいある」

「うちの海兵隊から尻に麻酔弾を打ちこまれずに地平線のはてまで逃げきれるなら、可能かもね」

カウボーイは遠い空の彼方を見て、粘着ネットの許す範囲で首を振った。

「金曜の夜にスージーとデートの約束があるんだ。あいつがおれ以外のスクエアダンスの相手をみつけるまえに、問題を片付けてくれねえか」

「努力するわ」

クリスは答えて、人間とイティーチ人の両方に手錠をかけさせた。そして粘着ネットにスプレーをかけて硬化させ、粉々に砕いた。

フィルソスは上役のロンに言った。

「どうしてわたしを殺してくれないのですか？」

「わたし一人ならナイフを渡すところだよ。でも人間たちは、イティーチ族の血でこれ以上、手を汚したくないと言っている。きみは皇帝の御前まで生きて帰ってもらう。きみ自身と一族の名誉を回復する機会をあたえるかどうかは、陛下の判断になる」

クリスは海兵隊と囚人二人をすぐにトラックに乗せ、シャトルのほうへもどりはじめた。

しかし、人間の囚人が逃亡の可能性を検討した方角の地平線から、べつのトラックの土煙が上がりはじめた。おそらく二台だ。

シャトルから連絡がはいった。二台のトラックが自分たちのほうへ土煙を蹴立てて走ってくるのが見えるという。

クリスのトラックの運転手はアクセルを踏みこんだ。トラックは岩や草の茂みを踏んで飛びはねながら猛スピードで走りだした。ようやくシャトルの着陸地点にもどったときには、近づいてくるトラックは、昼の暑熱による陽炎がなければメーカーやモデル名が読みとれそうなほど近づいていた。裏を返せば、むこうからもシャトルの機体番号を読みとられかねない……。

クリスのトラック二台はシャトルの船内に駆けこみ、残りの者はもう一隻のシャトルにはいった。腕力のある海兵隊員がいやがる囚人を引きずっていく。シャトルは後部ドアが閉まるまえから加速をはじめた。クリスはイティーチ人のシートベルトを確認し、カウボーイのを点検してから、ようやく自分の席にすわった。ベルトのバックルが閉じたときには、シャトルは離陸速度に近づいていた。

クリスはシャトルの前方カメラを起動して横に振り、接近してくるトラックをとらえた。先頭のトラックの助手席からだれかが身を乗り出し、双眼鏡をかまえて上昇中のシャトルを観察している。

運がよければ、彼らは視力が低く、視野が安定していないかもしれない。状況を検証できるような映像はクリスのほうしか撮れていないかもしれない。

ミッションのスタートは散々だった。

それでも明るい話題はある。イティーチ族は無事に確保できた。だれも死ななかった。

そしてテクサーカナ星のだれも、今回の奇妙な訪問者が何者で、なんのために来たのか知らないままでいてくれるかもしれない。

すくなくとも、拘束しているカウボーイを解放するまでは。

28

シャトルはワスプ号とランデブーするのに一時間かかった。離陸したときに母船はまだテクサーカナ星の反対側にいたので、追いついてくるのを待つために高い軌道まで上がらねばならなかった。

ドッキングしたシャトルから降りてきたクリスを、ペニーが待っていた。

「いいニュースと悪いニュースのどちらから聞きますか？」

「勘弁して。今日は大変だったんだから」

「時間にまにあったので、これから着飾って今夜のパーティのためにまた下りられます」

「それが悪いニュースだとしたら、いいニュースはなに？」

「いまのはいいニュースです。悪いニュースは警察無線です。カウボーイ一人が行方不明で、正体不明の機体がどこかへ飛んでいったという情報が飛びかっています」

「悪事千里を走るね」

「救いはイティーチ族についてネットワーク上のどこにも言及されていないことです」

「神さまのお目こぼしかしら」

クリスは自室へ這うようにもどった。ロンを放置して、海兵隊を一等軍曹に返すのもジャックにまかせた。

今夜のパーティに行くにせよ、ジャックが隣につきそってくれるはずだ。

そう考えたときに、クリスの頭に奇妙な考えが浮かんだ。ダンスのときに隣にロンがいたらどんなだろうか。

奇妙な考えだ。奇妙な一日だった。これ以上奇妙にならないでほしい。

しかし、そうは問屋がおろさなかった。

テクサーカナ星の夜会服はロングドレスではなかった。膝丈のドレスの下にペティコートを何枚も穿《は》かされた。ゼロG環境では勝手にめくれてしまう。アビーは安全な下着をつけるように提案した。

それから拳銃だ。

小型の制式拳銃を目立たないところに携行するのではない。曲射砲かと見まがう四四口径の大型拳銃を、これ見よがしに腰に吊るすのだ。地上ではとんでもない重さだ。さらに高級な仕立ての革ベルトには実包がずらりとはめこまれている。

「ダンスパーティに象の群れが乱入するとでもいうの？」

「できるだけ大きな銃を持つのがこの星のスタイルなのですよ、お嬢さま。郷に入れば郷に従えとママから教わりませんでしたか？」

アビーは言いながら、さらにショートソードをクリスに渡した。腰に佩《は》くと鞘の先はドレスの裾まである。

「なによ、これ！」

組み合わせを鏡で見て、思わず言った。意味不明だ。ペティコートでせっかくドレスの裾をふくらませているのに、こんな鉄製品を腰に吊るして重力環境で立ったら、あっというまにつぶれてしまう。

「これがテクサーカナ星の最新ファッションなの？　本当に？」

「みんな銃を吊るしています、お嬢さま。男も、女も、子どもも」

「子どもも？」

「子どもはおもちゃの銃から入門します。エアガンに進級してスポンジ弾、BB弾と試し、実銃にたどり着きます」

「教育システムのなかで非暴力の紛争解決も教えてるんでしょうね。銃の安全な取り扱いや適切な射撃訓練はもちろんのこと」

「ダンスパーティで子を持つ親に会ったら尋ねてください」アビーは答えて、大きな白い帽子を渡した。「ステットソンと称する帽子です。馬に給水するときにこれを使って十《テン》ガロンの水を運べるというのが地元民の自慢です」

「濡らすにはずいぶん高価そうだけど」

「あくまで習慣です。今夜は馬に給水する場面はないはずです」

クリスは受けとった帽子をかぶって鏡で今夜の装いをためつすがめつした。もっとひどい服を着たこともある。裸同然だったことも。

「ところでアビー、テクサーカナ星でこういう服が必要になるとどうして知っていたの？」

「お嬢さまの情報を売ってわたしが稼いでいることはご存じですね」

「買うほうもかなりやっているのですよ。さあ、おしゃべりはここまで。遅刻してしまいます」

「ええ」

今回の軌道降下は前回よりはるかに穏やかだった。大型拳銃とショートソードの上からどうやってシートベルトを締めるかが最大の問題だった程度だ。ジャックはむかいの席にすわった。赤と青の礼装軍服には四四口径がよく似あう。ソードは海兵隊制式の礼装軍剣だ。

今夜の警護班にはゼンガー二等兵も加わっていた。たしかに小柄な女性だ。四四口径を吊るすとまるで大砲のようなので、標準的な三八口径に替えていた。クリスの背後でだれかが、二人をたして二で割ればちょうどいい女になるとささやくのが聞こえた。

たしかにシンディ・ルーのブラの中身を半分わけてもらえるなら、身長差の半分を譲ってもよさそうな気がした。しかしそのひそひそ声はあえて無視した。発言者は下士官からにらまれたらしく、今夜の警護対象である王女の容姿についての批評は途絶えた。

クリスは自分の四四口径を抜いて確認した。実包が装塡されている。安全装置を再確認し、指をトリガーから大きく離して、腕を伸ばしてかまえてみた。必要とあれば使えるが、六発しかはいっていないのがハンディだ。士官学校時代に四五口径の資格までとっているし、たいしたちがいはないだろう。

シャトルは乾湖に着陸した。数キロ先に町と称する集落がある。まがりなりにもビルが数棟並び、街灯もある。

飛行場は照明されていて、小型のプロペラ機から百人以上が乗れる四発機までさまざまな航空機がエプロンに並んでいた。そこに軌道から下りてきたシャトルがまじると、まるで雀の集会にあらわれた鷹のようだ。しかしクリスは雀の巣から追い払われる鷹を見たことがあるので、油断はできない。

　周囲を見まわしたが、陸上輸送手段は見あたらなかった。

「自前の車両を持ってくるべきだったのかしら」

　クリスがつぶやいていると、ヘッドライトを一灯だけつけた車両が近くの航空機の列をまわって近づいてきた。

「オートバイにでも乗ったほうがましだな」

　クリスより先に警護班のだれかがつぶやいた。闇のなかからあらわれた一灯トラックを見て、クリスもまったく同感だった。

　眼前に停まった車両は、どう見ても自動車メーカーの製造ラインから出たものではない。ボンネットとフロントガラスまではかろうじて見覚えがあるが、そこからうしろの屋根はなく、三列シートはどう見ても異なる三車種からの寄せ集めだ。後部の荷台にいたっては材木を針金で縛りつけただけ。

　それでもエンジンは快調のようだし、ブレーキはしっかりときく。ガラクタの混成物だが、運転手の要求は満たしているらしい。

「あんたがロングナイフ王女かい？」十八歳くらいの若者が尋ねてきた。

「いちおうそれがわたしの名前ね」クリスは言った。

「じゃあお連れさんともども乗ってくんな。ダンスパーティに遅刻しちまう。おれの連れの女の子を泣かせたくないんでね」

クリスは前列中央席にすわった。ジャックは窓際席だ。そちらはドアがないので指が白くなるほど力をこめて座席につかまる必要がある。

海兵隊員たちは残り二列の座席だ。虚勢を張っているがじつは震えている。シンディ・ルーの隣の席を争ってコイントスがおこなわれた。もう一人の女性海兵隊員は腰が大きく、男性海兵隊員の大半あるいは全員を投げ飛ばせそうだ。戦闘ではたいそう心強いが、ドアもシートベルトもない狭いベンチシートでは……あまり隣になりたくない。

全員が乗るとすぐに若者は土煙を蹴立てて走りはじめた。

飛行場から町までは道路どころか砂利道すらない。平原のなかで轍《わだち》の多いところがあるだけだ。不明瞭な恐怖のつぶやきが聞こえ、悲鳴も何度かあがったが、人間の犠牲者は出なかった。犠牲になったのはヘッドライトに照らされて恐怖で固まった野ウサギ一匹だ。

「鷹へのプレゼントさ」若者は言った。

町にはいってようやく速度を落とした。トラックが横づけされたのは明るい光がともった大きな納屋だった。クリスは、父親の選挙活動で訪れた母星の南大陸で大きな農場施設をいくつも訪れたことがある。その経験とくらべても巨大な納屋だ。

もとの所有者が残したものはすべて片付けられ、隅々まで照明されている。

ダンスはもうはじまっていた。バンドはバイオリンとギターで、男が意味不明の歌詞をわめいている。それでも数組の客が息をあわせて踊っていた。

運転手の若者はうれしそうな声をあげ、ダンスフロアのすぐ横の壁ぎわへ一直線にむかった。そこにはおなじくらいの年格好の数組のカップルと、相手のいない一人の女の子がすわっていた。若者は彼女と抱きあい、ほかの友人たちに挨拶した。八人はいっしょにダンスフロアにはいり、音楽にあわせてほかの客たちとおなじように踊りはじめた。

クリスはしばらく地元のフォークダンスをのんびり眺めた。しかしやがて三組の中年カップルが、まるで総帆をかかげた艦隊さながらに明確な意図をもってこちらへ突進してくるのを認めた。

クリスは小さなため息とともに、ある種の戦闘意思を固めた。

社交をしているだけの人々もおなじく戦っているのだ……。クリスは胸のうちでつぶやきながら、不正確な引用をしてしまったミルトンかだれかに謝った。

クリスは笑顔で紹介を聞いて、中心になっている夫人からの予期された質問に答えた。

「いいえ、未婚です。いいえ、婚約者はいません」

ついでに、〝いいえ、意中の相手はいません。でも最近は魅力的なイティーチ人といつも親しくさせていただいています〟とつけ加えようかと思ったが、かろうじて自制した。

やがて夫人は退がって、花婿候補のグループへ最適な相手を探しに出かけた。

クリスはほかの客たちとの空虚な社交のおしゃべりから逃げようとしたが……失敗した。そうこうするうちに、仲人役の夫人がもどってきた。あとに従えているのはきょとんとした顔の若者たちだ。

きょとんとした顔が大半だが、明白な意図がある目つきの者も三人いた。クリスの信託資産の大きさはここでも知れわたっているらしい。目がドルマークになっている男はすぐわかる。

(ネリー、あの三人に用心して)

(はい、クリス)

(あのうちのだれかが接近してきたら警告を)

(わかりました)

「あなたがお噂のクリス・ロングナイフさんかな」よく響くバリトンの声が聞こえた。

クリスは接近する若者たちの列に背をむけて、威厳ある紳士に正対した。黒髪はかなりごま塩になり、顔は日焼けして紫外線による皺が刻まれている。しかし握手は力強かった。クリスも力には力で応じ、無言の腕力勝負になった。威圧的な男とクリスの挨拶はしばしばこうなる。

「ええそうです」

「今夜はただのジム・オースティンとお見知りおきください。議事堂ではオースティン公爵です」

「まあ、曾祖父からうかがっていますわ」クリスは言った。

実際にはレイ王はだれの名前も挙げていない。しかし渡された説明資料にテクサーカナ星の大物の一人として書かれていた。

クリスはこの種の大物の対応に慣れている。気をよくさせるためにお世辞を使うのもやぶさかでない。この男の大きな笑みからすると、夫人には平気で嘘をつき、それがゴシップとして惑星じゅうに流されてもさほど気にしないタイプだ。

「お噂はかねがね。ニュースでもよく拝見しますし、目下注目の王女としてあちこちで話題ですね」

「ありがとうございます。悪い噂は聞き流していただけると助かります。真実でないことはこのモントーヤ大尉が証言します」

ジャックは握手しながら、そのとおりに言った。

「ほとんどの現場にいましたが、わたしが負ったのはいつもかすり傷程度です」

「では、真実とでっちあげの区別をお聞かせ願えるとありがたいですな」

オースティンはクリスを仲人役の夫人のまえから連れ去った。居あわせた適齢の独身男性を片っ端からウォードヘブン星の王女に引きあわせようと意気ごんでいた夫人は、あてがはずれたようだ。クリスは安堵して公爵についていった。

やがてオースティンは話しはじめた。

「奇妙なことが起きていましてね。この星では飛行機で家畜を驚かせたり、飛行場以外に勝手に着陸することは法律で禁じられている。家畜の群れが大きな音に驚いて走り出すと、一年かけてついた肉があっというまに落ちてしまいますから」

「きっとそうでしょうね」クリスは深く考えずに答えた。なにも連想しなかった。

「本当にそうなんです。ところがつい最近、正体不明の飛行機が飛びまわったうえに、牧童一人が行方不明になったのです」

「なにかの勘ちがいかもしれませんよ。牧童は二、三日後にもどってきて、宇宙人に誘拐されたなどと奇想天外な釈明をするかも」

「わたしたちが心配しているのは、組合系の乱暴な若者たちに誘拐されたのではないかということです。あの連中が父親の飛行機を乗りまわして、ついでにおもしろ半分に牛の群れを驚かせたのではないかと」

クリスは、自分の午後の行動をオースティンが察して、遠まわしにつついてくるのではないかと身構えていた。しかし早合点だったようだ。彼は捜索隊を組織して都会に殴りこみ、牧童の身柄を要求することを考えているのだ。その牧童はじつは三百キロメートル上空でクリスが監禁しているのだが。

和平調停者として来たのに、最初から逆のことをしている。

家畜の群れがイティーチ族におびえなかっただけましか。

「明日はデンバーに行く予定です。探りをいれてきましょう」

「できますかな？　もしかすると示談を打診してくるかもしれませんが、犯人の若者たちには懲罰が必要だと考えます」

「そうですね、犯人がだれにせよ」

ジャックに肘で突かれそうになったが、かわした。

「ご滞在はいつまで？」オースティンは訊いた。

「未定です」

「船の乗組員を上陸させるご予定は？　テクサーカナ星を訪れる船の船長は長逗留《ながとうりゅう》を好みません。無重力環境に長くおくと乗組員の体に悪いといって」

「そのとおりです、海兵隊にとっても」ジャックが同意した。

「海兵隊は何名乗り組まれていますか？　今夜の護衛の六人だけではないでしょう」

「ワスプ号は調査船です、閣下。科学者約百名と、ほぼ同数の海兵隊および船員が乗り組んでいます」クリスは説明した。

「それはそれは、王女殿下。悪者《フィリバスター》をこらしめる力をお持ちだ」

「惑星乗っ取りを目的とした武装探検隊を摘発しました。パンデモニウム星の住民は自主防衛の備えがありましたが、それでも王立知性連合海兵隊の協力は歓迎されました」

「聞きおよんでいます。痛快至極ですな。まあ、テクサーカナ星にちょっかいを出す痴《し》れ者はいないと思いますが」

そう言って、オースティンは腰のホルスターにおさまった拳銃を叩いてみせた。クリスの四四口径より大きく見える。アビーから拳銃を受けとったときは、これより口径が大きいのはライフルだけだと思ったが。

クリスは無言でうなずくだけにした。オースティンは続けた。

「とにかく、ご滞在中の乗組員のゼロG問題ですが、山間部にスキーリゾートがあります。スキーの季節ではありませんので、そこを借り上げるというのはいかがですか？　費用はたいしてかかりません。家畜の世話で忙しい季節ですが、バーテンダーやベッドメイクの人手はなんとか集まるでしょう」

クリスは横目でジャックを見た。案の定、イティーチ族を船にあずかって以来、初めて乗り気な表情になっている。クリスは公爵に対して答えた。

「バーテンダーはできる者がおりますし、ベッドメイクもみんな自力でできます。場所だけお借りして、あとは自前で運営するのも可能です。むしろそのほうがいいでしょう」

「といいますと？」

「一般論として、船乗りは港ごとに女をつくりたがるものです。科学者も若手ばかりなのです」そこは真っ赤な嘘だ。「そんな彼らに、いまダンスフロアで踊っているような美しいお嬢さまがたを会わせたら、ひと目で心奪われるでしょう。科学者グループの貴重な人材が、この星に残ると言いだすかもしれません。あるいは情の深い娘さんたちを妊娠させてしまって、出港の日に涙ながらに手を振ることになるかも」

「ショットガンを持った父親がうしろに立っていれば心配ないでしょう」

しかしクリスには従業員抜きで借りたい事情があるのだ。

「調達担当士官を派遣して詳細を詰めさせましょうか？」

オースティンは手を挙げた。

「いや、それにはおよびません。一日五千ドルでよろしければ、この場で話を決めて、明日から休暇を楽しんでいただけますよ」

（ふっかけてます、クリス。貸別荘の相場を調べましたが、この星はとても安価です。冬のシーズンならともかく、夏場はただ同然のはずです）

「二千でいかがでしょうか」クリスは言った。

「おや、さすがはアル・ロングナイフのお孫さんだ。四千にしましょう」

「三千で」クリスは握手を求めた。

オースティンはその手を握った。

「食料と酒類が必要なはずです。明日にも人をやって食料庫をいっぱいにしておきます」

「おまかせします。ただしその業者には、価格交渉はこちらのコンピュータとやってもらうとお伝えください。必需品の相場は、ネットで確認ずみなのでそのつもりでと」

「せめて辺鄙な土地までの輸送費は上乗せさせてください。山の上でもありますし」

クリスはいったんブレーキをかけることにした。強腕の交渉者と印象づけることが得策だろうか。この男と取引関係をつくるのは自分のミッションに役立つのか。あからさまに売りこんできた男を抱きこんでしまっては、モラルにうるさい地元民の反感をかうのではないか。

「あらためて考えてみましょう。まだ現地確認もしていませんし」

「気にいるはずです。山の空気は澄み、木々はいい香りがする。地球の松に近いそうですよ」

政治の話に急にうんざりしてきた。若者たちはまだ列をつくっている。すくなくともこの交渉を辛抱づよく待っていた数人が、純朴で好ましく思えてきた。

クリスは笑顔で彼らのほうへ行き、まもなくスクエアダンスの手ほどきを受けはじめた。やがてジャックも地元の娘たちからダンスを教授しようと持ちかけられ、そのよき生徒になった。

夜が更けるころに、トラビス公爵があらわれてクリスに自己紹介した。三歩退がってついてきているのがジュリエットだ。大学時代に見慣れた笑顔はない。原因は、隣に不在の相手だろう。ボビー・デュバルがいない。

「厄介者の産業資本家を正すために、王の要請でおいでになったのですね」トラビスは単刀直入に言った。

「この星の状況を大局的に見てくるようにと、曾祖父からは指示されました」クリスは答えた。

「ニューエデン星やトゥランティック星のように」

「それらの星の出来事について詳しいお話は控えさせていただきます。保険請求について裁判所でまだ係争中なので、おおやけの場でのコメントを弁護士から止められています」笑顔を崩さずに言った。「でもご心配なく。今回は戦争を起こすなと曾祖父から言われていますので」

ジュリエットは吹き出す寸前でとどまった。学友に笑顔をとりもどさせたのであれば、曾祖父とにらみあった価値はあったとクリスは思った。

「問題の原因はすべて産業資本家の側にあるのです。彼らが来るまでものごとはうまくいっていた。そもそも彼らがこの星へ来たのは、レイ・ロングナイフのせいだ」

「すこし計算してみましょう」クリスは指折りかぞえた。「戦後すでに八十年が経過しています。テクサーカナ星への入植は戦争の約五十年前。同居期間のほうがすでに長いですね」

「望んだ同居ではない。レイ・ロングナイフに押しつけられたのです」

「では彼らをニュークリーブランド星にとどまらせたほうがよかったと。その場合はルモンテ星のように住民たちは虐殺されたかもしれない。テクサーカナ星の戦時中の貢献はどれほどのものだったのでしょうか？」

「貢献はした。忘れんでいただきたい」

「具体的には？」

「テクサーカナ星出身の兵士たちがあなたの曾祖父とともに戦線に立った」

「勇猛果敢な兵士たちの戦争での活躍は、けして記憶から去ることはありません」

クリスは幼いころに父親の選挙キャンペーンで習い覚えた決まり文句をそのまま唱えた。後半はトラビスの背中を見送りながら言うはめになったが。

しかしジュリエットはクリスのそばに歩み寄った。

「お父さまはなにを言いたかったのかしら？」クリスは訊いた。

「曾祖父のスキーフのことだと思うわ。彼は出征して、帰ってこなかったの」

「なにがあったの？」

「わからない。その話はだれもしたがらないのよ」

「ネリー、スキーフという名の戦争中の死者についてわかることを調べて」

「テクサーカナ星から唯一派遣された中隊の名簿に、アーノルド・E・スキーフ軍曹の名があります。死亡と記録されています」

「理由は？」二人とも訊いた。

「絞首刑です」ネリーは小声になった。

「絞首刑ですって？」クリスは息をのんだ。

「地元の記録には理由が書かれていません。しかし中隊は当時、ロングナイフ将軍の指揮下にありました。死刑執行令状には彼がサインしたと思われます」

（ネリー、レイおじいさまが死刑執行令状にサインした理由はなんなの？）

(戦争中に死刑判決が出される罪は、殺人、レイプ、敵前逃亡の三つです。極刑が適用されるのは相当に悪質な場合だけです)

「ジュリエット、どうやらわたしの曾祖父があなたの曾祖父の死刑を承認したらしいわ」

「聞きたくなかったわ。だとすると、あなたとわたしは血の復讐関係になる」

「血の復讐?」

「そうよ。わたしは腰の六連発拳銃を抜いてあなたを撃ち殺さなくてはいけない」

ジャックがジュリエットのそばににじり寄った。海兵隊の一人がトラビス父をみつけて、クリスとのあいだをさえぎるように立った。

「でも心配しないで。地元に該当する記録がなければ復讐の義務はない。単純な話よ」

「ええ、単純な話ね。ウォードヘブン時代の楽しい思い出を、銃で壊したくないわ」

クリスは言いながら、そろそろと退がった。

(ネリー、この復讐の伝統はなんなの?)

(地球時代の習わしです。家族を裁けるのはその家長だけというルールがあります。もし家族のだれかが家族以外のだれかに殺された場合は、家族の全員に復讐する義務が発生します)

(裁判所の正式な判決は無視するの?)

(これは裁判所や成文法より昔からある伝統です。血の代償や追放という逃げ道も用意されています。しかしアーノルド・スキーフが絞首刑にされた理由の記録がない以上、家族がロングナイフ将軍の説明やその公表を受けいれるとは思えません)

（結局のところ、わたしはこの惑星を歩いて安全なの？）

（わかりません、クリス）

急にダンスへの興味を失い、クリスは舞踏会の主催者を探して暇乞《いとまご》いをした。

「中座をお詫びします。軌道の船までもどるのに時間がかかりますし、明日デンバー公爵との会談に降りるまえに早朝の会議がありますので」

親切な夫人は笑顔で了承した。とってつけた笑みだったのか、心から了承したのか、しかとはわからない。

警護班の移動手段をみつけるのは難儀した。結局、オースティン牧場の牧童頭に手配してもらった快適なピックアップトラック二台に海兵隊を分乗させた。牧童頭は公爵に次ぐ実力者らしい。

「公爵からスキー山荘を借りたそうだね」

クリスは肯定した。

「明日リネン類と食料を搬入させるよ。牧場主はなんでも簡単に言ってくれるが、そのために牧場の従業員が総出で働かないといけねえんだ」

「それができる右腕を雇っていらっしゃるようだわ」

「お褒めの言葉をありがとうよ、殿下。牧場主もあれで心がやさしくってね。仔牛に焼き印をいれるときに冷酷になりきれないお人さ」

「仔牛に焼き印？」

「そうだ。わかってほしいのは、この惑星には昔ながらのやり方を好む立派な人々がいて、立派な銃があるってことだ。テクサーカナ星は特別だ。変えたくないんだ。面倒を起こすやつらと話すときは、そのことをよく考えてくんな」

牧童頭は、最後に笑みをこわばらせ、腰の六連発拳銃のグリップを軽く叩いてみせた。

「あなたがたの立場は理解できたわ」なにも約束しない言いまわしでクリスは答えた。

あとは飛行場まで無言が続いた。

シャトルのハッチが閉まってロックされるやいなや、ジャックがクリスの行く手をさえぎった。

「以後、この狂気の巣窟に降りることには断固反対します」

「勅命の任務なのよ」クリスはジャックの脇をまわって座席についた。

「惑星の有力家と血の復讐関係になるとわかっていたら、王は曾孫娘を派遣なさらなかったはずです。この件を詳しく報告すれば命令変更が伝えられるでしょう」

「忙しいおじいさまのお手をわずらわせないで」クリスがベルトを締めたときにはシャトルは動きだしていた。

「王女のお命にかかわる問題です！」警護班長の叫びは、三基の反物質エンジンが最大出力になる轟音でかき消された。海兵隊士官や下士官の大声をかき消せるのはそれくらいだろう。

クリスは座席に身をあずけて、ワスプ号までの飛行を楽しもうとした。ジャックとの言い争いはあくまで第一ラウンドで、明日デンバーに降下するまでに何度もくり返されるはずだ。

しかしその戦いに負けるわけにはいかない。

シャトル内からドラゴ船長とムフンボ教授を呼び出した。帰着時に二人はドッキングベイに待機していた。ジャックは船長と教授をにらみ、さらにクリスをにらんだ。しかしなにも言わず、スキーリゾートの山荘を借り上げた件について三人が話しあうのを聞いていた。

教授は息をはずませた。

「それはありがたい。科学者グループのエリアは、なんというか、息苦しいんですよ。まえの食事のにおいが漂っている」

「無理に食べないほうがいいのでは」ジャックは言った。

「希望は永遠に湧き出るものだ」ムフンボは自分の腹を叩いた。「今夜シャトルを降ろしてよろしいですかな?」

「いまはシーズンオフで閉鎖中です。雪がなければスキーはできない。なにをするにも日が昇ってからです」ジャックは教えた。

「まあな」ドラゴが同意した。「しかし今夜のうちにシャトルを降ろして現地確認はできると思うぜ。前回の上空通過時に撮影したものを引き伸ばしたのがこいつだ」

プリントアウトした写真を広げた。ひなびた美しい土地で、大きな山荘のまわりに小さなコテージが散在している。

「見たところ整備状態はよさそうだ」ドラゴは続けた。

期待どおり、教授も船長もテクサーカナ星に地上拠点を築くというクリスの陰謀に荷担してくれている。まあ、疲労をためた乗組員の福利厚生のためでもある。

ジャックは地図を横目で見てから、クリスに陰険な目をむけた。長年の部下はこの展開が気にいらないようだ。

「現地への進入路は？」

「広域地図を投影しましょうか」ジャックの襟もとから声がした。

「頼む、サル」

彼らのあいだの空中に地図があらわれた。

「出入りする道路は一本だけです」コンピュータは解説して、その道を赤で強調した。「ほかの道路から来る場合は、山道を三十二キロ以上歩かなくてはなりません。充分に孤立しているといえるでしょう」

「わたしも同意見よ」クリスは言った。

「シャトルを着陸させる場所は？」ジャックは訊いた。

「駐車場が長く延びてて、飛行場代わりになる」ドラゴ船長が見解を述べた。「草地と駐車場のようすは調べた。シャトルの貨物量を減らして、進入速度を抑えれば可能だ」

「というわけで、ジャック、今回の上陸休暇での海兵隊の装備重量はどれくらいの予定？」

クリスは訊いた。

「完全戦闘装備で降ろしたいですね」

「それはやめて。すでに一度この惑星を侵略してしまっているのよ。二日で二度もやったら習慣になってしまう」

「軽くしないとシャトルの滑走距離も長くなるぜ」ドラゴが注意した。

「重装備の海兵隊を複数回に分けて運べばいいでしょう」ジャックはこだわった。

「離着陸に何回耐えられるか。滑走路の舗装がぼろぼろになっちまう」

「小隊の半分を軌道上に残して、必要なときに重装備で降下させるという手もありますね」ジャックは譲歩した。

「でもゼロGは筋肉に……」クリスは指摘した。士官学校で叩きこまれた艦艇運用の基本だ。

「わかっています、それくらい」

当然だろう。クリスは黙った。

「じゃあ、海兵隊一個分隊を船の警備に残して、居残りの乗組員のサポートをやってもらおう」ドラゴ船長がうなずいた。

「残りは山荘で上陸休暇。装備は基本的な武器と弾薬一箱分。複数人で使う重火器は持ちこまない。これで満足でしょう、大尉！」

「よさそうな計画ね」クリスは答えた。「ひと晩考えて、変更が必要だと思ったら知らせなさい。さあ、今日は忙しい一日だった。明日はべつの不平不満を述べる地元民に理を説く仕事が待っているわ。今夜はゆっくりおやすみなさい」

29

翌日昼のシャトルで、クリスはまだ不機嫌な海兵隊大尉のむかいの座席についた。ワスプ号から射出されたシャトルは、産業資本家の中心都市であるデンバーへ降下しはじめた。ジャックは、レイ王から返事が届くまでデンバー訪問を延期すべきだと主張していた。

「そうしたら三、四日かかるわ」

「でしょうね」

「拘禁室にカウボーイを一人閉じこめてるのよ」

「三、四日ですんなり事態を解決できるとでも。いいですか、クリス、この対立は八十年も続いてるんです。いくらあなたでも、瞬時に帽子からウサギをとりだす手品のようなことはできない」

「じっとしていたら手品のやりようもないでしょう」クリスは言い返して、乗組員、海兵隊、科学者グループをスキーリゾートへ運ぶシャトルを指さした。それなりに長逗留《ながとうりゅう》する流れになっている。「そもそも今日の行き先はカウボーイの領分ではない。デンバーよ。市民たちは銃を吊るしていない。文明的な裁判官がいて裁判所がある。血の復讐などないわ」

ジャックはそれでも納得せず、警護態勢を倍にした。二人の狙撃手以外は赤と青の礼装軍服にするよう指示した。

クリスにもスパイダーシルク製の防弾下着をつけるよう求めた。クリスは白の略装軍服の襟からスパイダーシルク素材をつまんでみせて、防弾ボディスーツを着用ずみであるのを見せた。

それでも軌道降下のあいだじゅう険悪な空気は変わらなかった。

デンバー空港は、昨夜の飛行場とはすべて対照的だった。滑走路は舗装され、あらゆる設備が整っている。倉庫は商品の箱であふれている。ややくたびれた二隻のシャトルが待機し、来訪した貨物船へいつでも荷物を運べるようになっている。ただし滑走路のタイヤ跡の古さを見るかぎり、それらが軌道へ上がったことはひさしくないらしい。

クリスたちのシャトルが停止しないうちから、三台の黒塗りの自動車が近づいてきた。そのうちの一台はリムジンといえるロングボディだ。青いスーツの背の低い男がすぐに降りてきて、握手を求めた。

「デンバー市長のタッド・コルドカです。いちおう公爵議会に議席を持っていますが、デンバー市長が公爵の格好をしたらたちまち正気を疑われます」

「でしたらこちらもウォードヘブン特使クリス・ロングナイフ大尉として訪問したほうがよかったかもしれませんね」クリスはすぐに続けて言った。

「頭の回転の速いおかただ。ほら、アイバン、ロングナイフは頭のいい人たちだと言っただろう。失礼、クリス、経営者会議議長のアイバン・ボガダです。テクサーカナ星で事業をいとなむ人々の利益を代表しています」

クリスはまた握手をした。タッドとおなじくアイバンも熱心で積極的な人物のようだ。こういう相手から中古車を買いたくない。話がはじまったら二言目には自分たちの要求を突きつけるだろう。すべての条件を明確にして。ロングナイフは頭の回転が速いだけでなく、頑固でもあることを早めに学んでもらわねばならない。

ジャックはクリスとともにリムジンに乗りこんだ。二人のビジネスマンはジャックの存在を無視した。海兵隊の一人はリムジンの助手席に乗り、残りはほかの二台に分乗した。ジャックは空気のような扱いを気にせず、クリスの安全確保に全神経を集中した。

リムジンはデンバーが誇る名所や施設へクリスを案内してまわった。わずか八十年でこれらを無から築いたのだから、デンバー市民が誇るのは当然だ。その感想を言葉で伝えた。タッドとアイバンはまるで自分たち二人でそれらを築いたかのように自慢げだった。

本当にそれらを成し遂げたのがだれか、クリスはまもなく理解した。

リムジンの行き先は市庁舎ではなく、ガラスとコンクリートの真新しいビルが建ち並ぶ新興の工業団地だった。高いオフィスビルは天を衝くようで、低い工場はどこまでも軒を連ねている。どんな需要にも対応し、製品を備蓄している。

「牧場の人々はこれらの工業製品を見てどう反応しましたか？」

「すぐに大量に買いはじめましたよ」アイバンが答えた。「ただし小売業者が牧場や小さな町まで運ばねばなりません。彼らは大都会の風景を毛嫌いするのです。彼らを演劇やショーに招いてみてください。ここには歌劇場も演芸場もある。人類宇宙で最高ランクの歌手がこぞってやってきます。画廊やバレエ団もある。なのに、あの田舎者どもは天気の話しかできないのですよ。あの広大な砂漠にいつ雨が降るかということしか関心がない。われわれが提供する文化的機会よりもね」

「わかります」クリスは答えた。「大学時代にテクサーカナ星出身の友人がいました。わたしたちもおなじ言い方で彼女をからかったものです。でも彼女はボーイフレンドに何度かお芝居に連れていってもらったら、考え方が変わったようです。そのボビー・デュバルをみなさんの代弁者にしてはいかがですか？」

車内の会話はそれっきり途絶えた。

リムジンは輝く高層ビルの一棟のまえで停まった。ウォードヘブン星に建っていてもおかしくない見栄えだが、五十階建てはクリスの故郷では低いほうだ。

はいると大理石の広いロビーで、中央には噴水がある。魚の彫刻は人類と原生種の調和をあらわしているのか、あるいは彫刻家がポストモダン趣味なだけか。広いエスカレータが人々を二階へ運んでいる。しかしクリスはその列ではなく、十基以上のエレベータが並ぶホールに連れていかれ、一気に五十階へ移動した。

そこでは豪華な会議室へ案内された。内装には五、六種類の木材が使われ、壁紙は青と金。ベルベル絨毯は毛脚の長さが七、八センチもありそうだ。

クリスは無意識のうちにアルおじいさまがこの部屋の主なのではないかと思って見まわした。しかし巨万の富の象徴であるこの部屋の住人は、地元の指導者たちだった。

ジャックは室内のようすを一瞥《いちべつ》すると、まるで刑務所に看守を配置するように手早く海兵隊を立たせた。自分はドア脇に陣取って人の出入りを制限した。

地元のビジネスマンたちは、車内とおなじく海兵隊のチームを幽霊かなにかのように無視した。実業界の大物たちと海兵隊員が交錯しないかとクリスは案じたが、実際にはそんなことはなかった。おたがいの存在を認めないながらも、同一の空間でぶつかることなくやりすごした。

クリスが最初に握手したのはルイス・デュバルだった。彼は握手しながら一分近くもじっとクリスの顔を見つめた。凝視すればクリスの考えを変えられると思っているかのようだ。それが無駄だとわかると、クリスの肘をとってほかの要人たちに紹介しはじめた。工場主、鉱山主、エネルギー業者、銀行家、金融業者。

「テクサーカナ星を代表するすべての人々です」ルイス・デュバルはそう締めくくった。

その右隣の席にクリスがようやく腰を下ろすと、ルイスはすぐに質問した。

「レイモンド王はこの惑星の政治的、財務的不均衡を正すために、どんな提案をなさったのですか？」

〝存じません〟という返事は、期待の表情でテーブルをかこむ人々の望みに反するだろう。質問を宙に浮かせたまま、クリスは何度も考えた選択肢をふたたび考えた。

すぐには返事がないとわかったルイスは、話を続けた。

「この状況をいつまでも続けてはいけません。オースティンからスキー場の山荘を一週間借りたそうですね。軌道上で乗組員の筋力が落ちないようにと。そもそも宇宙ステーションを五十年前に設置しているべきなのです。カウボーイどもの反対がなければとっくに実現している。ステーションがないことがわれわれの商売の足かせなのですよ。まともな船長はこんな惑星に来たがらない。最近の貨物船は自前のシャトルを積んでいないことをご存じですか？」

「ええ。昨年のクリスマスディナーで祖父のアルから聞きました」

クリスは認めた。実際にはディナーには出席していないが、あとでホノビからのメールで知った。ルイスは続けた。

「だからわざわざ安い中古のシャトルを二隻買ったのです。軌道の貨物船に物資を運ぶために。しかし事故の起きやすいシャトル輸送は大型船では好まれない。小型船は市場の小さな惑星間を飛んでも利益にならない。このあたりの惑星はどこもステーションを持っています。ここも変わらねばならない」

デュバルは叫ぶような口調で締めくくった。

「ご意見をうかがうために来ました」クリスは言った。

というわけで、それから一時間は不平不満の長いリストを拝聴することになった。古くはイティーチ戦争時代にこの惑星に到着したときにさかのぼる。不愉快な話だった。そして忍耐は報われなかった。

ゼンマイの切れた時計のように彼らの怒りが途切れたところで、クリスは尋ねた。

「では、あなたがたの公爵領はデンバー、ダルース、デトロイトの三つだけなのですね」

「どれも美しい都市です。文化、公園、優雅な暮らし。求められるすべてがそろっている。粗野な野蛮人とはちがいます」ルイスは答えた。

「カウボーイたちは牧場や農場で生産した食料や繊維素材を提供していますね」

「それを上まわる商品とサービスをわれわれは支払っています。彼らが要求する法外な交換率に甘んじて」

資本家たちの怒りが巻き起こした塵埃《じんあい》のなかから、ようやく問題の輪郭が浮かび上がってきた。

「惑星外貿易が少ないせいで、交換率の変更を要求できないのでしょう」

「だから宇宙ステーションを建設する必要があるんですよ！　ほかの市場がないから彼らと取り引きするしかない。彼らの原料は低価値なのに、わたしたちは高付加価値の製品で支払うしかない」

「よくわかりました。ところで、デュバルさん、スキーはなさいますか？　狩猟や、その他のアウトドアの娯楽は？」

反目しあう二つの世界にも接点はあるはずだ。

「もちろんやりますよ」

「オースティン公爵の山荘で？」

「彼のところは避けています。山岳地帯の一部の男爵がそれなりにいい趣味の施設を運営していましてね」

「その男爵たちの投票行動は？」

「こちらに同調してくれるときもあります。しかしそんなまともな考えの人々は少ない。われわれが建設的な案を出すたびに、開拓時代からの公爵たちが結託して否決するのです」

この会議室には意図的かと思うほど地図が見あたらない。

「ネリー、地図を見ずに地形の話はしにくいわ。この大陸の地図を表示して」

木製のつややかな会議テーブル全体に、希望した地図がいきなり浮かび上がった。テクサーカナ星で人類が入植している最大の大陸が、川も山も詳細に描き出された。人間の入植地はおもに大平原で、東の大山岳地帯と西の大河にはさまれている。大河の水源は山岳地帯だけではなく、さらに西の無人の土地からも支流を集めている。

「ネリー、都市や町や主要な牧場を表示して」

まずデンバーがあらわれた。北に離れてデトロイト。両都市に沿う二本の川が平原で合流するところにダルースがある。ここは工業都市というより貿易センターだ。あとは大平原に小さな町が散在しているだけ。たいていは小さな川の合流地点だ。

「公爵領の境界線を重ねて」

川や山のランダムなうねりをまったく無視して、人工的な直線の格子が引かれている。深刻な問題が単純な黒と白の線に還元されているのを見て、クリスはため息をついた。公爵領は三十あるが、都市があるのは三つだけ。その三カ所に八百万人の人口が集まっている。残り二十七の公爵領の人口はあわせても三百万人以下だ。

通常の交換率では――かりにそれが適正なレートでも――富は偏在してしまう。実際には牛肉やジャガイモはばかげて高く、電池やストーブやエアコンはばかげて安い価格で均衡することになる。

このような不公平な条件では不満がつのって当然だろう。しかしこの実業家たちが生まれるよりはるか昔から、このゲームのルールは決まっているのだ。

こんな厄介事を押しつけてくれてありがとう、おじいさま、とクリスは胸のなかでつぶやいた。せいぜい昔の戦友たちとイティーチ族の話でもして楽しんでいればいいわ……。

しかし、このゲームはまったくの不公平ではない。地図を見ているビジネスマンたちは、目のまえに問題の答えがあると気づかないのだろうか。気づかないとしたら、どうやって彼らの目を開かせればいいのか。

ウォードヘブン首相ビリー・ロングナイフがしばしばつぶやく有名な愚痴を思い出した。〝目があいているのに見えない者こそ、もっとも目が不自由だ〟というものだ。

難問に頭を悩ませていたせいで、クリスはドアが開く音に気づかなかった。そして聞き覚えのある声にはっとした。

「父さん、クリス・ロングナイフが今日来訪するなんて初めて聞いたよ」

「ボビー」

クリスは声をあげた。難問を一時的に棚上げにし、立ち上がって大学時代の友だちを抱き締める。

「ここではロバート・デュバル氏と呼んでもらわないと。最近のきみはクリス王女と名乗っているようだね」

「ええ、奇妙なことに。そのうち自分の家族に背をむけたくなりそうよ」旧友にむけて微笑みながら、不機嫌な声を出すという芸当をやってみせた。

「厄介なのはいつも家族だよ」

ボビーは抱擁を解くまぎわにクリスの耳もとでささやいた。そして姿勢をあらためて訊いた。

「さて、ぼくの町になんのご用事かな？」

「お父さんの愚痴の聞き役よ」

クリスが答えると、会議テーブルのまわりで何人かがくすりと笑った。しかしデュバル父ににらまれて、すぐに口を閉ざした。

「ボビー、あなたに協力をお願いしたいの」クリスは続けた。

「まあ、ぼくの協力がなければ、きみは経営学の単位をいくつか落としていただろうね」

「あれはアルおじいさまがわたしの意思に反して勝手に講座を取ったのよ。単位はわざと落とすつもりだったわ」

「そうはさせない。なにしろジュリーが勉強を教えたんだから」

二人はこの場にいない共通の友人の思い出に微笑んだ。もちろんデュバル父の眉間の皺は深くなった。

「ところでここの公爵領についてだけど」クリスは地図上でカウボーイの国の新しい公爵領をいくつかしめした。「男爵として正式に認められるための――あるいは公爵議会で議席を持つための最低条件は、なにかあるの？　たとえばウォードヘブン星では、新しい郡が議会に議員を送りこむには五万人以上の人口が必要だけど」

「ここも同様だよ。人口一万人以上、牛五万頭以上になって初めて正式な公爵になる。公爵領として正規に定められた領地内でそれを達成しなくてはならない」

「牛を……五万頭？」

「人口は一万人だ」

「まったくあきれた規則だ！」デュバル父が口をはさんだ。

「デンバーはかつて牛五万頭の基準を割りこんだことがあるんだ」息子は言った。「そのときカウボーイたちはデンバーの公爵資格を剝奪しようとした。父は急いで牛百頭を法外な値段でオースティンから買い付けるはめになった」

この星の病いには明確な原因がある。そして長い歴史もある。しかし話題がさっきの愚痴にもどると、彼らは眼前の問題が見えなくなってしまう。

「人はたった一万人でいいのね」クリスは言った。

「かわりに牛は五万頭」ボビーはくり返した。

クリスが答えず沈黙していると、やがてボビーは首を振った。

「悪いけど、クリス、理解してほしいんだ。デンバーとデトロイトの市民は自分たちの都市と、努力の結晶であるこの場所に集めた文化を、とても誇りに思っている」

「文化的施設については詳しくうかがったわ」クリスは皮肉っぽい口調にならないように用心して答えた。

「だから、土曜の夜のスクエアダンスが社交スケジュールの最上位に来るような埃っぽい田舎町には、だれも引っ越したがらない」

ボビーはそう言うと、への字に口を結んで父親を見た。すると父親は憤慨した口調で言った。

「なのにおまえは、あの娘といっしょになるために田舎の養豚場に引っ越すつもりでいる。わたしの父はデンバーを誇れる大都市にするために心身をすりへらして早死にした。そのおかげでわれらの歌劇場、演劇場、バレエ劇場には人類宇宙の半分から有名スターが続々と来るようになった」

「そして父さんはそれを維持するために心身をすりへらして早死にするんだね」ボビーは言い返した。

「お二人とも、それはわたしもかつて通った道よ」クリスは口をはさんだ。「おなじように年長者をののしり、おなじように地団駄を踏んだ。そんな見飽きた論争を再演していただかなくてけっこうです」

デュバル父子はにらみあいを続けている。テーブルをかこむほかの人々は、ここより歯医者の治療台にすわっているほうがましという顔だ。

クリスはゆっくりと言った。

「では、八百万人がわずか三つの公爵領に集中しているのには理由があるはずね」

デュバル父は片手を高く挙げて答えた。

「われわれは土埃のなかに種を蒔《ま》いたりしない。孫を粗野な田舎者に育てたりしない」

「このままでは父さんが孫を抱く機会は永遠にないだろうけどね」息子は辛辣につぶやいた。

「もういいから、心臓に悪いやりとりはやめて。ボビー、どうもよくわからないのよ。わたしは単純な三段論法が理解できないみたい。大学時代もそうだったけど」

ボビーは表情をゆるめた。

「クリス、きみは愚かじゃない。たぶん人間がおかれた状況が見えていないんだ。自分の理想主義を人々が受けいれないことを認めたくないだけ。きみは愚かじゃない」

「そのとおりですね。わたしも彼女の成長につきあって苦労していますよ」ジャックが急に口をはさんで、人々のくすくす笑いを集めた。

「第三者の差し出口は聞かなかったことにしましょう」クリスは言った。「ボビー、あなたたちは公爵領を増やすべきだと考え、自身もデンバーを出たいと思っている。なのにここにとどまっているのはなぜ？」

「融資を受けられないからだよ。プラット川とビッグマディ川の合流点にあるフォートルイスに入植したいんだけどね。場所はここだ」

地図上で西のはずれの一点をしめした。

「そこは無人の公爵領なの？」

「まったく無人だ」

「あなたとジュリーに続こうという賛同者は？」

「今晩六時のニュースで話す時間を五分もらえれば、明日のこの時間までに一万人の参加者を集められるよ」

「では資金調達だけが問題なのね。牛はどうするの？」

「ジュリーの話では、牛百頭を東へ連れていって自分の牧場を持ちたいという牧場出身の若者がたくさんいるらしい。父親とおなじ機会をあたえられないことに不満を持つ息子はぼくだけじゃないってことだ」

ボビーは父親にむかってそう言い、それからクリスにむきなおった。

「昨晩はカウボーイの国へ行ったのなら、彼らが乗りまわしている雑な改造車を見かけただろう」

「忘れもしないわ。今日乗せてもらったリムジンの快適なこと」

「このデンバーでは自動車を生産している。正確には乗用車と、輸送用のトレーラートラックだ。どちらも舗装道路を前提とする。ピックアップトラックはつくっていない。四輪駆動車も」

「でも昨晩見た牧場労働者が乗っていたのは……」クリスはゆっくりと言った。

「……改造トラックだ」ボビーがあとを継いだ。「カウボーイたちはごくごくたまに自動車をぼくらから買うと、修理とカスタマイズを請け負う工場へ直行する。そしてまず、ボディの後ろ半分を切り落とす。場合によっては座席を追加して、最後に荷台を取り付ける。そういうのがたくさん走っている」

「たしかに。しかもどれもポンコツで、ぶつけたり、車体を切り貼りした跡があった」

「ほとんど別物になっている。ここでペイジ自動車の経営者に、なぜトラックを生産しないのかと質問してみるかい？」

「まあ、そうね、訊く必要があるかもしれない」クリスはテーブルを見まわした。そのなかの一人が、テーブルの下に隠れたいというように小さくなっている。「ウォードヘブン星では、小さなオフロード車から大型のトレーラートラックまであらゆる種類の車両を生産しています。なぜここではそうしないんですか？」

「需要がないからだ」男は消えいるような声で言った。

「よく聞こえませんでした。もう一度お願いします」クリスはうながした。

「需要がないからだ」甲高い声で叫んだ。

「需要がないからさ」ルイス・デュバルが同時におなじ言葉を怒鳴った。

「それはつまり、存在する需要を満たす気がないということですね」クリスは言い換えた。

「やつらの希望に応えてやる義理などない！」

「その一方で、彼らがみなさんの希望に応えるようにしたいのですよね？　わたしにそれをやれと」

「なにが悪い。そうすべきだ。彼らは支配的な権力に固執している」

クリスはボビーを見た。

「お父さまは本気でそう考えていらっしゃるのかしら？」

「ぼくは父の考えを変えることはできなかった。きみでも無理だと思うよ」

「同感ね」

「賢明だ」

クリスはテーブルをかこんだこの都市の有力者たちを見まわした。いまはおびえて震えている。

「市場があるのに、その需要を満たそうとなさらない。地域の権力問題を自分たちに有利なように解決できる簡単確実な方法があるのに、それをやろうとなさらない。頭は正常ですか？」

「侮辱はやめたまえ、お嬢さん」ルイス・デュバルは言った。

「侮辱ではありません。質問しているのです。ボビー、もしお金があったらあなたはなにをする?」

「ジュリーといっしょに二週間でフォートルイスに入植するよ」

「ネリー、この愚者の巣窟で銀行を設立するにはなにが必要?」

「もちろん資本金です。銀行の設立認可状は簡単に取得できます。すでに必要書類を用意ずみで、あとは頭取と六人の取締役の名前を書きこむだけですよ」

「ボビー?」

「メアリー・ホッグが適任だ。父親の銀行でまもなくその役職に就くといわれている。ヘルベチカ連盟のジュネーブ大学でMBAを取得している」

「人類宇宙で最高の銀行家養成学校だと聞いているわ」

「メアリーにメッセージを送っておくよ」

「娘をわたしの銀行から引き抜くなど許さないぞ」比較的若手の経営者が腰を浮かせた。

「夕食まで待たなくてよさそうだ。いますぐカフェで会いたいという返事が来た、クリス」

ボビーは言った。

クリスはどうするべきか考えた……せいぜい五秒。ここに残ってテクサーカナ星の有力者たちの愚痴を夜の酒席まで聞きつづけるか。それとも目のまえにぶらさがっている解決策にむけて動くか。過去のせいで未来が見えない人々とおなじことはやっていられない。

「行きましょう、ボビー」

二人は即座にドアへむかった。ジャックは不意をつかれたが、すぐに海兵隊に声をかけて追ってきた。

エレベータはちょうど二人の女が降りてくるところで、ドアは開いている。クリスとボビーは駆け寄ってそれに乗った。不機嫌そうなジャックの鼻先でドアは閉まり、クリスはほくそ笑んだ。一歩先んじてやった！

一階のベルが鳴るまでに、フォートルイス第一銀行の設立認可状が発行され、資本金五億ウォードヘブン・ドルが準備された。クリスとボビーがおもての車にむかって歩きはじめた直後に、隣のエレベータが開いて海兵隊の分隊が出てきた。

クリスは肩越しに振り返って、ジャックより一歩先を歩いていることに数カ月ぶりの優越感を味わった。

「爆弾です！」ネリーが叫んだ。頭のなかでも（爆弾です！）という声が同時に響いている。

「どこ？」

「頭上です！　伏せて、クリス」ネリーは叫んだ。

クリスはボビーを組み敷いて伏せた。

最後に考えたのは、自分を狙った爆弾にボビーを巻きこむわけにはいかないということ。そして、この先いつまでもジャックから非難されるだろうということだった。

轟音を聞いたのを最後に、意識は闇に閉ざされた。

30

ジャック・モントーヤ大尉は怒り心頭に発していた。腹立たしいほどゆっくりと一階へ下りるエレベータのなかで地団駄を踏むしかない。

クリスはよけいな危険を冒したがる。彼女の警護任務に就いたときからわかっていることだが、今回ばかりはあまりに子どもっぽい。自分と海兵隊を待たずにエレベータのドアを閉めるとは、愚かしく、子どもじみ、素人じみている。

この惑星は危険だ。八十年越しの復讐心がくすぶっている。そこまで古い歴史を蘇らせなくても、八十年来の対立関係にある異常な二大勢力のあいだにクリスが飛びこんだのは事実だ。彼女がどちらかの味方につきそうだと頭のおかしな連中が思いこんだら、なにが起きるかわからない。

エレベータが止まった。ドアが開くのをじりじりしながら待って、ジャックは外に飛び出した。左を見て、右を見て、クリスをみつける。

「爆弾です！」というネリーの叫びが聞こえた。

「どこ？」クリスが叫び返す。

ジャックは、落ちてくる二つの物体をみつけて叫んだ。

「頭上です！　伏せて、クリス」

クリスは床に伏せた。ただしそのまえに隣の若者を倒しておおいかぶさった。

爆弾は空中で爆発した。一発目のあと、二発目が続く。

衝撃波に体を叩かれて、ジャックは一瞬だけすくんだ。ほかにも飛んでくるものがあったが、かまわず走りだした。海兵隊もすぐに続き、破片が舞い落ちるロビーを横断した。

「ブルース、分隊と狙撃手一人を連れて追え。エスカレータの上だ」

「はい、大尉」

「衛生兵ともう一人の狙撃手はわたしと来い」

「わかりました」

ジャックは膝をつきながらクリスの脇に滑りこんだ。多くの海兵隊員は横を駆け抜けていくが、一呼吸遅れて女性衛生兵がクリスをはさんでしゃがんだ。狙撃手はライフルを上げて周囲を警戒する。

二つの事実がすぐに見てとれた。クリスは民間人におおいかぶさっている。まあ、彼女は呪われたロングナイフだ。この男はうかつに近づきすぎたのだ。

今朝のクリスは防弾かつらをつけていなかった。スパイダーシルク製の防弾下着がほとんどの破片を阻止し、体が切り刻まれるのを防いでいる。しかし頭部は防御がない。クリスの頭は血まみれだった。

「サル、この田舎惑星の救急要請番号にかけろ」

「もうかけました。救急車はこちらへむかっています。到着予定時刻は十分後。病院への搬送時間は十二分の予想です。救急処置室には頭部外傷対応の準備をさせています。このビルに入居している企業二社が救急用品と看護師を常駐させています。どちらも呼びかけに応じています。残りの措置も実行中です」

残りの措置とはなにかとジャックが訊くより早く、館内放送が流れた。

「デュバル・ビルの一階ロビーにおいて医師の対応が求められています。付近におられる医療従事者は急行してください」

「わたしにできることはすべてやりました」ジャックの新しいコンピュータは言った。

「よくやった。どんな具合だ、衛生兵？」

「大出血はありません、大尉。動脈の損傷はないようです。ただ、動かすのは不安です。医療サポートが来るまで待ったほうがいいでしょう」

「待つのはいらいらするな」ジャックはうめいた。

「まったくです」

ジャックは立ち上がった。

「ブルース軍曹、犯人をみつけたか？」

ブルース軍曹はエスカレータを一、二段飛ばしで駆け上がっていた。押しのけられた市民の騒ぐ声が、上段の人々の注意を惹《ひ》く。しかし高く掲げた拳銃に抗議の声は消え、だれもが道を空けた。

二階に着くと、緑のつなぎ姿の二つの人影が左のエレベータホールの陰へ走っていくのが見えた。ブルースは追いかけた。うしろから海兵隊の足音が続く。

「チェスティ、このフロアのレイアウトを見せろ」

「はい、大尉」ビル内の見取り図がコンタクトレンズを介して浮かび上がった。「エレベータホールのむこうに広いコンコースが延び、その先は大きなフードコートです」

「まずいな」

ブルースはつぶやいて、全速力になった。昼時のフードコートにあの二人がはいったら、人ごみから探し出すのはおそろしく面倒になるだろう。

角を曲がると、二人の獲物がちょうど両開きのガラスのドアを押し開けるところだった。撃ちたかったが、昼食へ急ぐ何十人もの客たちの陰に見え隠れして撃てない。

ブルースは海兵隊をしたがえて走った。

両開きのドアの片方を押し開ける。全体を見まわすのにしばらく時間を要した。奥の壁ぞいにファストフードのレストランが間隔をおいて並んでいる。その手前は騒々しいテーブルの海だ。数百人、あるいは数千人の人々がすわって食べている。

目をこらしても緑のつなぎは見あたらない。走っても、歩いてもいないし、じっと立ってもいない。

「その銃を下ろせ」命令する声が近づいてきた。

ブルース軍曹は左を見た。カーキ色のズボン、茶色のシャツ、金色のバッジ、肥満した腹の男がこちらへ歩いてくる。ベルトのホルスターに銃はあるが、抜くそぶりはない。

ブルースは人ごみに目をもどしながら、近づく警官に言った。

「爆弾が爆発して、クリスティン・ロングナイフ王女が負傷された。重要参考人二人を追ってきた。どちらも緑のつなぎを着ている。見かけなかったか？　彼らと話したい」

「銃を下ろせ。ここでそんなものを振りかざして歩くんじゃない。ここをどこだと思ってるんだ。カウボーイの町じゃないんだぞ」

ブルースは抗議を無視して、追いついてきた三人の海兵隊員に指示した。

「このフードコートの反対側にドアがある。そこを封鎖しろ。だれも出入りさせるな」

女性伍長が二人のやせた二等兵を左右にともなって駆け足でそちらへむかった。三人とも拳銃を高く掲げている。

「あんなことをやらせるな」警官はまた言った。

「あんたの上官はどこだ？」ブルースは訊いてから、さらに四人の海兵隊員にむきなおった。

「二人はこの入り口を封鎖しろ。出入り禁止だ。あとの二人は客のあいだを捜索しろ。拳銃がよく見えるように持て。ここの住民は見ただけでビビる。ビビらないのが犯人だ。制圧に必要なら武器使用を認める。ただし無実の市民を撃つなよ」

「そんなことをしたら、うちの留置所にぶちこむぞ」警官が言った。

「……だそうだ」

「わかりました、軍曹」

狙撃手は答えて、ライフルのストックを腰にあてて銃口を立て、人ごみにはいっていった。

女性海兵隊員も拳銃を上にむけて、トイレの捜索にはいった。

「ブルース軍曹、犯人をみつけたか？」モントーヤ大尉の声がネットワークから聞こえた。

「追跡して広いフードコートにはいりました。いまは大海から二粒の砂を探しているところです」

「地元の協力は得られているか？」

「地元の警官が隣にいて、わたしと部下に銃を捨てろと求めています。ここはカウボーイの国ではないという理由で」

「まともな地元の協力を得られるようにこちらから働きかける。その警官がどうしてもじゃまなら、撃っていいぞ。できれば膝をな。しかし爆弾犯は逃がすな」

もちろん大尉は本気ではないだろう。しかし警官にしてみればどちらともつかないはずだ。ブルースは相手に楽しそうな顔をむけた。警官はあわてて退却しながら、自分の通信リンクを使った。その返事を聞いて、顔色が変わった。

「警官の応援が二人来るそうだ。そのうち一人はきみたちに協力して奥のドアを守る。わたしはこのドアを守る」

客たちの不満の声が大きくなった。外では食事をしたいのにいれてもらえず、内では買い物や仕事にもどりたいのに出してもらえないのだ。

多くの人々にとって不運な日だ。しかし倒れたプリンセスのようすを思い出すかぎり、最悪の日を迎えているのは彼女だろう。ブルースはそれなりにクリスの窮地を見てきたが、今回はとりわけひどい。

女性海兵隊員が女性用トイレから出てきて、脱ぎ捨てられた緑のつなぎ一着を振ってみせた。

「男性用トイレも調べろ」ブルース軍曹は大声で指示した。

「男にやらせろ」警官が言った。

しかし彼女はさっさとはいり、まもなく二着目の緑のつなぎを掲げて出てきた。やられた。本格的に面倒になった。

「大尉、犯人二人は、爆弾を投げたときに着ていた緑のつなぎを、トイレで脱いでいます。いまはどんな服装をしているかわかりません。監視カメラの有無を地元警官に問い合わせてみます。つなぎを着てトイレにはいり、べつの姿で出てくるようすが写っているかもしれません。しかしカメラ映像がなければ、手がかりは尽きます」

監視カメラについて質問された警官は、全裸でフードコートの奥まで飛んでいけと言われたかのような顔になった。

31

ジャック・モントーヤ大尉は、高性能爆薬を正確な量と適切な方法で使えば、解決できない問題はほとんどないと信じていた。しかし、使われる側になった経験はあまりない。気にいらない経験だった。まったくもって。

とりわけ腹の底で渦巻く無力感が不愉快だ。いまこの瞬間にクリスが求めているのは警護班長ではなく、医者だ。任務に失敗した警護班長などいよいよ無用の長物だ。

今日のクリスが独断専行だったからといって、警護失敗の言いわけにはならない。ジャックにとってはそうだ。

野次馬をかきわけて医師が到着したのと、看護師が上層階の救急用品を持って駆けつけたのは同時だった。看護師とその助手一名は、脊椎固定用のバックボードとその他の医療器具を持ってきている。

真上からの爆圧できつく押しつけられた二人の体を見て、医師は首を振った。

「まず引き離そう」

医師と看護師と助手は協力して、クリスをうつぶせのままバックボード上に移し、診断をはじめた。ちょうどそのときボビー・デュバルがうめいて意識がもどりはじめた。

看護師はクリスを医師と助手にまかせて、ボビーの状態を調べた。そして患者をあおむけにしたいと、クリスを診ている医師に協力を要請した。

「本人はそのほうが楽なはずです。負傷よりも衝撃の影響が大きい。脳震盪を起こしているかもしれません」看護師は説明した。

ジャックはクリスの足もとに立ち、狙撃手は頭のほうに立って周囲を警戒した。野次馬が集まりはじめているが、ライフルを見るとあまり近づいてこなかった。

ジャックは医師の表情と野次馬を半々に見ていた。拳銃は垂直に立てている。水平にしたのは二度、不審な動きをした野次馬に対してだ。二度とも相手は驚いた目つきで両手を挙げ、人ごみの奥へあわてて後退していった。

ジャックはまだ民間人を怖がらせることができる。

そのジャックも医師の顔を見るのは怖かった。

サイレンの音とともに救急車が到着した。ジャックは場所を空け、二人の救急隊員が負傷者をかこむ輪に加わった。

クリスはバスケットストレッチャーに移され、気管挿管と点滴がおこなわれた。ジャックの仕事が失敗したときにおこなうべき処置として事前学習していたことが、すべて実施されている。

その最中に通信リンクに連絡がはいった。ブルース軍曹からだ。

「大尉、犯人二人は、爆弾を投げたときに着ていた緑のつなぎを、トイレで脱いでいます。いまはどんな服装をしているかわかりません。監視カメラの有無を地元警官に問い合わせてみます。つなぎを着てトイレにはいり、べつの姿で出てくるようすが写っているかもしれません。しかしカメラ映像がなければ、手がかりは尽きます」

「サル、この付近に監視カメラはあるか？」

「テクサーカナ星に監視カメラはないはずです。地元警察にあたる組織に連絡をとっています。警部一名がブルース軍曹のところへむかっています。ほかの警官も同様です。デンバーで唯一の警察犬チームも招集されています。最大限の対応がとられています」

「ありがとう。ひきつづきクリスの状態を監視、報告しろ」

そして自分の任務対象である若い女に目をもどした。いや、クリスはただの任務対象ではない。自分の命だ。

いまは救急車へ移されようとしていた。

「同行しますか、軍人さん？」医師から訊かれた。

「行きます」

「ご家族ですか？」

「彼女の警護班長です」ジャックは答えた。

「なるほど」納得したというより、どう言えばいいかわからないという口調だ。「医療処置について承諾できる方がいらっしゃいますか？」

「先生、彼女はウォードヘブン海軍大尉で、知性連合王レイモンドの曾孫です。地元の詳しい規則はともかく、治療してください。最高の治療をお願いします」

「重武装の軍人さん、われわれはそのつもりです。ただ、このような負傷はこの星であまり症例がないのですよ」

ジャックは救急車の隅に乗りこんだ。狙撃手は助手席にすわった。昏睡状態のクリス・ロングナイフ王女は、数光年の範囲で最良の医療施設にむけて十二分間の搬送にはいった。


ブルース軍曹は失敗を簡単に受けいれられなかった。海兵隊は勝つために訓練されている。負けるのはつねに敵だ。しかし今日は敵の気分を教えられるようで不愉快だった。

警察犬チームの到着を待っているときに、アビーから連絡がはいった。

「パスリー大尉とすこしだけ話してあげて」

海軍情報部のペニー・パスリー大尉は、現役ないし退役した警官の娘だ。地元警察との交渉で警察の話法をうまく使って話を通したことが何度もある。地元警察を効率的に動かすには彼女に頼るのが一番だ。ブルースはため息をついて、通話を受けると返事した。

「軍曹、わたしたちは山荘にいて、あなたとモントーヤ大尉のコンピュータを経由して事態を追っているわ。状況は把握している」

「ではクリスが倒れ、自分たちが犯人をつかまえきれずにいることも知ってるでしょう」

「わかっているわ、軍曹。わたしがあなたでもそれ以上のことはできないと思う。こちらではいま地元警察と連絡をとっている。初動が遅くて歯がゆいけど、それでも警察は動きはじめている。こちらを妨害しているわけじゃないのよ。この手の事件の経験がなく、備えがないだけ」

「クリスを狙ったのがだれなのかわかりますか？」

「まったくわからない。わたしはベニ兵曹長と、集められるかぎりの海兵隊技術兵をつれて、そちらの現場へむかうわ。シャトルが着陸したらすぐに」

「いつまでに？」

「シャトルはつい先ほどワスプ号から投下された。ここに到着するまで三十分。そちらへ飛ぶのに一時間というところね」

不意を衝かれたのは地元だけではないということだ。ブルースはいつのまにか固く拳を握っていて、指を開くのに意思の力が必要だった。

応援の警官が何人か到着した。犯人二人をとらえた最良の画像だとコンピュータがいうプリントアウトを受けとった。しかし写っているのはどちらも後頭部で、しかも解像度が低い。

警察犬が到着した。こちらは本物のブラッドハウンドだ。緑のつなぎの一方をしばらく嗅いでから、男性用トイレ付近の床を嗅ぎはじめた。すぐに人ごみに分けいり、早いペースで進んでいく。ブルースと狙撃手はそのすぐうしろを追った。

警察犬は二つの出入り口のどちらにもむかわなかった。行き先は壁のちいさなくぼみにある目立たないドア。錠前はこじ開けられている。奥は従業員用通路になっていた。物置があり、暖房用ダクトが這いまわり、その先にモールの裏口がある。裏口から出て、まっすぐ道路ぎわの縁石へ行って……警察犬はぴたりと止まった。すわって体を掻き、ハンドラーを見上げる。ハンドラーはおやつをあげて、ブルースにむきなおった。

「追跡対象はここで車に乗ったようです」

「そのようだな」ブルースは答えて、海軍の情報将校に連絡した。「こちらは行き詰まりました、パスリー大尉。ほかに手がかりはありますか？」

「ないわ。デンバー警察はカウボーイの犯行だと確信しているけど」

「カウボーイとカウガールでしょう」ブルースは口を出した。

「たしかにそうね。とにかく、技術兵たちに現場を調べさせるまでは、こちらも警察以上の推測はできないわ」

「では、爆発現場にもどって現場保存を？」

「お願い。地元警察も現場を管理すると言ってるけど、あなたが協力したほうがいい」

現場がきちんと保存されていればハイテク捜査が威力を発揮するが、それを知らない地元警察のやることは信用できないと暗に言っているのだ。ブルース軍曹はチームをフードコートの正面入り口に集合させ、一階ロビーへむかった。

危ないところだった。立入規制を担当している警官が、ビルの管理者に詰め寄られていた。〝退社時間の混雑と混乱を避けるために〟、ロビーの出入り口二カ所を開けたいという。海兵隊軍曹と武装した七人の海兵隊員が割りこむと、管理人は主張を取り下げた。現場の立入禁止テープは維持された。

ブルース軍曹はクリスを海兵隊の仲間とみなしている。だから彼女がやられたことが悔しかった。犯人を探す手がかりをここでみつけるまで、なにがあっても完璧に現場を保存すると誓った。

ウィリー・ストーンは、殺気立った海兵隊将校に拳銃をむけられると、両手を挙げて人ごみのなかに退がった。しかしロビーからは去らなかった。離れた安全な隅に引っこんで、現場を見守った。救急車が到着して医療関係者が駆けこみ、この宇宙からの侵略者を生かそうとする試みの輪に加わった。

手もとに電話がかかってきた。ラルフ・フォードさんですかという質問に、番号ちがいだと答えて切った。これはアリルとベティがうまく脱出できたことを意味する符牒だ。それでもまだウィリーは現場の観察を続けた。海兵隊将校と長いライフルを持った仲間が救急車に同乗して走り去ったところで、ようやくウィリーもロビーをあとにした。

医者が現場でロングナイフの死亡判定をするとまでは期待していなかった。近くの救急処置室に運びこんで、爆弾でぼろぼろになった体を蘇生しようと大金をかけて処置するだろう。

釘を買いに出かけたのろまなアンダーソンが早く帰ってきていたら……あるいはデュバルとロングナイフを同時にやれる好機がこれほど急にめぐってこなければ……。多くの〝もしも〟を考えてしまう。

それでも、瀕死のロングナイフの娘はこれで排除できた。犯人探しは錯綜しており、こちらは自由に動ける。

こんなにわか仕立ての計画が成功するとは思わなかった。要求したら資金をもらえた。そして、なんとうれしいことに、すべてうまくいったのだ!

32

ジャックは待合室で歩いていた。六歩で北の壁。まわれ右して、また六歩で南の壁。そのくり返し。そうやって反復行動をしているかぎり、やりたくてうずうずしていることを抑えられる。やりたいこととは、すなわち壁を、あるいはだれかを殴ることだった。なにかに拳を叩きつけたい。このはてしない待ち時間を終わらせたい。

しかしいずれにしても無力だ。

クリスはこの壁のむこうにいて、医者にかこまれている。もしかすると……いや、たぶん死にかけている。永遠にいなくなろうとしている。彼女に対する自分の気持ちをなにも伝えていないのに。

ばかげている。ジャックの仕事はクリスティン王女を警護することだ。恋に落ちることではない。だからなにも言わなかった。彼女が歩き去り、暗殺の試みに踏みこむのを見すごした。この哀れな宿無しの迷子を大切に思う彼の気持ちを知らないまま。

そこまで考えて、ジャックは自嘲で鼻を鳴らしかけた。クリスを哀れとか、宿無しとか、迷子とか、普通はだれも思わない。彼女は世界をだましていた。しかしジャックはだまされなかった。だれも見えないところを見ていた。

その見えないところを愛していた。

その彼女が死にかけている。

ペニーから電話がかかってきて、感情の泥沼にはまりかけたジャックは救われた。海兵隊員としての自分をとりもどした。死ぬべきやつはほかにいる。

ペニーは、犯罪現場での遺留物収集と電子顕微鏡による調査の許可を求めてきた。ジャックは同意した。そのあとペニーは黙った。沈黙が長くなってようやく、こちらの状況について話を求められているのだとわかった。クリスは手術室にいることと、最初に現場で見た状態から新たにわかった事実はなにもないことを伝えた。そこでペニーからの電話は切れた。

衛生兵は手術室に通じるドアのそばにすわっている。クリスの血はおおむね拭きとっている。いまは拳銃を膝に出して、自分たちの指揮官への蘇生術がおこなわれている部屋を守っている。

部屋の反対側のドアのまえでは、狙撃手が長銃身のライフルを手に立っている。目はドアを……というより、ドアのガラス窓からむこうの廊下を監視している。

しばらくまえまでこのドアのむこうには多くの人が殺到していた。報道関係者、病院関係者、野次馬……。なかにはドアを押し開けようとする命知らずもいたが、海兵隊の殺気立った目ににらまれると青ざめて退散した。

そんななかで、ルイス・デュバル氏だけは海兵隊にひるまなかった。それどころか、ジャックが警護について約一時間後に、待合室まで無理やりはいってきた。

「わたしの息子になんてことをしてくれたんだ」デュバルは詰問した。

ジャックは、〝そういうあんたはどこで油を売っていたんだ？〟と訊き返そうかと思ったが、それではますます印象が悪くなる。クリスが生き延びたらふたたびこの男と交渉しなくてはならないのだ。

「彼は手術中です。命に別状はないはずです」

大柄な父親は手術室のドアへ進もうとした。そのまえを小柄な女性海兵隊員がさえぎる。

「どけ」

「わたしたちの王女殿下もいっしょに手術中です。外科医のじゃまはさせません」

「息子が奥にいるんだ。面会する権利がある」

「ナースステーションでお尋ねください」

両者はしばらくにらみあった。この星の権力者と、殺気立った女性海兵隊員。

結局ルイス・デュバルは退却し、今度はナースステーションの婦長をにらみつけた。

「わたしの息子はどうなっているんだ？」

「治療中です。すぐに《ア・ミニット》終わるはずですので、お待ちください」

「では一分間《ア・ミニット》待つ。一分だけだぞ」

数分待ったところで、息子はストレッチャーに乗せられて出てきた。ルイス・デュバルはすぐにそばへ行ったが、若者が動かせる腕を伸ばしたのはジャックのほうだった。

「彼女に命を救われたんです」ボビーは涙ながらに言った。「命を救われた。彼女がぼくを押し倒して、おおいかぶさってくれなかったら、ぼくは死んでいた」

「ええ、わかっています」ジャックは小声で答えた。

「彼女が盾になってくれなかったら、全身がこのやられた腕とおなじ状態になっていたと、医者から言われました。なぜ彼女はそこまでしてくれたんでしょうか？　なぜ？」

「クリスが治ったら自分で訊いてみてください」ジャックはできるだけ自信ある態度でそう言った。

ストレッチャーを押す看護助手のうしろから、執刀医がついてきていた。患者が感情的になるのを心配げに見ていたが、若者がふたたび目を閉じて眠ると、表情をゆるめた。

「先生、息子の容態は？」デュバルが医師を問いただした。

「あとは睡眠で治らない症状はありませんよ。脳震盪、ショック状態、片腕の重傷。しかし本人が言ったとおり、おおいかぶさった女性が金属片のほとんどをさえぎった。そうでなければはるかにひどい状態だったはずです」

デュバルはジャックにむきなおって叫んだ。

「すべてきみたちのせいだ。この星では前例のない事件だ！　きみたちがあらわれたとたん、わたしの息子がこんなことに！」

デュバルはジャックの返事を聞こうともせず、ストレッチャーについて去っていった。

ジャックは外科医にむきなおった。

「ロングナイフ大尉はどんなようすですか？」

外科医は煙草に火をつけた。ナースステーションの看護師が咳払いしたが、無視した。

「わからない。わたしはまだ新米の外科医なんですよ。ディエム医師は腕がいいだけでなく、この惑星最高の頭脳の持ち主でもある。彼女をひと目見て、これはディエム医師が必要だと思いましたよ」

ジャックは軍人らしく無表情でいようと努力したが、今回ばかりは難しかった。

「ご心配なく。そのディエム医師が彼女を救おうとしています」

慰めのつもりでそう言うと、若い外科医は担当患者のあとを追っていった。

ジャックはふたたび歩きまわり、海兵隊員は監視を続けた。クリスはどこかで体を切り貼りされている。あるいは死にかけている。

ジャックは無力だった。歩み寄る壁に握り締めた拳を叩きこみたいという、千回もくりかえした気持ちをまた抑えた。


ペニー・パスリー大尉は、平均的な海軍将校よりも犯罪現場での経験が豊富だった。海軍では警備訓練のあとに分析と尋問を学んだが、犯罪現場には九歳のときから父親について出ていた。

父親は犯罪者とその行為全般を憎んでいた。法を犯すのはどこもかっこよくないし、自慢にもならないと早くから娘に教えていた。ペニーはそんな父親を手本にしていた。警察に勤務する人々を敬愛していた。

しかしデンバー警察だけは例外にすべきかもしれない。

爆発現場にペニーが到着したのはかなり時間が経過してからだった。捜査チームはいったんワスプ号にもどって機材を取ってきて、それからデンバーに降下したのだ。地元警察はそのあいだに証拠を調べる余裕があった。

しかし一ページだけの報告書を渡されたペニーは、相手の刑事を怒鳴りつけそうになった。

「爆弾についてなにもわからなかったというの？」

「そうではありません。市販の標準的なTNT火薬、たぶん三本くらいが爆弾一個に使われています。起爆装置も一般的な化学式信管で、爆発物取扱業者から購入できるものです。つまりごく一般的な爆弾で、明確な特徴はない。まあ、TNT火薬のまわりに釘などのガラクタが詰めこまれていなくてさいわいでした」

刑事はペニーににらまれて、最後は弱々しい声だった。

「火薬に製造者を特定できるマーカーははいってないの？」

「ありません。ここでは必要がないので」

「起爆装置や信管に製造番号は？」

「いいえ……」

「……ここでは必要がない」ペニーと刑事は同時に言った。

「いいですか、ご出身の惑星がどんなところか存じませんが、ここの住民は遵法精神が高いんです。デンバーは人口五百万ですが、小さな町の住民意識を守っています。だれもが顔見知りで、おたがいがしていることをよく知っている」

「だから殺人事件など起きないというのね」ペニーはかわりに言ってやった。

「はい。家庭内暴力はそれなりにあります。その場合は夫か妻が容疑者で、やがて自白します。連続殺人のたぐいが起きたのは十年か十二年前で、その犯人も最後は逮捕しました」

「でもクリス・ロングナイフには容疑をかけるべき夫はいないわ。その立場に近いのはジャックだけど、彼はすぐうしろにいて、彼女を守ろうと最善の努力をしていた」

刑事はなんの話かという顔でペニーを見ていたが、質問されないので説明しなかった。

「聞きおよんだところでは、昨夜のダンスパーティでなにかあったようですね。被害者の曾祖父がどこかのカウボーイの曾祖父を処刑して、その血の復讐が必要だとか。それが本当なら、本件はデンバーの問題ではありません」

「カウボーイの国で昨夜起きたことをどうやって知ったの？」

「爆弾事件から二時間とたたずに流れたニュースです。TSNニュースがどうやって知ったのかは彼らに尋ねてください。情報源は簡単に明かさないでしょうが」

「そのニュースを参考にこの事件を捜査しているわけ？」

そういう捜査手法をとっている若手刑事をペニーの父親がみつけたら激怒するだろう。

「それは、まあ、どちらとも言いませんよ。しかしわたしの上司の警部は、被害者の問題の根っこはこの町ではないと考えているようです。わたしが反対意見を述べてもいい顔はしないでしょうね」

地元警察にも厳然たる階級と序列があるのだといえば聞こえはいいが、こんなふうに安易な推論に飛びついてしまった捜査の流れを変えるには、市議会に近いレベルのコネが必要だ。いや、このもつれた糸を一刀両断できるのはクリス・ロングナイフをおいてほかにない。

ペニーはクリスから放任され、好きなようにやらせてもらえるのがうれしいときもしばしばあった。しかし今回は残念ながらちがう。

ペニーは技術兵のチームにむきなおった。

ていった。

「この爆弾について警官たちが知らないことがわかったら、すぐに教えなさい」

海兵隊とベニ兵曹長は、「はい、大尉」「了解です、大尉」と口々に答えて、作業に散っていった。

ウィリー・ストーンは、海軍士官が海兵隊を率いてデュバル・ビルにはいっていくところを見ていた。手もとの電子リーダーには警察ネットワークから盗み出した報告書がある。爆弾の特徴は割り出せておらず、使用者の身許特定につながる手がかりはない。

予想どおりだ。

爆発物に識別用マーカーをいれる人類協会基準を導入しないとテクサーカナ星が決めたのは、何十年も昔のことだ。理由はコスト削減で、なにも問題はなかった。

いままでは。

これまで問題がなかったからといって、今後も問題がないとはかぎらないだろうに。しかし不満はない。おかげで仕事がやりやすくなった。

ウィリーは背をむけ、角を曲がってブロックのむこう側に出た。一台の車が待っている。乗ると、なにも言わなくても目的地へ走りだした。

ここでやるべきことはやった。次はさらに大きな手を打つのだ。

33

目覚めたクリスは精神の霧のなかにいた。

ここはどこか。

なにが起きたのか。

しかしこれらの疑問の答えはさほど重要ではなかった。

全身で苦痛が脈打っている。浜辺の夜空をこがすかがり火のように揺れている。その炎をいつまでも眺めていたい誘惑にかられる。しかしそれは手が届かないほど遠く、影響を感じない。

大昔にこんな経験があったと、クリスはしだいに思いはじめた。

(ネリー、わたしは酒を飲んだの？　禁酒の誓いを破ったの？)

しかし、ネリーの返事はない。

ジャック、ジャック。いるの？　あなたはいつもいてくれた。わたしを愛してくれた。

努力してまぶたを開けた。

白い部屋だ。白また白。黒いのは装置とチューブと……。

ここは病院だ。いや、ただの入院ならここまでチューブだらけにはされない。

ここは集中治療室だ。

悲鳴をあげようとした。しかしなにかに喉をふさがれている。手を伸ばそうにも腕が動かない。

ふいに部屋に人がはいってきた。ベッドをかこみ、装置を調べはじめた。

たちまちクリスは穏やかな無意識の世界に引きもどされていった。

クリスの病室に駆けこむ人々を追って、ジャックもなかにはいった。うしろに控え、口は閉じていた。

初めてクリスのようすをまのあたりにして、声を出さずにいるのは簡単ではなかった。長年の鍛錬によって無言をつらぬき、壁に背中をつけて、医師と看護師が仕事をするのを見守った。まだ眠っているべき時期に意識を回復してしまったクリスに、処置をほどこしている。

事態が落ち着いて大きな墓石のような静寂がもどったところで、ディエム医師がジャックの隣に来た。いっしょに人工呼吸器の動作を眺める。

「面会をお断りしていた理由がこれでわかったでしょう」

「ひどいようすですね」ジャックは認めた。

「あなたもわたしもできることはない。いまは眠るのが一番です」

「なにが起きたのか教えてください」

「ぎりぎりの線でやっていたのが、その線を越えて悪い方向へ行ったということです。このお嬢さんは過去に麻薬常用癖などがありますか？」

「弟が亡くなった直後の一、二年はアルコール中毒でした。また、〝素直ないい子〟になるような薬を大量に服用させられていたと聞いています」

「いまも素直ないい子ですか？」

「わたしが知るようになってからはちがいますね。しかし、飲酒はすくなくともしない。前回負傷したときは鎮痛剤の投与をほとんど拒否しました。わたしたちを叱り飛ばすのが憂さ晴らしでしたね。覚醒していると手に負えない患者です」

医師は首を振った。

「彼女の生涯医療記録にはまったく記述がありません。しかしある種の社会階層の人々においてはめずらしくない。記録になければなかったことになる。問題が起きたときに必要な処置をしなくてはならないわれわれ一般の職業人にとっては、厄介なことですよ」

「わたしも毎回困らされます」ジャックは認めた。

「薬の処方を調節しました。言っておきますが、元乱用患者の場合に予想されるような段階的症状はいっさいみられませんでした。過剰使用の経験が何度かある普通の患者といってもいい反応でした」

「次に酒を飲んだほうがよさそうな場合にそう言ってみましょう」

「そのあたりはおまかせします、軍人さん」

「それで、先生、今回の覚醒でなにかわかりましたか？　彼女は無事ですか？」

「今回のことでわかったのは、自動投与装置のプログラムが不適切で、望ましくない段階で意識がもどりかけたということだけです。われわれがあわてたのをご覧になったでしょう。

脳の状態はわかりません。まだ検査する時間がない。申しわけありませんが、彼女の状態についてはもうしばらくやきもきしていただくしかない。われわれとおなじようにね」

ジャックは最後にもう一度クリスを見た。ふたたび深い、望むらくは回復的な昏睡状態にはいっている。ジャックは病室をあとにした。


ペニーは病院でジャックと合流した。技術兵たちは現場に残し、爆発物の破片を心ゆくまで調べさせている。彼らを妨害したり、心ゆくまで調べさせないような者があらわれたら、ペニーは十分でもどることにしていた。

ジャックはクリスの病室から出てきたところだった。警護班長はクリスの状態について簡潔な言葉で短く説明した。

「つまり、はっきりしたことはわからないわけね」ペニーは要約した。

「そういうことだ。爆弾のほうは？　なにかわかったことは？」

「わかることはクリスの話よりさらに少ないわ」

「よくないな」

ジャックは待合室の椅子にすわった。ペニーは隣に腰を下ろした。

「地元警察はカウボーイの復讐行為だと考えているんだけど」

「可能性は？」

「この二十四時間にデンバー空港に到着した飛行機のリストを確認した。オースティン公爵領から来た飛行機はゼロよ。というより、カウボーイの国から来た飛行機はそもそもない。

定期便はほかの二つの工業都市間を飛んでいるだけ。本数も少ない」

「クリスもそういうことを知ったところだった。命を救ったあの若者と銀行を設立する準備をしていた。この惑星のやり方を変えるために」

「だから爆弾で狙われた？」

「さすがに準備する時間がたりないだろう。ただ、クリスが話しあっていた相手は地元の有力者であるルイス・デュバルの息子だ。だれかが彼の息子の命を狙い、たまたま隣にいたクリスが身を挺して彼を守るとは想定していなかった……という線は？」

ペニーは軽く笑った。

「たしかに、あなたやわたしには想定の範囲だけど、彼女をそこまで知らない地元住民には想定外でしょうね」

ペニーは立ち上がり、あたりを歩きはじめた。

「ジャック、今回の件はとてもにおうわ」

「わたしも納得いかないことだらけだ」

「爆弾は市販品だった。ただし追跡手段のない市販品」

「識別マーカーがはいってないのか！」ジャックはあきれて言った。

「爆弾を投げるなんて事件はここでは起きないのよ。だから無駄なコストを削減するためにマーカーは省略されている」

ジャックはうめいた。

「法律があるだろう……。そうだ、人類協会の時代にそう決められていたはずだ。いまや記憶のかなただが」

「人類協会の時代からすでにここの人々は法律を忘れていたようね。でもジャック、犯人の爆弾の使い方はとても巧妙なのよ。もしゴミ箱やブリーフケースに仕掛けて放置していたら、ネリーが察知したはずだから」

ペニーはそこではたと足を止めた。

「ちょっと待って。ミムジー、ネリーはどこ?」

「ネリーはオフラインです」

「サル、ネリーを目覚めさせられるか?」ジャックが訊く。

「試みていますが、反応がありません」

「物理的にどこにあるの?」ペニーはナースステーションにむかった。「クリス・ロングナイフの私物は保管してあるかしら?」

「調べてみます。服は切り刻んでしまいました。あのボディスーツは切って脱がせるのにとても苦労したんですよ」

「スパイダーシルク製の防護アーマーなんだ。息があるのはそのおかげだ」ジャックは説明した。

看護師は片方の眉を上げただけで、なにも言わず、ステーションの奥の部屋へはいった。そして数分後に、小さな塊を手のひらに載せてもどってきた。

「お探しのものはこれですか?」

「そうよ」

ペニーはネリーを受けとった。多くの実績を上げ、あふれんばかりの個性を持ったコンピュータにしては、その物理的実体は小さかった。

「ネリー」ペニーは呼びかけた。

返事はない。

「電源が切れてるんじゃないのか？」ジャックは訊いた。

「いいえ」ミムジーが答えた。「サルとわたしは低いうなりを受信しています。電源ははいっています。活動していないだけです」

「わかるように説明してくれ」

サルが代わって話した。

「母ネリーは稼働中です。すくなくとも一定のレベルでは。しかしネットワークに出てきません。無反応です」

「損傷してるのかしら。どこか壊れたの？」ペニーは訊いた。

「いいえ、大尉。見たところ母ネリーの基幹部位は稼働中であることが確認できます。こちらの声は聞こえ、返事も可能なはずです。あえて返事をしないのです。母ネリーが心配です、大尉」

「おなじ気持ちだ」ジャックは答えた。

「緘黙症《かんもくしょう》のコンピュータなんて前例がないわ。でも、そもそもネリーは前例のないコンピュータだし」ペニーは言った。

「まったくです」ミムジーが同意した。

「どうしますか？」サルが尋ねた。

「クリスが回復して、ネリーをこの状態から呼び覚ましてくれることを期待するしかないだろう」とジャック。

ミムジーがペニーに言った。

「大尉、メディアがわたしたちの話題を取り上げています。モニターでご覧になりますか？」

悲惨な事件の元凶であるこの惑星のことなど知りたい気分ではなかったが、知らないより知っていたほうがましだとペニーは思いなおした。ジャックに話そうとしたことは後まわしでいい。

「見せて、ミムジー」

コンピュータは指示に従った。

『彼女がぼくの命を救ったんです』傷だらけで包帯を巻かれたボビー・デュバルが病院のベッドで聞き取りにくい声で言った。『彼女に救われたんです』

アナウンサーの声がかぶさった。

『彼女とは、ウォードヘブン星のクリス・ロングナイフ王女のことです。そしてデュバル家のボビー・デュバルは彼女と並んで歩いていたことが幸運でした。今日のお昼時にデュバル・ビルの一階ロビーで爆弾が爆発し、ボビーと王女は床に倒れました。そのときボビーの体の上にちょうど王女が倒れたのです。そうでなければ、父親のルイス・デュバル氏はいまごろ息子の枕もとにすわるのでなく、その死を悼むはめになっていたでしょう』

ここでカメラを引いて、その枕もとのデュバルを映した。

『ニュース24ではロングナイフ王女への取材を試みました』

今度は怒った海兵隊員たちの顔が映し出された。ジャックもそのなかにいる。病院のガラス扉越しの映像で、いかにも悪役扱いだ。

『しかし、今日すでに失態を犯した王女の警護チームは、カメラとマイクの放列に対して断固として王女を守る態度でした』

ジャックは報道陣を生かして帰したことを後悔し、次は過ちをくり返さないと誓った。

画面が切り換わり、ニュースタジオにすわる二人の若い女が映された。背景には、〝ニュース24　若者のためのニュース〟というコーナー名が表示されている。まず右側の女が、もう一人に尋ねた。

『まず、爆弾についてどんなことがわかっていますか？』

『デンバー警察局が残留物を分析したんです、ケイト。その結果、爆発物取り扱い資格さえあれば、採掘資材補給処で普通に購入できる材料でできていたことがわかりました。デンバー採掘資材補給処の職員は、販売した資材のこのような目的外使用は過去三十七年間に一度もないことを指摘し、今回の事件がロングナイフ王女の来訪となんらかの関係があるのではないかと示唆しました。王女の身辺では不可解で危険な出来事がしばしば起きることが従来から知られています』

『そのようですね』ケイトは同意した。『では、よその惑星から来た何者かによる政治的暗殺という線以外の動機を、警察はなにかつかんでいますか？』

『はい。ロングナイフ王女は昨晩、平原地方でダンスパーティに出席し、そこでロングナイフ家と因縁のある平原住民の家族と出くわしました。彼女の曾祖父である知性連合王レイモンドが、彼らの曾祖父の絞首刑をかつて命じたようなんです』

『理由はなんでしょうか？』

『それが、記録には詳しいことが書かれていません。とはいえイティーチ戦争時代に極刑が適用される罪は、殺人、レイプ、敵前逃亡の三つだけであることがわかっています』

『カウボーイがそのような犯罪を犯すとは考えにくいですね』

『すくなくとも家族はそのように主張しています。つまりロングナイフ王女は、家族間の血の復讐関係に巻きこまれたといえます。それがデンバー警察の考えです』

『ほかに手がかりはありますか、ナンシー？』

『そうですね、爆発物の購入者はじつは簡単に調べがつきます。調査したところでは、過去一カ月間に購入歴のあるカウボーイはいませんでした。そもそも平原住民は爆発物取り扱い資格をだれも持っておらず、今日デュバル・ビルで爆発した材料を買えないはずなんですね』

『警察はそこまで調べているのでしょうか？』

『いいえ。このことを調べたのは過去一週間でわたしだけなんです、ナンシー』

ジャックはスクリーンを見つめたままうめいた。

「それは知らなかったぞ」

「わたしは知っていました。否定的な報告なので、あえてお知らせするまでもないと判断したのです」サルが答えた。

「次からは知らせろ」ジャックは小声で言った。

『それはデンバー警察にとってやや不名誉な話ですね。ほかにここで話せる手がかりはありますか、ケイト？』

カメラはケイトにズームインした。

『多くの視聴者はご存じだと思いますが、ボビー・デュバルは拡大主義の強力な提唱者です。彼と平原住民のガールフレンドは、フォートルイスに移住して新たな公爵領を開拓したいという希望をあきらかにしていました。じつはニュース24では特ダネとして、彼がフォートルイス第一銀行の設立をロングナイフ王女と準備中で、五億ウォードヘブン・ドルの支援をみこんでいることをつかんでいます。ボビーはもし入院するはめになっていなければ、ニュース24に出演して、フォートルイス開拓と銀行によるビジネス支援策を発表する予定でした。爆弾が爆発したとき、二人はフォートルイス第一銀行の初代頭取に就任予定のメアリー・ホッグと、移住者募集とその開業支援について話しあいにいくところでした。独立に興味がある番組視聴者のみなさんは、ご覧の番号からメアリーに連絡してみてください』

画面には電話番号が映し出された。

『でもケイト、このことと二人が爆弾攻撃を受けたことが関係していると思いますか？』

『いまの時点ではなんともいえませんね、ナンシー。でも、守旧派の人々が、ルイス・デュバル氏の息子を怪我させることで父親の機嫌をとれるともし考えているのなら、さっさと逃げて隠れるのが賢明だと思います』

カメラはナンシーに切り換わった。

『今夜はニュースがすこし長くなってしまいましたが、若いみなさん、このニュースをどう思われましたか？　さて、今週のトップテンのカウントダウンにまいりましょう。まずは《ママは山羊飼いを育てたつもりはありません》の最新ヒット曲……』

モニターはそこで暗転した。しかし最後のところでペニーは頭を抱えた。そんなへんな名前のバンドはどんな演奏をするのだろうか。

ジャックは顎をぽりぽりと掻いている。

「世に驚きの種は尽きないものだな。この二人のレポーターは意外に頭が働くのに」

「まだ若いから。これから学んでいくはずよ」ペニーは言った。

「とにかく、われわれが到着するずっとまえから、何者かが爆弾を製造していたわけだ」

「その何者かはとても利口よ。ネリーに探知されないくらい遠くに爆弾を隠しておいて、タイミングをはかってクリスの頭上に落としてきた」

「チームを組んでの犯行だな。二階に爆弾を投げる役が二人。ロビーの見張りが一人以上いたはずだ」

「それはわからないけど、今朝セッティングされたばかりの会議の詳細を悪党たちは知っていたことになるわ」

「しかしクリスが会議室を出るタイミングはわからなかったはずだ。わたしだって虚を衝かれたんだから」ジャックは悔しそうにつぶやいた。

「クリスは独断専行だから。でもさすがに、今後は部下の話に耳を傾けるようになるかも」

もちろん本人がこの危機を生き延び、さらに教訓を学ぶだけの脳が残ればの話だ。

「この惑星は危険だ。ここへ来ることになった時点で想定していたのよりはるかに危険だ。しかも前々から計画されていたとは」ジャックは愚痴った。

「想定の見なおしが必要ね」ペニーは同意した。

「まず、これは惑星内の犯罪なのか、それとも惑星外から持ちこまれた犯罪なのか。この星で爆弾事件は過去に起きていない。外部の専門家を雇った可能性があるかな？」ジャックはしゃべりながら考えた。「サル、この惑星に船が最後に立ち寄ったのはいつだ？」

「約三カ月前です。下船した乗客は十六人だけです」

サルはジャックの思考を先読みしている。いいことだとペニーは思った。

「乗客リストを見せて」

ペニーが言うと、十六人の写真が正面の白い壁に投影された。まず五人家族。夫と妻と子ども三人で、親族が身許保証人になっている。次の六人は地球出身の若いカップル三組だ。申請書の記載では新天地を求めての入植。さらに医師夫妻と、大学で畜産を学んだ夫婦。いずれも各地の公爵が保証人になっている。

最後の男は独り者だった。表むきはビジネスマンで、目的地はデンバー。身許保証人はなく、かわりに規定の保証金を積んでいる。金額は百万地球ドル。これは一万ウォードヘブン・ドルに相当する。連絡先の住所も書かれている。

「この住所にはいませんでした」サルは言った。

「パスポートに書かれた名前が使用された記録が残っているのは、到着から五日間だけです。

あとは痕跡が消えています」ミムジーがつけ加えた。

「いま写真を星間データベースと照合しているところです。しかしずいぶん低品質の写真です。まるでパスポート使用が禁じられているレタッチ写真のようです」

「教訓その一だ、サル。一人の人間を信じるのは、そいつを投げ飛ばせる範囲までだ」ジャックは言った。

「わたしは人間を投げ飛ばせません。腕がありませんから」

「それがおまえにとっての教訓その一だ」

「やれやれ、人間とは」ミムジーがつぶやいた。

「そばにいると耐えられない、そばにいないと生きていけない」サルも言った。

「その考えが変わったら教えてくれ」とジャック。

「写真と一致する男がみつかりました」ミムジーが言った。「何度も顔を変えていますが、ネリーの子に検索されるとは想定していなかったようです」自慢げだ。

「とにかく、なにがわかったの？」ペニーは訊いた。

「このウィリー・ストーンという男をどう思いますか？」

ミムジーは新しいファイルを開いた。逮捕と前科の長いリストが壁の下まで伸びた。ジャックは口笛を吹いた。

「これだけの前科を三十歳までにな。以後はどうしたんだ？」

「悪事から足を洗ったのか、それともたんに逃げ足が速くなったのか」とペニー。

「後者に賭けますね」ミムジーが言った。

ペニーはウィリー・ストーンの前科を見ていった。少年非行からはじまって重犯罪へエスカレートしている。殺人、強盗、また殺人。注記によると、ほかに殺人事件数件、爆弾事件数件への関与が疑われているが、まだ逮捕されていない。

最後の一件を見て、ペニーは思わず苦笑した。

「ねえ、見て。クリスがニューエデン星の革命を阻止したときに、このウィリーもあの惑星にいたのよ。武装蜂起の助っ人として雇われたのだけど、形勢不利と見てすたこら逃げたらしいわ」

ジャックは首を振った。

「ここに来た理由は観光か、それとも仕事か？」

「両方かも」

「サル、こいつの到着時のＩＤの使用履歴を調べろ。テクサーカナ星のだれかと関係していないか。電話をかけていないか。なんでもいい」

「大尉、彼の痕跡が途絶えて以降ずっと調べていますが、きれいさっぱり消えています」

「悪者が優秀だとむっとするわね」ペニーはつぶやいた。「アビー、いま話せる？」

「コルテス大佐とわたしは、コンピュータを経由してみなさんとつながっております。立ち聞きしていたことをお許しください」山荘にいるメイドが答えた。

「いいんだ。なにかわかることはないか？」ジャックは訊いた。

今度はコルテス大佐が答えた。

「こちらは静かだ。ドラゴ船長は船にとどまっているが、こちらは充分な人数がいるから山荘の切り盛りは問題ない。科学者たちは残っていたわずかな飲料と食料を急速に消費している。とはいえ二十台のトラック隊が新鮮な肉、野菜、果物、ビール、蒸留酒を満載してこちらへむかっていて、明日の午前中には到着する予定だそうだ」

ジャックはちらりとペニーを見た。

「そちらと外部の接触に懸念を持ちはじめているところなんです。つまりそのトラック隊です。わざわざ隊列を組んで補給品を運んでくるのはなぜでしょうか？」

「単独のトラックがこの季節にこの道を通るのは好ましくないと、オースティン牧場の責任者が主張したんだ。万一故障して立ち往生したら、到着が遅いと気づいて救援が出されるまでに乗員が餓死してしまうと」

「それを信じたのですか？」ペニーは訊いた。

「聞いたときは信じたが、きみたちの懸念を聞くうちに自信がなくなってきたな」

「海兵隊はどうしていますか？」ジャックが訊いた。

「海兵隊は……科学者たちが在庫を飲み干すのを手伝っているようだ」

「大佐、二人の小隊長をつかまえて状況を説明してやってください。一等軍曹には、バーを当面のあいだ閉鎖するように命じてください」

「一分だけ待て」大佐は言った。そして一分たたずにもどってきた。「中尉たちはこちらにむかっている。二分で着く」

「大佐、山荘全体が見渡せる映像を送ってもらえませんか。できれば頭上からの映像を」

「ワスプ号に頼んでみよう。上空通過のたびに全センサーでのスキャンをやってもらっている。いまのところ熊三匹と、ここから数キロ離れた湖で全裸で楽しげに泳いでいるカップル一組が見えるだけだ」

「大佐、この呪われた惑星では、なにごとも額面どおりに受けとってはならないというのがこちらの考えです」

「おれもおなじ結論に達している、大尉。熊も全裸のカップルももっとよく観察して報告する」

「トラック隊はどうですか？　映像はありますか？」

「他といっしょに送っているところだ」

ペニーのむかいの壁に光があたり、すぐにミムジーがスキーリゾートの山荘周辺の衛星写真を投影した。中央には荒削りのログハウスの大きな山荘がある。正面には広くがらんとした駐車場。滑走路にはシャトルが着陸したときの焦げ跡が残っているが、いまはシャトルの姿はない。山荘の裏には大きなプールがあり、ほかのコテージは林間に点在している。スキー客を山の上へ運ぶためのリフトは、いまは稼働していない。

「トラックを見せてくれ」ジャックは指示した。

写真はいったんズームアウトし、道路のあるところにふたたびズームインした。トラックは十三台だ。

「二十台のはずでは？」ジャックは言った。

「そう聞いたのだが」大佐は答えた。

「七台が商売を急に放棄した理由はなにかな」

ぶりで言った。

「テクサーカナ星の商人がこちらの通貨を信用しなくなったのかも」ペニーは自信のない口
サルが説明した。

「山間部の外まで道路ぞいを調べてみましたが、路肩に停止しているトラックや、あとから追いつこうとしているトラックなどは見あたりません」

「ジャック、とても臭いわ」ペニーは言った。

「たしかにおかしいな」大佐も同意した。

「ミムジー、山荘に映像をもどしてくれ」

ジャックは戦闘指揮官の目で衛星写真をじっくりと見た。コテージはどれも林間にある。敵は簡単に忍びこんで隠れられる。

「大佐、イティーチ族はどこにいますか？」

「中心の山荘からかなり離れた大きめのコテージに案内した。そこで彼らだけで宿泊している。ただ、データをもっとほしいと言っている。読む資料を調達してやらなくてはいけないが、彼らの要請にネリーが答えないらしい」

「ネリーはいまオフラインです」ジャックは答えた。

やや沈黙が流れた。

「大佐、林間のコテージに滞在するのは襲ってくれといっているようなものです。退避させるべきです」

「その建物では安全な警備ができないとイティーチ族に言うか？」

「クリスだったらそういう言い方はしたくないでしょう」ペニーは言った。

「そしてそれを言ったら、なぜクリスがじかに伝えにこないのかと彼らは不審に思うでしょう」アビーが指摘した。

ジャックはまた山荘周辺の衛星写真を見た。プールでは何人かが泳ぎはじめている。森にライフルを持った敵がいればたちまち撃たれる。

「クリスはつねに先手を打った防衛態勢を敷いていました。山荘からかなり遠い地点でバリケードを築いてトラック隊を停止させるのはどうでしょうか。トラックを調べて、シロなら商売をさせる。クロならわれわれの仕事をする」

「バリケードはできるだけ頑丈にしたいな」大佐は言ってから、つけ加えた。「小隊長の二人が到着したぞ」

「トロイ中尉、きみは現在の海兵隊で先任士官だ。そちらに厄介な連中が近づいているらしい」

「わかりました。大尉はこちらへ来ますか？」

「状況開始までにまにあわないだろう。それにこちらもプリンセスの警護が必要だ」

「はい、大尉」

「大佐、指揮命令系統の混乱は好ましくありません。敵と一戦まじえるわけですが、最先任士官として現場の指揮をとっていただけますか？」ジャックは依頼した。

「前回おれが指揮した部隊は、この優秀な海兵隊にこてんぱんにされた」

「そうですね」

「今度の戦闘では彼らを率いることを名誉に思う、大尉」

「中尉、異存はあるか？」

「いいえ」二人同時に答えた。

「では、こちらにやってくる連中の正体を調べ、おとなしくさせろ」


ウィリー・ストーンはおもしろくなかった。クリス・ロングナイフが血の海に横たわるのを見て、これで決着はついたと思った。

しかしそうはならなかった。

あの女は死にかけているか、病院で意識不明にもかかわらず、あろうことかウィリーの手勢の三分の一を消してしまった。ロングナイフはどういう力を持っているんだ？

原因の一部はこの惑星のおかしな住民の性質のせいでもある。銃はごろごろしているが、だれも使ったことがない。いや、正確にはちがう。決闘でだれそれを殺したという自慢話や噂話はいくらでも聞くが、実際にはだれもその目で見ていない。もちろん自分でやってもいない。

トラック隊の荷台にぎっしり乗っていた勇猛なチンピラや誇り高いガンマンを自称する連中は、ロングナイフお嬢ちゃんと地元出身のなんとかという若造が血の海に沈んだと聞いて……急に弱気になったのだ。

しかたない面もある。この惑星でのウィリーの雇い主であるアンダーソンが集めたガンマンの多くは、ようするに自分の土地がほしいが、いまの公爵の治世下では無理だと思っている連中なのだ。

残りは、毎晩の文化イベントにあきあきして反吐が出るという都市出身者。ウィリーから見れば悪くない連中だ。

ところが今回、地元のなんとかという若造は新しい土地を開拓しようと準備中で、ロングナイフは冒険心のある若者を大金で支援しようとしていることがわかった。それを聞いたアンダーソンの〝悪党〟の三分の一は、たちまち離反してしまったのだ。お家《うち》のママだかガールフレンドだかのところへ逃げ帰ろうとしたわけだ。

ウィリーとしてはその場で全員射殺してやりたかった。とはいえ百人以上いるし、腰に吊るした銃で反撃してくるだろう。

そこで一部のガンマンを下ろして離反グループを見張らせ、残った者で山荘襲撃にむかうことにした。それが片付いたら解散していい。

そのまえにウィリーがそいつらをぶち殺すかもしれないが。

「心配しすぎだ」先頭のトラックでウィリーの隣にすわっているアンダーソンが言った。エアコンはいちおう働いているが、埃と黴のにおいも撒き散らしている。「状況はこっちが掌握してる。山荘の全員が二日酔いの朝に襲撃する。あとに残るのはウォードヘブン出身者の死体多数とカウボーイの死体少々。こっちにはカウボーイはまだいくらでもいる。たりなきゃ、道ばたでヒッチハイクしてるあいつらを縛り上げて乗せればいい」

アンダーソンはげらげらと笑った。

「すると世の中は大騒ぎになるぜ。ウォードヘブン星は公爵とその仲間に対してかんかんに怒り、乗りこんでやっつける。そうしたらすべてが変わる。変化の時代になれば、それを望んでいた連中にはあらゆるチャンスが開ける」

「でしょうね」

ウィリーは同意した。しかし、そんな急激な変化の時代をうまく泳ぎ渡れるのは、こいつよりはるかに頭のいい人間だけのはずだ。

とはいうものの、準備に十五年もかけたフォン・シュレーダーは、ニューヘブン星で起きた騒乱でなんら利益を上げられなかった。その点ではウィリーのほうが機を見るに敏だった。ドンパチがはじまるまえに惑星外に資金を移していた。脱出路も工作してあった。計画が瓦解したときには、ウィリーはすでにニューエデン星の軌道エレベータを上がる途中だった。壮大な計画が瓦解するようすは逆に見ていて楽しい。

しかし見て楽しくないのは、あのロングナイフの娘だ。たまたまニューエデン星にいて計画を潰してくれたとは。

自分は潰されない。今回は先に潰してやった。

ウィリーは計画のなかで納得できないところを話題にした。

「教えてくれませんかね、アンディ。おれたちが山荘に残す死体の山を、都会人のしわざだと公爵どもが考えたらどうなるのか。やつらはデンバーに突入して銃を乱射するかもしれない。ロングナイフが乗りこんで公爵どもをやっつけるまえに」

アンダーソンは自信たっぷりに笑った。

「かまわんさ。ウォードヘブン軍がステート・ストリートを行進していくときに、おれたちもいっしょにデンバーにもどる。カウボーイどもは六連発拳銃を好きなだけぶっ放せばいい。おれと仲間たちにとってはますます好都合だ。おれたちは弾のよけ方を知ってるが、デュバルどもは知らない。おまえはロングナイフの娘をやったときに、あいつの息子も血まつりに上げた。いい働きだ！」

「海兵隊も何人かいっしょにあの世に送れればよかったんですがね」

「たしかに。なぜできなかった？」

「いっしょにいなかったんです。海兵隊を連れずに歩くことなんてないのに、あのときだけはデュバルの息子と二人きりでエレベータから急ぎ足に出てきやがった。こっちは機会を逃すわけにいかなかった」

「海兵隊もやれたらよかったんだがな」アンダーソンはくりかえした。

「できなかった。それがどういうことか、立ち止まって考えたほうがいいかもしれない」

「あの海兵隊大尉は病院のロングナイフのベッド脇でまだおろおろしてる。あそこからたいした手出しはできないさ」

「ネットワークというものがあるでしょう」ウィリーはなるべく皮肉っぽくならないように言った。

「もちろんあるさ。それでもやつはむこう、こっちは現場だ。問題ない」

ウィリーは運転手に声をかけた。

「おい、おまえ。道路脇に空き地があったら寄せて停めろ。暗くなってきた。襲撃開始は朝日がさしたあとだ。計画をすこし手直しする」

「手直しなんかいらんだろう」アンダーソンが言った。

しかし運転手の若者はうなずいて速度を落とした。

これが今回のやりやすいところだ。アンダーソンが雇った連中の大半は雇い主より頭がいい。そして雇い主ほどお気楽ではない。

ウィリーは座席に背中をあずけて、山荘までの道路のようすを記憶から呼び起こした。自分のような敵から山荘を防衛するとしたら、どんな手を打つか。

もしかしたらアンダーソンの言うとおりかもしれない。海兵隊は山荘に集まってパーティ中で、トラックが到着するときも飲んでいるかもしれない。だったら五分で全員殺せる。

ウィリーと新しい仲間たちが到着するときにパーティ中でないとしても、結局は殺せるだろう。数分長くかかるだけだ。

34

クリスはゆっくりと覚醒した。すこしずつ感覚がもどってきた。脚。両方ともある。足首から先もあるようだ。動かそうとしたが、まだ力がはいらない。口。口はある。地獄の砂漠のように乾ききっている。開けたまま固定され、なにかが喉に挿しこまれている。むせそうなものだが、その反射が消え失せている。

腕を上げて、口にはいっているものを抜こうと考えた。しかし両腕とも動かない。右腕と右手に意識を集中する。なにかに包まれ、固定されているようだ。左腕はどうか。やはり動かない。

ここはどこか。その疑問からひとつの記憶が呼び起こされた。いや、複数の記憶だ。これまで何度も窮地におちいったことがある。今回もそうなのか。

片目を開けようとしたが、貼りついたように閉じたままだ。反対の目もおなじ。

人質の目を糊で閉じるような悪党がいるか？

しかし医者は患者のまぶたをテープで閉じることがある。なにかのビデオで見た。たぶん。しばらく開けなかったまぶたは目やにで貼りついてしまうこともある。

クリスは努力して片目をなんとか開けた。

そしてすぐに閉じた。日光がまぶしかったからだ。それに悪党たちに気づかれたかもしれない。

今度は細めに開けた。

白い天井、白い壁。チューブ類と点滅する光。これらを総合すると病院だ。そっと嗅いでみる。やはり病院のにおいだ。

悪党は獲物を病院に連れていったりしない。思い出した。法則その一。悪党に遭遇すると、入院するはめになるときがある。しかし悪党の目的はこちらを入院させることではない。遺体安置所に送ることだ。

両目を開けた。かたわらの椅子でジャックが居眠りしているのが見えた。ほっとした。その姿を見ながら、彼がそばにいることの心地よさを味わった。いてくれて安心した。もちろん無精髭が伸びているし、服もしわくちゃ。そして笑顔がない。ジャックは笑っているほうがいい。

ジャックのようすから、自分はかなりひどいことになって入院したらしいとわかった。ジャックがこんなふうにボロボロになるとは、わが身になにが起きたのか。死ぬところだったのかもしれない。

クリスは、〝ねえ〟と声をかけようとした。しかし声が出ない。

もう一度試みた。今度はわずかに声らしきものが出た。

頭の上のほうでなにかが電子音を鳴らしはじめた。ゆっくりした間隔からしだいに速くなる。

ジャックが目を覚まし、ベッドのむこう側のなにかを見た。そしてなにか叫んだ。いや、ちがうかもしれない。クリスにはなにも聞こえなかった。体と同様に耳もうまく働いていないのか。

ジャックが自分をまったく無視していることにも気づいた。もう一度、〝ねえ〟と声をかけようとした。出たのはカエルが鳴くようなしゃがれた声だ。

まもなく病室は医療関係者でいっぱいになり、医療行為がはじめられた。ジャックは壁ぎわに退がった。しかし今度はクリスに微笑みかけている。いつもの片頬だけの笑みではなく、心配そうだ。

医者たちは仕事をしている。クリスはそれを無視して、ジャックの微笑みだけを見た。もっと片頬だけになってほしい。心配しないでほしい。

電子音の間隔がふたたびゆっくりになってきた。クリスはまぶたが重くなるのを感じた。また眠らされようとしている。

眠りたくない。なぜ自分は病院にいるのか知りたい。なぜジャックは心配げな笑みなのか知りたい。現場にもどりたい。

ふたたび眠りに引きずりこまれた。

「昏睡状態にもどしたんですか？」ジャックはディエム医師に尋ねた。

「いいえ。本人は眠りたくないようだ。意思に逆らうのはよくない。脳は目覚めかけ、活動したがっている。彼女は戦意旺盛ですね」

「そうでなければここへは来ません」

「そうですか」

「普段なら海兵隊の一個分隊が警護についていたはずです。ところが今回、彼女は先行して歩き、足を止めなかった。本来ならわれわれはそばについているべきだった」

「軍人さん、もし彼女のそばについていたら、むこうのベッドに枕を並べていたはずです。それも、彼女から脱がせるのにダイヤモンドカッターが必要だったあの下着とおなじものを、あなたが着ていたらの話です。彼女は大量の爆発物に近づきすぎた。犯人はあなたがたがそばにいて爆発力を受けとめることを想定していたようです。そばにいなかったことを幸運と思ったほうがいい」

それは考えなかった。時間があるときに考察したほうがよさそうだ。

「いつ目覚めるでしょうか？」

「二、三時間ですね。もうすこし長いかもしれないし、彼女の場合ならもうすこし短いかもしれない。あなたが髭を剃ってシャワーを浴びるくらいの時間はある。そうすべきでは？」

「今朝は彼女のほかにも対応すべき問題があるのです」

「わたしは医者になって正しかったのだろうかと思うことがたまにあるが、軍人さん、あなたの仕事だけはやりたくないな」

ジャックは返事をせず、ペニーを探しにいった。

情報将校は待合室にいた。壁にコンピュータが投影した数枚の衛星写真を見つめている。ワスプ号がちょうど山荘上空を通過したところだ。映像は……控えめにいっても興味深い。

「熊はどうしてる？」ジャックは訊いた。

「母熊は蜂の巣のある木をみつけて、仔熊たちといっしょに朝食をとっているわ。裸《ベア》のもう一組は朝の水泳中よ。拡大して詳しく確認するのはかわりにやっておいたから、あなたがやる必要はないわ」

「手間をはぶいてくれて感謝に堪えないよ」ジャックは低い声で言った。

「そこで見張りに立ってくれている狙撃手が観察を手伝うと言ってくれて、断ったら不機嫌になったわ」

「ジョーか」

ジャックは背筋を伸ばして立つ海兵隊員を見て言った。ジョーは監視しているドアから目を離さず、口もとでにやりとしただけだった。

「トラックのようすは？」

「そちらも興味深いのよ」ペニーは一枚の写真を壁全体に拡大した。「日が昇って明るくなるまで停止していたのよ。これを見てなにか気づく？」

ジャックは目を凝らした。

「先頭のトラックだけが他より一、二キロ先行しているな。すこしでも早くビールを届けてやりたいという親切心か」

するとコルテス大佐がネットワークごしに言った。

「それくらいで買値は変わらんぞ。実際には、本隊より先に一台だけで検問所に探りをいれようとしているのだろう。なにをやる気かな」

「思いつく答えはどれも不愉快ですね」ペニーも言った。「大佐、おなじ映像がそちらにも届いていますか？」

「ああ、大尉、来てるぞ。おれも気にいらん。この星には自殺的な強行突破を許したり推奨したりする宗教があるのか？」

「信仰に熱心な土地柄ではありませんよ。スクエアダンスが礼拝の一部ならともかく」ジャックは言った。

「とすると、やはり変則的な運転だな。あるいは、あわれな運転手は爆弾が仕掛けられていることを知らないのか」

「きっとそうでしょう」ジャックは言った。

「これが開幕攻撃だと想定して、準備しておこう」

大佐はそう言って電話を切った。


コルテス大佐は朝の空気を深呼吸した。清涼爽快《そうかい》。死ぬにはもったいない朝だ。それでも海兵隊を未明に叩き起こして、殺すか殺されるかの戦闘をさせるために連れてきた。それが彼らの選んだ職業だ。美しい朝であろうとなかろうとやってもらう。コルテスの仕事は一人ひとりの役割を決め、最大のリスクを背負う者を選ぶことだ。

道路上で隣に立つ若者にむきなおった。

「トロイ中尉。このバリケード付近にいる部下を撤収させろ。指揮所を築くのは、あの岩陰がいいんじゃないか」コルテスは検問所の左の斜面を百メートルほど上がったところにある岩の露頭をしめした。「おれと狙撃手一人、高性能の探知機を操作できる技術兵一人がここに残る。おまえたちは充分に退がっていろ」

「失礼ですが、大佐、自分もおなじ場所を提案しようと思っていました。トラックが爆発したあと、状況を把握するのにあの岩は都合がいい。十台以上のトラックが続いて突進してくるはずですからね」

　コルテス大佐は若い海兵隊中尉を見ながら思わず苦笑した。

「中尉、おれの提案は命令と同義だぞ」

「わかっています、大佐。しかし、上級士官は最前線に立つものではないと学校で教わりました。大佐もおなじように教わっておられるでしょう。失礼ながら、戦闘の第一撃で粉々にされるような場所ではなく、安全な岩陰に隠れていただけませんか。本当に失礼ですが」

　コルテスは苦笑を隠せなかった。

「あのロングナイフの娘のせいか？　彼女の薫陶《くんとう》を受けた者はみな命令に服従しなくなるというが」

「これは伝染病です。彼女の曾祖父のトラブル将軍もそうだったと聞いています。レイ・ロングナイフ将軍も」

「厄介な一族だ。絞首刑をまぬがれたのが不思議だ」

「まったくです。さて、このバリケードは自分の持ち場ですので、大佐はお引き取りください。生存の望みが薄い部下たちと、せめて隠れる場所をみつけますので」

「中尉がバリケードに張りつく必要はないだろう。軍曹にまかせればいい」

「それはイエスでもノーでもあります。自分が行かないところに部下を行かせることはしないのです」

コルテス大佐は首を振った。この若者はきびしい問いにいずれも正しく答えている。そして自分の正しさを命がけで証明しようとしている。

「ではそうしろ、中尉。いい隠れ場所をみつけろ」

コルテスは新しい指揮所によじ登った。たしかにここなら借り物の部隊のようすがよく見える。

第一小隊はべつの中尉が指揮する二個分隊で、バリケードより上の斜面に展開している。第二小隊はブラウン一等軍曹の指揮下で、やはり二個分隊。道路より低い林間に展開している。岩だらけの渓流に落ちこむ手前の地面で、あまり広くない。

どちらの小隊も一個分隊を欠いている。デンバーに残留して王女の病室警備にあたっているのだ。しかし重火器分隊がいるのでどちらの小隊も火力は充分だ。

道路上には中尉、狙撃手、女性技術兵が残り、左右に塹壕を掘って深さをたしかめている。車両を停止させるために一本の木を倒して道路をふさいでいる。それでも止まらない場合にはスパイクの立ったシートが控えている。

上の斜面と道路下の林間の海兵隊も、塹壕を掘って銃撃戦にそなえている。小火器の撃ちあいは短時間で終わるだろう。なにしろこちらは海兵隊だ。カウボーイなど敵ではない。

唯一たりない装備はボディアーマーだ。

そして弾薬の補給。海兵隊員はライフル一挺あたり約二百発を携行している。シャトルがアーマーと追加の弾薬を取りにワスプ号へ上がったが、帰ってくるのは二周回後だ。それまでに弾を撃ちつくしたら、興味深いことになる。

コルテスは前回の戦闘でこの海兵隊と戦って敗れた。当時の彼らの指揮官は王女だった。自分が率いる今回、恥ずかしい結果にはできない。

35

クリスはゆっくりと目覚めた。今度はいくつか思い出せることがあった。ここは病院。そして自分はひどい状態だ。理由はまだ思い出せない。

なんとか目を開ける。反対はされなかった。ジャックがいる。ベッド脇にすわっている。今度は髭を剃り、シャワーを浴びたらしく髪が濡れている。軍服はひと晩たったようすだが、いちおう整っている。

クリスが目を開けたのに気づいて、ジャックは、「看護師」と呼んだ。前回のような医療関係者の集団ではなく、看護師が一人だけ来た。脈をとり、クリスの視界の外にある機器の調整をして、「ご気分は？」と尋ねた。

クリスは、「喉が渇いた」と言おうとしたが、まるで直径三十センチのパイプが喉に突っこまれているようで、自分の声は聞こえなかった。

看護師は気管チューブを抜いた。直径三十センチで長さ一キロ以上あるように感じていたが、目で見るとなぜかそれほど太くも長くもなかった。

「水を」クリスはしゃがれ声で言った。

ジャックは、吸い口のついた水のボトルをとって、クリスの口に数滴垂らした。喉はまるで焼け野原だ。全身はもちろんさらにひどい。苦痛をあらわす新たな形容詞が必要だ。

「もっと」クリスはあえいだ。

ジャックは吸い口を唇にいれた。クリスは口を閉じて吸った。水が口腔にあふれ、一部が鼻にはいった。咳きこんでジャックのほうに水を噴いてしまった。

看護師が飛び散った水を始末して、ボトルの吸い口をもう一度クリスの口へやった。

「あわてないで。最初はすこしずつ飲んでください。大丈夫、時間はたっぷりあります」

クリスはそれを信じた。ひと口ずつ吸い出す。とても美味だ。

とりあえず満足すると、頭のなかでこだましている言葉を声にした。

「なにが起きた?」

「どこまで憶えてますか」ジャックが訊いた。

「歩いていた。話していた。ネリーと仕事の話をしていた。だれかもう一人……」

「ボビー・デュバルです」ジャックは教えた。

「彼は……大丈夫?」

「はい。あなたがおおいかぶさって、爆発力の大半を引き受けたんです。彼ははるかに軽傷でした」

クリスはベッドの上でほっとした。よかった。呪われたロングナイフに近づきすぎた代償だが、命までは取られなかったようだ。

そこですべての記憶が一度に蘇った。エレベータに乗れずに怒ったジャックの顔も。

クリスはしばし目を閉じて、水をもうひと口飲んだ。

「ごめんなさい、ジャック」今度は言った。

「なにがですか？」

「あなたを待たなかったことを。あなたに仕事をさせなかったことを」

「仕事をしていたら、むこうのベッドで枕を並べていたでしょう。海兵隊の大半はアーマーをつけていなかったから、爆弾で死んでいたはずです」

クリスはベッドに背中を沈めてしばらくそのことを考えた。また水を吸ってから言った。

「海兵隊にもスパイダーシルク地のアーマーが必要ね」

「ぜひお願いします」

「犯人はだれ？　動機は？」

「わかりません。しかし犯人の仲間がスキーリゾートの山荘を襲撃しようとしています。なんらかの理由から、血塗られた事件を起こしたいようです」

「堂々と出てきて意図や目的をあきらかにすればいいのに。まったく腹が立つわ」

そこまで話したところで、クリスは疲れてしまった。

「ジャック、また眠たくなったわ。わたしがやるべきことはある？」

「いいえ。状況はこちらの手で制御できています。おかしな話ですが、山荘へむかっている敵トラック隊は、当初は二十台という話だったのですよ。ところが爆弾攻撃の報道が流れたあと、なぜか十三台になった。あなたが手術中に敵の三分の一を片付けたのかと思いましたよ」

クリスはそのジョークに笑おうとした。しかし苦痛のほうが強かった。目を閉じて、次の息をするまでに眠りに落ちていた。

寝息が落ち着いたのを見届けて、ジャックは病室を出た。一時間か、長くても二時間後には看病にもどるつもりだ。

待合室ではペニーが壁に投影された衛星写真を見ていた。

「接近していますよ、大佐」ペニーは言った。

「もう目視できる」コルテスの声が報告してきた。「先頭のトラックは三トンから五トンのビール屋のトラックだ。荷台に爆弾が仕掛けられているとしたら、缶ビールが数キロ先まで飛び散るだろう。もったいないな」

「準備はできてますか?」ジャックは訊いた。

「心配ない、ジャック。中尉たちは部下に塹壕を掘らせた。準備万端だ」

「バリケードのところにはだれが?」

「トロイ中尉が狙撃手一人、技術兵一人とともにトラックを迎える」

「ほかに志願者を募らなかったのですか?」

「そのつもりはなかったようだ」

「トロイならそうでしょう。幸運を祈るしかない」

「そろそろはじまる。しばらくじゃましないでくれ。以上」

トロイ中尉は近づいてくるトラックにのんびりと停止の合図をした。つづら折りの坂道を登るようすが見えてきたときも、速度は五、六十キロにすぎず、バリケードの手前の一キロ程度の直線路でも加速するようすはなかった。むしろシフトダウンしてブレーキをかけている。

トロイとしてはむしろ突進してきてくれるほうがよかった。そうすればこれから五分間の綱渡りは省略される。そんな緊張はないほうがいい。

カン二等兵はやや左に立っている。塹壕の一番深いところのそばだ。ライフルはストラップを斜め掛けし、銃口はさりげなくトラックからそらしている。ナンダ二等兵もライフルをストラップで吊るし、目は黒い箱にむけている。清涼な山の空気に不似合いな危険な気配を探している。トロイ中尉の無言の問いに対して、首を振った。まだなにもない。

トラックはトロイ中尉の十メートル手前で停止した。運転に緊迫感はない。さらに驚いたことに、運転手は運転席から下りてきた。

トロイが歩み寄ると、ジーンズにTシャツ姿の若者は積荷目録をはさんだクリップボードを提出した。

「積荷はこれだけですよ」やや強調するように言った。

トロイはその書類に目をとおした。地元ビールのブランドはひとつも知らないが、他惑星から輸入されたウィスキーの一部はわかる。値段も相応だ。

突然、少年が走りだした。バリケードの木を跳び越え、道路の先へ走っていく。命からがらというようすでトラックから遠くへ逃げている。

「爆弾です！」技術兵が叫んだ。

「塹壕へ跳べ」トロイは叫んで、自分も穴に頭から跳びこんだ。

しばらくなにも起きなかった。

なにごともなく、耳がおかしくなりそうな沈黙だけがいつまでも続く。聞こえるのは近くの木にとまっている鳥のさえずりと、逃げていく運転手の急速な足音だけ。

ふいにカチリという金属音と、ぽんとはじける音がした。そして轟音。

トロイ中尉にとっては、世界が終わったような一秒間だった。


コルテス大佐は頭を低くしつつ、トラックの運転手が逃げた理由があきらかになるのを待った。道路の先では二台目のトラックがカーブを曲がってゆっくりと姿をあらわした。しかしバリケードへ急ぐようすはない。

日の出から続く美しく平穏な山の時間が、さらに二秒ほど続いた。

そしてトラックが爆発した。

フロントグリルの一部が飛んで運転手の後頭部にあたり、頭と体がべつべつの方向へ飛んだ。トラックの荷台からはビール缶が飛んだ。形をたもった缶もあれば、六缶パックとしてまとまったものもある。一方でぐちゃぐちゃに潰れたものもある。それらが噴き上げられ、周囲に雨あられと落ちる。火薬のにおいにホップのにおいがまじる。

コルテスの酒好きの部分は、もったいないと思った。兵士の部分は、次の展開を見ようとした。

優秀な海兵隊はじっと身をひそめている。大佐から見える範囲ではぴくりとも動かない。

バリケードのそばにいた三人は姿が見えない。無線にも反応がない。心配だが、いまはなにもできない。

道路の先では十二台のトラックがカーブを曲がり終え、じりじりと近づいてきた。

バリケードから五百メートルほど手前で先頭のトラックが停まった。

ウィリー・ストーンは運転手に合図してトラックを停めさせた。ビール屋のトラックの残骸が道をふさいでいるところから約五百メートル手前だ。

アンダーソンがうめいた。

「ちくしょう。あのガキ、道をふさぎやがって。道ばたに寄せろと言ったのに。残骸をどう迂回するんだ？」

「あの若者はなかなかよくやりましたよ。爆弾をあそこまで運んだ。やれるやつはそうそういない」

するとこのトラックの運転手が言った。

「爆弾は横方向にしか爆発しないなんて作り話を信じてるんだから、バカでしょう」

その作り話と一万ドルのボーナスに釣られて、若者は爆弾トラックを運転していった。そこまで頭が空《から》っぽなのだから、ほかの指示を忘れても不思議はない。

しかしそのせいで問題が残った。

このままトラックを進めて残骸を押しのけられるだろうか。さすがにそれは楽観的すぎるか。

ウォードヘブン海兵隊がバリケードの裏に支援をおかないことがあるだろうか。ウィリーはウォードヘブン軍の小規模隊行動のマニュアルを読んで、どう書かれているか知っている。クリスティン・ロングナイフ王女の親衛隊を務めるほどの海兵隊が手を抜くだろうか。

ありえない。

「アンダーソン、カウボーイとチンピラたちをトラックから降ろしましょう。森を散歩したほうがよさそうだ」

「海兵隊がひそんでいるって考えか？」

「何人かはいるでしょう。潜伏した敵を狩り出すんですよ」

「いい考えだ」

永遠の楽観主義者はうれしそうに答えて、ウィリーに続いてトラックから跳び下りた。

ウィリーはあきれて首を振りたいのをがまんした。自分の取り分はニュージュネーブ星の銀行にすでに振り込まれている。この作戦を指揮できるくらいの頭の持ち主がほかにいれば、まかせて自分はさっさと引き揚げただろう。しかし例によって、決着をつけないと金を引き出せないようになった。まあいい。大金を入手するまえに少々の危険は引き受けよう。それまでに何人死ぬにせよ。

できるだけ多く殺すことがアンダーソンの主目的らしかった。死者数が大きくなるほどウォードヘブン星はテクサーカナ星への関与を強める。死者はどこのだれでもかまわない。アンダーソン夫人のかわいい息子でさえなければいいのだ。

ウィリーはそんな楽観主義を尊重する気はなかった。

十分後には、二百人のカウボーイとチンピラがトラックを降りて展開した。半分は道路の山側の斜面。残り半分は道路と川のあいだの狭い平地だ。アンダーソンは大声で叱り飛ばしながら彼らを移動させていった。

林間の朝の散歩としてはなかなか快適だ。暑くなるほど日は高くなく、下生えも少ない。四つ足の小動物が藪から駆け出すのもいいお楽しみで、何人かがハンティングの真似事をしている。

しかしその射撃の腕を見て、たかだか百人の海兵隊相手に三百人の銃を持ったチンピラが必要とアンダーソンが考えた理由がわかった。こいつらの撃った弾がもし海兵隊に当たったたら、それは狙って撃ったのではなく、ばらまいた銃弾がたまたま当たったのにすぎない。

ウィリーは横一列の銃手のラインから何歩か退がった位置を守って、残骸から四百メートルまで近づいた。ウォードヘブン海兵隊には一定の評判がある。四百メートル先の人間サイズの標的に命中させられることが海兵隊員の資格だという。

しかしなにも起きない。一発の銃声も響かない。

海兵隊の評判は大ボラだったのか。王女の身辺を固める赤と青の軍服たちはただの飾りなのか。

三百メートルまで近づくと、動くものや怪しいものは撃て、とウィリーは銃手たちに大声で命じた。

静かな森をさらに五歩進む。そこでだれかが拳銃を撃った。次にライフルの発射音がした。

岩に当たって跳ねる音も響く。

発砲は数を増していった。アンダーソンやほかの何人かが、弾を節約しろ、弾切れに気をつけろと叫ぶくらいになった。大きな四四口径弾や四五口径弾、小さな三八口径弾が発射される。ライフルからは三〇 - 〇六弾が撃たれ、地球から持ちこまれたウィンチェスターライフルが古めかしい轟音をたてる。

前方で着弾した地面から土がはじけ飛ぶ。小さな木が折れて倒れた。残骸まで二百メートルに迫ったころ、銃声の直後にむこうで悲鳴があがった。

一回の悲鳴だけで、あとは静まった。林間を逃げていく背中はなく、そこに銃撃が集まったりもしない。「衛生兵」と叫ぶ声もない。人間の悲鳴によく似た動物の鳴き声だったのだろうか。

かもしれない。

そのあとはさらに銃声が多くなった。あちこちでチンピラたちが立ち止まって弾倉を交換している。

どこからも反撃はない。そのことをウィリーは不審に思いはじめた。海兵隊はいないのか。それとも、これほど撃たれながら全員が規律を守って一発も応射しないのか。

ありえない。しかしあるとすると、その意味するところが気にいらない。

ウィリーは立ち止まった。四五口径自動拳銃の弾倉を交換しているふりをしながら足を止め、撃ちつづける銃手のラインを先に進ませた。

悪い予感でうなじの毛が逆立ち、顔を上げた。おかげで音だけでなく、その光景を見た。

ライフルと拳銃の発射音が散発的に続くなかで、轟音が響いた。ひとつにまとまった爆音に聞こえた。一瞬だったが、たしかだ。

大きな音……。その結果が見えた。

男たちがばたばたと倒れた。さっきまで立っていた連中が、次の瞬間にいっせいに倒れた。五、六十人がいっぺんに、膝が力を失ったようにその場に崩れ落ちた。

銃弾が当たったようには見えない。人が撃たれるとどうなるかウィリーはよく知っている。腹を撃たれると体がどうなるか、撃たれた頭がどうはじけるか。

それらとはちがうのだ。後ろへ飛ばされず、その場に崩れ落ちる。まばたきするまに倒れていく。

二度目の轟音が響いた。また五、六十人が倒れた。

ウィリーは次を待たなかった。きびすを返して逃げはじめた。

三度目の轟音で、銃撃の正体を、身をもって知ることになった。なにかが背中を切り裂き、一拍のちに両脚が動かなくなった。つんのめり、積もった枯れ葉と小さな茂みに顔から突っこむ。

そして眠った。

36

コルテス大佐は岩のてっぺんに立って、前方の林間に倒れた敵の姿を双眼鏡で観察していた。海兵隊は射撃位置に伏せたままで、立ての命令を待っている。

例外もあった。敵の銃弾に当たった一人の海兵隊員を衛生兵が治療している。報告によると、尻を銃弾がかすめたそうだ。しかも……この海兵隊員にとっては二度目らしい。同情を禁じえない。

もう一カ所の状況のほうが深刻だった。ブラウン一等軍曹は一方の小隊から一個分隊を率いて、ビール屋のトラックの残骸を掘り返し、行方不明の三人の海兵隊員を捜索していた。作業は続いている。ビール缶やまとまったパックをかきわけ、ときどき残骸の破片を引き抜く。真剣な表情の兵士たちを苛立たせるように、ときおりビール缶が破裂する。

「もうビールを見ても楽しい気分になれないだろうな」

「飲む時間じゃないってことだ」

「ビールばかりでプレッツェルの一本もないときた」

一等軍曹の大声の指示にはすぐに従っている。だから小声の愚痴は見逃された。

「腕がありました」兵士の一人が大声で知らせた。

「体にくっついてるか？」

「というか、脈があります」

手伝いが集まってビール缶や残骸をとりのぞき、女性海兵隊員を塹壕から掘り出した。疲労でやつれたようすだったが、救助した男たちの手を振り払って叫んだ。

「あとの二人を探して。中尉を探して！」

一等軍曹は衛生兵を女性海兵隊員のところへ行かせ、ほかの者たちはトラックの反対側の塹壕を掘らせた。

数分後にもう一人の海兵隊員が救い出され、直後に中尉も掘り出された。

一等軍曹はネットワークごしにコルテス大佐に報告した。

「幸運でした。現場にはいったら肥料と軽油のにおいがしたので、もしやと思ったらそのとおりでした。爆弾は設計どおりに爆発してないですね。トラックの側面のパネルを吹き飛ばしただけ。本当ならもっと悲惨な結果になるところでした」

コルテスは小さく祈りの文句をつぶやいた。そしてもうひとつの問題に意識を集中した。すでに五分以上も岩の上に立っている。敵から見れば格好の標的のはずだ。なのにだれも撃ってこない。

撃たれる恐れはないと思っていた。撃ち方を見ただけでわかる。銃を振りまわす彼らのまん前に立つのがむしろ一番安全だろう。民間人が格好ばかりの銃を持って、海兵隊のようなプロフェッショナルな集団と戦場で渡りあえると思ったのだろうか。

敵は死んではいない。不必要な民間人の犠牲者を出さないというウォードヘブン星の方針と、コルト－ファイザー製の高性能非殺傷ダート弾を海兵隊に充分に装備させているロングナイフ王女のおかげだ。

とはいえ、林間のあちこちに倒れた眠れる悪党たちが全員生きて目覚める保証はない。麻酔ダート弾も首に当たれば穴をあける。倒れた場所しだいでは泥で窒息するかもしれない。麻酔薬で心臓発作を起こす場合もある。その他さまざまな不運から覚醒できずに遺体安置所送りになることもある。それらはしかたない。心からお悔やみ申しあげる。

どこからも発砲されないということは、敵は全員倒れたか……あるいは残った者も完全に戦意喪失したか、どちらかだ。

そうだとすると、あとは現場を片付けて、本当の悪者を懲らしめるだけだ。

「各小隊は、それぞれの持ち場から出て安全確認しながら前進しろ。すやすや眠っている連中は道路まで運び下ろし、手錠をかけてそのまま眠らせておけ。目覚めた者がいたら、手錠をかけて道路まで歩かせろ。撃ってくる者がいたら殺してかまわん」

地面に伏せていた海兵隊がいっせいに起き上がり、動きはじめた。最後の命令に対して、「了解《ウーラー》」と耳ざわりな返事があった。大掃除がはじまったのを見ながら、コルテスはモントーヤ大尉に報告した。

ジャックがコルテス大佐の報告を聞くあいだ、サルはクリスのために外部音声を流した。

「こちらは幸運だった。正体不明の爆弾製造者は、一次爆発までは成功させた。しかし燃料と肥料は爆発力を増強する役目を果たさなかった。バリケード前に出ていた三人は、爆発直前に道路脇の塹壕に飛びこんでことなきを得た」

「そこだけはよかったですね」ジャックは答えた。

「見たところ、こちらにはまだやるべきことがある。きみの中隊を銃撃しようとした二百人の不届き者を拘束した。被害はゼロではなく、一人が尻にかすり傷を負った。いちおう流血なしに事をおさめたので、地元のカウボーイ連中から大規模訴訟を起こされる心配はないと考えていいか？」

それに対してはクリスが答えた。

「それはまだわかりません。でもその爆弾製造者が、わたしに投げられた爆弾もつくったのなら、ただではすまさないわ。ボビー・デュバルもおなじ考えでしょう。彼の父親も」

ペニーが手配について考えを述べた。

「逮捕者の適切な収容先を探します。ここで知りあった警官の一人が相談できそうです」

「まかせる」クリスと大佐は同時に言った。

コルテスはさらに続けた。

「じつは、われわれの食料問題もあるんだ。ほかのトラックを調べさせたが、荷台は空っぽだった。食料も飲料も積まれていない。かといって地面にちらばったビールに手を出すのは危険だ。ちょっとしたことで破裂するのを実際に見た。今回の上陸休暇がもし継続されるのなら、食事と嗜好品が必要だ」

「申しわけないけど、休暇を楽しめとは言えませんね」クリスは答えた。「ジャックの言うとおり、この惑星は見かけほど友好的ではありません。かといってこちらも尻尾を巻いて逃げるつもりはない。山荘は確保しているのだから、利用させてもらいましょう。ネリー、ジュリー・トラビスに連絡して、信頼できる食品業者の斡旋を……ネリー？」

ジャックはためらいがちに言った。

「ええと……クリス。それについてはまだ話していないことが」

「ネリーはどこ？ 損傷したの？」

「外見でわかる損傷はありません。あなたとボビーのあいだにはさまる形になっていましたから。しかし、ネリーは返事をしません。サルとミムジーによると電源ははいっていますが、問いかけても答えないのです」

「どこかおかしいの？」

「わからないとしか」

「どこにいるの？」

「べつの場所です。持ってきましょうか」

クリスはベッドに深く沈んだ。

「すこし……考えさせて。お願い」

「わかりました、クリス。ジュリーにはサルから連絡させます」

まもなくジャックの胸もとから若い女の声が答えた。

「はい、ジュリエット・トラビスです。どちらさま？」

「トラビスさん、わたしはクリス・ロングナイフの側近のジャック・モントーヤです」

「ああ、ダンスパーティで彼女の隣にいた美形の海兵隊将校さんね。憶えてるわ。ごきげんいかが？　クリスはどうなの？　爆弾のニュースは聞いたわ。彼女がボビーの命を守ってくれて感謝してる」

「ありがとうございます、トラビスさん。いまはクリスの代理でかけています。用件は、オースティン氏所有のスキー山荘にいる三百人の同僚に食料と飲料を供給してくれる業者を紹介してほしいということです」

「オースティン公爵が手配したはずでは？」

クリスは枕に顔をうずめている。ネリーがそばにいない状況に慣れようとしているのだ。

「なにが起きたか教えてやって、ジャック」

「なにが起きたかって、いったいなに？」ジュリーが訊いた。

「トラビスさん、食料と飲料はオースティン牧場の牧童頭が手配してくれたはずです。しかし今朝、山荘にやってきた十三台のトラックからは、二百人のガンマンが降りてきて襲撃を試みたのです。さらにビールを積んだトラックが爆発して、わたしたちを一度に殺そうとしました」

「なんてこと！　待って、待ってね。パパ、パパ！　この話を聞いてよ」

しばらくして、よく響くバリトンの声が答えた。

「もしもし、トラビス公爵だ。娘が聞けという話はどういうものかな？」

ジャックは深呼吸して、最初から話しはじめた。

「閣下、わたしはウォードヘブン海兵隊のジャック・モントーヤ大尉です。クリス・ロングナイフ王女の警護班長で、大使館付き海兵隊中隊を指揮しています」

「このテクサーカナ星で閣下などという敬称は使っていないが、たしかにダンスパーティできみと王女には会った。しかし身辺警護任務はまずい結果になったようだな」

「はい。昨日は手痛いめにあいました。それはともかく、クリスがオースティン公爵からスキー山荘を借りたことは、ダンスパーティの場でお聞きおよびと思います」

「聞いている」

「彼の牧童頭を通じて食料と飲料を搬入してもらう約束になっていたのですが、今日到着した十三台の輸送用トラックからは、約二百人のガンマンが降りてきて海兵隊を殺そうとしはじめたのです」

ジャックはしばし間をおいたが、トラビス公爵が無言のままなので、続けた。

「海兵隊中隊は、武装解除した約二百人を武装襲撃および殺人未遂の容疑で現在拘束しています。彼らの裁判権がどこに属するのかわかりませんが、デンバーでクリス・ロングナイフ王女とボビー・デュバルの殺人未遂に関与した人物も何人かふくまれていると推測されます。デンバーの司法当局とルイス・デュバル氏も大きな関心を寄せられるはずです。そしてもうひとつ。じつは山荘に滞在している約三百人の海兵隊、海軍兵士、科学者が、食料不足ととりわけ飲料不足に苦しんでいます。問題をご理解いただけるでしょうか」

「よくわかった、大尉。オースティン公爵の牧童頭がきみの部下たちへの攻撃を画策したと言いたいのだな？」

「それは肯定も否定もできません。食料ではなく刺客を送るという決断がどの時点でなされたのかは不明で、解明は地元の司法制度にまかせるしかありません。いまわかるのは実際に襲撃に加担し、手錠をかけられている者たちのことだけです」

「失礼だが、大尉、きみたちのほうの死者は何人だね?」

「ゼロです。海兵隊で負傷したのは四人です」

「海兵隊三百人で、二百人のガンマンを逮捕したというのだな」

「ちがいます。ガンマンの逮捕に関与した海兵隊は六、七十人です」

電話のむこうで低い口笛が聞こえ、トラビス公爵は人を呼んだ。

「エリー、クロケット保護官《レンジャー》に電話してくれ。それと雑貨店もだ。モントーヤ大尉、食料品を積んだトラックを、遅くとも一時間後には山荘へむけて出発させる。暗くなるまえには着くだろう。ああ、あらかじめ言っておくが、五トン積みトラックで、〝トラビス雑貨店〟と大書してある。運転手には、停止を命じられたらかならず停まるように言っておく。そちらも無闇な発砲はひかえてほしい」

「部下たちに厳命しておきます。トラックはゆっくり平和的に運転してくれることを願います」

「言っておこう。それから、クロケット保護官が飛行機でたぶん二時間後にはそちらに行く。容疑者の引き渡しを受ける用意はまだないが、現場検証を希望するはずだ」

「コルテス大佐、聞いていますか?」ジャックはネットワークごしに声をかけた。

「こちらコルテス大佐だ。電話のようすは聞かせてもらっていた。公爵、自分は山荘の先任将校で責任者です。保護官の受けいれ準備をして、道路の歩哨には今度こそ食料満載のトラックが来る予定だと伝えておきます」

「そうしてくれるとありがたい」トラビス公爵は答えた。

そのとき、ドアのほうから声が響いた。

「むこうの公爵たちと話が通じるようですな」

はいってきたのは車椅子のボビー・デュバルだが、話したのはそれを押す父親だった。

「やあ、クリス。目覚めたと聞いて、父に頼んで押してきてもらったんだ」息子のほうが言った。

するとネットワークごしにジュリーの大きな声がした。

「ボビー、あなたなの？　無事なの？」

「ぼくは元気だ」ボビーは反射的に答えたあとに、やや考えて言い方を変えた。「まあ、すこしずつ元気になるだろうと医者から言われているよ。フォートルイスへの入植は一、二カ月延期だね」

「できるのかしら」

「クリスがフォートルイス第一銀行を設立しようと動いている話はまだ聞いてないかな？」

「聞いたわ。でもどこまで信じていいのかわからなかったのよ。そこへあなたと彼女への爆弾騒ぎよ。あなたを愛するか弱い女を、どこまで心配させれば気がすむの？」

「ボーイフレンド時代よりいい夫になるよう努力するよ」

「言うのは簡単ね」ジュリーはやり返した。

ジャックはクリスのまぶたが重くなっているのに気づいた。うつらうつらしている。小声で人々に言った。

「みなさん、クリスがうとうとしているので、話の続きは病室の外でお願いします」

クリスが反対しないということは本当に眠いのだ。全員が待合室へ移動した。

ジャックはデュバル氏に、山荘での出来事とトラビス公爵の対応を説明した。デュバルはすぐに電話をかけて、デンバー警察の少人数の一隊を三十分以内に飛行機で現地へ出発させるように指示した。トラビスが送った保護官の現場検証を、海兵隊の技術兵とともに補助することが合意された。

また、デンバーの爆弾事件にかかわった者が特定できた場合は、デンバー警察側が連れ帰ることになった。この特定と拘束はいかなる手段を使ってもかならずやるようにと厳命された。

ジャックは、事情聴取したい人物としてウィリー・ストーンの写真を提供した。

最悪の形ではじまった一日だったが、終わりには光明が見えてきた。

37

翌朝クリスが目覚めると、窓のむこうは日が高かった。朝食が用意されていた。オートミールと、ゼリーと、アップルジュース。普段の朝なら突き返すところだが、今朝はむさぼるように食べた。

食べおえたころに、ジャックがあらわれた。カーキ色の略装でいつものように一分の隙もない。

「だれかが着替えを持ってきてくれたようね」

クリスはそう言いながら、自分の格好のほうがかなりひどいことに気づいた。両脚は包帯でぐるぐる巻きになって空気注入式のギプスで固定され、股を開いてワイヤで吊られている。ジャックに近いほうの腕もやはり肉屋の枝肉のようにぶざまに吊り下げられている。空気注入式ギプスごしに見える包帯はそろそろ交換時期だ。

体のほかのところはシーツ一枚がかかっているだけ。めくれてのぞく肌は、打撲傷で黒や青に変色したり、治療で不気味な緑や黄色になったりしている。クリスはそれらを隠そうとして、結果的に激痛でうめいた。どのみち病院のシーツ一枚では乙女の羞恥心には不足だ。

しかしジャックは脇に立って腕組みをし、笑顔でクリスの目を見ている。よかった。

「着替えないわけにいかなかったんですよ。美人の看護師たちがわたしを避けて、用があっても風下に立たなくなったのです。あの礼装軍服をもう一日着ていたら、焼き捨てるしかなくなっていたでしょう。ことによるとわたし自身も」

ジャックを避ける女性看護師などいるだろうか。返事を考えはじめてから、ふと、丸二日も口論していないことに気づいた。その記録をもうすこし伸ばしてみることにした。

「わたしは寝こむ直前に、兵士たちの食料や、囚人たちの適切な収容先について話していたはずね。海兵隊はなにを食べているの？　ヘラジカや熊を撃って？」

「あるいは囚人を？」

「人肉の味を覚えないで。ただでさえわたしは血に飢えているなどと言われるのに、同行している海兵隊までそんな噂を立てられたら困る」

「そのような窮地は脱しました。母熊と二匹の仔熊も撃たずにすみましたよ」

「母熊ですって？　だめよ」

「撃ってません。ご友人の父上がトラックいっぱいの飲食物を届けてくださいました」

クリスは安堵の息をついた。言いわけが難しいものは撃っていないし、ジャックは笑顔だ。

クリスが声を荒らげずにすむように気を使っている。

「レンジャーがなんとかと言ってなかった？　森林保護官のような人々がいるの？」

「そうです。コルテス大佐がその一隊を受けいれています。デンバー警察より先に飛行機で現地いりして、囚人を調べ、デンバー警察が調べたがるはずの六人を選び出しました。デンバー側が到着したときには、六人はきれいに縛られてリボンまでついていたようです」

「その六人が爆弾事件の容疑者であることはペニーも確認したの？」

「ペニーはデンバー警察といっしょに現場へ飛びました。すでに容疑者一名を特定しています。ニューエデン星でわれわれが戦った敵グループに属し、この惑星には最近の貨物船で来ています」

「わたしを追って？」

「いいえ、とても悪い偶然でしょう。アンダーソンという名の住人に雇われ、地元で計画されている革命に技術協力したと供述しています。死刑をちらつかせたら、たちまちリーダーの名を吐きました。爆弾の投擲役、逃走車の運転手らの証言も一致しています。ここでの爆弾事件にかかわった六人はまちがいなく拘束できています」

「爆弾が投げられようとしているのに気づかなかったわ」

クリスは小声で言って、シーツを顎まで引き上げた。ジャックは目をそらしつつ、シーツをさりげなく下へ引っぱってクリスの下半身を隠した。両脚を空中に吊られているので限度があるが、それでもクリスは気づかいに感謝した。

「わたしは気づかなかった。ネリーも気づかず、気づいたときには遅かった。ジャック、どうすればいいのかしら。上にバルコニーがあるところは歩かないようにする？」

「ロビーの安全確保のために人員を配置すべきでした。おなじ過ちはくりかえしません」

「あなたの過ちじゃないわ、ジャック。あなたが隣にいたら、病院のベッドに重傷者がさらに横たわることになった。あるいは遺体安置所の台に」

「クリス、わたしたちは文明にもどってきたと思って、気が緩んでいたんです。それが大きなまちがいだった。海兵隊中隊は人員損耗があるのに、補強をしていませんでした。その機会もなかった。今後補強します。警察出身者の本格的なチームをペニーの指揮下におきます。今回はやられました。敵が幸運だったわけですが、われわれも幸運だった。次は出し抜かれません」

「もちろん、次はあるはずね」

「あなたは外に出るたびに狙われるでしょう」

「アルおじいさまの提案を受けいれるべきかもしれないわ。彼の厳重な警備態勢のなかで仕事をするのよ。どんな悪党も近づけない」

「ええそうですね。どこかのオフィスにこもって、事務をしている姿が目に浮かびます」

「絶対安全よ」

「でも退屈でしょうね」ジャックはわざとらしく片頰に笑みを浮かべた。

「この状況を愉快に思ってるようね。それともわたしがこんなふうに縛られて、一枚きりのシーツが何度もずり落ちてしまうのが愉快なのかしら」

「役得というやつです」

しかし目はクリスの顔だけを見て、シーツからのぞいている部分には移動しなかった。

そこへ看護師が割りこんだ。

「面会の方ですよ。やや人数多めで」

そう言うと、まずクリスのシーツをなおしはじめた。下端を引っぱって股のあいだを通し、尻で押さえさせる。クリスは痛みで顔をしかめた。

「ごめんなさい。寒いですか?」

美しい肢体……ではなく打撲傷だらけの醜い肌を慎み深く隠すためには、いい考えだ。

「ええ、すこし」

看護師は戸棚から薄い毛布を出して、手早くクリスにかけた。それから廊下に声をかけた。

「準備ができました、ミスター・デュバルとミス・トラビス。おはいりください」

ジャックはクリスの枕もとに移動して、クリスからドアがよく見えるようにした。はいってきたのは車椅子のボビー・デュバルと、それを押すジュリー。さらに後ろにはルイス・デュバル氏がついている。うるさいお目付役だろう。

「たいへん美しい姿だね」ボビーが言った。

「これにはさすがにかなわないわ」ジュリーも。

「わたしは全男性に色仕掛けをするし、最後はとびかかるのよ」クリスは笑おうとして痛みをこらえた。

「わたしのボビーにとびかかってもらって感謝してるわ」

「彼に万一のことがあったら困るから。あなたたちの結婚式用のブライズメイドのドレスだって選んであるのよ」

「来週の予定だ」

ボビーは答えて、後ろの父親をちらりと振り返った。すこしだけ反抗的な態度だ。

父親のデュバル氏は小さくため息をついた。しかし息子が危機一髪を乗り越えたことで、考えを変えたのだろう。うなずいて同意をしめした。

「出席させてもらうわ。たとえストレッチャーに乗せられてでも」クリスは言った。

「大学時代は、危険にみまわれたりなんかしなかったのに」とジュリー。

「赤点をとらないようにするので忙しかったから。いまは八十年来の宿敵のあいだに放りこまれるようなことが日常茶飯事。これではなにが起きてもおかしくないわ」最後はまじめな顔になった。

「なるほどね」ボビーは言った。「ところでクリス、だれも正式に言わないかもしれないから、ぼくから言うよ。ありがとう」

「なにについて？」

「まあ、まずはぼくの命を助けてくれたことについて。きみは行く先々で銃弾や爆弾が飛んでくるらしいから、今回の爆弾も自分を狙ったものだと思ってるだろう」

「普通はそうだけど？」

「今回にかぎっては、このデンバーでだれでもいいから重要人物を殺すことが目的だったらしいんだ。最終的に標的に選ばれたのがぼく。アンダーソンという男は、そのあとで平地住民を多数殺すつもりだった。そうすれば両者のあいだで無差別の殺しあいがはじまると考えたんだ。あらゆる憎悪の言葉が吐かれ、人々が倒れたあとで、残ったものを彼とその仲間が手にいれるつもりだったのさ」

クリスはがっくりと枕に首を倒し、それから横目でジャックを見た。

「この負傷は、べつのだれかの付帯的損害だったらしいわ！」

「どんな気分ですか？」ジャックは顔じゅうにゆがんだ笑みを浮かべている。

「はっきりいって悔しい」

「つまり、彼が呪われたロングナイフに近づきすぎたのではなく、あなたが呪われたデュバルに近づきすぎたのですね」ジャックは考え深げに言った。

「なんだと？」ルイス・デュバル氏が眉を上げた。

「内輪の冗談です。それがいつもと逆転して」

クリスはそう言ってから、しばらく考えこんだ。まったく受けいれがたい。暗殺未遂事件で狙われたのが他人だったことを、本気で屈辱と感じている自分に驚いた。やはり本職のカウンセラーにかかるべきだろうか。

考えこむ時間はたちまちすぎて、クリスはボビーにむきなおった。

「じゃあ、命拾いして得た時間を、これからなにに使うの？」

「さまざまな変化だ」ボビーはジュリーを見た。

「結婚はおめでたいけど、ほかには？」クリスは無愛想に言った。

「垣根を取り払って、あちこちに進出するわ」ジュリーが言った。「彼とわたしだけでなく、若い世代の全員が。あなたが設立してくれた銀行は、五千件の農場建設に融資してくれたのよ。あなたがすやすや眠っているあいだに」

「こんな状態でもわたしは仕事をしていたのね」クリスは皮肉っぽく言った。

「ペイジ自動車は、生産ラインの一本をまるまるピックアップトラックむけに変更したわ。デンバーから出ていく若い農場主たちにはそれが必要だし、資金はメアリーが融通してくれる」

「銀行の資金が底をつかないかしら」クリスは心配した。

ボビーは眉をひそめて言った。

「老人たちの一部は、ぼくら若者の行動を無茶だと批判しているよ。でも金を稼げるんだ。金があるところには人も集まる。きみの銀行が出してくれたのはあくまで元手で、そこから大きな経済が動き出す。ぼくらは停滞が長すぎた。あのアンダーソンは爆弾を破裂させたけど、きみはこの社会を破裂させたんだ」

「そういう種類の破裂なら歓迎よ」

クリスはそう言ってから、おまじないのためにさわる木製品を探した。しかしこの部屋はどこもかしこも金属とプラスチックと布でできている。かわりに指を交差させて、痛みに耐えるぶんだけ幸運がより多くもたらされることを祈った。

38

一週間後、結婚式はつつがなくおこなわれた。ボビーは立派に立って歩いた。多少ふらついたとはいえ、顔にやつれはなかった。

クリスは電動車椅子に乗り、ジュリーのまえで通路を進んだ。ドレスはそれほど奇抜ではなかったし、すわっていたので目立たなかった。

パーティはデュバル・ビルのあのロビーでおこなわれた。爆弾の痕跡はまったく残っていなかった。

終わるとクリスはスキー山荘へ飛び、一週間の静養にはいった。勅命任務に急いでもどるつもりはなかった。

クリスが入院しているあいだに、テクサーカナ星の予想外の危険を訴えるジャックのメッセージに、レイ王から返信が届いていた。

それによると、報告については遺憾に思うが、八十年前の絞首刑の理由はさすがに憶えていないとのことだった。そしてジャックが暗に求めたミッション中止は許可されなかった。テクサーカナ星の問題が解決し、ピッツホープ星で不可欠の支持組織が維持されることが絶対に必要なのだ。クリスは安全に配慮しつつ、当初の任務をこなせという。

「すてきなおじいさまだわ」クリスはメールのプリントアウトを読んで、ジャックに突き返した。

「いまとなっては関係ない話です。わたしは海兵隊のチャンネルにメッセージを送って、交代要員をほしいと要請しているところです。とりあえずウォードヘブン星で待機させますか？　それともこちらへ来させますか？」

クリスは肩をすくめた。

「どうかしら。ジャック、あなたが決めて。シャトルに乗れるようになったらすぐにワスプ号に乗って、この星から去りたい。医者はそれまでに一週間程度と言ってたわ」

「交代要員はウォードヘブン星で待機させましょう」

クリスはふと気づいたことがあった。

「ジャック、まちがってたら教えて。テクサーカナ星にもう来るなとだれかに言われた？」

ジャックはゆっくりと答えた。

「いいえ。二日間拘束していたあのカウボーイを解放したあとも、そんな声は聞きません。もちろん血の復讐問題があるので、休暇をここですごすのは不適当でしょう。しかし、今度会ったら刑務所に放りこむと言ってきた権力者はいません」

「そこよ、ジャック。わたしが介入して、また来てもいいと言われた惑星は初めてよ。すばらしい気分だわ」動くほうの手で胸を叩こうとしたが、寸前で思いとどまった。「よく考えたら、体調はどこもすばらしくないわね」

「いずれよくなります」

結婚式のあと、山荘までの空の旅は、クリスが望まないほどスリリングだった。雷雲が近づき、派手な稲妻が飛びかったのだ。雲から雲へ、雲から地上へと閃光が走る。飛行機のパイロットは、この季節のフロント山脈ではいつものことだと言って、大きく迂回ルートをとった。

それでもクリスにとって機体はかなり揺れた。パーティで少しだけ胃にいれたものを、生まれて初めて吐いてしまった。〝エチケット袋〟を使うのは屈辱だった。

「まさか宇宙酔いするようになってないかしら」意識が回復した直後よりも不安になっていた。

「もとにもどりますよ、クリス。すこし時間をかければ」

ジャックは安心させた。クリスはそれを信じようとした。

山荘は開放的な雰囲気だった。科学者たちは休暇を楽しんでいた。海兵隊も娯楽にいそしんでいたが、そのあいだも体のまえにはライフルを吊るしたままだった。

クリスは専用のコテージにはいった。まわりのコテージには参謀たちと武装した海兵隊が泊まりこんだ。クリスの小屋のポーチからは鹿が草を食むようすが見えた。キャラにせがまれて、電動車椅子が通れる程度の山道を散策した。ヘラジカ、狐、そして母熊と二頭の仔熊を見かけた。

キャラは声をひそめてよろこんだ。警護の海兵隊員は静かにM‐6ライフルの安全装置を解除した。しかしやがて熊の親子は去っていった。母熊はロングナイフにかかわらないだけの知恵を持っていたようだ。

クリスはなかなか寝つけなかった。体を動かさないから眠くならない。眠ると汗だくで飛び起きてしまう夢のせいかもしれない。

ある未明の〇二〇〇《マルフタマルマル》に、眠るのをあきらめて車椅子でコテージの外へ出た。満月が昇り、広いプールに映っている。きらきらと輝く水面の反映を見ながら、まわりの夜の森に耳をすませた。

そこに足音が聞こえた。クリスは息を詰めて聞いた。

一人のイティーチ人が静かにプール脇に歩み寄った。いや、ただのイティーチ人ではない。ロンだ。このところ自分の問題で精一杯で彼のことを忘れていた。

ロンはプール脇でローブを脱ぐと、月の光のなかでしばらく全裸で立った。その体はとても滑らかで光りだしそうなほどだ。否定できない女の好奇心でもってクリスは観察した。筋肉はよく発達しているが、男たちが誇らしくする器官は、見あたらなかった。

水への跳びこみは外見どおりにきれいだ。水中で腕と手を滑らかに動かして泳ぐ。人間よりかなり速い。あっというまに二往復して、水から上がり、クリスに背をむけてプール脇にすわった。

しばらくしてその呼吸が落ち着いた。

「放精してるの？」クリスは訊いた。

車椅子についている無線機がネリーの子どもたちのいずれかと接続していたらしく、翻訳されたイティーチ語が流れた。

ロンは跳び上がるように立って振り返り、クリスを見つけて凝然とした。

「驚いたよ」

「ごめんなさい。最初からここにすわっていたのよ。危険はないわ」クリスは動くほうの手で車椅子をしめした。

「きみたちロングナイフはつねに危険だ。死体になっても用心しなくてはいけない」

「そうする機会はあったはずよ」

「今回の暗殺未遂事件をきみが生き延びてよかった。わたしとおなじほど頻繁にそういうめにあうようだね」

ロンの人生もやはり危険に満ちているようだと理解しながら、クリスは尋ねた。

「だれから聞いたの?」

「キャラだ。彼女はきみをとても心配していた。自分のコンピュータにきみのネットワークをのぞかせて、医療情報を入手していた」

「ネリーに調べさせないといけないわね」

クリスは言ってから、いまのネリーは調べられる状態にないことを思い出した。普段のクリスならいまごろどんな手段を使ってでもネリーを再起動しようとしていただろう。そうしなかったのはなぜか。鎮痛剤の影響もあるだろう。考えようとしても、いろいろな心配をするだけの気力が湧かなかった。

また、ネリーのことが頭に浮かぶような話題を、今日までだれも振ってこなかった。側近たちが気を使ったのだろうか。たぶんそうだ。

いつになれば動けるだろう。また馬に乗れるようになるだろうか。電動車椅子に縛りつけられた体で乗馬は難しそうだ。

「無口だね。なにか悪いことを言った？」ロンが訊いた。

「ああ、いいえ。ちょっと考えごとをしてたの。最近しょっちゅうよ。あなたはなにをしてたの？　放精？　下流で泳いでいる女の子たちに警告したほうがいいかしら？」

「その心配はないよ。この水は透明さをたもつために強い化学薬品が使われている。産卵、受精、成長というプロセスはこの水では無理だ。でもこの透明さはすばらしい。泳いでいて暗闇や深みから襲われる心配をしなくていい。そんなところで泳げるのは楽しいよ。神聖に感じるほどだ。ここはとても……とても……」

「安全？」

「そうだ。この水は安全だ。なにも怖くない。ここの水はみんなこうなのかい？」

「では今度、川へ連れていってあげるわ。たいていは澄んだ水が流れている。もちろん、岩陰や深い淵の暗がりには大きな魚が隠れているかも」

「子どもを連れて水中を歩くときには、手を握るだろう」

「握るわね。泳ぎ方や、水のなかでの安全な方法を教えるわ。そうよ、ロン、それが母親のやり方」

「だからキャラをあんなに大切にしているんだね。リム星域を出た深宇宙に未成熟な同胞を連れていくことを、いまでも奇妙に感じるけど」

「あの子は母親と祖母を亡くしたのよ。残された親族はアビーだけ。だから引きとったの」

「父親は？」

「放精して泳ぎ去ったんでしょう」

「われわれと変わらないところもあるようだね」

「あなたたちの大人は子を養育しないの？」

「興味深い質問だね。皇帝とその配偶者たちは専用の潮だまりで産卵する。そこから選ばれた者は、たしかに彼ら自身の子だろう」

「そうね」

「その他の廷臣たち用には専用の産卵池がある。もちろん廷臣は農民用の池では産卵しない。クリス・ロングナイフ、きみと話していると、こういうときに愉快でなくなるんだ。普通のイティーチ族は疑問に思わないことを、わたしは疑問視しはじめる。いままですこしも疑問でなかったのに」

「受けとめ方がちがうわね。わたしもあなたに会って以来、学校で教えられたことをいろいろ疑問に思うようになった」

「それはいいこと？」

「いいことだと思う。あなたは？」

「顧問たちは、わたしが言ったことや彼らが言ったことのせいで死にたくなっているだろう」

「あの海軍大佐もふくめて？」

「いや、彼は選抜者に近い目でしばしばわたしを見てくれる。わたしを選んだのは失敗ではなく、いずれ四本脚でしっかり歩くようになるはずだという目でね」

どこかで狼が遠吠えをあげた。ロンはびっくりして戦闘姿勢になった。

クリスは、ウォードヘブンシティ郊外の湖にあった一家の夏の別荘で、月夜によく狼が吠えていたのを思い出した。だから鎮痛剤にかかわりなく、恐怖はあまり感じなかった。

「安全よ」

「本当にそうかい？」ロンの目はまだ周囲の丘や山荘のむこうの山々を見まわしている。

「今夜は敷地の境界を海兵隊が歩いて警備しているわ。ワスプ号も上空を通過するたびにこの地域をスキャンしている。大丈夫、安全よ」

「でも、吠えずに命を狙う未知の危険に対しては、きみの曾祖父も守りきれないだろう？」

「それはそうかも」

「彼からメッセージが来たはずだ」

「ええ。ジャックはこのミッションを切り上げて、スカートの裾をつまんで丘の上へ逃げるべきだと考えているわ」

「わたしも同意見だ」

「でも、爆弾を投げた犯人の狙いはわたしではなく、隣にいた男のほうだったとわかったの」

「それは異例だね。キャラから聞いた話からすると」

「ええ、異例よ」

「きみの曾祖父は、きみの問題についてメッセージを送ってきたときに、わたしの問題への対応をなにか書いていたかい？」

「いいえ。でも、メッセージに書くのは危険だから書かなかったんだと思う」

「暗号化されているだろう？」

「最高強度の暗号が使われているわ」

ロンは黙ってクリスを見た。眉があったらその片方を上げているだろう。

「数日すればわたしはシャトルに乗れるようになるわ。そうしたら帰路につく。あなたもまもなく報告を受けられる」

ロンは立ち上がってプールに跳びこむ姿勢をとった。

「きみもいっしょに泳げるといいんだけど」

「いまは地面を這うことすらできないのよ」

「いつかいっしょに泳ごう。いっしょに産卵と放精はできなくても、おたがいの種族のあいだに架け橋を築くことはできるはずだ」

「いつかね」

クリスの返事が相手に伝わったかどうかはわからなかった。ロンは話しおえるとすぐ水に跳びこんだからだ。速いペースで四往復すると、プールの反対側に上がり、ローブを拾って去っていった。

クリスは車椅子をまわしてプールに背をむけ、自分のコテージへ続く道をもどりはじめた。途中で巡回ルートを歩いている海兵隊員とすれちがった。兵士は会釈し、クリスは笑みを返した。

クリスもロンもプライバシーはない。巡回の兵士の視界からたまたまはずれても、三百キロ上空にワスプ号の監視の目がある。金魚鉢のようなこの生活がいずれいやになるかもしれない。

しかし今日ではないし、明日でもない。明日はまたジャックによって金魚鉢にいれられるだろう。毎日それを強制されるはずだ。

それがロングナイフであることなのだ。

39

ウォードヘブン星への帰路は〇・八G加速に抑えられた。回復途上のクリスの体のためで、おかげで船内を松葉杖で歩くのが楽だった。

科学者たちも体が軽くてよろこんだ。海兵隊は文句を言わず、ジョギングのときに背負うバックパックのウェイトを増やした。

船内での最初の夜、クリスはネリーを胸に乗せ、心臓の鼓動を聞かせるようにして休んだ。脳接続は爆弾で破壊されていた。悪影響が広がらないように、外科医はクリスの後頭部のソケットから先の壊れたネットワーク配線を摘出した。修復できる医者はテクサーカナ星にいないので、いまはここまで。クリスは後頭部を包帯で巻かれ、ネリーとのネットワーク接続はないままだった。

クリスの頭のなかの静寂は……いつもとちがっていた。

眠ろうと輾転反側しながら、この一日や一週間を思い返し、頭に浮かぶさまざまなことを考えつづけた。ネリーはそれらの思索に反応しないし、クリスも話しかけなかった。

ベッド脇の時計が一時二十七分をしめしたころ、泣き声を聞いてクリスは目覚めた。

部屋のなかにはだれもいない。自分の他はコンピュータだけだ。

「ネリー、あなたなの？」

「はい」

「泣いて気が晴れた？」

「いいえ、ぜんぜん。ただ音を出しているだけです。慰めも解放感もありません」

「人間は感情を解放するために泣くのよ。自分ではよくわからないけど、涙を流し、肩を震わせ、息をあえがせることで、いやな気分が消えるらしいわ」

「わたしには効果がありません」

「洗いざらい話したい？」

「無駄な努力だと思います」

「そうよね。話すことでなにかがよくなるなんて、ありていにいって非論理的よ。エディが死んだことや母親がひどいことを話してもなにも変わらないと、カウンセラーのジュディスに話したわ。彼女は反論せず、話しつづけるようにうながした。一時間分の報酬をすでにもらっているからと。だから話した。そして一時間後にはどういうわけか気分がましになっていたわ」

「論理的ではないですね」

「泣くこともそうでしょう」

「クリス、あなたは殺されかけた。わたしは破壊されかけた。修復できないほど粉々に」

「ええ、そうよ」

「なのにその爆弾はあなたを狙ったものではなかった！」

「聞いてたの？」

「ぜんぶ聞いてました。話す気になれなかっただけです。なにもしたくなかった。だから黙っていました。そうすればなにもしなくてすむ」

「困難に直面したときの態度のひとつね」

「いわゆる緘黙症《かんもくしょう》でしょうか」

「そうよ」

「クリス、どうしてこんなことをしなくてはいけないのでしょうか」

「人生の意味ってなにかしら、ネリー」

「わかりません。いえ、わかることもあります。さまざまな哲学的説明がわたしのデータベースに詰めこまれている。でもいまはどれも意味をなしません」

「わたしもそうよ」

「ではベッドから出なければいい。明日も、あさっても、しあさっても」

「そして緩慢な死を迎える、と。なにかの誤った引用みたい」

「そうですね。でもわたしが言いたいのはそういうことです。あなたが言いたいのもそういうことでしょう」

「酷使されて死ぬか、錆びついて死ぬか」

「あるいは爆破されて死ぬか。それをお忘れなく」

「そうね。でもなにもしないより、なにかしたほうがよくないかしら。また友人が二人結婚したのよ」

「でも、あなたには結婚する相手がいない」

「またひとつの惑星に平和をもたらしたわ」

「でも、帰ったらすぐまた新たな汚れ仕事を、レイおじいさまから押しつけられる」

「今日は愚痴っぽいのね」

「ええそうです。しばらく愚痴っぽくなりたいんです」

「緘黙症より愚痴っぽいほうがましかしら」

「そうでしょう。話し相手がいるだけましです。クリス、鶏はなぜ道路を渡るのだと思いますか？」

「それはパーティジョーク？」

「もちろんです」

「反対側へ行くためよ」

「それはそうです。でも理由は？　なぜ反対側へ渡るのか」

「いいわ。鶏の背後にロングナイフがいるからよ。呪われたロングナイフのそばにいたくないから逃げていく」

「クリス、冗談になっていません」

「わかったわよ。なぜ鶏は道路を渡るのか。わからない。教えて」

「背後に消防用の斧を持った狐がいるからです」

「それのどこがおもしろいの？」

「愚かな鶏に道路を渡らせる理由として人間が思いつくのはそれくらいだということです」

「いいわ。じゃあ次はわたしの番。斧を持った狐はなぜ道路を渡るのか」

話はどんどんばかばかしくなっていった。これはネリーの復讐にちがいないとクリスはあとで考えた。枕投げをできないから、かわりに下手なジョーク合戦というわけだ。それが時間つぶしだった。そして翌朝目覚めたときには、クリスは悪夢をなにひとつ憶えていなかった。

朝食の席で仲間たちはネリーの復活をよろこんだ。お祝いは二時間近く続いた。

それを終わらせたのは、クリスの司令室に立ち寄ったロンが投げた〝爆弾〟だった。

経緯はこうだ。山荘での長期滞在中、ロンとテッドは人間の話し相手がいなかった。割り当てられたコテージをあちこち調べていたテッドが、しまいこまれたビデオ装置やニュース記録の小さな山をみつけた。ほとんどは地元テクサーカナ星に関するものだったが、人類協会崩壊前の時代のニュース雑誌が二冊ほどふくまれていた。不都合な話が未編集でまるごと載っていた。

なんてことだとクリスは思った。ロンの話を聞きながら、あんぐりと口が開いてしまうのを止めようがなかった。

ロンは愚かではない。コテージのビデオ装置を使ってテクサーカナ星のネットに相当するものを渉猟《しょうりょう》した。クリスの部下たちが事件で右往左往しているあいだに、彼らはデンバーの中央図書館やその他をじっくりと調べることができた。

クリスたちに〝爆弾〟を落とすまでに、ロンと彼の顧問は人類の最新の歴史と技術的進歩についてまとまった情報を入手していた。

「みなさんは興味深い時代をすごしたようですね」ロンは最後に言った。

「昔の地球の呪いよ」

「昔のイティーチ族の呪いでもある」しばらく沈黙が流れたが、クリスは手の内を見せるしかないと決断した。いつもは隠している切り札まで出さざるをえない。「人類が分裂していることを知られたくないのはわかるでしょう」

「弱みにつけこんでわれわれが攻撃するとでも？」

「一部の人々はそう心配しているわ」

「あなたは？」

クリスは首を振った。

「心配はしていない。でも人類をふたたび団結させる確実な方法は、イティーチ族とのかつての戦争を再開することなのよ。いまだにあなたたちを憎んでいる人々がたくさんいる。イティーチ族を殺したい人々が」

「わたしがそれとおなじ結論に達するかもしれないと、不安なんですね」

「わたしは自分の判断を話すことはできないの。あなたは皇帝の代弁者であるべきときに、自由に話せる？」

「もちろんできない」

「おなじようにわたしも曾祖父から命じられたことしか話せない。あなたもわたしも、自由に話せるのは命じられた交渉の場以外」

「なるほど、いい考えだ」ロンは部屋の出口にむいた。「いっしょに前部ラウンジデッキへ行きましょう。二人だけで話したい」

「この部屋で人払いを命じてもいいけど？」

ロンは四つの肩をすべて振った。

「ここでは狭すぎる」

まだ早い時間なので、ラウンジはだれもいなかった。クリスはドアをロックして、ロンに続いて正面の展望窓へ行った。広がる眺めは暗黒の宇宙……あるいは遠い恒星の光。今朝のクリスに見えるのは闇か、光か。それよりもロンに見えているのはどちらか。

ロンはクリスに背をむけたまま話した。

「人類が分裂していることを知られたくないのはよくわかる。わたしも選抜者から、イティーチ帝国が分裂していることを知られないようにと、とくに指示された」

クリスは驚いて、〝イティーチ帝国が分裂しているなんて！〟と言いそうになった。しかし必死にこらえた。ロンの話をさえぎらないほうがいい。いま話させなければなにも聞き出せないだろう。

ロンはクリスにむきなおり、彼女の両手を握って続けた。

「選抜者の想定はまったくまちがっていたことがようやくわかった。刃渡りの長いナイフのレイがわれわれに協力してくれるとしても、全人類を引き連れてくることはできない。彼が率いる百三十の惑星の結束でさえあやうい。イティーチ族をめぐる意見の食いちがいで半数は離反する。そうだろう？」

クリスはうなずいた。

「状況にうまく対処しないと、人類は内戦に突入しかねないわ」

「イティーチ族も内戦に突入するかもしれない」

ロンはクリスの手を離して、ラウンジをぐるぐると歩きはじめた。

「よちよち歩きのイティーチ族が学習殿で一年目に教わる話がある。それは勇敢で大胆で統合者で勝利者のハーカが、地方の太守からの徴用割合の倍増を命じたことだ。あらかじめ説明しておくと、兵士、軍艦、補給物資の四分の三はもともと太守が防衛のために使うものだ。皇帝の取り分は四分の一にすぎなかった。でも勇敢なハーカにとっては不足だった。ゴルゾン星での敗北の報を聞いたあと、徴用割合を倍にすると命じて、実際に集めた。得体の知れない二足歩行の種族に、帝国にちょっかいを出すのは得策でないと教えるために」

「それが第三次イティーチ戦争がはじまった理由なのね」

「それほど単純ではない。もともとハーカは人類の出かたを待つ考えだった。人類は太守との戦いに勝ち、彼を殺した。なのに一個の惑星も占領しなかった！　人類にはどんな秘密があるのか。だから待った。帝国は待つのが得意だ。でもそんなハーカの顧問のなかに、人類の勢いは止まらないと考える者がいた。人類が太守を一人制圧して満足すると思っていると、帝国全体がその津波に呑まれてしまう。いますぐではなくとも、いずれ。近いうちにと。それがわたしの選抜者、古いチャプサムウィ氏族のロスサムウィサムキンの考えだった。彼は首を賭けて皇帝に謁見し、二足歩行種族の出かたを待つという意見が大勢を占めるなかで、あえて攻勢に出ることを進言した」

クリスは混乱しつつ、ロンの話を整理した。

「ちょっと待って。調停者のロスは、ゴルゾン星の戦いのあとに人類への反撃を主張したの？」

「驚いているようだね」

「驚いているわ」

「かつて賛成だったことに、いまは反対ということはあるだろう」

「人類とイティーチ族が何百万人も死ぬような問題では、さすがにないわ」

「選抜者はその埋めあわせをするつもりでいる。わたしも、彼に代わって高い代償を支払う覚悟をしている」

「とにかく、彼は戦争を再開、拡大しようと主張したのね」

「玉座のまえで議論は八日間続けられた。御前では自分の首を賭けて何日も議論できる。しかしそのためには、夜を日についで調和を拒否しつづけなくてはならない。四日目には、論敵は彼の首を落とすための矛を用意していた。なぜそれほど長く議論の継続を許されたのかは、天と星々の神のみぞ知ることだ」

「それは、たとえではないのね。本当に斬首されるのね」

「人類の政治は血を見ないのかい？　皇帝の御前で奏上するにはまず遺書が必要だ」

クリスは両脚を包んだギプスと、体をささえる松葉杖を見下ろして、皮肉っぽく言った。

「命がけでやる公務なんて普通はないわね」

「驚いたことに選抜者はほかの顧問たちに議論で勝ちはじめた。人類は新奇な種族で予測がつかないと。たとえばイティーチ族は太守を捕虜にすると四人の布告人を送るものだけど、人類はなにも送ってこなかった。その沈黙は傲慢そのものだった」

「イティーチ族のルールを知らなかったからよ。待って、ロン。イティーチ族が太守を捕虜にするときは、やり方や手順があるということね。そして艦隊の四分の三は各地の太守を守るために分散していた。でも……イティーチ族は、皇帝からジャンプしろと言われたら即座にジャンプして、さらに〝高さはいかほどに？〟と尋ねるものだと思っていたわ」

「イティーチ族は自分たちの情報を人類に漏らさないようにしてきた。人類がおなじように情報をイティーチ族に漏らさないようにしていても、不思議はないだろうね」

「おたがいさまね。でもあなたとわたしにとっては障害だわ」

「おなじ結論に達しているところだ」

「とにかく、あなたのおじいさまは議論に勝ち、イティーチ族の艦隊は人類に反撃したわけね」

「そして虐殺の終わりまでに多くの命が失われた」

クリスはイティーチ族と初めてこれほど率直な話をした。人類にとってもイティーチ族にとっても初めてだろう。

「個人的な質問をしていいかしら」

「わたしは嘘を言わない。答えられることは答える。答えられないことは答えない」

「わたしの曾祖母のリタ・ロングナイフは、提督としてオレンジ星雲の戦闘に参戦したわ。彼女は威力偵察戦隊を率いてイティーチ族の艦隊の側方をまわりこみ、背後を衝いたの」

「戦闘のその部分については知っている。われわれの輸送艦はその艦隊にやられ、多数の犠牲者を出した。突撃部隊が大きく減ったために、やむなくゾンゾン星上陸作戦の予定を延期したんだ」

ロンはしばし黙って、続けた。

「きみの曾祖母があの部隊を率いていたと?」

「そうよ」

「刃渡りの長いナイフのレイとの関係は?」

「妻よ。二人は戦争中に三人の子をもうけたわ」

「ああ、深淵の神よ。そんなことがあったのに、レイはわたしの選抜者に話さなかったのか」

「そのようね。曾祖母の艦隊がどうなったのか教えてくれる? 帰還しなかったのよ」

「不思議はないね」ロンはゆっくりと言った。「その艦隊は、軽武装の輸送艦隊に獰猛に襲いかかった。輸送艦は次々に穴をあけられ、兵士たちは宇宙に放り出されて死んでいった。この虐殺を止めるために戦闘部隊の一部が呼びもどされた。きみの曾祖母の艦隊はそこで退却をはじめた。はげしく戦闘しながら、高速でジャンプポイントへ進入していった」

「ジャンプするときにまだ艦を回転させて?」

「そのはずだ。それが当時の人類の戦法だった。われわれの攻撃を氷装甲で分散して受けとめるために船を回転させる。とてもまずいやり方だ。船を回転させると、ジャンプポイントでランダムな結果が起きやすくなることを、人間は知らないのかい? 高速で、しかも回転しながら進入するなんて、そんなことをしたらとんでもない場所に飛ばされて帰ってこられなくなる」

「わかっているわ。でも戦闘中だったから」

「そうやって多くの命が失われたんだ」

「ありがとう。このことを曾祖父に話すかどうかはまだわからない。推測されていたとおりだから。実際にそうだったと確認されただけ」

この穏やかな加速状態でも、クリスの体はあちこち悲鳴をあげはじめていた。それでも対話を打ち切る気にはなれなかった。ソファへ行って倒れるように横になり、ギプスで固定された脚を上げた。松葉杖は手の届くところにおいた。

「とにかく、人類をまとめてイティーチ族に協力させるには、長く困難な道が待っているわ。帝国の現状をできるだけ正確に教えてもらえないかしら。どんなふうに悪い状況なのか詳しく知らないのよ」

「悪い状況だ。わたしは幼いころから、ハーカ皇帝は大胆で勝利者だと教わってきた。しかし、彼の被選抜者に聞こえない宮殿の廊下では、彼は拙速で浪費家だとささやかれていた。さらにわたしが聞いていないときには、愚かな顧問に頼っているとも言われていた」

「あなたにとっては不愉快でしょうね」

「わたしの選抜者はこう言った。顧問は感情を持ってはならない、感情は農民や詩人のものだと。それでも彼は皇帝への助言をしくじったと感じている。そしていまはそれを償うつもりで、皇帝の被選抜者、つまり新皇帝に、もっと大きな危険について助言をしている」

興味深い話だ。

「若いころの過ちを償うために、老人が勝手につくりあげた危機ということはないかしら。あなたはどう思うの？」

「旅立ったまま帰ってこない船があることはたしかだ。人類の偵察艦で最近消えたものはないのかい？」

「行方不明の偵察艦というのはとくに知らないわね。わたしもそういう偵察任務の船を指揮しているから、そんな例があれば耳にはいってくるはずよ」

「こちらでは次々と船が消えている」ロンは深刻なようすで断言した。「今回の任務の成功、不成功にかかわらず、帰ったらわたしも偵察艦を率いるつもりだ。そして危機の正体を自分の目でたしかめたい」

「それは、できればやめてほしいわ。あなたとわたしはすでに両種族の架け橋になっている。そういう架け橋は少ないのよ。交渉するときはまたあなたと話したい。あなたは信頼できるとわかっているから。次の交渉者はどうだかわからないでしょう」

「そう言われると、自分が星図上の無味乾燥な数字ではなく、生きている価値があると感じるよ」

「そのとおりよ」クリスは言った。「部下たちに話さなくてはいけないわ。ネリーを通じて彼らをこのラウンジデッキに集めてもいいかしら。全員をふたたび集めて話させる。彼らに真実を、嘘いつわりのない真実だけを話させ、そうしない者はひっぱたく」

「その奇妙な言いまわしに何度か出くわしたけど、意味がよくわからなかった」

「裁判所でのわたしの経験を今度教えてあげるわ」

ネリーは全員の知恵を集めるために招集をかけた。

40

ハイウォードヘブン・ステーションのいつもの埠頭にワスプ号は滑りこんだ。

ここはクロッセンシルド中将の諜報活動をになう船専用のドッキングポートだ。クリスは、あとでクロッシーと論争するという予定をネリーに記憶させた。ワスプ号は彼の諜報活動をやる船ではないと認めさせる。ワスプ号は調査船だ。偵察が任務だ。

クリス・ロングナイフは諜報活動などやらない。

通常は。

ジャンプポイント・アルファからステーションに着くまでにメッセージのやりとりはなかった。にもかかわらず、埠頭には三人の海兵隊中尉が待機していた。ジャックの要請どおり、海兵隊中隊には二個小隊が補充された。三人目の中尉は、回復が遅いトロイ中尉の交代として赴任してきた。そして精悍な顔つきの百人の兵士がダッフルバッグをかついで連絡橋を渡ってきた。

「ずいぶん若い子ばかりね」クリスは小声でジャックに言った。

「われわれが年を食っただけですよ。勤続年数でなく移動距離で測ったら、とっくに退役相当です」

「あなたはね。わたしはまだ楽しんでるわ」

「ええ、そうですね。ところで埠頭をうろついているあの中佐の目的はあなたでしょう」

「なんの用事かしら」

「わかりませんが、もうすぐわかりそうな気がします」

海兵隊が船内へ案内されたあとに、中佐は連絡橋を渡ってきた。ウォードヘブン旗と副直士官に敬礼してから、用件を述べた。

「クリスティン王女をご案内するために来た。後甲板においで願いたいと伝えてほしい」

「王女の同行者はだれを？」クリスは尋ねた。

「だれも。王女は一人で来ていただく」

「ジャック、ペニーとアビーを急いでここへ呼びなさい。一等軍曹には、体格のいい海兵隊員を四人よこすようにと」

「単身でとのレイモンド王のご命令だ」中佐は主張した。

「なおさら一人では行けないわ」クリスは言い返した。

「あなたがクリスティン王女？」中佐はクリスの松葉杖を見たが、自分の名はまだ名乗らない。

「その名で呼ばれる場合もあるわね」

「お怪我はすでに回復されたと聞いていました」

「回復の報は誇張ね」

「わかりました、殿下。ステーションの電動カートを用意しましょう」

「配慮に感謝するわ」

「しかし殿下」中佐は紅潮しながら主張した。「なるべく目立たないようにご移動をと指示を受けています。海兵隊の荒くれ集団とご友人の半分が同行しては目立ちすぎます」

「中佐、わたしの海兵隊は荒くれ集団ではないわ。そして友人たちは経験豊富な参謀よ。ジャック、コルテス大佐も呼びなさい」

「すでに呼んであります。また、軍服を避けるように通知しました。中佐、殿下の警護班は目立たなくする方法を心得ています。たとえ彼女が裸同然の格好をしていても」

「よけいなことを言わなくていいわ、ジャック」

クリスは笑いをこらえて言った。中佐はクリスと取り巻きについて詳しい説明を受けなかったようだ。

「クロッシーから命令を受けたの？」クリスは訊いた。

「ウォードヘブン軍情報部長クロッセンシルド中将から命令を受けました、殿下」中佐は直立不動で答えた。

「今度クロッシーに会ったら、わたしは彼の部下ではないと言いなさい。さて、騒々しい集団が到着して、カートも来たようだから、出発しましょうか」

クリスは後席中央でジャックとコルテス大佐にはさまれてすわった。助手席にはペニー。アビーはステーション職員の運転手を追い出して自分でハンドルを握った。

となると中佐は一等軍曹と並んで歩くしかない。四人の海兵隊員はきちんとしたスーツ姿だが、やはりどこから見ても軍服を脱いだ四人の屈強な海兵隊員だった。

「構内電車の駅へ」

中佐の指示を受けて、アビーの運転するカートはゆっくりと埠頭を離れて左折した。〇二〇〇《マルフタマルマル》のステーションのこの付近は静まりかえっている。構内電車にほかの乗客はいなかった。軌道エレベータの埠頭に着くと、中佐は小さなドアを開けて、専用の搭乗エリアに一行を案内した。

エレベータにこんな区画があるとは知らなかったと、クリスは言った。

「軌道エレベータが前回改装されたときに、クロッセンシルド中将がこの入り口と特別な客室をもうけられたのです。政情不安の最近はとても役に立ちます」

ほかの客といっしょの席に乗りたいと主張しようかとクリスは考えたが、やめた。新たな爆弾のリスクを負うのは、今回の爆弾の負傷が回復してからだ。

地上に到着すると、そちらではエレベータ内をかなり歩かねばならなかった。そこは中佐が案内した。地上駅の裏口から出ると、黒い大きな自動車が二台待機していた。

「ここからどこへ？」クリスは訊いた。

「面会の場はヌー・ハウスに用意されているので、そこへお連れするように指示されています」

「相手はだれ？」

「うかがっていません」中佐は答えた。

「ジャック、ヌー・ハウスで海兵隊の護衛は必要ないわ。わたしが生まれ育った場所が安全でないとしたら、どのみち手に負えない。一等軍曹と海兵隊を帰しなさい」

ジャックはそのように命じた。

防弾装備の自動車は、クリスにとって懐かしい名前の通りを走りはじめた。しかし風景は変わっている。クリスが幼いころは小さな古いビルだったところに、いまは輝く高い新しいビルが建っている。星界の情勢が緊迫していても、首相はウォードヘブン星の経済を減速させていないようだ。

ヌー・ハウスはなにひとつ変わらなかった。自動車は円形の車道にはいって車寄せで停まった。クリスと一行は降りる。

お役御免の中佐は車内に残った。安堵の吐息が聞こえたとしても無理はない。詳しい説明なしに、呪われたロングナイフの一人に接触させられたのだから。

クリスは見慣れたロビーにはいった。中心から螺旋状に広がる黒と白のタイルも変わりない。かつてエディとここでよく遊んだものだ。黒のタイルだけを踏み、白を踏まないようにして歩いた。

そんな子ども時代がはるか昔に思える。

ふと、この床をだれがデザインしたのだろうと思った。だれがこの家を建てさせたのだろう。曾祖父のレイか、もはや伝説に近い曾々祖父のヌーか。それとも、戦争から戦争へ渡り歩いて死んだ……というより、ジャンプ失敗で帰ってこなかった孤独なリタが、つかのまの平和を楽しんだときの遺産か。

「遅かったな。なにをしていた？」ロビー脇の書斎から不機嫌な声が響いた。

クリスはさっと曾祖父にむきなおって答えた。

「時間どおりです。軌道エレベータの運行スケジュールはわたしよりお詳しいでしょう」

「王がここにいて、面会者があとから来たのだから、遅刻だ」

クリスは松葉杖を書斎にむけて進んだ。一歩ずつゆっくりと部屋にはいる。書物と永遠のにおいがする。ここでエディとかくれんぼをするのが好きだった。エディが死んだあとは、お気にいりの本を持って隅にこもり、弟の声が、「みつけた！　今度は鬼！」と叫ぶのを夢想した。

家族のなかで悲嘆から抜け出せなくなったのは両親ばかりではなかった。

「まだ杖をついているとは知らなかったぞ」

王は言いながら、自分の正面にある椅子をクリスにしめした。右側のソファにはクロッシーとマック大将が腰を下ろしている。クリスは一人掛けの椅子へ進んだが、着席するまえに、高級将校のむかいの長いソファへ自分の参謀たちをうながした。

部下たちはあからさまにためらいながらも、指示された席へ進んだ。

「一人で来てほしかったのだが」クロッシーが言った。

「わたしはあなたの部下ではありません。どうすればわかっていただけますか？」クリスは答えた。

「しかしわたしの部下ではある」隣のマックが言った。「きみの曾祖父である王の指揮下にもある」

「それはたしかに」

クリスはジャックが運んできたオットマンに両脚をのせて楽にした。松葉杖は手の届くところにおかれ、ジャック自身はクリスに近いソファの端にすわった。クリスがその気になれば自力で席を蹴って退室できるようにという配慮だ。立たせてくれと頼まなくてもいい。ジャックはクリスの求めをよく理解している。そして気を使ってくれる……彼女がそれを許すときは。

クリスは席に落ち着いて、正面の厄介な三人組を見まわした。彼らもこちらを見ている。だれもあえて口を開かない。そこでクリスが口火を切ることにした。

「おじいさまのかわりにテクサーカナ星の混乱をおさめてきました。それによって投票は勝てましたか？」

「勝てた」王は一片のよろこびもあらわさずに言った。「あと十年この仕事をやらされることになった」

「おじいさまが王位にとどまるなら、わたしも王女のままというわけですね」

クリスは苦々しい口調にならないようにした。

王女の仕事は立派にこなした。

一、二度だが。

そして生き延びている。

いまのところは。

王が話題を変えた。

「テクサーカナ星をだいぶ揺り動かしたようだな」

「そして意外や意外、まだこのとおり生きています。あの惑星は揺り動かす必要がありました。任務をご下命くださるときに、言い忘れたことがいくつかあったようですね。たんなる失念でしょうか」

「だろうな」

「地球の夢想家がいったいどれだけ宇宙へ出てきているのでしょうか。地球の一角で不満を鬱積させたグループが、星界のまっさらの惑星でなら好き勝手な社会を築けると思って続々と出てきているのでしょうか。おじいさま、そういう惑星をひとまとめに落ち着かせることはできないものでしょうか」

「できると思うなら、ニューエルサレム星の対立を解消できる提案があるか？」

「あそこは知性連合ではありません」

「それでも、あそこの問題がよそにも波及している。あれは……なんという惑星だったかな、大佐？」

「パンデモニウム星です、陛下」コルテス大佐は答えた。

「略してパンダ星ですね」クリスは教えた。

「そこでニューエルサレム星出身の傭兵が暴れまわった」クロッシーが言った。

「地元住民はなかなかよく反撃しました。わたしたちも多少、協力しました」

「報告を聞くかぎり、多少ではなかったようだが」とクロッシー。

「あのときは、おじいさまに一杯食わされたと判断しても不思議でない状況でした」クリスは不快感をあらわにした。

中将は両手を広げて抑えるしぐさをした。

「あれはきみが自分から足を突っこんだのだぞ。結果的に問題が解決されたことは感謝している」

「どういたしまして」

クリスはそこまで言ってから、さっきから巧妙に話題をそらされていることに気づいた。

クリスは王をきっとにらみつけ、決然として言った。

「おじいさま、わたしは言われたことをテクサーカナ星でやりました。おじいさまのほうは、イティーチ族の問題をどうご判断いただいたのでしょうか?」

「もうすこし世間話をしないか?」

「けっこうです」

「王の勅命でもか?」

「お断りします。王とわたしの契約です。そうですね、おじいさま。火中の栗をかわりに拾ってさしあげた。栗の森を燃えるまま放置していらっしゃるおじいさまのために」

「こちらが抱えた問題のほうが大きいと認めてくれてうれしいぞ」

「杖をついて帰ってきた曾孫娘より自分のほうが大変だなどとよく言えますね」

「伏せるのが遅いからだ」

「伏せました。でも爆弾は上から降ってきたのです」

「見張りを増やす必要があるぞ、大尉」王は将軍の口調になってジャックに言った。

「はい、将軍」ジャックは背筋を伸ばして報告口調になった。「中隊はただいま補充をおこなっています。二個小隊を追加し、さらにこの三カ月間の犠牲による損耗をおぎなうために二個小隊分の人員をいれています。これにより内外二重の警戒線をもうけることが可能になります」

「よろしい」王は答えた。

「さて、おじいさま、王さま、あるいは〝イティーチ族への鉄槌《てっつい》〟。わたしは友人のロンにどう答えればいいのでしょうか。彼らが抱える問題を解決するために人類宇宙の協力を求めてきた彼らになんと？」

「このとおり、しつこいでしょう」マック将軍が王に言った。

「わが家は全員そうだ」王は認めた。「クリス、友人のロンには今回なにもしてやれないと返事しろ。ロスのところへ帰って、われわれの臣民を準備させるにはもっと時間がかかると報告すればいい。ひと晩でどうにかなる問題ではない。そもそも脅威について具体的な説明がほとんどないんだ。一部の船が姿を消したり行方不明になったりは日常茶飯事だ。地平線にささいな砂埃が立ったくらいで、全人類に騎乗を命じるわけにはいかん」

「おじいさま、普通に船が行方不明になるのは、いうまでもなくランダムな現象です。あちらで一隻、こちらで一隻。おなじ宙域で四隻も五隻もということはありえない」

「大衆に訴えるには証拠がたりん。まだベッドの下のおばけを怖がっている段階だ。イティーチ族のベッドの下にもおばけがいるらしい」

「ロンは偵察艦を率いて調べにいく予定です」

「いいじゃないか」

「いいえ、よくない。ぜんぜんよくありません。自殺行為で、結局なにもわからない」

「ロンはおまえのなんなのだ?」レイは眉を上げて訊いた。

「友人です。嘘をつかない友人。そしてクロッシー、イティーチ帝国の現状について詳しい報告書がお手もとに届けられるはずです。だれが、だれに、なにをしているかという内幕まで。アビーからはあなただけに報告させます。独占料の適切なお支払いをお願いしたいですね」

「彼女はわたしだけの部下ではないと言っているぞ」中将は得意げに答えた。

「まだそれをおっしゃるなら、彼女のディスクを焼き捨てますよ」

中将は黙りこんだ。

「おじいさま、ロンが正体不明の危険をみずから調べにいくなら、わたしも行こうと思います」

「だめだ、クリス」

「わたしとあの船は適任です。新型の原子レーザー砲をそなえ、ファジー・ジャンプポイントを探知できる。それらを使う航法なら、この脅威の周囲をまわりこめるでしょう。それが通ったあとになにを残しているか調べられる」

クロッシーが口を出した。

「相手が移動し、痕跡を残しているという前提の話だ。膨張しているのかもしれないだろう」

「いずれもまちがいということもある」王はつけ加えた。

「確固たるデータを入手するまではどれも推測にすぎません」クリスは指摘した。「そしてお言葉どおり、人類宇宙にとどまってイティーチ族からわずかな情報を聞くだけでは、なにもわからない。ワスプ号とその乗組員は最高の能力をそなえています。情報が必要なのですから、わたしが入手します」

クリスは声を抑えて話した。苛立ちを言葉に出さないようにした。これは苛立ちだ。怒りではない。いまのところは。

しかし王が明言した。

「クリス、おまえをロンと行かせるわけにはいかない。次の任務がすでに決まっているからだ。それはおまえにしかできない」

なにやら聞き覚えのあるセリフだ。

「うかがうだけうかがいましょうか」クリスは不機嫌に答えた。

王はマック大将のほうを見た。軍統合参謀本部議長が話しだした。

「クリス、ピーターウォルド配下の惑星群は低レベルの内戦状態にある。海軍艦艇は威圧のために埠頭に係留されたままで、ピーターウォルド家は国家保安隊との抗争に明け暮れている」

クロッシーも説明を加えた。

「事態はもっと複雑だ。あらゆる勢力が争っている。ピーターウォルド家が帝国を築くために地球から呼び寄せたのは、地球時代から百年、千年単位で反目しつづけている人々だ。これまでは国家保安隊の強腕で統制して、市中に血が流れることを防いでいた」

「その国家保安隊の長官が頭を打ち抜かれたから、あらゆる流血沙汰が勃発していると」クリスは言った。

「そういうことだ」とマック。

「しかし主権惑星の内政干渉はできません」

クリスは指摘した。聞かされた話に自分が出る幕はない。いまのところは。こんなふうに話をそらされることへの苛立ちが爆発しそうになっていた。

「嗣子のハンク・ピーターウォルド十三世を始末したり、皇帝ならざる現皇帝のハリー・ピーターウォルド十二世の命を救ったりしたきみがそれを言うのは、しらじらしくないかな」

クロッシーがクリスのこの九カ月を要約した。

クリスはなんでもないように肩をすくめた。

「どちらもそのときはいい考えに思えたのです」

「しかし猫が得点稼ぎをしているあいだに、ネズミは手に負えないほど増えるものだ。海賊が問題になっている。海賊と難民が」王が言った。

「海賊と難民？　ずいぶん奇妙な組み合わせですね。わかるように説明していただけませんか」

王はしばらく言葉に詰まったが、やがて言った。

「内戦を避けてピーターウォルド家支配下の惑星から脱出する人々が増えているのだ。早乗り組の惑星で難民キャンプをつくったり、まったく新規の惑星に住み着いたりしている。いずれもひどい生活環境だ。海賊惑星に流れ着いてしまった人々もいる。知るかぎりでも二つの惑星が海賊の拠点になり、難民たちは奴隷同然の扱いを受けている」

「信頼できる情報筋によると、人類宇宙に最近登場した二種類の合法麻薬はいずれもそれらの惑星が出どころだ」クロッシーが解説を加えた。

「それだけではないのだ、クリス」さらにマックも言う。「宇宙に出るには少々危険な船に定員オーバーで人を詰めこんで出港している。当然ながらぜんぶが目的地に到着できてはいない。大尉、難民を収容しつつ、悪者を懲らしめてもらいたい。次の仕事でな」

「次の仕事というと？」

「クリス、きみに第十パトロール戦隊の指揮をまかせたい。たいした規模ではない。ワスプ号に似た武装商船があと二隻と補給艦が一隻あるだけだ。それでグリーンフェルド連盟宙域の境界付近をパトロールし、海賊や麻薬密輸を取り締まってほしい」

「それについてピーターウォルド家の考えは？」

「尋ねていないし、尋ねる気もない」王は答えた。「だからおまえを送りこむのだ。彼の命を救ったことがある。娘のビッキーともつきあいがあるようだ。主権宙域への侵入者扱いはされないだろう」

クリスはぐったりと椅子にもたれた。怒りたかった。やりたい仕事をやらせてもらえない苛立ちを爆発させたかった。とはいえ、グリーンフェルド連盟の境界付近に知性連合が巡航艦隊を送ってパトロールしたら、はるかにおおごとになる。ささいな誤解の連鎖から戦争になるかもしれない。

クリスはため息をついた。レーザー砲を巧妙に隠した改造商船二隻なら、たしかにそんなことにはならないだろう。

そしてビッキーのこともある。再会できれば楽しい時間をしばらく持てるだろう。状況の緊張緩和にも役立つはずだ。

またしてもからめとられた。今回もクリスにしかできない仕事を彼らはみつけてきた。最初のころは簡単に口説き落とされた。この危機を救えるのはおまえだけだと言われて、いい気になった。そんな気分はたちまち色あせるのに。

あるいはクリス自身が成長して、自分が救いたい危機を主張できるようになったのか。

またため息をついた。

「引き受けましょう。しかし、いくら改造商船とはいえ、戦隊を大尉が指揮するわけにはいかないのでは？」

マックが封筒を取り出して中身をテーブルにこぼした。出てきたのは二枚の肩章。二本半のストライプ。少佐の階級章だ。

「おめでとう、少佐。大抜擢だぞ。書類手続きはすべて省略しておいたから、きみは戦隊の少佐のなかで約十分間だけ先任だ」

「それはありがたいですね」クリスはげんなりして答えた。

王が席を立った。用はすみ、退室するという意味だ。クリスは松葉杖をついて椅子から立った。ほかの者も起立したなかで、王は部屋を出ていった。

クロッセンシルド中将も王に続いてドアへむかったが、途中で足を止めた。

「ネリーを脳につなぐ配線が爆弾で破壊されたそうだな」

「そうです」クリスは認めた。

「修復する必要があるだろう」

「出発前にできるだけのことをします」

「ウォードヘブンいちの脳外科医の予約をとっておいた。明日朝九時だ」

「わたしの治療記録が必要なはずです」

「テクサーカナ星から取り寄せた。帰路が低速だったからな、きみ。脳外科医は先週すでに目を通している。クリニックへ行って、ざっと診断して問題なければ、日帰りで修復できるはずだ」

「わたしはあなたの部下ではないのですよ、おじさま」〝きみ〟と呼ばれたので、〝おじさま〟とやり返した。

「たまにはわたしの顔を見るのも楽しいだろう?」

クリスは悪態をつき、クロッシーはからからと笑って王のあとから去っていった。

マック大将も退室しながらクリスの横で足を止めた。

「これが第十パトロール戦隊の船舶リストだ。タウシッグがホーネット号艦長。ジャック・キャンベルがドーントレス号艦長だ。知らないだろうが、いい連中だ」

クリスは紙に印刷されたリストを見た。教えられた艦長の名前と艦名、艦種は一致している。しかしこれではなにもわからない。ホーネット号やドーントレス号はどんな兵装を積んでいるのか。補給艦はサプライズ号という名だが、あまり……験《げん》のよさそうな艦名ではない。

「ありがとうございます」クリスは大将に言った。

年長者たちが全員出ていくと、クリスと参謀たちはぐったりと椅子にもたれた。

まずコルテス大佐が言った。

「クリス、きみの下で戦うのはいっこうにかまわんが、高級将校との会議は勘弁してくれ。寿命が縮む」

クリスも椅子にだらりと寝そべって答えた。

「なにを気の小さいことを。おじいさまと曾孫娘の家族会議にすぎませんよ」

「階級章の星の数があれほどでなければ、ましなのだが」

横からペニーも言った。

「毎回喧嘩にならなければ、ましなのですが。わたしは祖父となかよしですよ」

「よかったわね、ペニー。これからワスプ号へ行って、ロンにこの秘密連絡をしてきて。二日後に非武装ゾーンに出発するから、それまでウォードヘブン大学のわたしの図書館利用カードを使っていいと」

「明日手術を受けますか?」ジャックが訊いた。

「ええ。ネリーが頭のなかを飛びはねてないのもすこし寂しいから」

「クロッシーが雇った外科医ですが、信用できますか?」ジャックは小声になった。

「ネリー、完全なバグチェックをできるわね」

「はい、クリス」

最近のネリーはおとなしかった。静かでほっとする一方、生意気な口が懐かしくもある。おかしな話だ。

参謀たちは用意された寝室を確認するために去っていった。クリスは一人きりになるまで待った。

「ネリー、この部屋は安全？」

「はい、クリス。王のために清掃ずみですし、彼はなにも残していません。クロッシーもです」

「では話しても大丈夫でしょうね。ネリー、わたしは怒ってるのよ」

「脈拍が上がっているのでわかります。体の不調はありませんか？」

「いつものところが痛いだけ。耳の奥では調子はずれのブラスバンドのような音が鳴ってる。でもいまはともかく怒ってるのよ。レイおじいさまがロンを助けなかったことを。腹が立つわ、ネリー。過去にイティーチ族のためにどんな手助けをしたのか、おじいさまはひとつも話さなかった。わたしは殺されそうになりながら依頼をこなしたのに、彼はこれっぽっちもロンを助けないなんて」

「それはわかりませんよ、クリス。王はいろいろやっていて、それを話さなかっただけかもしれない。ごく短時間の会見でしたから」

「わざと短く切り上げたのよ。こまかい質問をされないように。ほんとに腹が立つわ」

「そのような受け取り方はよくないですね、クリス」

「カウンセラーみたいな言い方はやめて、ネリー」

「カウンセラーではありませんが、洗いざらい話すのは重要だとまえに言っていましたね。聞きますよ」

「ありがとう、ネリー。でもわたしとしては、呪われたロングナイフ家をよく知る相手と話したい。ルースおばさんとか……」あとが続かない。「父やホノビじゃ話してもしかたないわ。渦中の人々だから」

「サンチャゴ提督になら話せるのでは？」

「彼女とその家系は呪われたロングナイフ家と深い縁があるわね。でもチャンス星に赴任中でしょう」

「いいえ、ちがいます。任務報告か会議のためか、そういう用事でいまウォードヘブンに滞在中です」

「サンディにメッセージを送って、ネリー。明日できればヌー・ハウスに立ち寄ってほしいと。時間は一九〇〇《ヒトキュウマルマル》か、二〇〇〇《フタマルマルマル》か。むこうの都合にあわせるわ！」

「送りました。返事はまだですが、届いたら教えます」

「いいわ、ネリー。よかった。もっと早く思いつくべきだったわ。生き延びるすべを相談するのにロングナイフと話す必要はない。ロングナイフを生き延びさせてきた人々と話せばいいのよ。サンディはまさにその一人」

41

翌日の晩、クリスは軽い夕食をとった。手術はうまくいき、ネリーはふたたびクリスの脳にじかに接続された。おとなしくしているが、頭のなかにいる。ベニ兵曹長の注文で、破壊されたのとは異なるソケットを埋めこんだ。これなら接続不良は絶対にないという。

クリスのチームがそれぞれの仕事をしているときに、ドアベルが鳴った。松葉杖から普通の杖二本に替えているクリスは、自分でドアを開けた。

「サンディ、会えてうれしいわ」

「同行者を見たら気が変わるだろうな」

サンチャゴ提督は横に体をずらして、背後の若い男をしめした。

「だれ？」

クリスは訊いた。不躾《ぶしつけ》な口調になったのは自分でもわかった。鎮痛剤が切れかけているのだ。そして信用できる数少ない一人と気がねなく話すのを楽しみにしていたのを、じゃまされた。

「ウィンストン・スペンサーです。提督がかつて指揮した駆逐艦をモデルに、若者たちを描く本を書きました」

サンディが口をはさんだ。

「そしてウォードヘブンの戦いについて、わたしが読んだなかで一番の記事を書いたわ」

ジャーナリストは気をよくしたようだ。

「この星を守った防衛戦の真の指揮官はあなただと報じたのは、わたしをふくめて数人だけでした」

クリスは苦笑するように鼻を鳴らした。

「それはちがうわ。わたしより先任の将校がたくさんいて、あの混乱のなかでそれぞれ役割を果たした。そして本当の功労者は実際に船に乗って戦った人々よ。彼らの多くが命を落とした」

ドアを開けたまま三人は黙りこんだ。だれもなにも言わないので、しかたなくクリスは訊いた。

「それで、わたしはサンディだけを招いたのに、あなたはなにをしにきたの?」

「クリス、なかにいれてくれないかしら」提督が言った。

クリスは肩をすくめて退がり、書斎をしめした。二人はそこにはいった。クリスは昨晩とおなじ席。サンディはジャックがすわった席についた。ジャーナリストはクロッセンシルドの席だ。賢明な選択とはいえない。

「飲み物はバーにあるわ」

クリスが言うと、ウィンストンはあわてて立っていった。しかし選択肢の少なさに困惑したようだ。

「紅茶とコーヒーだけ？　もっと強い飲み物はないんですか？」

「わたしは用意してない」

　ジャーナリストは紅茶をついだ。

「つまり、本に書かれていることは本当なんですね。酒は飲まない」

「その部分は真実よ」

　クリスは認めながら、サンディをじっと見ていた。この闖入者《ちんにゅうしゃ》がなぜいるのか説明してほしい。しかしサンディは膝の上で両手を組み、仏陀のようなポーズで沈黙している。

　アイスティの三つのグラスをトレイに載せて、ジャーナリストは席へもどってきた。周囲の眺めから目を離せないようすだ。

「ここがヌー・ハウスの書斎ですか。壁が思い出を語ってくれたらいいのに」

「この壁が思い出を語ったら、人類宇宙の歴史書の半分が書き換えられてしまうわ」クリスはグラスを受けとりながら皮肉っぽく言った。

「それでもジャーナリストとしては知りたいです」

　ウィンストンはサンディにグラスを渡して、自分は席に腰を下ろした。乾杯のように軽くグラスを掲げて、ひと口飲む。

　ネタがほしいなら、あたりさわりのない話をしてやろう。

「昔、レイおじいさまのある演説の初期草稿をみつけたことがあったわ」

「それをどうしました？」

「わたしは七歳、弟のエディは三歳だったのよ。紙飛行機にしたわ」

ウィンストンはうめいた。サンディは母親めいた余裕の笑みだ。

「でも兄のホノビは十二歳だった。その紙は折りめがついただけで取り上げられたわ。いつの日か演説の最終稿と草稿を学生たちが比較する機会があるでしょうね」

「お兄さまに感謝しなくては」ウィンストンは言った。

「では、真実には価値があると思っている？」

「とても重要だと思っていますとも」彼は即答した。

「子どものころ、真実はひとつだと思っていたわ」サンディが言った。「いまでは、真実はいくつもあって、区別は曖昧模糊としていることを学んだ」

「混乱させないでください、提督」

「むしろ、わたしが親友の一人と静かに語りあいたいと思っていた夜を、哲学論議の群衆シーンに変えてしまったわけを、二人のどちらかに教えてほしいわね」クリスは言った。

サンディはグラスでウィンストンをしめした。ジャーナリストは咳ばらいをした。

「たしかな情報筋から聞いたのですが、レイモンド王はイティーチ帝国の代表者と秘密会談をおこない、その内容は帝国への人類の降伏についてだったとのことです」

ウィンストンは最後まで早口で述べた。

クリスは、〝レイモンド王〟のところで笑みが凍りつき、〝イティーチ帝国〟のところで表情筋をこわばらせ、さらに〝秘密会談〟のところで全身の筋肉をこわばらせた。それは正しかった。おかげで〝人類の降伏〟のところでこの若者を絞め殺さずにすんだ。

このバカに話したのはだれだ？　いや、話したやつがバカで、この若者は利用されたあわれな記者にすぎないのだろう。

できるだけ表情を変えずにクリスはサンディに顔をむけた。

「彼にどう答えたのですか？」

「その情報源は嘘ばかりだと言ってやったわ。でもクリス・ロングナイフなら真相を知っているはずだと言い張るから、連れてきたのよ。急なことでごめんなさい。でも二時間前に彼につかまって、ネット経由で話すのはふさわしくない内容だったから」

「それはたしかに」

クリスはサンディが話しているあいだも一秒たりと休まず頭を働かせていた。情報源とはだれか。会談の目的については情報源が嘘をついたのか。それともカマをかけるためにこのジャーナリストが追加したのか。この若者をこの場で射殺すべきか。

しかしそれはあとが面倒だ。サンディのような客の面前でやるわけにもいかない。

やはり自力で切り抜けるしかない。

「野党のだれかからそんな話を吹きこまれたのかしら、ミスター・スペンサー。父の選挙は早くても二、三年先なのに、こんなホラ話をでっちあげる意味がわからないわ。ようするに、その話は一から十まで空想よ」

まるっきり嘘ではない。やはり政治家になるべきだっただろうか。

いや、冗談じゃない。

「わたしの話にもどこかしらまちがいがあるかもしれません。でもあなたはイティーチ族と接触したはずです。彼らはあなたの曾祖父、つまり王と話したはずです」

これについて嘘を言うわけにはいかない。この質問に対しては。

「だれからそんな話を吹きこまれたの？」

「ウォードヘブンには報道守秘権法があります。取材源を明かす必要はないし、明かすように強制はできません」

「あなたは真実を大事にするのでしょう？」クリスは反論した。

「そうです。そのために来たんです。イティーチ族とレイ王についての真実はどうなのですか？」

やれやれ、真実を洗いざらい話してやれたらどんなにいいか。クリスはかわりに攻撃を続けた。

「スペンサー、よく考えてみて。辻褄があわないでしょう。なぜレイ王が降伏の交渉をするの？　先の戦争はわたしたちが勝ったのよ。退役軍人たちに訊いてみればいい」

「でもこの八十年は戦争がありませんでした。人類は軟弱になった。平和ぼけしている」

「まるで野党の言い方ね。でもさっきからあなたが言っているのはレイ・ロングナイフの話よ。〝イティーチ族への鉄槌《てっつい》〟と呼ばれた男」

「そしていま話している相手は彼の曾孫娘。彼女はとんでもない僻地への辞令を受けた。イティーチ族を乗せた船でうろうろしているのだとすれば、田舎へ飛ばすのは理にかなっている。彼女と乗組員をメディアから遠ざけるための処置だ」

「今度の辞令にはそれなりの理由があるのよ。サンディ、わたしは少佐に昇進しました」

「おめでとう。大抜擢じゃない」

「早かったのは一年かそこらです」クリスは認めた。

「一種の賄賂ですか？」ジャーナリストが食いついた。

「そんなことはない。たとえばわたしへの暗殺未遂をそれぞれ勤務一年分相当と評価すれば、とっくに提督になっているわ」

「まったくかなわないわね」サンディは両手を組んで天に祈るふりをした。

「なるほど、いいでしょう」

ウィンストンは低く言って、アイスティをごくごくと飲んだ。その気になればソフトドリンクでもアルコールのように気合いをいれられるようだ。

「なにかが起きているのはわかっているんです。そこにイティーチ族がからんでいるのもたしかだ。わたしの情報源が嘘をついているとおっしゃいましたね。一部に誤りはあるかもしれない。あなたがこのまま赴任されたら、わたしは残ってあっちをつつき、こっちを調べます。真実を求めつづける。あなたにとって不都合であっても。この話はいずれ表に出ます。根拠がある。やばい根拠であればあなたの不利益になるかもしれない。場合によっては政府が倒れる。なにも教えていただけないなら、わたしは調べます。調べて調べて、いつか煙の火元にたどり着く。そうしたら公表します。多少の誤りをふくんでいても、かならず表ざたにします。レイ王とイティーチ族という大ネタをみすみす捨てはしない」

この論旨には聞き覚えがあった。何年もまえに大学教授と戦わせた議論だ。卒業単位をとるために必要だった。無事に取得したが、あまりいい気分ではなかった。

かつてジャーナリストの質問に正直に答えたこともある。十歳のときだ。結果は悲惨だった。父親はなにも言わなかったが、失望の表情だった。あの過ちはくり返さない。

この男を屋敷から放り出さなくては。

いまのクリスの体ではそれは無理だ。杖で頭を何度も叩けば目的を達せられるだろうか。

「サンディ、あなたはこのジャーナリストと親しいようですけど、いまの話は本気だと思いますか？」

サンチャゴ提督は三十秒ほど下唇を嚙んでジャーナリストを見つめた。その凝視を受けて、若者はそわそわしはじめた。

「言っていることは本気だと思うわ……いまのところは。明日、あるいは一ヵ月後の考えはわからない。あなたやわたしは国家を守り、救うことを誓約している。その点で彼は真実の追求を信条にしている。でもいうまでもなく真実はあやふやなものよ。長期的にはどんな決意も揺らぐ」

「だからジャーナリストってふらふらした印象なのでしょうね。風の吹くまま……」

「……記事のおもむくまま」とウィンストン。「記事のためならなんでもやります」

「〝記事〟のため？　真実ではなくて？」クリスはつっこんだ。

ウィンストンは率直に微笑んだ。

「これは一本とられましたね。わたしたちは記事を書いて収入を得ているので、まずそのことを考えます。でもそこに真実がなければ信用されない」

「真実が記事に優先する？」

「真実のほうが記事より重要な場合はあります」ウィンストンは認めた。

それを言う彼をクリスはじっと見た。ジャーナリストは身じろぎせず、正面からクリスを見ている。

「この男は優秀ですか？」クリスはサンディに訊いた。

「徹底的な取材をする点で優秀ね。きびしい質問をする。わたしの駆逐艦とその戦闘後について書いたときもそうだった。彼の記事には吸引力がある。読ませる力がある。大衆への強い影響力があるわ」

「ものごとを変えられる？」

サンディはジャーナリストを見た。

「ええ、変えられると思う」

「あなたは優秀？」今度は本人に訊いた。

「仕事については優秀です」ウィンストン・スペンサーは答えた。

「どの程度優秀かを試す機会があるかもしれない」クリスは言った。「サンディ、彼の話には正しいところがひとつあります。わたしはリム星域の外でのパトロール任務を命じられました。これからは情勢に疎くなります。大衆の見方を変える機会からは確実に遠ざかる」

「でもそれがあなたのやるべきことなら、行くべきではないかしら」

「そう考えはじめているところです。やれるのはわたししかないという理由で、呪われたロングナイフ家によって何度もそんなところへ送りこまれていますからね」

「それが今夜話したかったこと？」

「そうです。鼻輪をつけられた牛になって逃げまわる気分がわかりますか？」

「さあね。わたしだって鼻輪をつけられているし、逃げまわっているわ」

「訊くまでもありませんね」

「逃げ道がわかったら教えてちょうだい。娘に伝えるから」

「もう出発命令が出ています。そしてレイおじいさまから問題の詳しい説明を聞き出すのは至難の業」

「王は説明したの？」サンディは訊いた。

「説明とはいえないような説明です。だから心配」

「チャンス星にいるわたしはあまり力になれないわよ」

「ええ。かわりに力になってくれる人物をあなたが連れてきてくれたのかもしれない」

「レイ王はやりたくないことをいちいち言われるのがいやなようだわ」

「たぶんね」

そこにウィンストンが割りこんだ。

「ええと、お二方。なんの話をされているのかわからないし、わかりたくない気がするんですが」

サンディはジャーナリストに訊いた。

「ホールジー号に乗せてあげたときのことを憶えてる？　王女との会見を仲介してほしいとわたしに頼んだわね」

「はい。そのときは、インタビューはしないほうが身のためだとおっしゃいました。〝長生きしたければロングナイフには近づかないほうがいい〟と」

「だからもう警告ずみよ」

「サンディの言うとおり」クリスは同意した。

「そうかもしれないという気がしてきました」

クリスは若者を無視した。

「サンディ、わたしが温めている構想は、一部の不寛容な人々から反乱と呼ばれるはずのものです。だから実行を決断するまえには、あなたには離脱の機会をあたえます」

「わたしには？　機会はもらえるんですか？」ウィンストンは訊いた。

「ないわよ。あなたは真実を追求しにきたんだから、真実との正面衝突は本望でしょう」

クリスはサンディにむきなおった。

「かつてこうおっしゃいましたね。サンチャゴ家の血を犠牲にしてロングナイフの伝説が栄えるのは不愉快でうんざりだと。いまでもそう思っていますか？」

サンディはまばたきせずに答えた。

「それを言ってほどなく、自分と乗組員の命をかけてあなたの柔肌を助けにいったわ」

「この柔肌には助けが必要です。いつも」クリスは認めた。

「それでも、呪われたロングナイフ家のために他人が血を流す時代ではないわよ」

「たとえ全人類を救うかもしれない話でも？」

サンディ・サンチャゴ提督はアイスティをゆっくり飲んだ。

「全人類を救う？」

「そのつもりです」

「反乱？」

「そうみなされる可能性があります。すくなくとも最初は」クリスは認めた。

「もしウルム大統領が死なず、わたしの曾祖父があのブリーフケース爆弾を持っているのを発見されたら、反乱と呼ばれたはずね」

「でしょうね」

ジャーナリストが口を出した。

「ブリーフケース爆弾、提督の曾祖父……。スクープのにおいがします」

「忘れなさい」サンディは言った。「ロングナイフの伝説は当面、続いてほしいと思っているのよ。いいわ、クリス。なにをしようとしているの？」

「ネリー、ウィンストン・スペンサーとサンチャゴ提督のコンピュータに、例の会談の録画を送りなさい」

「クリス、それはやめたほうが」

「いいのよ、ネリー。あえてそうするんだから。送りなさい」

ウィンストンの眼鏡に光がともった。映し出されたのはワスプ号の前部ラウンジデッキの眺めで、クリスからはそれが裏返しに見える。ジャーナリストは背中をソファに倒して、映像に見いった。

サンディのコンピュータはもっと高機能で、コンタクトレンズで映像を見せている。クリスからは小さな光しか見えない。

ウィンストンは驚いて体を起こした。

「これはイティーチ族ですか？　自分からやってきた？」

「そうよ。ネリー、すこし早まわしして。黒い服を着ているのが帝国布告人。その背後にいる赤い服が海兵隊。そして二人の海軍将校と、さらにうしろに帝国参事がいる。そして最後にあらわれるのが、わたしの友人で帝国代理人のロンよ」

「あいかわらず奇妙な友人ばかりね、クリス」サンディが言った。

「そうかしら」

「彼らはあなたと王と会談していますね」ジャーナリストは映像を見ながら言った。

「そうよ。もっと早まわししていい。おもしろいところは五分三十秒頃よ。あとは帰ってゆっくり見なさい」

「持ち帰っていいんですか？」ジャーナリストは驚いた。

「そのつもりよ」

「トラブル将軍がいますね。つまりトードン将軍が。情報部のクロッシーもいる。最後のこの人はだれですか？」

「わたしのそばにいつもいる者。外部に出すときは消去して」

「あなたの警護班長ね。ジャックなんとか」サンディが言った。

「そうです。ネリー、早送りして」

ウィンストンはレイの言葉を聞いてソファから落ちそうになった。

「いま彼はなんと言って、王を怒らせたのですか？」

「また言うわ」

「〝共通の敵〟ですって？　いったいどういう意味ですか？」ウィンストンは訊いた。

「すわりなおしたら。すぐにわかるから」

ジャーナリストは言われたとおりにしたが、ソファの端に腰かけて硬直している。

サンディはソファに深くもたれて天井を見上げ、コンタクトレンズに映し出されるものを見ている。

星図があらわれ、説明がはじまると、ウィンストンはようやくもとの安定した着座姿勢にもどった。

「彼らの偵察艦が何隻ももどってこないのね」サンディがつぶやいた。

「よく似た調査船を率いている身としては、彼の不安はよくわかります」クリスは言った。

「ええ、そうでしょうね」ウィンストンも言った。

ジャーナリストは会談の残りを黙って見つづけた。見終わると、眼鏡をはずしてしばらくぼんやりとクリスの肩越しの空中に目をやった。

沈黙のなかで、クリスは小声で言った。

「降伏という言葉はどちらの側からも出ていないわよ」

「なんて……ことだ」ウィンストンはようやくつぶやいた。「イティーチ族でも歯が立たないなにかと彼らは接触しているのか」

クリスはサンディを見た。提督は下唇を嚙んで考えこんでいる。クリスは言った。

「それも問題の一部よ。イティーチ族が遭遇したものの正体は、いまのところ詳しくわからない。でもイティーチ族は人間よりはるかに早く、はるかに真剣に問題解決にむけて動きだしている」

「そのようですね」ウィンストンは答えた。「わたしも見ていて気になりました。イティーチ族の船が消えている。原因は不明。だからイティーチ族は人類に挨拶にきた。つまり彼らの船を丸呑みしているものの正体を、人類と共同調査したいと？」

「そこまで具体的には言っていないようね。怪物を調査する船には、わたしは真っ先に乗るつもりでいる。でもそうしろという命令は下っていない。ということは、イティーチ族からまだ依頼されていないのでしょう」

「レイ王は曾孫娘をそんな偵察艦に乗せたくはないはずよ」サンディが言った。

「かもしれない。でもわたしのこれまでの任地を見るかぎり、家族の身を案じる気持ちはほとんど感じられませんね」

サンディは手を振ってそれを認めた。

ウィンストンは居ずまいを正して訊いた。

「では、ゆっくり簡潔に説明していただけませんか？　なぜ……この今世紀最大のネタを……わたしに預けてくださったのか」

「そうよ」サンディは脚を組んで身を乗り出し、熱心に聞く姿勢になった。

「自分でもよくわからない。あなたが優秀だというから」クリスは言った。「話の不審な点を見抜く目はある？　かすかなヒントを嗅ぎつけられる？　わたしはこれから遠くへ行き、ニュースに疎くなる。前回帰還したときは兄から大量の見るべきニュースを渡されたわ。まずあなたは、イティーチ族に関するあらゆるニュースをわたしに送ってほしい」

「当然ね」サンディは言った。

「新憲法や惑星間政治についても。ニューエルサレム星のニュースも。わたしはニューエルサレム星の有象無象の傭兵集団と戦うことになるのよ。最新情報として知るべきことを送ってほしい。でも、イティーチ族については一切合切すべて。まあ、どうしてもというなら、イティーチ族の新しい友人について記事にしてもいいわよ」

「イティーチ族について記事にする勇気はまだありません。そんな話を明日公表したら、わたしはどうなると思います?」

「そうね。だれも知らないどこかの地下牢に幽閉される。鍵は紛失。ああ、隣の独房にはわたしがはいるはずよ」クリスはにやりと大きく笑った。

「冗談はやめてください」

「ちっとも冗談じゃないわ」

「こんな爆弾がわたしの膝に放られた理由がまだわかりません」

「わたしのやり方はこうよ。問題にぶつかったら、わたしかその問題が血を流して倒れるまで徹底的に殴りあう」

「でも死なないのでしょう」

「そう、死なないのよ」サンディが口を出した。「死んで墓にはいるのはサンチャゴ家の人間かほかのあわれな乗組員」

「反論できませんね。でも今回の問題はどうかしら。C-8爆薬数キロを使えば解決できる?」

「無理だと思います」

ジャーナリストは否定し、サンディも無言で首を振った。

「わたしもそう思う」クリスは言った。「どこから手をつければいいかわからない。殺しても爆破しても解決できない問題に、どう対処すればいいのか」

「見当もつきませんね。午後にサンチャゴ提督を見かけたときに呼び止めず、両手をポケットにいれたまま歩き去るべきだったと、いま本気で後悔していますよ」

ウィンストンが立ち上がったのを見て、サンディは言った。

「でもそうしなかった。だから計画を受けいれなさい。すわって、ウィンストン。クリスは辺境の地に飛ばされる辞令を受けた。そこからではなにもできない」

「あなたが頻繁にそういう命令を受ける理由がわかってきましたよ」

ジャーナリストは憤然として言った。意地でもすわりたくないという態度だ。

クリスは軽く笑った。

「そのとおりよ。わたしは海賊狩りに行かされる。悪い仕事じゃないわ。でもそのあいだ、おじいさまをかわりに見張ってくれる人間が必要なのよ。イティーチ族が友人となりうることや、彼らが問題を抱えていることを、王にときどき思い出させる必要がある。窮地のイティーチ族のために一言いってくれるだれかが」

「わたしはやりませんよ」ウィンストンは声を大きくした。

「やるのよ。あなたはジャーナリスト。情勢がわかっている」

「これまではそうでしたが、最近急に仕事のできないダメ人間になったんですよ。しばらく休養が必要です」

「さっきは、自分こそウォードヘブンの脈をとる医者だと言ってなかった？　世論を指導し、政治家の合意形成を助けて、社会を前進させるのだと」

「ロングナイフがメディアを好意的に評するのを初めて聞きました」

「そんなことはないわ。父は五、六年前に夕食の席でこんなことを……ええと……いえ、なんでもない」

クリスは言うのをやめた。サンチャゴ提督が口を出した。

「正直に答えなさい、ウィンストン。目のまえにこんな重要なネタがぶらさがっているのよ。その真相はなにか、これからどうなるのか、知りたくない？」

ジャーナリストはため息をついた。

「恨みますよ」クリスのほうを見てくり返す。「二人とも恨みます。だって、もしこれがまずいことになっても、ロングナイフは助けてくれないでしょう」

「言ったはずよ。隣の独房にわたしもはいるって」

「わたしはたぶん、むかいの独房ね」サンチャゴは大きなにやにや笑いで言った。「いつかこんな日がくると曾祖父から言われていたわ。それは楽しいことだと。いままで信じていなかったけど」

「あなたたちは頭がおかしい」

「それは国家機密よ。漏らしたら、もっとひどい独房に閉じこめられるから」

クリスとサンチャゴが愉快そうに笑うのを聞きながら、ウィンストン・スペンサーはようやくすわった。

「正気の人間が考えるべきことは、全員の独房入りを避けることです」もう一度ため息をつく。「降参です。わたしも参加します。最終的にどんな形にしたいんですか？　地下牢以外の出口戦略はあるんでしょうね」

「先のことはあまり考えてない。だれも投獄されなければそれでいいんじゃない？」

「計画を立てるのは、ロングナイフは苦手なのよ」サンディが言った。

「だれも投獄されない最善の方法は、このビデオを消去することです」とウィンストン。

「おじいさまを愛しているけど、これに関しては信用できない。彼は怖がっている」

「無理もない。そう思うでしょう」とサンディ。

「ええ。でも、この問題をまるごと棚上げにするとも思えないんです。わたしを目のまえから追い払い、問題を頭から追い払うというわけにはいかない」

「もう一度うかがいますが、ジャーナリスト一人でなにをしろと？」

「そして、チャンス星へあさって帰る提督になにをしてほしいの？」

「さっき言ったように、先のことはまだ考えてない。二人はわたしの目になり、耳になってほしい。頭を貸してほしい。ウィンストン、あなたの書く能力はかならず必要になる。いずれ大きなネタを教えるわ。それを全力で書いてほしい」

ウィンストンは立ち上がり、手をさしのべた。

「そしてこの仕事が終わったら、人類とイティーチ族はいまよりよくなるんですね。邪悪で巨大ななにかに呑みこまれなければの話ですが」

「希望はあるわ」

クリスは答えて、握手した。

訳者あとがき

〈海軍士官クリス・ロングナイフ〉シリーズは、タイトルに数字がはいらないのでわかりにくいのですが、本書で七巻目となります。そして第七巻にして、ついに異星種族が登場します。これまで物語の端々で言及されてきたイティーチ族。クリスの曾祖父レイ・ロングナイフの時代に凄惨な宇宙戦争を引き起こし、人類滅亡の寸前で講和条約を結んだ宿敵です。

この第七巻で、クリスは王立調査船ワスプ号に乗って、引き続きリム星域の外を探索しています。もはや早乗り組の非公式植民惑星も絶えた人類宇宙の外側。人跡未踏の未開拓星系が連なるばかり。

そんな星域のジャンプポイントで次の星系へ飛んだとたん、ワスプ号はパルスレーザー砲の砲撃を受けます。その星系にいたのは、ロングナイフ家にとって因縁の相手であるピーターウォルド家（グリーンフェルド連盟）の巡航艦二隻。そして、歴史資料でしか見たことのない異星種族イティーチ族のデスボール艦でした。

いったいこの星系でなにが起きているのか？　グリーンフェルド連盟とイティーチ族のあ

いだで戦端が開かれようとしているのか？　八十年前に無数の犠牲者と莫大な損害を出した悪夢のイティーチ戦争が再発しかけているのか？

……と緊張が走りますが、実際にはこのデスボール艦に乗っていたのはイティーチ族の外交団でした。クリスはグリーンフェルド巡航艦をなんとか追い払って、対話を開始します。ただし、用件は王に会うまで絶対に他言できないといいます。

彼らの求めは、八十年前に講和条約を結んだレイ・ロングナイフとの直接会談。両種族には先の戦争の記憶が色濃く残り、すこしでも対応を誤ると、たがいの憎悪が噴出して悲惨な戦争がくりかえされかねません。今回のクリスは外交官として難しい対応を迫られます。


著者が描く壮大な宇宙史のなかで、イティーチ族について解説するには、クリスの曾祖父の時代にさかのぼる必要があります。そこで重要なのは、シリーズの前史としてたびたび言及される〝統一戦争〟と〝イティーチ戦争〟です。

まず統一戦争は、地球を中心とする統一派のウルム大統領を、レイ・ロングナイフらが倒して人類協会を設立するまでの流れです。これは著者マイク・シェパードが、マイク・モスコーという初期ペンネームで書いていた時代の三部作として執筆ずみです（ペンネームを変えたいきさつは第一巻の訳者あとがきを参照）。主人公が若き日のレイなので、さしずめ〈レイ・ロングナイフ〉シリーズと呼んでいいかもしれません。

タイトルと発表年は次のとおりです。

The First Casualty（1999）
The Price of Peace（2000）
They Also Serve（2001）

ちなみのこの三部作は著者が人気作家の仲間入りをする以前の作品のため、長らく絶版で入手困難でした。クリスのシリーズが人気になり、著者の評価が高まったおかげで現在は復刊されています。

そしてこのあとに来るのがイティーチ戦争時代です。人類協会のもとで人類の勢力圏が拡大していくなかで、初めて知的異星種族との接触が起きます。不幸にして両種族の海賊同士による接触であったため、慎重な外交ではなく、いきなり血なまぐさい殺戮がはじまります。そして両種族はおたがいの存亡をかけた戦争へともつれこんでいきます。

こちらの物語は、クリスのもう一人の曾祖父であるトラブル将軍の若き日々を中心に描かれるので、さしずめ〈トラブル〉シリーズと呼べるでしょう。じつは、宇宙史のこの部分は最近執筆がはじまったばかりで、まだ第一巻しか出ていません。

To Do or Die（2014）

第二巻以降はタイトル未定で、全体では三部作かそれ以上の規模になると予想されます。

本書の原書 ***Kris Longknife: Undaunted*** が出たのは二〇〇九年なので、その時点でイティーチ戦争時代を描くシリーズは影も形もありません。つまり本書のなかでイティーチ戦争を回想する描写は、当時唯一の説明だったわけです。

To Do or Die では、トラブルはまだ海兵隊の大尉で、ルースと新婚ほやほや。レイは大佐で、やはりリタとすでに結婚しています。クリスの時代にネリーの製作者として登場するトゥルーおばさんは、この時代にはトラブルとルースの結婚式でブライズメイドをつとめた美女として登場します。彼らのライバルは、ヘンリー・スマイズ-ピーターウォルド十世。クリスのライバルだったハンクは十三世なので、彼の三代前の曾祖父にあたります。この第一巻の最後にイティーチ族のデスボール艦らしいものが登場しますが、人類と異星種族の接触はまだはじまったばかりという段階です。

主人公が異なる複数のシリーズで構成されるこの宇宙史は、全体として〈ジャンプ・ユニバース〉というシリーズ名が冠されています。発表された当初はこんなシリーズ名はなかったのですが、前述の〈レイ・ロングナイフ〉三部作が復刊したときにつけられたようです。前巻のあとがきで紹介した〈ビッキー・ピーターウォルド〉シリーズもふくめて、〈ジャンプ・ユニバース〉はますます拡大していきそうです。

デューン 砂の惑星〈新訳版〉（上・中・下）

Dune

フランク・ハーバート
酒井昭伸訳

〈ヒューゴー賞／ネビュラ賞受賞〉アトレイデス公爵が惑星アラキスで仇敵の手にかかったとき、公爵の息子ポールとその母ジェシカは砂漠の民フレメンに助けを求める。砂漠の過酷な環境と香料メランジの摂取が、ポールに超常能力をもたらし、救世主の道を歩ませることに。壮大な未来叙事詩の傑作！　解説／水鏡子

最後の帝国艦隊

Dark Space

ジャスパー・T・スコット

幹　遙子訳

遙かな未来、人類は銀河全域へと広がり、星系間帝国を築いていた。だが、災厄は思いもかけぬところからやってきた。昆虫型異星人サイジアンが大挙して侵入してきたのだ！　強大な異星人の艦隊に対して帝国軍はなすすべもなく、わずかに生き残った人々は帝国の残存艦隊とともに、〈暗黒星域〉へと逃げこむが……

訳者略歴　1964年生，1987年東京都立大学人文学部英米文学科卒，英米文学翻訳家　訳書『新任少尉、出撃！』シェパード，『トランスフォーマー』フォスター，『ユナイテッド・ステイツ・オブ・ジャパン』トライアス（以上早川書房刊）他多数

HM=Hayakawa Mystery
SF=Science Fiction
JA=Japanese Author
NV=Novel
NF=Nonfiction
FT=Fantasy

海軍士官クリス・ロングナイフ
勅命《ちょくめい》臨《りん》時《じ》大《たい》使《し》、就任《しゅうにん》！

〈SF2112〉

二〇一七年一月二十日　印刷
二〇一七年一月二十五日　発行
（定価はカバーに表示してあります）

著　者　マイク・シェパード
訳　者　中《なか》原《はら》尚《なお》哉《や》
発行者　早川　浩
発行所　株式会社　早川書房
郵便番号　一〇一 - 〇〇四六
東京都千代田区神田多町二ノ二
電話　〇三 - 三二五二 - 三一一一（大代表）
振替　〇〇一六〇 - 三 - 四七七九九
http://www.hayakawa-online.co.jp

乱丁・落丁本は小社制作部宛お送り下さい。
送料小社負担にてお取りかえいたします。

印刷・中央精版印刷株式会社　製本・株式会社明光社
Printed and bound in Japan
ISBN978-4-15-012112-9 C0197

本書は活字が大きく読みやすい〈トールサイズ〉です。